新潮文庫

怒りの葡萄

上巻

スタインベック
伏見威蕃訳

新潮社版

10339

大切なことを
思い定めた
キャロルと
大切なことを
生き暮らした
トムに捧げる

怒りの葡萄

上巻

1

最後のまとまった雨は、オクラホマの赭《あか》い地《くに》と、灰色の地《くに》のいくぶんかに、穏やかにおとずれ、傷痕《きずあと》が残る大地《つち》を毀《やぶ》らなかった。行潦《にわたずみ》の痕を、犂《すき》が行ってはまた戻り、十文字に交わっていた。その雨がトウモロコシをあっというまに立たせ、雑草の群れや芝草が、道ばたに点々とひろがって、灰色の地と赭黒い地は、緑に覆《おお》われて見えなくなった。五月も末になると、天《そら》は色褪《いろあ》せ、春のあいだ居座っていた高いふわふわの雲は消えていた。すくすくと育っていたトウモロコシに、めらめら燃える太陽が、来る日も来る日も照りつけ、やがて緑の銃剣のような葉のふちに、茶色い条《すじ》がひろがっていった。雲が現われては消え、しばらくすると、姿を現わそうともしなくなった。雑草は身を守るために深緑になり、やがてひろがるのをやめた。土にひびがはいり、固くて薄いかさぶたのようになった。天はいよいよ色褪せ、土も色褪せて、赭い地は薄紅《うすくれない》に、灰色の地は白になった。

水に削られた雨裂《ガリ》を、塵《ちり》の乾いた小さな流れが落ちてゆく。ホリネズミとアリジゴクが、小さな傾《なだ》れを起こす。烈《はげ》しい太陽が来る日も来る日も襲いかかるうちに、硬くてまっすぐだったトウモロコシの苗《なえ》の葉が、まず撓《しな》い、やがて葉脈のまんなかの肋《ろく》が弱くなると、どの葉も垂れさがった。やがて六月になり、太陽はいっそう烈しく照りつけた。トウモロコシの葉の茶色い条がひろがり、まんなかの肋に近づいていった。雑草は弱り、根のほうへ縮こまる。空気は薄く、天はいっそう色褪せ、大地も日に日に色褪せた。

馬車が行きかう道では、車輪に挽《ひ》かれ、馬のひづめに叩《たた》かれる地べたから、土くれが剝《は》がれて、塵となる。動くものはすべて、塵を宙に舞わせる。歩く人間は腰まで薄い土煙を捲《ま》きあげ、馬車は柵《さく》の上まで土煙を捲きあげ、自動車はうしろに風塵《ふうじん》を湧《わ》き起こす。土煙は漂って、いっかなおさまろうとしない。

六月もなかばを過ぎると、大きな雲がいくつもテキサス州やメキシコ湾から北にあがってきた。高く厚い雲は、雨の先駆けだった。畑にいたものは、その雲を見あげて、鼻をくんくんいわせ、風向きを知ろうとして、濡《ぬ》らした指を立てた。雲が出ると、馬もそわそわした。先駆けはぱらぱらと雨を降らせただけで、急いでよその地《くに》へ行ってしまった。そのあとには色褪せた天があり、太陽がまたぎらぎらと燃えた。地べたの土埃《つちぼこり》に雨が漏斗孔《クレーター》をうがち、トウモロコシにきれいな水玉模様ができたが、それだけだった。

雨雲のあとに弱い風が吹いて、雲を北に流し、乾いたトウモロコシをかさこそと鳴らした。一日が過ぎると、風の息（訳注　地表近くで風が強弱をくりかえす現象）で乱れることもなく、切れ目なくじわじわと風がつのっていった。道の塵がふわりと浮かんでひろがり、畑の脇《わき》の雑草の上に落ち、その先の畑にも降りかかった。いまや風は勁《つよ》く、烈しく、トウモロコシ畑に雨がこしらえたかさぶたを剝がしにかかった。風塵が混じり合って天がしだいに暗くなり、地べたをなでた風が、塵をほぐしては運び去った。土風《つちくじり》はいよいよ勢いを増した。雨がこしらえたかさぶたがめくられ、畑から土煙が立ち昇って、のろくさい煙みたいな薄墨の羽毛を、天に押しあげていった。トウモロコシが風をはたいて、乾いたザワザワという音をたてる。ほんとうに細かな塵はもう大地におりないで、暗くなる天に呑《の》み込まれていった。

風はまた勁まり、押しのけるようにして畑を渡りながら、石の下をすくって、藁《わら》や枯葉だけではなく土の塊まで捲きあげた。大気も天もどんよりと暗く、そこから射《さ》す陽光は赧《あか》らんで、空気がちくちくと痛かった。夜のあいだに風は土の上をいよいよ疾《と》く駆け抜けて、トウモロコシの細い根のあいだを悪賢く掘った。トウモロコシは弱った葉で風と戦ったが、やがて風にこじられて引っこ抜かれ、茎が弱々しく横ざまに地面のほうに傾《かし》ぎ、風の行く手を示した。

夜明けがおとずれたが、昼の明るさはなかった。鈍色《にびいろ》の天に赤い太陽が現われ、ぼんやりした赤い環《わ》がたそがれのような淡い光を投げた。時がたつにつれて、そのたそがれが、じわじわと闇《やみ》に戻り、倒れたトウモロコシの上で風が咆《ほ》え、むせび泣いた。

男も女も家のなかで身をこごめ、外に出るときにはハンカチを巻いて鼻を覆い、目を守る塵よけメガネをかけた。

つぎの夜は星の光も届かない闇夜で、窓の明かりはせいぜい庭しか照らせなかった。大気は塵と五分五分に混じり合った乳液に変わっていた。どの家もぴっちりと窓や戸を閉ざして、隙間《すきま》に布を詰めていたが、目に見えないような細かい塵がはいってきて、椅子《いす》、食卓《テーブル》、皿に花粉みたいに積もった。だれもが肩から塵を払った。ドアの下の沓《くつ》摺《ずり》に、塵の細い線が何本もできた。

その夜半、風が過ぎ、あたりは静かになった。塵に満ちた空気は、霧よりもずっとしっかりと音をくぐもらせる。寝台《ベッド》に横たわっていたひとびとは、風が熄《や》んだのに気づいた。叩きつける風が去ったときに、目が醒《さ》めた。静かに横たわり、静寂の奥深くに耳をすました。やがてニワトリが時をつくり、その啼《な》き声がくぐもって聞こえた。ひとびとはベッドで不安げに身じろぎし、朝を待った。浮かんだ塵がおりるまで長くかかることは知っていた。朝も塵は霧みたいに浮かび、太陽は勢いよく噴き出た血みたいに赤かった。一日中塵ははらはらと空からおりてきて、翌日もおりてきた。むらのない毛布が大地を覆った。トウモロコシに降り、柵の杭《くい》に積もり、鉄線に積もった。屋根に降り、雑草と木々にかぶさった。

ひとびとが家から出てきて、熱くてちくちくする空気のにおいを嗅《か》ぎ、鼻を覆った。やがて子供たちが出てきたが、いつもの雨のあととはちがって、走りも叫びもしなかった。男たちは柵のそばに立って、めちゃめちゃになったトウモロコシを眺めた。トウモロコシはあっというまにパサパサになり、塵の薄い幕を通して、ほんのすこしだけ緑が見えているだけだ。男たちは口をきかず、あまり動こうとしなかった。それから、女たちが出てきて、男たちのそばに立った――いよいよ男たちがくじけるかどうかを、見定めるために。女たちは男たちの顔を盗み見た。べつのかけがえのないものが残っていれば、トウモロコシがだめになってもなんとかなる。子供たちは裸足《はだし》の爪《つま》先《さき》で塵に絵を描きながら、そばに立っている。男たちと女たちがくじけるかどうか、子供たちは勘で探ろうとしていた。男たちと女たちの顔を覗《のぞ》いては、爪先で塵に念の入った線を引いた。馬が水飼場の槽《おけ》に近づいて、水面の塵を鼻で押しのけた。やがて、ようすを見ていた男たちの顔から、途方に暮れたまごついた表情が消え、厳しく、怒りのこもった、負けん気が現われた。そこで女たちは安心し、くじけなかったことを知った。そしてたずねた。これからどうするの？　男たちは答えた。わからない、と。しかし、それでよかった。女たちは胸をなでおろした。ようすを見ていた子供たちにも、心配はいらないとわかった。男たちが心身ともに健やかであれば、どんな不運にも押し潰《つぶ》されないことを、女たちも子供たちも心の底で知っていた。女たちは家事をやりに家にはいり、子供たちは遊びはじめたが、はじめのうちはおそるおそるだった。時がたつうちに、太陽の赤みが薄れた。塵に覆われた土に、太陽が照りつけた。男たちは家の戸口に座り、棒切れで小石をつつきまわしていた。男たちはじっと座って――考え――手立てを見つけようとしていた。

2

赤い巨大な貨物自動車《トラック》が、小さな路傍食堂《ロードサイド・レストラン》の前にとまっていた。煙突みたいに垂直な排気管が低くつぶやき、ほとんど見えない青みがかった灰色の排気ガスが先端から浮かんでいた。新しいトラックで、赤い塗装がつややかだった。車体には縦横が十二吋《インチ》の文字で、オクラホマシティ運送会社と描いてある。二重タイヤも新品で、大きな後部扉の掛金から真鍮《しんちゅう》の南京《ナンキン》錠が突っ立っていた。食堂の網戸の向こうでは、だれも聞いていないときのつねとして、ラジオから静かなダンス音楽が低く流れていた。入口の上の丸い穴で換気扇が音もなくまわり、ドアや窓のそばでハエがさかっているみたいにブンブンうなって、網戸にぶつかっていた。客はトラック運転手がひとりいるだけで、止まり木に腰かけ、カウンターに両肘《ひじ》を突いて、コーヒーの上から、やつれた淋《さび》しげな女給《ウェイトレス》を見た。路傍のひとびとに特有のさばけた物いいで、気だるそうにいった。「あいつに会ったのは、三カ月前だったかな。手術したんだと。どこか切ったんだ。なんだか忘れた」するとウェイトレスが答える。「あたしが会ってから、一週間もたってないような気がする。そのときは元気そうだったよ。酔っぱらってなきゃ、いいやつなんだけどさ」ハエがときどき網戸で低くうなっていた。コーヒー沸かし器が湯気を吐き出し、ウェイトレスがうしろも見ずに手をのばして、スイッチを切った。

表では、国道の端を歩いていたひとりの男が、道を渡り、トラックに近づいた。おもむろに前部にまわり、ピカピカの泥よけに片手を突いて、風防硝子《ウィンドシールド》の「同乗禁止」という貼《は》り札を見た。つかのま、そのまま道路を歩いていきそうになったが、食堂とは反対側の歩板《ステップ》に腰かけた。三十は超えていない。瞳《ひとみ》の中心はかなり濃い焦茶色《こげちゃいろ》で、虹彩《こうさい》も茶色がかっている。頬桁《ほおげた》が張り、左右ともに深い力強い線が刻まれて、口の脇《わき》で弧を描いている。鼻の下が長く、男はずっと口を結んでいて、出っ歯のせいで唇が上下ともにのびていた。たくましい手で、指はひらたく、爪《つめ》は小さな二枚貝みたいに厚くてうねがあった。親指と人差し指のあいだと、掌《てのひら》のふくらみで、胼胝《たこ》が光っていた。

男の衣服は新しかった――なにもかもが、安物で、新品だった。灰色の鳥打帽も真新しくてつばが固く、てっぺんのボタンも取れていなかった。さまざまな役割――物を運ぶ袋、タオル、ハンカチ――を果たすあいだに、鳥打帽は型崩れし、ふくれるものだが、まだそうなっていなかった。ネズミ色の背広服はごわごわの生地で、ズボンの折り目がまだ残っているほど新しい。平織りデニムの青いシャツは、生地の糊《のり》がまだ残っていて、固く滑らかだった。男は長身なので、上着が大きすぎ、ズボンは裾《すそ》が短すぎた。上着の肩が腕にかかっているのに、それでも袖《そで》が短かったし、身頃は腹のあたりにだらしなく垂れていた。新品の靴は「軍靴《ぐんか》なみの耐久性」を謳《うた》ったヌメ革の半長靴で、底に鋲《びょう》を打ち、踵《かかと》が減らないよう縁に馬蹄《ばてい》形《けい》の補強がなされている。ステップに座った男は、鳥打帽を脱ぎ、それで顔を拭《ふ》いた。それから鳥打帽をかぶり、ひっぱったので、つばがそろそろ型崩れしそうなあんばいになった。ふと足に目を向けた男が、靴紐《くつひも》をゆるめ、ほどいたままにした。頭の上でディーゼルエンジンが、プカプカと青い煙を吐きながら、ささやいていた。

食堂では音楽がとまり、男の声がスピーカーから流れていたが、ウェイトレスはそれに気づかず、ラジオを切ろうとはしなかった。指で探って、耳の下の腫《は》れ物を見つけていた。トラック運転手にわからないように、髪を直すふうを装《よそお》って、カウンターの奥の鏡で見ようとした。運転手がいった。「ショーニーでダンス大会があってね。どこかのやつが殺されたかどうかしたらしい。なにか聞いたか?」「ううん」いいながらウェイトレスは、耳の下のふくらみをいとおしげになでた。

表では、座っていた男が立ち、トラックのエンジン覆《おお》いの上から覗《のぞ》いて、一瞬、食堂のほうを眺めた。それからまたステップに腰をおろして、脇ポケットから刻みタバコの袋と巻紙綴《つづ》りを出した。紙巻きタバコをおもむろにこしらえ、見事な出来栄《できば》えをじっと見てから、まっすぐにのばした。やっと火をつけて、燃えている燐寸《マッチ》を足もとの土埃《つちぼこり》に押し込んだ。真昼が近づくと、陽光がトラックの日陰に食い込んできた。

食堂では運転手が勘定を払い、スロットマシンに釣りの五セント玉を二個入れた。輪胴がまわり、当たりは出なかった。「勝てねえように細工してあるんだ」運転手がウェイトレスにいった。

するとウェイトレスが答えた。「たった二時間前に大当たりを出したひとがいたよ。三ドル八十セント出した。あんた、こんどいつ来るの？」

運転手が網戸をちょっとあけたままで押さえた。「一週間か十日。タルサまで行かなきゃならねえし、思いどおり早く帰れたためしはねえからな」

ウェイトレスが不機嫌にいった。「ハエを入れないでよ。出るかはいるか、どっちかにして」

「あばよ」運転手は網戸を押して出ていった。うしろで網戸がバタンと閉まる。運転手は日向《ひなた》に立ちガムの包装紙を剝《む》いた。肩幅が広く、胴まわりが太い、どっしりした男だった。赧《あか》ら顔で、切れ長の青い目は、まぶしい光にいつも目をすがめているせいで細い。陸軍のズボンと、編上靴《へんじょうか》をはいている。ガムを口の前にかざしたまま、網戸ごしにどなった。「おれの耳にいれたくねえようなことやるなよ」ウェイトレスは、奥の鏡のほうを向いていた。ぶつぶつと答えた。運転手は口を大きくあけて、唇をのばしながら、ガムをゆっくりと嚙《か》んだ。大きな赤いトラックに向けて歩きながら、口のなかでガムを丸め、舌の奥に入れた。

只乗《ただの》りを狙《ねら》っていた男が立ちあがり、左右の窓ごしに視線を投げた。「ちょっと乗せてもらえませんかね、旦那《だんな》？」

運転手が、食堂のほうをすばやくふりかえって、ひと呼吸眺めた。「前の窓に〝同乗禁止〟って貼ってあるのが見えねえのか？」

「ああ――見ましたよ。だけど、金持ち野郎にそいつを貼っとけっていわれても、好《いい》漢《やつ》になるひともいるからね」

運転手はのろのろとトラックに乗り込みながら、どう答えるかを考えた。いま断れば、いいやつではなくなるうえに、貼り札を無理やり貼らされて、相乗りを禁じられているのを認めることになる。只乗り男を乗せれば、たちまちいいやつになり、金持ち野郎に鼻面《はなづら》を引きまわされてはいないことになる。罠《わな》にはまったとわかったが、脱け出す方法が見つからなかった。それに、いいやつになりたかった。もう一度、食堂をちらりと見た。「カーブを曲がるまで、ステップにしゃがんでろ」と、運転手はいった。

只乗り男は、見えないようにしゃがみ込んで、ドア把手《ハンドル》にしがみついた。エンジンがつかの間咆《ほ》えて、変速機《ギア》がカチリと噛《か》み合い、巨大なトラックは動き出した。一速、二速、三速、やがて甲高いうなりが勢いづき、四速にはいった。しがみついている男の下の道路がぼやけ、目眩《めまい》がするほど速く流れた。最初のカーブまで一哩《マイル》あり、そこでトラックは速度をゆるめた。只乗り男が立ちあがって、ドアをそっとあけ、座席にすべり込んだ。運転手が目を細くして男を見やり、ガムを噛んだ。口を動かすことで、考えや感じたことを整理して、ならべ換え、それからようやく頭にしまいこんでいるみたいだった。まず新しい鳥打帽に視線を投げてから、新しい服と靴を見ていった。只乗り男は、座席に当てた背中をもぞもぞと動かして、座り心地をよくすると、鳥打帽を脱ぎ、それで額と顎《あご》の汗を軽く拭いた。「ありがとうよ、相棒」男がいった。「おみ脚がへたばりかけてた」

「新しい靴」運転手がいった。目つきとおなじ、秘密めかした、あてこするような声音だった。「新しい靴で歩くもんじゃねえ——暑い盛りによ」

男は土埃にまみれた、着色していないヌメ革の靴を見下ろした。「靴はこれしかない。これしかないんだから、はくしかない」

運転手は気を利《き》かして、前方に目を凝らし、トラックの速度をすこしあげた。「遠くまでいくのかい？」

「まあな！　おみ脚がへたばらなきゃ、歩いていったさ」

運転手の質問には、それとなく取り調べているふしがあった。あれこれ質問することで、網をひろげ、罠を仕掛けているようだった。「仕事を探してるのか？」運転手がきいた。

「いや、おやじの地面がある。四十エーカーだ。小作だが、永年そこでやってる」

運転手が、なにかをいいたげに道路沿いの畑を見やった。トウモロコシがななめに傾《かし》ぎ、上に土埃が積もっている。小さな硬粒種のトウモロコシが、土埃に覆われた地面から突きだしている。運転手が、ひとりごとのようにいった。「四十エーカーの小作で、砂塵《さじん》にやられてなくて、牽引自動車《トラクター》で追い出されてねえんだって？」

「近ごろ、便りを聞いてないんだ」男がいった。

「永年そこでやってる、か」運転手がいった。ミツバチが一匹、運転台に飛び込んで、風防硝子《ウィンドシールド》の内側でブンブンうなった。運転手が片手をのばして、ハチを用心深く空気の流れに乗せて、窓から出した。「小作人はどんどん行っちまうぜ」運転手がいった。「トラクター一台で十家族が逐《お》われる。どこもかしこもトラクターだらけだ。畑を掘り返して、小作人を追っ払う。おやじさん、どうやってがんばってるのかね？」ほうっていたガムを、舌と口がまたせっせと転がしては嚙んだ。口があくたびに、舌がガムをひっくりかえすのが見えた。

「まあ、近ごろ、便りを聞いてない。おれは手紙を書くのが苦手だし、おやじもおなじだ」あわててつけ足した。「でも、ふたりとも読み書きはできる」

「仕事だったのかい？」こんども、こっそり取り調べているような、さりげない声だった。畑と揺れる陽炎《かげろう》を見やり、ガムをどかして頰の下でまとめると、窓から唾《つば》を吐いた。

「まあな」只乗りの男が答えた。

「だと思った。あんたの手を見た。鶴嘴《ツルハシ》か斧《おの》か大槌《スレッジハンマー》をふってたにちげえねえ。胼胝が光ってる。おれは目敏《めざと》いんだ。それが自慢でね」

男が運転手をじろりと睨《にら》んだ。トラックのタイヤが路面で歌っていた。「ほかにも知りたいことがあるんだろう？　話してやろうか。勘ぐらなくてすむ」

「カリカリするなよ。詮索《せんさく》してるわけじゃねえよ」

「なんでも話すよ。隠すことはなにもない」

「カリカリするなって。好きでいろんなことに気がつくだけだ。退屈しのぎだよ」

「なんでも話すよ。おれはジョード、トム・ジョードだ。おやじはトムおやじ《オール・トム》」暗く考え込む目を、運転手に向けた。

「カリカリするな。他意はねえんだ」

「おれだって他意はない」トムがいった。「だれかとぶつからないで、世の中を渡っていきたいだけだ」言葉を切り、乾いた平原や、遠い逃げ水に居心地悪そうに浮かんでいる餓《かつ》えた木立を眺めた。脇ポケットから刻みタバコと巻紙を出した。風にさらわれないように、股《また》のあいだでタバコを巻いた。

運転手は、考え込むふうで、牛みたいに、律動的にガムを噛んだ。これまでのやりとりの重たさが消え、忘れられるのを待った。ようやくなんでもない雰囲気に戻ると、運転手はいった。「トラックの運転手をやったことがねえやつには、どんなふうかわからねえんだ。トラックの持ち主はだれも拾っちゃいけねえっていう。だから、おれたちゃここに座って、ただ運転する。さもなきゃ、あんたを乗っけたみたいに、クビになるかもしれねえのに、一か八かこうする」

「ありがたいと思ってる」トムはいった。

「トラックを運転しながら変なことをやる連中を知ってる。詩をつくってたやつを知ってる。時間つぶしなんだ」トムが先を聞きたがっているか、それともまごついているだろうかと、運転手はこっそり見た。トムは無言で、道路のはるか前方を見据えていた。地面が波打っているかのように、白い道路がゆるやかにうねっている。とうとう運転手が語を継いだ。「そいつが書いた詩をひとつ憶《おぼ》えてる。そいつとあとふたりが、酔っぱらって世界中へ行って大騒ぎし、女とやりまくるっていう詩だ。その先は忘れちまったがね。イエス・キリストにも意味がわからねえような言葉がしこたまあった。こんな調子だ。〝そこでおれたちは、くろんぼ《ニガー》を覗き見る。ゾウの長鼻《ちょうび》やクジラの一物《ワンガー》よりもちんぽこ《トリガー》がでかい《ビガー》〟。ちょうびっていうのは、長い鼻のことだ。ふつうはゾウの鼻《トランク》っていうよな。字引を見せてくれたよ。そいつはいつも字引を持ち歩いてるんだ。トラックをとめてパイとコーヒーを注文して、字引を見るんだ」ひとりで長話しているのが淋しくなって、運転手は言葉を切った。となりの男を盗み見る。トムは黙っていた。運転手は落ち着かなくなって、トムを話に引き入れようとした。

「そういう、たいそうな文句をならべるやつを、あんた知ってるか?」

「伝道師」トムはいった。

「まったく、たいそうな文句をならべるやつにゃ頭にくるよ。伝道師はいいんだ。だれも伝道師とつるんだりしねえからな。だけど、そいつはおもしろかった。そいつ、たいそうな文句をならべても、気取らねえで自分が馬鹿《ばか》になるから、こっちも気にならねえんだな」運転手は安心した。とにかく相手が聞いていることがわかった。巨大なトラックはカーブを荒々しくまわり、タイヤが悲鳴をあげた。「さっきもいったけど」運転手が話をつづけた。「トラックを運転してるやつは、変なことをやる。やらずにゃいられねえんだ。ここにじっと座ってると、タイヤの下で道路がこそこそ走ってく。頭がおかしくなっちまうよ。トラックの運ちゃんはしじゅう食べてるって、だれかがいったっけ――道路沿いのハンバーガー屋で」

「たしかにそこが塒《ねぐら》みたいだな」

「たしかに寄るけど、食うためじゃねえんだ。腹なんか減ってねえ。走るのにうんざりしただけだ――胸がむかむかしてくるのさ。車をとめられるところは食堂しかねえし、寄ったらなにか頼まなきゃならねえ。カウンターの向こうの女と馬鹿話ができるようにな。で、コーヒーを一杯、パイをひと切れってわけだ。小休止ってとこかな」運転手はガムをゆっくりと嚙み、舌で転がした。

「たいへんだな」トムは、気のない声でいった。

嫌味かと思って、運転手がちらりとそっちを見た。「まあ、ちょろい仕事じゃねえ」

と、ぶっきらぼうにいった。「八時間か十時間か十四時間、じっと座ってるだけだから、楽に見えるよな。だけど、車の道中はこたえるんだ。なにかやらずにゃいられねえ。歌ったり口笛吹いたりするやつもいる。会社がラジオは禁止してる。ウィスキイを持ち込むやつもいるが、そういうやつは長続きしねえ」最後のほうは得意げにいった。「おれは終わるまで一滴も飲まねえ」

「ほんとうか？」トムがきいた。

「ああ！ 人間、先へ先へと進まなきゃだめだ。いや、おれは通信教育を受けようかと思ってるんだ。機械工学だよ、楽なもんさ。家で易しい学課をいくつか勉強すればいいだけだ。考えてるところだ。それをやったら、トラックの運転はやめる。ひとにトラックを運転しろって指図する」

トムが、パイント瓶のウィスキイを上着のポケットから出した。「ひと口やらないか？」からかう口調だった。

「滅相もねえよ。触るのも嫌だ。酒ばっかり飲んでたら、勉強できなくなる」

トムが、瓶のキャップをあけて、すばやく二度あおり、キャップを閉めてポケットにしまった。ウィスキイのぴりっとくる熱い香りが、運転台にひろがった。「やる気満々だな」トムがいった。「どういうわけだ——女でもいるのか？」

「まあ、そうだ。だけど、どっちみち先へ進みたい。長いあいだ、おれは頭を鍛えてきたんだ」

ウィスキイで、トムは気持ちがほぐれたようだった。紙巻きタバコを巻いて、火をつけた。「おれには、あんまり先がないんだよ」といった。

運転手があわててつづけた。「ウィスキイなんてまっぴらだ。おれはずっと頭を鍛えてきた。二年前にそういう通信教育を受けた」右手でハンドルを叩《たた》いた。「たとえば、道路でひとりの男のそばを通るとする。そいつを見て、行き過ぎてから、ありとあらゆることを思い出そうとするんだ。服とか靴とか鳥打帽とか。歩きかた、身長、体重、痣《あざ》か傷跡はないか。おれはそれが得意なんだ。頭のなかで絵が描ける。指紋の専門家になる勉強をしようかと思ったこともある。人間の記憶力って、たいしたもんなんだぜ」

トムが、パイント瓶からさっとひと口飲んだ。ほぐれそうになっているタバコを最後に深く吸いつけると、胼胝のできた親指と人差し指で、火がついているほうをつぶした。吸殻をすり合わせてボロ屑《くず》にすると、窓の外に出し、風が指からさらっていくのを待った。舗装面で大きなタイヤが高音で歌った。道路を睨みつけているうちに、トムの静かな黒っぽい目に、おもしろがるような色が浮かんだ。運転手はじっと待ち、不安そうに視線を投げた。ついにトムの長い上唇がめくれあがり、歯を剝き出して声もなく笑った。笑うと胸がぴくりと動いた。「そこまで行くのに、ずいぶん手間取ったな」

運転手は目を向けなかった。「そこって？ なにいってるんだ？」

トムの上下の唇が、長い歯の上で一瞬ひっぱられ、まんなかから左右に一度ずつ、犬みたいに唇を二度舐《な》めた。声が棘々《とげとげ》しかった。「なにをいってるか、わかってるだろうが。おれが乗ったとき、あんたは上から下まで眺めまわした。おれは気づいたんだ」運転手は前方を見据えていた。ハンドルをあんまり強く握っているせいで、掌の丘《きゅう》がはみ出し、甲が白くなっていた。トムが、なおもいった。「おれがどこから来たか、知ってるな」運転手は黙っていた。「どうなんだ？」トムがしつこくきいた。

「ああ――そりゃまあ。そうだな――たぶん。だけど、おれにゃ関係ねえ。自分の領分はわきまえてるよ。どうでもいいこった」口から言葉が転げ出ていた。「ひとのことに鼻をつっこみゃしねえ」急に黙り込み、じっと待った。ハンドルを握る両手はまだ白い。バッタが窓から飛び込んできて、計器盤の上にとまり、曲がった後肢《うしろあし》で翅《はね》をこすりはじめた。トムが手をのばして、頭蓋骨《ずがいこつ》を思わせるバッタの頭を指でつまんでつぶし、風の流れに乗せて窓から捨てた。つぶした昆虫のかけらを指からこすり落としながら、またくすりと笑った。「あんた、おれを誤解してるよ、旦那。隠すつもりなんかさらさらない。そう、おれはマカレスター（州刑務所）にいた。四年はいってた。そう、これは出るときにやつらがくれた服だ。だれに知られたってかまうものか。それに、おれはおやじの家に行くから、仕事を探すために嘘《うそ》をつかなくてもいいんだ」

運転手がいった。「まあ——おれには関係ねえ。嗅《か》ぎまわるのは好きじゃねえ」

「いいや、大好きだろうが」トムがいった。「そのでか鼻は、あんたの顔から八マイル先までのびてるぜ。そのでか鼻は野菜畑のヒツジみたいにおれを嗅ぎまわってたぜ」

運転手が顔をひきつらせた。「そっちこそおれを誤解してる——」弱々しくいいはじめた。

トムが嘲《あざわら》笑った。「あんたは好漢《いいやつ》だった。おれを乗せてくれた。ああ、そうとも！おれは懲役《おつとめ》を終えたところだ。文句あるか！　なにをやっておつとめしたか、知りたいだろう？」

「おれにゃ、かかり合いのねえことだ」

「だったら、かかり合いにならないで、この馬鹿でかいあまっちょを転がしてりゃいいんだ。その肝心な仕事がお留守になってるぜ。おい、見ろ。あそこに脇道があるだろう?」

「ああ」

「よし、あそこでおれはおりる。さて。おれがなにをやったかを知りたくて、あんたはおもらししそうなんだろう。期待に応《こた》えてやろうじゃないか」エンジンの高いうなりが鈍り、タイヤの歌の音程が低くなった。トムはパイント瓶を出して、すばやくひと口飲んだ。国道と土の田舎道が直角に交わっているところで、トラックが速度をゆるめてとまった。トムがおりて、運転台の脇に立った。垂直の排気管が、ほとんど見えない青い煙をポッポッと吐いている。トムが、運転手のほうに身を乗り出した。「殺人罪だ」早口にいった。「たいそうな文句だな――人を殺したってことだ。懲役七年。お行儀よくして四年で出た」

運転手が、トムの顔を記憶しようとして眺めまわした。「おれはなんにもきいてねえよ。自分の領分はわきまえてる」

「ここからテクソーラまで、ありったけの食堂でしゃべればいい」トムが頬をゆるめた。「あばよ。あんたはいいやつだった。だがな、ムショにしばらくいると、どこにいようが、詮索されそうだとにおいでわかるのさ。あんたが口をあけたとたんに、そいつが届いたのさ」掌で鉄のドアを叩いた。「乗せてくれてありがとうよ。じゃあな」向きを変え、田舎道へ歩いていった。

運転手は、一瞬トムの背中を見つめてから、大声でいった。「達者でな！」トムがふりかえらずに手をふった。やがてエンジンが轟然《ごうぜん》と咆えて、変速機がカチリと嚙み合い、巨大な赤いトラックは重たげに動きはじめた。

3

コンクリートの国道の両脇《わき》は、もつれたり、ちぎれたりしている、乾いた草の敷物に覆《おお》われている。草の頭はどれも重たげだ。野生のエンバクには、犬の体をひっかけやすい芒《のぎ》のある穂が実っている。エノコログサは、馬の距毛《けづめげ》にからみつきやすい。クローバーの毬《いが》は、ヒツジの縮毛にくっつく。眠っている命が、こうしてあちこちにばらまかれるのを待っている。どの種にも、広くちらばって蒔《ま》かれるのに便利な道具が具《そな》わっている。ねじのような矢、風に乗るパラシュート、槍《やり》の穂先のような種、細かい棘《とげ》のある球。すべてが、動物、風、男のズボンの折り返し、女のスカートの裾《すそ》を待っている。すべて受け身だが、生命の営みの道具で武装し、動けないのに移動できる原始的な仕組みが具わっている。

太陽が降り注いで叢《くさむら》を温め、叢の下の日陰で昆虫が動いていた。アリと、それを狙《ねら》って落とし穴を仕掛けるアリジゴク。バッタが宙を舞い、黄色い翅《はね》でつかのまはばたく。ちっぽけなアルマジロみたいなワラジムシが、十数本のやわらかい肢《あし》でせわしなく歩いている。そして、草地の上の道ばたをリクガメが這《は》っていた。わけもないのに横を向き、高くて丸い甲羅をひきずって、草の上を越える。固い肢と黄色い爪《つめ》のある肢先をおもむろに打ちつけながら、叢を通る。歩くというよりは、甲羅を押しあげ、ひきずっていた。エンバクの穂の芒が甲羅をすべり落ち、クローバーの毬が降りかかり、地面に落ちた。とがった嘴《くちばし》が、半開きになっている。指の爪みたいな眉《まゆ》の下の猛々《たけだけ》しく、ひょうきんな目が、まっすぐ前を見つめている。草を踏みしだいた跡を残してカメが叢を過ぎると、目の前に斜面がぬっと現われた。つまりは国道の地盤で、カメはつかのまとまって、首を高くもたげた。目をしばたたき、上から下へと眺めた。ようやく斜面を登りはじめた。爪のある前肢をのばしたが、届かなかった。後肢で蹴《け》って体を押し、腹を草と小石でこすった。斜面がどんどん急になり、カメの動きもがむしゃらになった。後肢をつっぱって、押してはすべりしながら、体を前に進め、首を精いっぱいのばして、嘴を前に突きだした。すこしずつじりじりと斜面をよじ登ると、とうとうカメの進軍の方向と直角に交差する胸壁に行き当たった。そこが路肩で、高さ四吋《インチ》のコンクリートの壁だった。まるでおのおのが勝手に動いているような感じで後肢が、カメの体を壁に押しあげた。首をもたげ、壁の上からコンクリートのなめらかな広い平原を覗《のぞ》く。こんどは前肢を壁のてっぺんにひっかけ、力をこめて持ちあげると、体がしだいにあがり、壁の前縁に乗った。カメはしばし休んだ。アカアリが一匹、甲羅にはいり込み、内側の柔らかな肉に食い込んだ。と、首と肢がさっとひっこめられ、硬い尾が横っちょに押しつけられた。アカアリは体と肢のあいだで押し潰《つぶ》された。エンバクの穂がひとつ、前肢に押されて甲羅にはさまった。しばらくのあいだ、カメは身じろぎもしなかったが、やがて首がじわじわと出てきて、例のひょうきんな渋い目つきであたりを見てから、肢と尾が出てきた。ゾウが立つときのように後肢でふんばり、甲羅が大きく傾いて、前肢は平らなコンクリートの路面に届かなくなった。だが、後肢でどんどん体を高く持ちあげるうちに、重心が動いて、前のめりに落ち、前肢が舗装をひっかいて、起きあがった。だが、エンバクの穂は、茎が前肢にひっかかったままだった。

　これで進むのが楽になった。四肢がすべて動き、甲羅が左右に揺れながら進んでいった。四十がらみの女が運転するセダン（訳注　閉鎖型車室の乗用車）が近づいてきた。カメを見つけた女が、右に急ハンドルを切り、道路をはずれかけた。タイヤが悲鳴をあげ、土煙が湧《わ》き起こった。タイヤ二本が一瞬浮いたが、また地面をつかんだ。セダンは横滑りして道路に戻り、前よりもゆっくりと走っていった。カメはしばらく甲羅に身を隠していたが、道路が灼《や》けるように熱いので、あわてて歩きはじめた。

こんどは小型トラックがやってきて、近づくと運転手がカメに気づき、ハンドルを大きく切って轢《ひ》こうとした。前のタイヤが甲羅の端にぶつかり、おはじきみたいにカメがひっくり返って飛び、硬貨みたいにくるくるまわって、道路から転げ落ちた。トラックは右車線に戻った。裏返しになったカメは、だいぶ長いあいだ、甲羅に閉じこもっていた。だが、ようやく肢を宙でじたばたさせ、表に戻るのにつかまるものを探した。前肢が石英のかけらをつかんで、徐々に甲羅を引き寄せ、表に戻した。野生のエンバクの穂が落ち、槍の穂先のような種が三つ、地面に突き刺さった。カメが斜面を這いおりるにつれて、甲羅が種の上に泥をかぶせた。カメは土の道に出て、ぎくしゃくした動きで進み、甲羅の腹で土埃《つちぼこり》に波の形の浅い溝を描いた。例のひょうきんな目が前方に向けられ、とがった嘴がすこしあいた。黄色い爪先《つまさき》が、土埃ですこしすべった。

4

トラックが走り出して、一段ずつ変速し、ゴムのタイヤに連打されて地面が脈打つのを聞くと、トムは足をとめてふりむき、トラックが姿を消すまで眺めていた。すっかり見えなくなってもまだ、遠くに目を向けたまま、青みがかった陽炎《かげろう》を眺めた。考え込むようすで、ポケットからパイント瓶を出して、金属製のキャップをねじってはずし、ウィスキイを味わいながらひと口ずつ飲んだ。瓶の首に舌を入れて、唇をなめ、逃げていったかもしれない香りを集めようとした。ためしに言葉を口にした。「おれたちは、くろんぼ《ニガー》を覗《のぞ》き見る——」それしか思い出せなかった。ようやく向き直ると、畑のあいだに直角に敷かれた土埃《つちぼこり》まみれの脇道《わきみち》に、顔を向けた。陽射《ひざ》しが熱く、ふりかかる粉塵《ふんじん》を乱す風はなかった。道には轍《わだち》が刻まれ、すべり落ちた塵《ちり》がたまっていた。トムが数歩進むと、小麦粉みたいな塵が、ヌメ革の新しい靴の前に舞いあがり、灰色の塵で靴の色がわからなくなった。

トムはかがんで靴紐《くつひも》をほどき、片方ずつ靴を脱いだ。それから、湿った足を熱い乾いた土埃のなかで心地よさそうに動かすと、指のあいだから塵が舞いあがって、やがて足の肌が乾き、つっぱった。上着を脱ぎ、それで靴をくるむと、小脇にかかえた。そして、ようやく道を進みはじめ、塵を前に飛ばし、地面のすぐ上に漂う土煙をたなびかせた。

道の右側は、挿木の柳杭《やなぎぐい》に有刺鉄線を二本渡した柵《さく》で仕切ってあった。杭は曲がっていて、小枝もろくに払っていない。木の叉《また》が適当な高さになったところに有刺鉄線をかけ、叉がない杭には、錆《さ》びた針金で有刺鉄線を結びつけてあった。柵の向こうでは、風と暑さと日照りに叩《たた》きのめされたトウモロコシが横たわり、葉の付け根のくぼみに塵がたまっていた。

トムは、土煙をひきずりながら、大儀そうにゆっくりと歩いた。すぐ先にリクガメの高くて丸い甲羅が見えた。四本の肢《あし》をぎくしゃくと動かしながら、土埃のなかをのろのろと這《は》っている。立ちどまって眺めたとき、トムの影がカメにかぶさった。たちまち首と肢がひっこめられ、短く太い尻尾《しっぽ》が横っちょにたたまれて甲羅に収まった。トムはカメを拾いあげて、ひっくりかえした。甲羅は塵とおなじ灰色と茶色だったが、腹は薄い黄色で、つるつるでなめらかだった。トムは丸めた上着を腋《わき》にしっかりと挟み直してから、カメのなめらかな腹を指でなでた。それから押した。甲羅よりずっと柔らかい。硬そうな古びた首がにゅっと出て、腹を押している指を見ようとした。カメは肢を躍起になってばたつかせた。トムの手に小便をかけ、宙で無駄なあがきをした。トムはカメを表に戻し、靴といっしょに上着にくるんだ。腕の下で押し、もがき、暴れているのが感じられた。トムはさっきよりも足早になって、細かい土埃に踵《かかと》をひきずるようにして歩いた。

前方の道ばたに塵にまみれたみすぼらしい柳が一本あり、まばらな日陰をこしらえている。いま、それが行く手に見えていた。貧相な曲がった枝が道の上にかぶさり、葉叢《はむら》は羽換わりしているニワトリみたいにぼろぼろで薄汚い。トムはいまでは汗をかいていた。青いシャツの背中と腋の下が黒ずんでいる。鳥打帽のつばをひっぱり、真中で曲げた。芯《しん》のボール紙が折れてしまったので、もう新品にはとても見えない。やがて足取りがいっそう速くなり、向こうの柳の日陰を目指した。あの柳に日陰があるのはわかっていた。太陽は天頂を過ぎているので、とにかく幹のそばには、文句のつけようがない、細長い日陰がある。陽射しが背中を笞打《むちう》ち、すこし耳鳴りがしていた。柳の根もとは見えない。平地よりも水が溜《た》まりやすい、小さな窪《くぼ》に生えているからだ。トムは太陽と争うように足を速め、下り勾配《こうばい》をおりはじめた。ところが、文句のつけようがない細長い日陰は、すでに使われていたので、用心して歩度をゆるめた。地べたにひとりの男が座り、柳の幹に寄りかかっていた。脚を組み、片方の素足が頭とおなじ高さまで持ちあがっていた。トムが近づく音が聞こえなかったらしく、まじめくさって流行歌の「はい旦那、あれがおれの恋人です《イエッサー・ザッツ・マイ・ベイビー》」を口笛で吹いていた。テンポに合わせて、のばした足をゆっくりと上下に動かしていた。ダンスのテンポではない。口笛をやめると、ゆったりした細い声のテノールで替え歌を歌った。

イエッサー、あれがおれの救世主
イエ――スが、おれの救世主
イエ――スが、いまじゃおれの救世主
はっきりいって
悪魔なんかじゃなくて
イエスが、いまじゃおれの救世主

そのあいだにトムは、まばらな葉叢の文句をいいたくなる日陰にはいっていた。近づく音を聞いた男が、歌うのをやめて、首をめぐらした。馬面《うまづら》で、肉のない顔に皮膚が張りついていた。セロリの茎みたいに筋張った肉のない頸《くび》が、その下にあった。大きなギョロ目にピンとのびた瞼《まぶた》がかぶさり、その瞼は赤く荒れていた。赤銅色《しゃくどういろ》の頬は髯《ひげ》もなくつるつるで、テカテカ光っていた。唇は豊かだった——おかしみがあり、色がましいともいえる。硬い鷲鼻《わしばな》が皮膚をひっぱりあげているせいで、鼻柱が白くなっている。顔に汗をかいておらず、長々とした青白い額にも汗はなかった。異様なまでに額が広く、きめの細かい青い血管がこめかみに浮いていた。目が顔の上半分と下半分の境になっている。ごわごわの半白の髪は、指でうしろになでつけたみたいに、額からずっとくしゃくしゃになっている。胸当てズボン《オーバーオール》に青いシャツという恰好《かっこう》だった。真鍮《しんちゅう》ボタンのデニムの上着と、ポークパイの形にプレスされた斑《まだら》模様の茶色い帽子が、そばの地面に置いてあった。土埃で灰色になったズック靴が、そのそばの脱ぎ捨てられたところに転がっていた。

男はトムをしげしげと見た。光が茶色の目の奥まで射し込んでいるようで、虹彩《こうさい》のなかの黄金色《きんいろ》の斑点《はんてん》をとらえていた。力がこもっている頸の筋肉の束が目についた。トムは、まだらの日陰にじっと立っていた。鳥打帽を脱ぎ、それで顔を拭《ぬぐ》ってから、丸めた上着といっしょに地面に落とした。

文句のつけようがない日陰にいる男が、組んでいた脚をほぐし、爪先《つまさき》を地面に食い込ませた。

トムはいった。「やあ。上の道はすさまじく暑いな」

男が座ったまま、いぶかしむようなまなざしをトムに据えた。「なあ、おまえはトム・ジョードだろう——トム爺《おやじ》のせがれの」

「ああ」トムはいった。「そのご本人だ。これから家に帰る」

「わしを憶《おぼ》えてないだろうな」男がいった。にやりと笑うと、豊かな唇がめくれて、馬みたいな大きな歯が見えた。「いや、いや、憶えとるわけがない。わしが聖霊《みたま》をおまえに授けたころ、おまえは小さな女の子のお下げをひっぱるほうに気をとられてた。お下げをひっこ抜くことしか考えてなかった。おまえは思い出せないかもしれんが、わしは憶えとる。お下げをひっぱったせいで、おまえたちふたりはイエスのもとへ連れてこられた。用水路で、わしはおまえたちに洗礼をほどこした。おまえら、二匹の猫みたいにあばれたり、わめいたりしとった」

トムは、伏し目がちに男を見てから、大笑いした。「ああ、たしかに伝道師さんだ。伝道師さんだ。一時間足らず前に、あんたのことを思い出して、ひとに話したばかりだ」

「もう伝道師じゃない」男が真顔でいった。「かつてのわし、ジム・ケイシー師は、燃える柴《しば》派（訳注『旧約聖書』出エジプト記に由来する）だった。イエスの名をほめたたえよとわめいた。悔いあらためた罪人を農業用水路にしこたま詰め込んだものだから、半分が溺《おぼ》れかけた。だが、もうそんなことはやらん」溜息《ためいき》をついた。「いまはただのジム・ケイシーだ。神の召しはもうない。罪深い考えばかりだ——しかし、それがまともに思える」

トムはいった。「ろくでもないことばかり考えるから、頭でっかちになるんだ。いや、あんたのことは憶えてるよ。いい集会をやってたな。あんた一度、逆立ちで歩きまわって、わめき散らしてたな。おふくろはほかの伝道師よりもずっとあんたをひいきにしてた。ばあちゃんは、あんたがみたまをしこたま持ってるっていってた」トムは、巻いた上着に手を突っ込んで、パイント瓶のウィスキイを出した。カメが肢を一本動かしたが、トムはぎゅっとくるんだ。キャップをあけて、瓶を差し出した。「ぐっと一杯、どうだ?」

ケイシーは、ウィスキイを受け取り、暗い顔でしげしげと眺めた。「わしはもう説教はあまりやらんのだ。もうひとびとの胸にはあまりみたまがなく、それより悪いことに、わしの胸には、もうみたまがない。ときどき、みたまが来たときにゃ集会で説教したり、食べ物をもらったときに祝福してやったりするが、本気になれん。みんなが望んでるからやるだけだ」

トムが、また鳥打帽で顔を拭《ふ》いた。「あんた、酒も飲めないくらい清らかなのか?」

ケイシーは、はじめてウィスキイに気づいたようだった。瓶を傾けて、三度ごくりと飲んだ。「ずいぶん飲みやすい酒だな」

「そりゃそうだ」トムはいった。「工場で造ってる酒（訳注　本格的に蒸留して樽に貯蔵するのではなく、飲用アルコールを用いて造る）だ。一ドルもした」

ケイシーがもう一度ごくりと飲んでから、ウィスキイを返した。「イエッサー！　イエッサー！」

ウィスキイを受け取ったトムは、無礼にならないように、袖《そで》で瓶の口を拭うのを控えて飲んだ。しゃがんで、巻いた上着に瓶をもたせかけた。自分の思いを地面に描くために、小枝を見つけた。落ち葉をどかして四角い地面を出し、土埃を均《なら》した。それから、角をいくつか描き、小さな丸をいくつもこしらえた。「ずいぶん長いあいだ、見かけなかったな」

「だれにも会ってない」元伝道師がいった。「ひとりでよそへ行って、そこでじっと考えてた。わしの胸のみたまは、あいかわらず強かったが、なにかが変わった。いろんなことが、よくわからんようになった」体を起こし、幹にまっすぐ寄りかかった。骨ばった大きな手が、リスみたいにオーバーオールのポケットを探り、黒い嚙《か》みタバコを出した。藁《わら》とポケットの灰色の糸屑《いとくず》を念入りに払い落すと、端を嚙みちぎって、頰の裏に収めた。嚙みタバコが差し出されたので、トムは枝をふって断った。巻いた上着をカメが内側からつついた。ケイシーが、ごそごそ動いている上着を見た。「なに入れてるんだ——ニワトリか？　息ができなくなっちまうぞ」

トムは、上着をもっときつく巻いた。「年寄りのカメだ。道で見つけた。おんぼろのブルドーザーだ。弟にやろうと思って。子供はカメが好きだからな」

元伝道師が、おもむろにうなずいた。「子供はだれでもいつかカメを手に入れる。だが、ずっと飼えたためしがない。カメっていうやつは、ねちっこく動きまわって、ある日、逃げ出し、いなくなっちまう——どこかへ。わしもおなじだ。昔ながらのありがたい福音《みことば》があっても、それをこなれさせて自分のものにしようとはしない。ねちっこくいじくっとるうちに、ぼろぼろにしちまう。だからいま、みたまは、あったり、なかったりだし、説教のネタがなにもない。ひとびとの先に立って進めという召しを受けても、連れてくところがない」

「その辺をぐるぐると連れまわせばいいじゃないか」トムはいった。「用水路に投げ込めばいい。〝わしとおなじように考えないと地獄で焼かれる〟といってやれよ。どうしてどこかへ連れていかなきゃならないんだ。ただ先に立って進めばいい」やがて、幹のまっすぐな影が、地面をのびてきた。トムはほっとしてその日陰にはいり、しゃがんでまたなめらかな場所をこしらえ、枝で思いを描いた。毛むくじゃらの薄茶色の牧羊犬が、小走りに道を進んできた。首を下げ、舌を垂らして、よだれがしたたっていた。ぐんにゃりと下がった尻尾を巻き、息遣いが荒かった。トムは口笛を吹いたが、犬はもうすこしうなだれて、どこかはっきりした行き先へ小走りに急いだ。「どっか行くんだ」すこし癪《しゃく》に障《さわ》ったように、トムはいった。「たぶんうちに帰るんだろう」

元伝道師は、くだんの話題から引き離されはしなかった。「どこかへ行く」と、くりかえした。「そうとも。あの犬はどこかへ行く。わしは――自分がどこへ行くのかもわからん。ひとつ教えてやろう――昔のわしは、信者を踊らせたり、みたまの語らせるままにしゃべらせたりすることができた（訳注　使徒行伝第二章。みたまの宣べしむるままに異邦のことばにて語りはじむ）。みんな至福に包まれて叫ぶうちに、気を失って倒れたもんだ。何人かは、水をぶっかけて洗礼し、正気に返らせたよ。そのあと――なにをしたか教えてやろう。女をひとり叢《くさむら》に連れ込んでアオカンするんだ。毎回な。そのあと、悪いことをしたと思って、必死で祈ったが、なんにもならんかった。そのつぎも、そいつらとわしは、みたまではちきれんばかりになって、わしはおなじことをやった。これじゃとうてい見込みはないと、わしは思った。まったくもって偽善者だ。だが、そんな気はなかったんだ」

トムがにやりと笑い、歯の長い口があいて、唇をなめた。「女を押し倒せるような熱い集会くらい、いいもんはないよ。おれもやった」

ケイシーが、興奮したように身を乗り出した。「いいか」大声を出した。「そんなふうなのをわしは見た。で、考えたんだ」大きな節が突きだしている骨ばった手を上下にふり、なにかを叩くしぐさをした。「こんなふうに考えた――〝わしが神の恵みを伝える。すると、みんな恵みに強く打たれて踊ったり叫んだりする。女とやるのは悪魔にそそのかされたからだと、いまじゃみんながいう。ところが、恵みで満ち足りた女にかぎって、早く叢に行きたがる〟。そこでまた考えた。聖霊ではちきれんばかりになって、鼻や耳からそれが噴き出している女に、悪魔が取り憑《つ》くなんてことは、地獄の釜《かま》があくことはあっても――失敬――あるわけがない、とな。悪魔にはとうてい勝ち目なんかないと思うだろ。ところが、やつはおったんだ」興奮して、目がギラギラ光っていた。頰をモゴモゴ動かすと、ケイシーは土埃に痰《たん》を吐いた。痰が玉になって転がり、どんどん土埃をくっつけて、しまいには乾いた小さな丸いペリット（訳注 肉食鳥が吐く不消化物の塊）みたいになった。ケイシーは片手をひろげ、本でも読むように掌《てのひら》を見た。

「そしてわしがいる」そっと話をつづけた。「みんなのたましいをこの手に握っとるわしが――責任ある立場で、自分の責任を感じとる――それでも毎度、女を抱く」トムのほうを情けない顔で見た。救いを求める表情だった。

トムは地面に女の体を念入りに描いた。乳房、腰、下腹。「おれは伝道師じゃなかったからな。なんでもつかめるものは逃がさない。それに、つかんだときにやったぞと思うだけで、よけいなことは考えなかった」

「だが、おまえは伝道師ではない」ケイシーがしつこくいった。「おまえには、女はただの女だ。だいじなものではない。しかし、わしにとっては聖なる器だ。わしは連中のたましいを救ってた。それほどの責任がありながら、わしは連中を聖霊の泡を吹くくらい興奮させて、それから叢へ連れてった」

「おれも伝道師になればよかった」トムはいった。刻みタバコと巻紙を出し、紙巻きタバコをこしらえた。火をつけ、目を細くして煙ごしにケイシーを見た。「長いこと女なしだった。これから帳尻《ちょうじり》を合わせるぞ」

ケイシーが話をつづけた。「夜も眠れないほど、それが気になった。説教に行くときに、いい聞かせる。〝おい、今回はやらないぞ〟。そういいながら、やるってわかっとるんだ」

「女房をもらえばいいんだ」トムはいった。「一度、伝道師の夫婦がうちに泊ったことがあった。エホバ派（訳注　エホバの証人）だった。二階に泊めた。うちの庭で集会をやった。おれたち子供は盗み聞きした。毎晩、集会のあとで、伝道師の奥さん、ぎったんばったんやられてたよ」

「それを聞いて安心した」ケイシーがいった。「わしだけかと思ってた。あんまり苦しくなったんで、やめて、ひとりでよそへ行って、そいつのことを、かなりつきつめて考えた」脚をくの字に曲げて、乾いて土埃がついた指のあいだを掻《か》いた。「こんなことをつぶやく。〝なにを気に病むんだ？　女とやることか？〟。それにもうひとりのわしがこう答える。〝いや、罪のことだ〟。それから、またこういう。〝ラバのケツなみにがちがちに罪をはねつけてるはずのときに、イエス・キリストのみたまに満ちあふれているときに、なんでズボンのボタンをはずすんだ？〟」指を二本掌に置いて、リズムをとりながら、言葉をひとつずつそこにならべていった。「わしはいう。〝罪じゃないかもしれん。それがふつうの人間のありようなのさ。なんの罪もないのに、わしらは自分を笞打ってるんだ〟。そこでわしは、三フィートのトゲトゲの針金で自分の体を叩く女信者がいるっていうことを思い出した。やつらは自分を痛めつけるのが好きなんだろう、わしもおなじかもしれない、と思った。木の下で寝てたとき、そう悟って眠り込んだ。目が醒《さ》めると夜で、あたりは暗かった。近くでコヨーテが一匹、キャンキャン啼《な》いてた。ふと大きな声が出た。〝どうでもいい！　罪なんかないし、善もない。人間のいとなみがあるだけだ。それはおなじ一事《ひとつこと》のいろんな面だ。ふつうの人間は、いいこともよくないこともやる。だが、どんな人間も、そこから先のことは、どうのこうのいえんのだ〟」ケイシーが言葉を切り、言葉を書きつけていた掌から顔をあげた。

トムはにやにやしながらケイシーを見ていたが、目は鋭く、好奇の色があった。

「そいつを、あんたは左見右見《とみこうみ》したわけだな。そいつの正体を、あんたは見破った」

ケイシーがまた口をひらき、つらくてまごついているような声音が響いた。「わしは問う。〝召しとは、みたまとはなにか？〟。もうひとりのわしが答える。〝愛だ。わしはみんなをとっても愛しとるから、ぶっ壊れるんだよ。ときどきな〟。そこで、こういう。〝イエスを愛しとるか？〟。考えに考え抜いて、わしが答える。〝いや、イエスっていう名前の知り合いはいない。話なら山ほど聞いとるが、わしが愛しとるのはみんなだ。ときどきぶっ壊れるほどみんなを愛し、しあわせになってもらいたいから、みんながしあわせになれるだろうって思うことを説教するのさ〟。それから――いや、しゃべりすぎたな。わしが悪い言葉を使うと思ってるんじゃないか。もうわしには悪い言葉でもなんでもない。みんなが使う言葉だし、なにも悪気はない。それはそうと、もうひとつおまえに、わしが思ったことを話そう。これが伝道師なら、信心にものすごく反することだが、それを考えて〝わしはこれを信じる〟と思ったから、もう伝道師ではいられなくなった」

「これってなんだ？」トムはきいた。

ケイシーが、気恥ずかしそうにトムを見た。「ちがうと思っても、怒らないでくれ」

「顔をぶん殴られでもしないかぎり、怒りゃしない」トムはいった。「なにを悟ったんだ？」

「みたまとイエスの道のことで悟った。〝どうして神やイエスにすがりつかなきゃならないんだ？　おかしくないか〟って思った。〝わしらが愛するすべての男、すべての女、それがみたまじゃないのか——人間のたましいが——そういう一切合財が。人間すべてがひとつのでかいたましいで、みんなでそいつをこしらえているんじゃないか〟と。じっと座って考えとると、にわかに——悟ったんだ。心の奥底でそれが真実だと悟った。いまもそうだとわかっとる」

元伝道師のあからさまな率直さを受けとめかねるかのように、トムは地面に視線を落とした。「そんな考えでいるなら、教会は持てないね。そんな考えでいると、みんなに里から追い出される。ふつうの人間は、踊ったり叫んだりするのが好きなんだ。いい気分になれるからね。ばあちゃんが、みたまが語らせるままにしゃべり出したら、もうだれにもとめられない。ばあちゃん、教会のお偉いさんだって殴り倒しかねない」ケイシーが、暗い顔でトムを見た。「ひとつききたいことがある。ずっと悩んでいたことだ」

「いってみな。話してやるよ。たぶん」

「そうか」──ケイシーがのろのろといった──「わしは、至福の屋根に登っとったときに、おまえを洗礼した。あの日、わしの口からイエスの切れ端が飛び出した。おまえはお下げをひっぱるのに気をとられてて、憶えとらんだろうが」

「憶えてる」トムはいった。「スージー・リトルだ。あの一年あと、おれはあいつに指をつぶされそうになった」

「それで──あの洗礼で、おまえにはなにかいいことがあったか？　行ないが改まったか？」

トムは、しばし考えた。「いや、なんにも感じなかったな」

「で──悪いことはあったか？　よく考えろ」

トムがパイント瓶を取って、ぐいと飲んだ。「悪いのも、いいのも、なんにもなかった。おもしろかっただけだ」ウィスキイをケイシーに渡した。

ケイシーが溜息をついて飲み、だいぶ減っているのを見て、こんどはほんのすこしだけ飲んだ。「それならいい。よけいなことをして、だれかに害があったんじゃないかと、心配になったんだ」

トムが上着のほうを見て、脱け出したカメが、捕まったときに目指していた方角へとちょこまか歩いているのに気づいた。トムはカメをちょっと眺めていたが、おもむろに立ちあがって捕まえ、また上着でくるんだ。「子供らにやる土産がない」トムがいった。「この爺《じじ》ガメしかないんだ」

「妙だな」ケイシーがいった。「トムおやじのことを考えとったら、おまえが来た。やっこさんのところへ寄ろうと思ってた。神を信じない男だと、以前は思っとった。トムおやじはどうしておる？」

「どうしてるかわからない。四年も家を離れてたんだ」

「手紙をよこさなかったのか？」

トムは、きまり悪くなった。「まあ、おやじは字が下手だし、手紙も苦手だ。署名はだれよりもきれいに書いて、鉛筆をなめるよ。でも、手紙は書いたためしがない。面と向かっていえないことは、鉛筆握って書く甲斐《かい》がないと、いつもいうんだ」

「おまえ、あちこち旅しとったのか？」ケイシーがきいた。

トムが、怪しむようにケイシーの顔を見た。「おれのこと、聞いてないのか？　新聞にでかく載ったのに」

「いや——まったく聞いとらん。なんだ？」ケイシーが片脚をもういっぽうの脚の上に組んで、木にだらしなくもたれた。昼下がりがどんどん過ぎて、太陽の輝きが豊潤になっていた。

トムが、明るい声でいった。「ここであんたにしゃべったほうが、すっきりするかもしれない。だけど、あんたがまだ伝道師だったら、黙ってただろうな。おれのことでお祈りをされるのは嫌だからな」パイント瓶のウィスキイを飲み干し、ほうりなげた。平べったい茶色の瓶が、土埃の上で軽やかに横滑りした。「おれはマカレスターに四年いたんだよ」

ケイシーが、トムのほうへさっと首をめぐらした。眉《まゆ》を下げたせいで、高い額がよけい高く見えた。「そのことは話したくないのだろう？　なにも聞かないよ。おまえがよからぬことをやったのなら——」

「またやるだろう——そうなったら」トムはいった。「おれは喧嘩《けんか》でひとを殺した。ダンスの集会で、ふたりとも酔っぱらってた。そいつにナイフで刺されたから、そこいらに転がってたシャベルで殺した。頭を叩き潰《つぶ》してな」

ケイシーの両眉が、上に戻った。「それで、やましく思っとらんということだな？」

「そうだ」トムはいった。「やましくない。やつにナイフで刺されたから、七年の刑だった。四年で出た――仮釈放だ」

「で、四年ものあいだ、家族からなにも便りがなかったわけか？」

「いや、便りはあった。おふくろが二年前にハガキをよこした。こないだのクリスマスには、ばあちゃんがカードを送ってきた。おれの棟のやつら、笑いやがった！　木が一本と、雪らしいキラキラしたのがついてて、こんな詩が書いてあった。

メリー・クリスマス、かわいい坊や
イエスさまは、とってもやさしいのよ
クリスマス・ツリーの下に
わたしからの贈り物がありますよ

ばあちゃん、読んでなかったんだろう。いちばんキラキラしてるのを選んで、旅回りの小間物屋から買ったんだ。おれの棟の連中は、死ぬほど笑い転げた。おれは〝やさしいイエス〟って呼ばれたよ。ばあちゃんにふざけるつもりはなかったのさ。きれいなカードだから、いちいち読まなくていいと思ったんだ。おれが入れられた年に、ばあちゃんはメガネをなくした。そのあと、見つからなかったんだろう」

「マカレスターはどうだった？」

「ああ、まあまあだ。三度のめしが食えて、ちゃんと洗った服が着られるし、体も洗える。いい暮らしだともいえる。女を抱けないのはつらいけどな」トムが、急に笑った。「仮釈放になったやつがいてな、一カ月くらいしたら、規則を破って戻ってきた。どうして仮釈放をしくじったんだと、だれかがきいたら、そいつはいった。〝いや、じつはな、おやじの家ときたら、不便でしかたがねえんだ。電気はねえし、シャワーもねえ。本もねえ。めしはまずい〟。便利なもんがいくつかあって、三度めしが食えるから戻ってきたっていうんだ。シャバじゃ、これからなにしようかって考えなきゃならないのが、心細いっていうんだ。それで、自動車を盗んで舞い戻ってきた」トムは刻みタバコを出して、茶色い巻紙綴《つづ》りを吹いて一枚剝《は》がし、紙巻きをこしらえた。

「そいつのいうとおりだ。きのうの晩、どこで寝ようかと考えて、恐ろしくなった。それから、寝棚のことや、おなじ房のやつはいまなにやってるだろうなんて考えて、こいつがムショ惚《ぼ》けかかって思ってるところさ。おれは何人かとギターやらバンジョーやらの楽団を組んだ。いい楽団だった。ラジオに出たほうがいいといわれた。それなのに、けさは何時に起きればいいのかもわからなかった。横になって、鐘が鳴るのを待ってた」

ケイシーが、くすりと笑った。「製材所のやかましい音が懐《なつ》かしくなるやつもおるわな」

土煙ごしに射す黄ばんだ午後の陽光が、あたり一帯を黄金色に染めていた。トウモロコシの茎が黄金みたいに見えた。水場に向かうツバメの群れが、頭上をさっと飛び過ぎた。トムの上着のなかで、カメがまた脱出作戦をはじめていた。トムは、鳥打帽のつばを曲げた。カラスの嘴《くちばし》のような形で、つばは長く突き出していた。「そろそろ行くかな」トムはいった。「陽に当たるのはごめんだが、もうそんなでもない」

ケイシーも起きあがった。「トムおやじにはもうずいぶん会っとらん。どのみち寄ろうと思っとった。おまえの家族には昔っからみことばを授けてきたが、献金を集めたことは一度もないし、ちょっと食べさせてもらっただけだ」

「行こう」トムはいった。「おやじもよろこぶだろう。あんたは助平だから伝道師には向かないって、おやじはいつもいってた」上着を拾いあげて、靴とカメをしっかりと巻き込んだ。

ケイシーがズック靴をそろえて、素足を突っ込んだ。「わしは、おまえとはちがって、思い切りがよくない。土埃に針金か硝子《ガラス》が隠れとるんじゃないかと、いつも心配になる。足を怪我《けが》するくらい嫌なことはないからな」

ふたりは日陰の端でちょっとためらってから、岸に早く着こうと泳いでいるみたいに、黄色い陽光のなかに躍り出た。はじめは足早に、数歩進んでから、物思いにふけるような落ち着いた足取りになった。トウモロコシの茎が、いまは横っちょに長い灰色の影を落としていて、熱い土埃のきついにおいが漂っていた。トウモロコシ畑がとぎれて、深緑の綿畑になり、土埃の薄膜を透かして、深緑の葉と、実りかけている蒴《さく》果《か》が見えた。水を溜めている下のほうが繁《しげ》り、上のほうは裸の、むらのある木だった。綿は太陽と戦っていた。遠い地平の方角はなめし革の色で、その先はなにも見えない。土埃の道がふたりの前方を、上下にうねってのびていた。西には流れに沿って柳がならび、北西では耕作を休んでいる畑が、まばらな藪《やぶ》に戻りかけている。だが、塵の灼《や》けるにおいが大気に漂い、大気が乾燥しているせいで、洟《はな》が鼻孔で乾いてかさぶたになり、眼球が乾かないように涙が出た。

ケイシーがいった。「大砂塵《だいさじん》が立つまで、トウモロコシはあんなにすくすく育ったんだな。豊作になりそうだった」

「おれは憶えてるが、来る年も」トムがいった。「来る年も、すくすく育つのに、けっして豊作にはならなかった。じいちゃんがいうには、犂《すき》を入れてから五年はよかったそうだ。野草がまだ生えてたころは」道がすこしのあいだ下りになり、またうねって登り坂になった。

ケイシーがいった。「トムおやじの家までは、半マイルもないはずだ。あの三つ目の丘の向こうかな？」

「そうだ」トムがいった。「だれかに盗まれてなければ。おやじがやったみたいに」

「おまえのおやじ、あの家を盗んだのか？」

「そうだよ。ここから一マイル半東にあったのを盗《と》ったのさ。住んでた一家が越した。じいちゃん、おやじ、ノア兄貴で、ぜんぶ持ってこようとしたんだが、びくとも動かない。それで動かせるだけ持ってきた。それでうちはかたっぽが妙な感じなんだ。三人で家を半分に切って、馬十二頭とラバ二頭でひっぱってきた。残り半分をくっつけようとして、取りに戻ったら、ウィンク・マンリーがせがれどもを引き連れて盗んだあとだった。おやじもじいちゃんも、ものすごく怒ってたが、しばらくしてウィンクといっしょに酔っぱらい、そのことで大笑いした。ウィンクのやつ、自分のほうの半分は種馬だから、そっちの半分を持ってくれれば、かけ合わせて便所のひと腹も生ませられるっていうんだ。ウィンクは、酔っぱらうと、すごくいいやつなんだ。それからおやじとじいちゃんは、あいつと仲良くなった。たびたびいっしょに酔っぱらってる」

「トムおやじは立派な男だ」ケイシーが相槌《あいづち》を打った。谷底に下るときには土埃を捲《ま》きあげ、登りでは足をゆるめて、ふたりはとぼとぼと歩いた。ケイシーが袖で額を拭ってから、またてっぺんが平らな帽子をかぶった。「そうとも。トムおやじは立派な男だ。不信心なわりには立派だ。ときどき集会で、みたまがちょっぴりやっこさんにはいり込むのを見た。十フィートも十二フィートも跳んどった。トムおやじがみたまに取り憑かれたときにゃ、突っかけられて踏みつぶされんように、急いでどかなきゃならん。なにしろ、厩《うまや》の仕切りに閉じ込められた種馬みたいに暴れるからな」

ふたりがつぎの坂のてっぺんに登ると、かなり古い雨裂に向けて、道が下っていた。自然のままの不恰好なジグザグの水路の左右に、出水に削られた小さな溝が残っている。渡り場にいくつか石が入れてあり、トムが裸足《はだし》でちょこまかと渡った。「おやじの話で思い出したが」トムはいった。「あんたは、ポークのとこで洗礼を受けたころのジョンおじには、会ってないかもしれないな。そりゃあ、走ったり跳んだり、たいへんだった。ピアノなみにでかい緑肥の薮を跳び越えたんだ。満月夜のオオカミ犬みたいに吠《ほ》えながら、跳び越えては跳んで戻った。で、それを見たおやじは、この界隈《かいわい》ではイエス憑きの高跳びで自分の右に出るものはいないと思ってたから、ジョンおじが跳び越えた藪の倍はあるでかい藪を跳ぼうとした。で、割れたガラス瓶をひり出してる雌豚みたいにわめくと、藪めがけて突進し、みごとに跳び越えて、右脚を折った。それでみたまが抜けた。伝道師がお祈りで治そうとしたが、おやじは断った。おれの胸には医者に診てもらいたいってことばかりあるといって。で、医者はいなかったが、旅回りの歯医者がいて、骨を接《つ》いでもらった。どのみち伝道師は脚が治るよう祈ったがね」

ふたりは雨裂の向こうの坂をとぼとぼと登った。太陽が衰えつつあり、日当たりがいくぶん弱くなっていた。空気はあいかわらず熱かったが、叩きつける陽光には勢いがない。曲がった杭の有刺鉄線が、まだ道沿いにのびていた。右手の有刺鉄線の柵が綿畑を仕切り、塵をかぶった緑の綿は、右も左もいちように塵にまみれ、乾き、深い緑だった。

トムが、境の柵を指差した。「あそこからがうちの地面だ。柵なんかいらないんだが、針金があったし、おやじが柵を立てたがった。四十エーカーが、四十エーカーらしく思えるっていうんだ。ジョンおじが荷車に針金を六巻きも積んでこなかったら、柵なんかできなかっただろうな。おじは子豚一匹と引き換えに、おやじに針金をくれた。どこで手に入れたのか、まったくわからない」登りになったので、ふたりは歩度をゆるめ、足で地面を探りながら、柔らかな深い土埃のなかで足を動かした。トムの目が、心のなかの記憶に向いていた。心のなかで笑っているように見えた。「ジョンおじは、とんでもない変わり者だった」トムはいった。「その子豚をどうしたかが、また変わってるんだ」くすりと笑い、歩きつづけた。

ジム・ケイシーが、いらだたしげに待った。そのあとの話がなかった。ケイシーはたっぷりと間を置いたが、話ははじまらない。「で、おじさんは子豚をどうしたんだ？」すこしむっとして、とうとうつっけんどんにきいた。

「えっ？　ああ！　そのことか。おじはその場で子豚をほふって、鉄《ストーブ》かまどに火を入れるようおふくろに頼んだ。切り身にして鍋《なべ》に入れ、あばら肉と脚を一本、天火につっこんだ。あばら肉が焼けるまで切り身を食って、脚が焼けるまで切り身を食った。それから脚に取りかかった。でかい塊を切ってはほおばった。おれたち子供がよだれを垂らしてまわりをうろつくと、すこしくれたが、おやじにはやらなかった。おじは、食いすぎてとうとうげろを吐いて、眠り込んだ。おじが眠ってるあいだに、おれたち子供とおやじが脚をたいらげた。で、翌朝、目が醒めると、おじはもう一本の脚を天火に入れた。おやじがいった。〝ジョン、おまえその豚をまるごとぜんぶ食うつもりか？〟。すると、おじがいった。〝そのつもりだ、トム。だけど、いくら食いたくてたまらなくても、ぜんぶ食い終わる前に傷《いた》んじまうのが心配だ。だから、ひと皿分とって、針金をふた巻き返してくれねえか?〟。だけど、おやじはそんな間抜けじゃない。ジョンおじが豚肉を見たくもなくなるまで食べるのをほうっておいた。おじが帰る段になっても、半分も減ってなかったから、おやじはきいた。〝塩漬けにしないのか?〟。だけど、ジョンおじは、そんなことはやらない。豚を食いたいときはまる一匹食べたいし、食べ終えたら豚なんか金輪際見たくないんだ。それで、おじは帰り、残った肉をおやじは塩漬けにした」

ケイシーがいった。「わしに伝道のみたまがあったときなら、そいつを教訓話にしておまえに語っただろうが、もうそんなことはやらん。おじさんは、どうしてそんなことをしたんだと思う?」

「さあ」トムはいった。「ただ豚が食べたくてたまらなかったんだろう。考えるだけで腹が減るよ。四年のあいだに食べた豚の焼き肉は、たった四切れだ——クリスマスごとにひと切れ」

ケイシーが、巧みに持ちかけた。「聖書の放蕩《ほうとう》息子にやってあげるみたいに、トムおやじがよく肥《ふと》らせた子牛を一頭ほふってくれるんじゃないか」

トムが、馬鹿《ばか》にするように笑った。「おやじのことがわかってないな。おやじが二ワトリを絞めるときは、ニワトリじゃなくておやじのほうがギャアギャア騒ぐんだ。おやじ、性懲《しょうこ》りがないんだ。豚をいつもクリスマス用にとっておくんだが、鼓脹《こちょう》かなにかで豚が九月に死んだら、食いっぱぐれるんだよ。ジョンおじは豚を食べたかったから食べた。飽きるまで」

ふたりは坂の上の曲がった道に出て、ジョード農場を見下ろした。そこでトムは立ちどまった。「ようすが変だ。あの家を見ろ。なにかあったんだ。だれもいない」ふたりはじっと立ち、寄り添う小さな建物の群れに目を凝らした。

5

地主たちが畑を見にきた。地主の代弁者は、それよりも足しげくやってきた。ドアと窓を閉ざせる箱形の自動車で来て、乾いた地面を指でなでた。ときどき、大きな採土器《オーガー》を地面に突き立て、土質検査をした。箱形の自動車が畑を走るあいだ、小作人は太陽に叩《たた》きのめされた玄関先から不安げに見守った。ようやく地主の手先が玄関先に乗り付けて、自動車に乗ったまま、窓ごしに話をした。小作人がしばらく自動車のそばに立ち、それからしゃがんで、土埃《つちぼこり》にしるしをつける小枝を見つけた。

あいたドアの奥では、女房が立って表を眺め、そのうしろには子供たちがいた――トウモロコシ頭で、目を丸くして、左右の素足を重ねて、爪先《つまさき》をもぞもぞ動かしている。小作人が地主の手先と話をするのを、女房や子供たちが見守った。みんな黙りこくっていた。

自分がやらなければならないことを嫌っていて、親切な代理もいた。つらく当たるのが嫌で、怒っているものもいた。さらに、冷淡でないと地主にはなれないと、前から悟っているため、冷淡なものもいた。また、そのどれであっても、だれもが、ひとりの人間よりも大きな物事のとりこになっていた。自分たちを動かしている数理を憎んでいるものもいた。怖《おそ》れているものもいた。思いやりや情けからの逃げ場になるので、数理をありがたく思っているものもいた。銀行か信販会社が地面を所有している場合、手先は、思いやりや情けを示しつつ、銀行——もしくは会社——が、必要としている——望んでいる——強く主張している——そうせざるをえない、といういいかたをする。銀行もしくは会社が、小作人を罠《わな》にかけた巨大な怪物でもあるかのような口ぶりだった。要するに、自分たちは人間であり、奴隷《どれい》であるので、銀行や会社のやることになんの責任もないというのだ。いっぽう、銀行はたくみに運営されている組織であり、支配者でもある。地主の手先のなかには、そういう冷酷で強力な支配者の奴隷であることを、すこしばかり鼻にかけているものもいた。地主の手先は自動車に乗ったまま、説明する。地面が痩《や》せているのは、わかっているだろう。あんたらがどれだけひっかきまわしたか、わかるまいが。

しゃがんでいる小作人がうなずき、どういうことかと怪しみながら、土埃に絵を描く。そうだな、どれだけひっかきまわしたか、わからない。大砂塵《だいさじん》さえ立たなければ、畑の土が剝《む》き出しにならなければ、こんなに非道《ひど》くはならなかった。

地主の手先は、話の要点に導こうとする。地面がどんどん瘦せていくのは、わかっているだろう。綿は土にはよくないんだ。養分を奪い、血をぜんぶ吸いあげる。居座っている小作人がうなずく――知ってるよ。あたりまえだ。輪作すれば、土をもとに戻せるかもしれない。

それが、手遅れなんだ。地主の手先はそこで、自分たちよりも強い怪物の仕組みと考えかたを説明する。おまんまが食えて、税金を払えれば、地面を持っていられる。それができる。

ああ、できる。作物ができなくなって、銀行から借金しなければならなくなる日までは。

しかし――わかるだろうが、銀行や会社にはそれができない。なぜなら、この生き物は空気を吸わないし、半丸枝肉《サイドミート》（訳注　ベーコンかソルトポークに加工したものを主に指す）は食わない。利益を吸って、お金の利息を食う。それがないと、空気や肉がないとあんたらが死ぬのとおなじで、死んでしまうんだ。悲しいことだが、そうなんだよ。それがありのままだ。

しゃがんでいる小作人は、納得がいかずに目をあげる。おれたちがもうちょっとがんばればすむことだろう。来年はいい年になるかもしれない。綿がしこたまできるよ。それに、あちこちで戦争をやってるから――綿の値段はぐんぐんあがる。綿から火薬も作れるんだろう？　軍服も。これだけ戦争をやっているんだから、綿の値段は天井知らずだ。来年、そうなるかもしれない。小作人が問いかけるように見あげる。それを当てにするわけにはいかないんだ。銀行は――この巨大な怪物は、つねに利益をあげていないといけない。待っていられないんだ。死んでしまうから。だって、税金は待ってくれないよ。怪物は成長がとまったら死ぬ。ずっとおなじ大きさではだめなんだ。

柔らかな指が、自動車の窓の縁を叩きはじめ、せわしげに絵を描いている小枝を握る硬い指に、力がこもる。太陽に打ちのめされた小作人の家では、玄関の奥で女房が溜息《ためいき》をつき、左右の足を重ね換えては、爪先を動かしていた。手先の車のそばを犬が嗅《か》ぎまわり、四本のタイヤにじゅんぐりに小便をかけた。日向《ひなた》の地面にニワトリがうずくまり、砂で体を洗うためにばたばたと羽を動かしていた。狭い豚小屋では、豚が泥水混じりの残飯をあさりながら、なにかを問いたげにブーブー鳴いた。

しゃがんでいる小作人が、また目を伏せた。どうしろっていうんだ？　小作料をこれ以上増やされたらやっていけない――いまだって飢え死にしかけてる。子供らはいつも腹を空《す》かしてる。ろくな服もない。破れてぼろぼろだ。近所のものがみんなおなじでなかったら、恥ずかしくて集会にもいけないだろう。

そこでようやく、地主の手先は肝心な話にはいる。小作制度はこの先、うまくいかなくなる。トラクター一台、運転手ひとりで、十二世帯か十四世帯分の畑を耕せる。運転手に給料を払い、作物はぜんぶ手にはいる。それをやるしかない。わたしらも、やりたくはない。しかし、怪物が病気だ。怪物に異常が起きているんだ。

だけど、綿で土がだめになるよ。

わかっている。土が死ぬ前に急いで綿を穫《と》らなければならない。そうしたら、地面を売る。東部には地面をほしがっている家族がいくらでもいる。

小作人は驚くとともにうろたえて、目をあげた。それじゃ、おれたちはどうなるんだ？　どうやって食べてく？

立ち退《の》いてもらうしかない。トラクターの犂《すき》が、ちょうどその家を通るんだ。

しゃがんでいた小作人が、口惜《くや》しそうに立ちあがった。じいちゃんが地面を分捕り、先住民《インジャン》を殺して追い払わなきゃならなかった。おやじはここで生まれて、雑草やヘビを根絶やしにした。そのうちに不作の年が来て、おやじはちょっとばかり借金をした。おれたちもここで生まれた。あそこにいる子供たちも、ここで生まれた。それでおやじはまた借金するはめになった。そのあと、地面は銀行のものになったが、おれたちはここにいて、作物のほんのわずかの分け前をもらってきた。

そんなことはわかっている——なにもかも。わたしらじゃなくて、銀行がやることなんだ。銀行は人間とはちがう。五万エーカーの地主ともなれば、人間とはいえないだろう。でかい怪物なんだよ。

小作人が悲鳴のような声をあげた。それはそうだが、おれたちの地面なんだ。おれたちが地積を測って、犂起こした。ここで生まれ、殺され、死んだ。たとえいい地面でなくても、おれたちの地面だ。ここで生まれて、働いて、死んでいったから、おれたちの地面になったんだ。数字が書いてある紙切れじゃなく、それが所有権になる。

気の毒だとわたしらは思う。わたしらではない。怪物なんだ。銀行は人間とはちがう。

そうだが、銀行は人間でできてる。

いや、そこのところがまちがっている——まったくちがう。銀行は人間とは似ても似つかないものだ。銀行の人間はみんな銀行がやることを嫌がってるんだが、それでも銀行はそれをやる。銀行は人間をしのぐものなんだ。巨大な怪物なんだ。人間がこしらえたんだが、もう制御できなくなってるんだ。

小作人がわめく。じいちゃんはインジャンを殺した。おやじはヘビを殺した。地面のために。おれたちは銀行を殺すかもしれない——インジャンやヘビよりもたちが悪いからな。地面を手放さないために、おれたちは戦うかもしれない。おやじやじいちゃんとおなじように。

すると、地主の手先が怒りだした。あんたらは立ち退くしかないんだ。

でも、おれたちのものだ、と小作人がわめく。おれたち――。

ちがう。銀行の、怪物のものだ。あんたらは立ち退くしかない。

おれたちは銃を手に取る。インジャンが来たときに、じいちゃんがそうした。で、どうなる？

そうだな――最初は保安官、それから州警。居座ろうとすれば、盗んだことになる。居座るために殺せば、殺人犯だ。怪物は人間じゃないが、人間を思いどおりに動かせる。

だが、出ていくにしても、どこへ行く？　どうやって行く？　金もない。

気の毒だと思う、と地主の手先がいう。銀行、五万エーカーの地主には、責任は負えない。あんたらは自分のものじゃない地面にいる。いっそ見切りをつけて、秋に綿摘みをやればいいじゃないか。救済事業に頼ってもいい。西のカリフォルニアへ行ったらどうだ？　仕事はあるし、寒くならない。そうとも、どこかへ行って、オレンジを摘めばいい。あっちはいつでも収穫する果物がある。カリフォルニアへ行けばいいじゃないか。そういって、地主の手先は車を出し、走り去る。

小作人はまたしゃがんで、土埃に小枝でしるしをつけ、思案に暮れ、思い惑う。陽に焼かれた顔が浅黒く、陽に笞打《むちう》たれた目の色が薄い。女房がおそるおそる戸口から出てきて、夫のほうへ近づくと、子供たちがいつでも逃げ出せる身構えで、そのうしろからおそるおそる忍び寄る。大きな男の子は、大人っぽく見られようとして、父親のそばでしゃがむ。しばらくして、女房がきく。あのひと、どうしろって？

夫は一瞬、目をあげるが、心の痛みがその目にはわだかまっている。出ていくしかない。トラクターと親方。工場とおなじだ。

どこへ行くの？　女房がたずねる。

わからない。どうしたものかな。

すると、女房はすばやくそっとそこを離れ、子供たちを追い立てて家のなかに戻る。深く傷つき、弱り果てている男は、どんなに愛している人間にも、怒りをぶつけかねない。それがわかっていたからだ。土埃のなかで思案に暮れ、思い惑っている夫を、女房はそっとひとりにしておいた。

しばらくすると、小作人はふと目を向けるかもしれない――十年前に掘った井戸の手押しポンプに。アヒルの頸《くび》みたいに曲がった柄、鉄の蛇口の花模様。あるいはニワトリを千羽もさばいた大俎板《おおまないた》に。あるいは納屋《なや》に転がっている手押し犂に。その上のたるきにひっかけてある、赤ちゃん用のエナメル靴に。

家のなかで、子供たちは女房のそばに群がっている。ぼくたちどうするの、かあさん？　どこへ行くの？

女房がいう。まだわからないのよ。表で遊んできなさい。でも、おとうさんのそばへ行ってはだめ。そばへ行ったらぶたれるかもしれない。そして女房は家事をつづけるが、みんなずっと、地面にしゃがみ、弱り果てて、思案に暮れている男のほうを見ている。

トラクターが道を越えて、畑にはいってきた。大きな無限軌道《クローラー》に乗って、昆虫みたいに動き、昆虫のようなすさまじい力を持っている。地べたを這《は》って乗り越えながら、軌道を敷いてはその上を進み、うしろで軌道を引きあげるという仕掛けになっている。ディーゼル機関のトラクターは、無負荷運転《アイドリング》でとまっているときには、煙をポッポッと吐いている。動きだすときには轟音《ごうおん》を響かせ、やがて低い爆音に落ち着く。団子鼻のこの怪物は、土埃を捲《ま》きあげ、土に鼻を突っ込み、その地《くに》をまっすぐに突っ切り、横切り、柵《さく》を突っかけ、農家の庭を抜け、雨裂《ガリ》をまっすぐに出入りした。地面を走るのではなく、自分が敷いた地盤の上を走った。登り坂、ガルチ（訳注　降雨時に急流になりやすい深く切れ込んだ雨裂）、水路、柵、家があろうと、いっさいお構いなしだった。

　鉄の座席に座っている人間は、人間ではないみたいに見えた。手袋をはめ、防塵《ぼうじん》メガネをかけ、ゴムの防塵マスクで鼻と口を覆《おお》っていて、怪物の一部分として座席に座っているロボットみたいだった。エンジンの気筒の轟《とどろ》きがあたり一面に響き、大気や大地と合体した。大地と大気が心を合わせるようにふるえて、ぶつぶつとつぶやいた。運転手はそれを制御できなかった――トラクターは、まっすぐに地面を横切っては、十数カ所の農地を抜けて、またまっすぐに戻ってくる。操縦装置をぴくりとでも動かせば、トラクターはななめに進みかねないが、運転手の手は寸分も動かなかった。なぜなら、トラクターを造った怪物、トラクターをよこした怪物が、どうにかして運転手の手に乗り移り、頭と筋肉に宿り、防塵メガネをかけさせ、猿轡《さるぐつわ》をはめていたからだ――その男の意識に防塵メガネをかけ、おしゃべりに猿轡をはめ、知覚に防塵メガネをかけ、抗議の声を押し込めていたからだ。運転手には土のあるがままの姿が見えず、土のにおいが嗅げず、その足は土くれを踏みつけることがなく、大地の温かさと力を感じることがなかった。ただ鉄の座席に座り、鉄の踏板《ペダル》を踏んでいた。自分の力の延長であるこの機械に対して、歓声をあげたり、叩いたり、毒づいたり、励ましたりすることができなかった。だから、自分に対しても、歓声をあげたり、笞打ったり、悪態をついたり、励ましたりすることができなかった。男は土を知らず、持たず、信じず、土に本気でお願いすることがなかった。こぼれた種が芽を出さなくても、どうということはなかった。枝をひろげた若木が日照りで枯れたり、出水で溺《おぼ》れても、運転手はトラクターとおなじように平気だった。

運転手は、銀行が土を愛していないように、土を愛していなかった。トラクターなら見惚《みと》れることができる――機械で加工された表面、みなぎる力、燃料が爆発している気筒に。だが、その男のトラクターではなかった。トラクターは光り輝く円盤をうしろで回転させ、その刃で地面を断ち割っていた――犂起こすのではなく、切り刻んでいた。刻まれた土が右にあるつぎの円盤の列に押し込まれて、そこで刻まれ、また左に押し戻される。刻まれた土で磨かれて、刃がギラギラ光っていた。円盤のうしろでは耙労《ハロウ》が鉄の歯で梳《す》いて、小さな土くれを割り、地面をなめらかにしていた。耙労のうしろには、長い条播機《シーダー》があり――鋳物《いもの》工場で勃起《ぼっき》させられた曲がった鉄の陰茎十二本が、歯車の動きで絶頂に達し、なんの情念も交えずに大地を強姦《ごうかん》して種を播《ま》いていた。鉄の座席に座っている運転手は、自分の意図とかかわりのない直線に鼻高々で、自分が好きでもなく所有してもいないトラクターが自慢で、自分が制御できない力を誇っていた。やがて作物が育ち、収穫されるだろうが、それまでに熱い土くれを手で握りつぶして、指のあいだからはらはらと地面に落とす人間は、もうひとりもいない。人種に触ったり、作物が育つのを心から願ったりする人間は、もうひとりもいない。人間は自分が育てなかったものを食べ、パンとの結びつきはもはや失われている。土は鉄に踏みしだかれて作物を生み出し、しだいに死ぬ。なぜなら、土はもう愛されることも憎まれることもなく、祈りも呪《のろ》いも持たないからだ。

正午になると、トラクターの運転手が、小作人の家の近くにとめて、弁当をひらくこともあった。油紙に包んだ、白パンにキュウリの酢漬け、チーズ、〈スパム〉のサンドイッチ、エンジンの部品みたいに商標の焼印があるパイ。運転手はうまくもなさそうに食べる。そういうときには、まだ立ち退いていなかった小作人が、運転手を見ようと出てきて、防塵メガネがはずされ、つづいてゴムの防塵マスクがはずされるのを、物珍しそうに眺める。両目のまわりに白い環《わ》が残り、鼻と口のまわりにそれよりも大きな環がひとつできていた。トラクターの排気は、そのままポッポッと出ていた。燃料がたいへん安いので、余熱栓を加熱しておいてあらためて始動するよりも、エンジンをかけっぱなしにしておいたほうが、面倒がないからだ。物見高い子供たちが、近くで群がった。ぼろを着た子供たちが、眺めながら揚げパンを食べた。サンドイッチの包みが剝かれるのを、餓《かつ》えたようすで眺め、空腹のせいで鋭くなった嗅覚《きゅうかく》で、酢漬け、チーズ、〈スパム〉を嗅ぎつけた。運転手には話しかけなかった。運転手の手が食べ物を口に運ぶのを見ていた。むしゃむしゃ食べるのは見なかった。サンドイッチを持っている手を、目で追った。しばらくすると、立ち退けなかった小作人が出てきて、トラクターのうしろの日陰にしゃがんだ。

「おい、おまえはジョー・デイヴィスのせがれじゃないか!」

「ああ」運転手がいった。

「それじゃ、なんでこんな仕事をしてるんだ——仲間のためにならないのに」

「日当三ドルだ。めしを食うために這いつくばるのは、もうごめんだ——這いつくばったって食いっぱぐれる。おれには、女房もガキもいるんだ。食わせなきゃならねえ。一日三ドル、毎日もらえるんだ」

「そうかい」小作人がいう。「だけど、おまえの一日三ドルのせいで、十五か二十の家族が、なんにも食べられなくなるんだぞ。百人もが出ていかなきゃならなくなって、あてどない旅に出てる。おまえの三ドルのせいで。そうだろ?」

するとと運転手がいう。「そんなことは考えてられねえ。自分のガキのことで精いっぱいだ。一日三ドル、毎日もらえる。ご時世が変わってるんだ、あんた。わからねえのか？　二千、五千、一万エーカーとトラクター一台がなかったら、畑で食ってくことはできねえんだ。畑はもう、おれたちみてえなケチな人間にゃ、なんの役にも立たねえ。フォードや電話会社みたいな大会社を持ってねえやつは、つべこべ文句をいえる身分じゃねえんだ。もう畑はそういうもんになっちまったんだ。どうにもできねえんだ。どこかで一日三ドル稼がなきゃならねえ。それしかねえんだ」

小作人は考え込んだ。「そいつは妙じゃないか。ひとがちっちゃな地面を持ってたら、その地面はひとそのもの、ひとの手足みたいなもので、ひとによく似ている。ひとが地面を持ってたら、そこを歩いたり、いじったり、そこがうまくいかないときに悲しんだり、そこに雨が降ったら気が晴れたりする。地面はひとそのもので、それを持ってると、ひとはいろいろなことで、大きくなれる。ひとがうまくいってなくても、地面のおかげで大きくなれる。そういうものだよ」

そこで、小作人はまた考え込む。「でも、地面を見たり、じっくり手入れしたり、そこで歩いたりしないひとに地面をやったら――その地面はそのひととおなじじゃない。望むことをやれないし、望むことを思いつかない。地面はひとそのもので、ひとよりも大きい。そのひとは小さい。大きくない。持ち物のほうがずっと大きい――そのひとは地面の召使だ。そういうものだよ」

運転手は、商標の焼印があるパイをむしゃむしゃ食べて、皮を投げ捨てた。「ご時世が変わったんだよ。そんなこと考えたって、ガキを食わせられやしねえ。一日三ドルもらって、ガキを食わせな。よそのガキを心配することはねえんだ。自分ちのガキの心配をしろ。そんなことをしゃべってるって評判が立ったら、一日三ドルはぜったいにもらえねえよ。日当のことじゃなくて、よけいなことを考えてるやつに、お偉方は一日三ドルくれやしねえ」

「おまえの三ドルのせいで、百人が行くあてもなく旅に出た。どこへ行けばいいんだ？」

「それで思い出したが」運転手がいった。「さっさと出てったほうがいい。弁当食ったら、庭を突っ切るからな」

「けさは井戸を埋めちまったな」

「ああ。畝《うね》をまっすぐこしらえなきゃならねえんだ。だが、庭を突っ切るのは、飯のあとにしてやるよ。畝をまっすぐこしらえなきゃならねえ。それから、まあ、あんたはおやじの知り合いだから、教えといてやろう。おれは指図されてるんだ。まだ立ち退いてない連中がいるところで——おれが事故を起こしたら——うっかりして家に近づきすぎて、すこしつぶしちまったら――それで、二ドルもらえるかもしれねえのさ。いちばん下のガキの靴がねえんだ」

「わしがこの手で建てた。古釘《ふるくぎ》をまっすぐにのばして、屋根を葺《ふ》いた。たるきは針金で縦桁《たてげた》にくくりつけたわしの家だ。わしが建てた。あんたがそれをつぶす――わしはライフル銃を持って窓に立つ。あまり近くに来たら、ウサギを撃つみたいにあんたを撃つ」

「おれじゃねえ。おれにはなにもできねえんだ。やらなかったらクビになる。それにな――おれを殺したらどうなる？　あんたは縛り首になるだけだし、あんたが吊《つ》るされる前にべつのやつがトラクターで来て、あんたの家をつぶすだろうよ。殺す相手をまちがえてるぜ」

「だとしたら」小作人がいった。「だれがあんたに指図した？　そいつを狙《ねら》う。わしが殺すのはそいつだ」

「考えちがいをするな。そいつも銀行に指図されてる。銀行がそいつに指図したんだ。〝みんなを立ち退かせろ。さもないとクビだ〟といって」

「それじゃ、銀行には頭取ってものがいるだろう。取締役会があるだろう。ライフル銃の弾倉にめいっぱい弾丸《たま》をこめて、銀行に押しかける」

運転手がいった。「銀行は東部から命令を受けてるって話だぜ。〝畑から利益を出さないとおまえのところを閉める〟っていう命令だ」

「それじゃ、きりがないじゃないか。だれを撃てばいい？　わしを飢えさせてるやつを殺す前に飢え死にするのはまっぴらだ」

「おれにはわからねえ。撃つ相手なんかいやしねえかもしれねえ。相手は人間じゃねえのかもしれねえ。たぶん、あんたがいったように、地面がやってるのさ。とにかく、おれがどういう指図を受けてるか、あんたに教えたからな」

「手立てを見つけないと」小作人がいった。「みんな、なんとか手立てを見つけないといけない。これをやめさせる途《みち》があるはずだ。雷や地震とはちがうんだ。人間がこしらえた悪いものなんだから、なんとかして変えられるはずだ」小作人が戸口に座り、運転手はエンジンを轟然とうならせて、トラクターを動かした。キャタピラがおりては弧を描き、耙《ハロウ》労が地面を梳き、条播機《シーダー》の陰茎が土にするりとはいる。トラクターは庭を切り刻み、踏みつけられて硬くなっていた地面が、種の播かれた畑になり、トラクターがまた切り刻んでいった。刻まれていない場所は、幅十フィートになった。やがて、また戻ってきた。鉄の緩衝器が家の角に食い込み、壁を崩し、小さな家を基礎からこじって、横倒しにし、虫を潰《つぶ》すみたいに潰した。運転手は防塵メガネをかけ、ゴムの防塵マスクで鼻と口を覆っていた。トラクターはまっすぐな畝を刻みつづけ、雷鳴のような音で空気も地面もふるえていた。小作人はライフル銃を持って、それをうしろから睨《にら》みつけた。女房がそばにいて、そのうしろに黙りこくった子供たちがいた。そして、みんなでトラクターのうしろ姿を睨みつけていた。

6

ケイシー師とトム・ジョードは、坂の上に立ち、ジョード家の在所を見おろした。ペンキを塗っていない小さな家は、いっぽうが潰《つぶ》され、基礎から押しのけられて、大きく傾いていた。盲《めし》いた鎧窓《よろいまど》が、地平線よりもずっと上、天の一点を指している。柵《さく》はなくなり、綿が庭に生えて、家に突き当たっている。納屋《なや》も綿に囲まれている。便所は横倒しになり、そこにも綿が迫っていた。子供の素足や、馬の蹄《ひづめ》や、幅広い馬車の車輪で踏み固められた庭が、いまでは耕され、土埃《つちぼこり》にまみれた深緑の綿が生えていた。トムは、乾いた馬の水飼場のそばに立つみすぼらしい柳や、ポンプがあったコンクリートの土台を、しばらく睨《にら》みつけていた。「なんてこった！」と、ようやくつぶやいた。「ここに地獄が飛び出してきたのか。だれも住んでない」ついに足早に坂を下り、ケイシーがつづいた。納屋を覗《のぞ》き込む。からっぽだ。切り藁《わら》がすこし床に積もっている。角にあるラバの馬房を見た。覗いているときに、なにかが床を迸《たばし》り、ハツカネズミの一家が藁の下に隠れた。トムは、差し掛けの道具置場の前で足をとめた。

道具はない——壊れた犂《すき》の刃と、針金のこんがらがった塊が隅にある。熊手車《くまで》の鉄の車輪ひとつ、ネズミにかじられたラバの首輪、泥と油にまみれた潤滑油の平たい一ガロン缶、釘《くぎ》にかけてある破れたオーバーオール二本。「なにも残ってない」トムはいった。「すごくいい道具があったんだ。なにも残ってない」

ケイシーがいった。「わしがまだ伝道師だったら、神の御手《みて》がふりおろされたというところだろうな。だが、なにが起きたのか、からきしわからん。ずっとよそへ行ってた。なんの噂《うわさ》も聞いてない」ふたりはコンクリートの井戸蓋《ぶた》のほうへ向かった。そこまで行くのに、綿のあいだを歩いた。蒴果《さくか》が実りかけていて、地面は耕されていた。

「おれたちは、ここを畑にしたことは一度もなかった」トムはいった。「いつもあけておいた。だって、これじゃ綿を踏みつけないで馬を入れることもできやしない」ふたりは乾いた水飼場の前で立ちどまった。水飼場の下に生えているはずの固有の雑草はなく、槽《おけ》の古い厚い木が乾いてひびがはいっていた。ポンプを固定するためのボルトが、井戸蓋の上に突き出し、ネジ山が錆《さ》びて、ナットがなかった。トムは筒形の井戸を覗いて、唾《つば》を吐き、耳を澄ました。土くれを井戸に落とし、耳を澄ました。「いい井戸だった」トムはいった。「水の音がしない」家を見にいくのは、気が進まないふうだった。土くれを何度も井戸に投げ込んだ。「みんな死んだのかもしれない。でも、それならだれかが教えてくれたはずだ。なにかしら報《しら》せがあっただろう」

「どうしたのか書いてある置き手紙が、家のなかにあるかもしれん。おまえが出ることは、わかっとったんじゃないのか?」

「どうかな」トムはいった。「いや、知らないだろう。おれだって一週間前に知ったくらいだ」

「家のなかを見にいこう。ぶっ潰されて妙な恰好《かっこう》になっとる。なにかがぶち当たったんだな」傾いている家に向けて、ふたりはのろのろと歩いていった。ベランダの屋根の支柱二本が押し出されて、屋根のいっぽうが落ちていた。それに、家の角が打ち砕かれてくぼんでいた。木の壁がめちゃめちゃに引き裂かれ、角部屋のなかが見えていた。玄関ドアが内側にだらりとあき、玄関前の頑丈な腰高門扉《もんぴ》が、革の蝶番《ちょうつがい》の先で外側にだらりとあいていた。

トムは、十二インチ角材一本の踏み段の前で足をとめた。「踏み段はある。でも、みんな行っちまった――それともおふくろが死んだか」玄関前の腰高門扉を指差した。「おふくろが近くにいるんなら、門を閉めて掛金をかけてあるはずだ。いつもそうしてた――門を閉めるようにしてた」目の色を変えた。「ジェイコブズの家に豚がはいり込んで赤ん坊を食っちまってからだ。ミリー・ジェイコブズはそのとき納屋にいた。

家に戻ると、豚はまだ食ってる最中だった。それで、ミリーは腹がでかかったし、取り憑《つ》かれたみたいに泣きわめいた。立ち直れなかった。そのあと、ふつうじゃなくなった。だけど、おふくろはそれで学んだんだ。自分が家のなかにいないときは、ぜったいに豚よけの門をあけっぱなしにしなかった。一度も忘れたことがない。やっぱり——みんな行っちまったか——死んだんだ」引き裂かれたベランダに登り、台所を覗き込んだ。窓ガラスが割れ、投げ込まれた石が床に転がっていた。それに、床も壁もドアとは反対側にへしゃげ、木の面に細かい塵が積もっていた。トムは、割れたガラスと石を指差した。「ガキどもだ。窓ガラスを割るためなら、二十マイルの道のりもガキには遠くない。おれもやった。空き家になったらすぐにやつらは嗅《か》ぎつける。だれかが引っ越すと、ガキどもはいの一番にガラスを割りにくる」台所に家具はなにもなく、ストーブもなかった。壁にある煙管の丸い穴から、外の光が見える。流し台に古い栓抜きと、木の柄がとれたフォークが残っていた。トムが用心しいしい部屋にはいると、重みで床板がうめいた。フィラデルフィアで出している《パブリック・レッジャー》の古新聞が、壁際《かべぎわ》の床に落ちていた。紙が黄ばんで丸まっていた。トムは寝室を覗いた——ベッドも、椅子《いす》も、なにもない。壁には、「紅の翼」（訳注　インディアンの悲恋を歌う一九〇七年の流行歌）という題をあしらった、インディアンの乙女の彩色画（訳注　楽譜のカバーアート）があった。

ベッドの敷板が一枚、壁にもたせかけてあり、隅にボタンで留める婦人用の深靴があった。爪先《つまさき》が反りかえり、甲革が破れている。トムはそれを取りあげて眺めた。「憶《おぼ》えてる。おふくろのだ。ずいぶんくたびれたもんだ。おふくろはこの靴が好きでね。何年もはいてた。やっぱり、みんな行っちまったんだ——一切合財持って」

陽が傾いて、ななめになった裏窓から射《さ》し込み、割れたガラスの縁できらめいた。トムはようやく向き直り、表に出て、ベランダをひきかえした。ベランダの端に腰かけると、十二インチ角材の踏み段に素足を置いた。夕陽が畑を照らし、綿が地面に長い影を落とし、羽換わりしているニワトリみたいにみすぼらしい柳が、長い影を投じていた。

ケイシーが、トムのそばに腰かけた。「家族はおまえにぜんぜん手紙をよこさなかったのか?」と、きいた。

「ああ、いっただろう。みんな手紙なんか書かない。おやじは書けるが、書こうとしない。嫌いなんだ。手紙を書くとぞっとするそうだ。型録《カタログ》で注文するのは、どこのだれよりもちゃんとできるが、手紙は金輪際書かない」ふたりはならんで腰かけ、遠くに強い視線を向けていた。トムが、巻いた上着をベランダに置いた。空いた手でタバコを巻き、まっすぐにのばすと、火をつけ、深く吸って、鼻から煙を吐き出した。

「ようすがおかしい。はっきりとはわからないが、ものすごく悪いことが起きてるっていう気がする。なにしろ家は押し壊されてるし、家族もいなくなってる」

ケイシーがいった。「あっちに用水路があって、わしはそこで洗礼をほどこした。おまえは性悪《ワル》じゃなかったが、しぶとかった。ブルドッグみたいに女の子のお下げを放さなかった。聖霊《みたま》の名においておまえたちを洗礼したが、それでも放さなかった。トムおやじがいった。〝そいつを水に浸《つ》けちまえ〟。で、わしはおまえの頭を押さえつけた。おまえはゴボゴボあぶくを吐いて、やっと女の子のお下げを放した。おまえは性悪《ワル》じゃなかったが、しぶとかった。しぶといガキは、みたまをしこたま持って大きくなることもある」

痩《や》せた灰色の猫が、納屋からこそこそと出てきて、綿畑のなかを這《は》い、ベランダの端まで行った。音もなくベランダに跳び乗り、低い姿勢でふたりの男に忍び寄った。ふたりのちょうどなかごろの真うしろまで来ると、座り、うしろにまっすぐにのばして床につけた尻尾《しっぽ》の先っぽだけをひくひく動かした。そこにじっと座って、男たちが見ている彼方《かなた》に目を凝らした。

トムが、ちらりとふりかえって猫を見た。「おやおや！　だれかと思えば。居残っているやつがいたか」片手をのばしたが、届かないところに猫が跳びのいて、座り、持ちあげた前肢《まえあし》の肉趾《にくし》をなめた。トムはそれを見て、とまどう顔になった。「ははあ、そういうことか」大声を出した。「なにがおかしいか、あの猫のおかげでわかった」

「おかしなことは、いっぱいあるようだが」ケイシーがいった。

「そうじゃない。このうちだけのことじゃないんだ。どうしてあの猫は、近所の家――たとえばランスの家に行ってないんだ？ だれもこの家の材木を盗んでないのは、どういうわけだ？ だれもいなくなってから、三カ月か四カ月たつのに、材木が盗まれてない。納屋の板はきれいだし、母屋《おもや》にはしっかりした板をいっぱい使ってあるし、窓枠もある――なのに、だれも盗《と》ってない。ありえない。だから気になってしかたがないんだが、はっきりとはわからない」

「それで、おまえはどう思っとるんだ？」ケイシーがズック靴を脱いで、長い足指を踏み段の上でもぞもぞ動かした。

「わからない。近所にもだれも住んでないのかもしれない。住んでるとしたら、あんないい板がそっくり残ってるわけがない。まったく、どうなってるんだ？ 一度、アルバート・ランスがクリスマスにオクラホマシティへ行ったことがあった。子供も犬もぜんぶ引き連れて、いとこの家を訪ねたんだ。で、このへんのものは、アルバートが挨拶《あいさつ》もしないで引っ越したと思い込んだ――でかい借金があったのか、どこかの女に訴えられたかどうかしたんだと。一週間たってアルバートが帰ってきたとき、家のなかにはなにひとつ残ってなかった。ストーブも、ベッドも、窓枠もない。家の南側は八フィート幅の板が剝《は》がされて、なかが見えるってありさまだ。アルバートが馬車で帰ってきたとき、マレー・グレイヴズが、ドア三枚と井戸のポンプを運び出すところだった。アルバートが近所をまわって家のものを取り返すまで、二週間かかった」

ケイシーが、爪先を気持ちよさそうにかいた。「だれも文句をいわなかったのか？　みんな黙って返したのか？」

「ああ。盗んだつもりはなかったからな。置いていったと思って、ちょうだいしただけだ。アルバートは、ぜんぶ取り戻したよ――ソファの座布団《ざぶとん》ひとつを残して。別珍《べっちん》で、インジャンの柄だった。じいちゃんが持ち出したって、アルバートはいい張った。じいちゃんにインジャンの血がはいってるから、その座布団がほしかったっていうんだ。まあ、じいちゃんはたしかにそれを持ち出したけど、柄なんかどうでもよかったんだ。ただ気に入っただけだ。どこへ行くにも持ってって、尻《しり》に敷いてた。アルバートには返さなかった。〝アルバートがそんなにこの座布団がほしけりゃ、取りにくりゃいい。だがな、わしの座布団に手を出そうとしたら、やつの腐った頭を吹っ飛ばすから、来るんなら銃をぶっぱなしながら来たほうがいい〟って、じいちゃんはいった。

それでとうとうアルバートもあきらめて、じいちゃんにその座布団をあげることにした。だけど、それでじいちゃんがよけいなことを思いついた。ニワトリの羽根を集めはじめたんだ。羽根布団をこしらえようっていうわけで。だけど、できあがらなかった。あるとき、家の下にスカンクが潜り込んだもんで、おやじがいきり立った。二インチ×四インチの角材でおやじがスカンクを叩《たた》きのめしたあと、みんなが家のなかで住めるよう、おふくろがにおい消しにじいちゃんの集めた羽根を燃やした」トムは笑った。「じいちゃん、たいへんな強情っぱりでね。そのインジャン柄の座布団に座っていうんだ、〝アルバートのやつ、取りにきやがれ。わしゃ、あの若造をとっ捕まえて、女のズロースみてえに絞ってやる〟って」

猫がまたふたりのちょうどなかごろにこそこそと戻ってきて、尻尾を床に平らに置き、ときどきヒゲをうごめかした。陽が地平線のほうへ低く落ちて、塵《ちり》の舞う大気が赤と黄金《こがね》に染まった。猫が不思議そうに灰色の前肢をのばして、トムの上着に触った。トムはふりむいた。「おっと、カメのことを忘れてた。いいかげん運び疲れたぜ」上着からカメを出して、家の下に押し込んだ。だが、カメはすぐに出てきて、もともと目指していた南西に向かって歩き出した。猫が跳びかかって、カメののばした首に襲いかかり、動いている肢を叩いた。ひょうきんな古びた硬い頭がひっこめられ、太い尾もぱたんと甲羅の下にはいった。猫がじっと待つのに飽きたころに、カメは動きだして、また南西を目指した。

トム・ジョードと元伝道師は、カメが離れていくのを見ていた――四肢をふり、高くて重いドーム形の甲羅を押しあげるようにして、南西に向かっていた。猫がしばらくあとを跟《つ》けていたが、十数ヤード行くと、強く張った弓みたいに背をそらして、あくびをして、腰かけている男ふたりのほうへ、ひそやかに戻ってきた。

「おまえ、いったいどこへ行くんだ？」トムはつぶやいた。「カメはこれまでさんざん見てきた。いつだってどこかへ行こうとしてる。いつだって、そこへ行きたがってる」灰色の猫が、ふたりのちょうどなかごろのまうしろに、また腰を据えた。ゆっくりと目をつぶったりあけたりしている。ノミがいる肩の皮膚がぴくりと前に動き、それからゆっくりと戻った。猫が前肢をもたげて、しげしげと見て、ためすように爪《つめ》を出し入れしてから、淡紅の舌で肉趾をなめた。赤い夕陽が地平線に触れ、クラゲみたいにふくれて、その上の空がいっそう鮮やかに、生き生きとして見えた。トムは、ヌメ革の新しい靴を上着から出して、足の土埃を手で払ってから靴をはいた。

元伝道師が、畑の向こうを見据えたままでいった。「だれか来る。ほら！　あそこだ。綿畑を通っとる」

トムは、ケイシーが指差したほうを見た。「歩いてくる。土埃を捲《ま》きあげてるんで見えない。いったいだれが来るんだ」夕暮れのなかを近づいてくる人影を、ふたりは見守った。舞いあがる塵が、沈む陽に赤く染まっている。「男だ」トムはいった。男がさらに近づき、納屋を過ぎたところで、トムはいった。「やあ、知ってるやつだ。あんたも知ってるだろう――ミューリー・グレイヴズだ」そこで叫んだ。「おい、ミューリー！　どうした？」

呼び声に驚いて、近づいてきた男が足をとめ、すぐに急いでやってきた。痩せこけて、小柄なほうだった。身のこなしが、ぎくしゃくしていて、すばしこい。片手に麻袋を持っている。ブルージーンズの膝《ひざ》と尻が色褪《いろあ》せ、古い黒の上着を着ていた。しみと汚れだらけで、袖《そで》が肩のうしろでちぎれかけ、肘《ひじ》が抜けてギザギザの穴があいていた。黒い帽子も上着とおなじくらい汚れていて、半分切れた巻き《バンド》が剝がれ、歩くのにつれて上下に揺れていた。ミューリーの顔はすべすべで、しわがなかったが、悪ガキみたいな荒くれた顔つきで、口をきっと結び、小さな目にすねたような怒りの色があった。

「ミューリーを憶えてるだろう」トムは、低声《こごえ》でケイシーにきいた。

「そこにいるの、だれだ？」歩きつづけている男が叫んだ。トムは答えなかった。ミユーリーが近づいてきて、かなりそばに寄ってから、ふたりの顔を見てとった。「いや、たまげたな」ミューリーがいった。「トミー・ジョードじゃねえか。いつ出てきた、トミー？」袋を地面におろした。

「二日前だ」トムはいった。「只乗《ただの》りでうちに帰ってくるのに、ちょっと手間取った。そうしたら、このありさまだ。うちの連中はどこにいる、ミューリー？　なんで家をめちゃめちゃにされて、庭に綿を植えられたんだ？」

「いや、おいらがたまたま来て、ついてたな！」ミューリーがいった。「トムおやじ《オール・トム》も心配してたからな。みんなが出かける支度をしてたとき、おいら、そこの台所に座ってたんだ。おいらはぜったいにどかねえって、トムにいってやったのさ。そうしたら、トムがいうんだ。〝おれはトミーのことが心配だ。うちに帰ってきて、ここにだれもいなかったら、どう思うか〟。おいら、いってやった。〝手紙書きゃいいじゃねえか〟。すると、トムのやつがいった。〝書くかもしれん。考えてみる。だが、書かなかったら、あんた、残るんなら、トミーに目を配ってくれ〟。〝残るよ〟って、いってやった。〝地獄が凍ったっているさ。グレイヴズっていう名前の男を、この地《くに》から追い出せるやつなんかいるもんか〟（訳注「執事、地所の番人」「の子」がこの姓の原義）。ほら、やつらにも追い出されてねえだろう」

トムは、いらいらしてきいた。「うちの連中はどこだ？ あんたががんばってるっていう話はあとで聞くが、みんなどこにいるんだ？」

「それがだな、銀行のトラクターが耕しにきたとき、おめえんちの連中はどこうとしなかった。じいちゃんがライフル銃持って、ここに立ち、前照灯《ヘッドライト》を吹っ飛ばしたが、それでもトラクターは進んできた。じいちゃん、トラクターの運転手を殺したくなかったんだ。ウィリィ・フィーリィが運転してて、ウィリィもそれは知ってたから、そのまま進みつづけて、家に思い切りぶつけた。トムおやじ、そこに立って悪態ついてたが、なんの役にも立ちゃしねえ。トラクターが家を突き破って、犬がくわえたネズミをふるみてえに揺さぶると——なんていうか、トムおやじからなにかが抜けちまった。それとも乗り移ったのか。それから、トムおやじはひとが変わっちまった」

「おれの家族はどこにいるんだ？」トムは、腹を立てていた。

「いまそれをしゃべってるんじゃねえか。ジョンおじさんの荷馬車で三度行き来した。ストーブ、ポンプ、ベッドを持ってった。ガキんちょぜんぶと、じいちゃんとばあちゃんが、ベッドの頭板に寄りかかってベッドに座ってるところなんざ、見ものだったね。おめえの兄貴のノアもそこに乗っかって、紙巻きふかして、馬車の横っちょからすまし顔で唾吐いてたよ」トムが口をあけて、なにかをいおうとした。「みんなジョンおじさんの家にいる」ミューリーが、あわてていった。

「そうか！ みんなジョンおじのところか。で、そこでなにしてるんだ？ もうちょっとしゃべってくれよ、ミューリー。一分もしたら、どこなりと行ってくれていい。みんなそこでなにしてるんだ？」

「ああ、綿畑の雑草取りだ。みんなでやってる。ガキんちょも、じいちゃんも。みんなで稼いだ金をまとめて、西へくり出すつもりなのさ。自動車を一台買って、楽な暮らしができる西へくり出す。ここにゃなにもねえ。一エーカーも雑草取りやって五十セントだし、そんな仕事でもみんなお願いしてやってるのさ」

「まだ出発してないんだな？」

「まだだ」ミューリーがいった。「たぶんな。四日前、おめえの兄貴のノアがジャックウサギ撃ってるのを見かけたときにしゃべるのを聞いて、それきりだ。二週間くらいたったら行くっていってたぞ。ジョンおじさんのところにも、立ち退《の》くよう報せが来たんだとさ。ジョンおじさんの家まで、たった八マイルくらいだ。おめえんとこの連中、巣穴で冬眠してるホリネズミみてえに、おじさんの家でぎゅう詰めになってるよ」

「わかった」トムはいった。「もう行っていいぞ。あんた、ちっとも変わってないな、ミューリー。おれに北西のことをしゃべるときに、鼻がまっすぐ南東を向いてるぜ」

ミューリーが、喧嘩腰《けんかごし》でいった。「おめえこそ変わってねえな。ガキのころからきいたふうな口、叩いてたが、いまも偉そうにいいやがる。おいらがどう生きようが、指図しないでくださいませんかね？」

トムは、にやりと笑った。「指図なんかしない。あんたが割れたガラスの山に顔を突っ込もうが、だれもやめろなんていうもんか。この伝道師さんを知ってるだろう、ミューリー？　ケイシー師だよ」

「知ってるに決まってるだろ。おいらの目は節穴じゃねえんだ。ちゃんと憶えてるよ」ケイシーが立ちあがり、ふたりは握手をした。「またよろしく」ミューリーがいった。「だいぶ長いこと、いなかったね」

「あちこちでいろいろきいてまわってとった」ケイシーがいった。「ここはどうしたんだ？　やつら、どうしてみんなを地面から追い出しとるんだ？」

ミューリーがあまりぴっちり口を閉ざしたので、上唇のまんなかのとんがったところが、下唇の上に突き出した。顔が険しくなる。「あのクソ野郎どもが」ミューリーがいった。「きたねえクソ野郎どもが。いっとくが、おらあどかねえ。やつらに追い払われてたまるか。ほうり出されたって、戻ってくる。やつら、おいらを冥土《めいど》に行かせたらおとなしくなるって思ってるかもしれねえが、そんときゃ、やつらを二、三人、道連れにしてやる」ずっしりしたものがはいっているらしい上着の脇《わき》ポケットを叩いた。「どくもんか。おやじは五十年前にここに来た。おらあどかねえよ」

トムはいった。「みんなを追い払おうとしてるわけは？」

「へっ！　それについちゃ、何度聞かされたかわからねえよ。今年がどんなだったか、知ってるだろう。砂塵《さじん》が来て、なにもかもだめになって、作物はアリのケツの穴をふさぐのにも足りねえ。で、みんな食料品屋のつけが溜《た》まった。わかるだろ。地主が来ていうんだ。〝小作をかかえてる金がねえ〟って。〝小作の取り分だけが利鞘《りざや》だから、それがねえとやっていけねえ〟って。〝地面をぜんぶまとめたって、採算がとれないくらいなんだ〟って。それで、トラクターを使って、地面から小作人をあらいざらい追い出した。おいらだけはべつだ。おいらはぜったいにどかねえ。トミー、おいらのことはよく知ってるだろ。生まれてからずっと、知ってるだろ」

「そのとおり」トムはいった。「生まれてからずっとだ」

「そうとも、おいら馬鹿《ばか》じゃねえ。ここの土があんまりよくねえのは知ってる。牛に草食わせるのにしか向いてねえんだ。掘り起こしたのが、はなからまちげえだった。それをこんどは綿で土を殺しちまう。やつらに出てけっていわれなかったら、十中八九いまごろはカリフォルニアにいて、好きなときにぶどうを食って、オレンジを摘んでたさ。だけど、クソ野郎どもに出てけっていわれちゃ——ちくしょう、男なら、指図どおり出てけるかよ！」

「まったくだ」トムはいった。「おやじがそんなにすんなり出てったのが、合点がいかねえ。じいちゃんがだれも殺さなかったのも妙だな。じいちゃんにどっち行けとか指図したやつなんか、どこにもいなかった。それに、おふくろだって、勝手をやられたら黙っちゃいない。いいがかりをつけた鋳掛《いか》け屋を生きてるニワトリで叩きのめすのを見たことがある。おふくろ、ニワトリを片手に、反対の手に斧《おの》を持って、頸《くび》をちょん切ろうとしてたんだ。おふくろ、斧で鋳掛け屋をやろうとしたんだが、どっちの手にどっちを持ってるのか忘れて、ニワトリで殴ったんだ。それがすんだら、ニワトリはとても食えるしろものじゃなかった。おふくろの手に残ってたのは、二本の肢だけだ。じいちゃんは笑い過ぎて腰が抜けちまった。そういう連中だぜ。すんなり出てくはずがない」

「それがな、やってくるやつが、口がうまいのよ。〝出てってもらうしかない。おれのせいじゃない〟。おいらが、〝じゃあだれのせいだ？　そいつをバラしにいくぞ〟っていうと、〝ショーニー農地牧畜会社だ。おれは指図されてるだけだ〟って、そいつがいう。〃ジョーニー農地牧畜会社ってだれだ?〃。〃だれでもない。会社だ〃。まったく頭にくるよな。責任をとらせる相手がいねえんだ。怒る相手を探すのに、みんなうんざりして降参しちまうわけさ——だが、おいらはちがう。おいらはそういうのぜんぶに怒ってる。おいらはどかねえ」

夕陽の大きな赤いしずくが、地平線に沈みかねていたが、それも向こう側にこぼれ落ちて、陽が沈んだ上の空が輝き、血まみれのボロ切れみたいなちぎれ雲がひとつ、消えてゆく残照の上に浮かんでいた。東の地平から黄昏《たそがれ》が空にそっと覆《おお》いかぶさり、東から闇《やみ》が大地にそっと覆いかぶさった。宵の明星が薄暗がりにぱっと現われ、きらめいた。灰色の猫が、あけ放たれた納屋へとこっそり離れてゆき、影みたいにするりとなかにはいった。

トムはいった。「さて、ジョンおじの家まで八マイル、今夜これから歩いてくつもりはないぜ。おみ脚が燃え尽きちまった。どうだい、あんたんとこへ行くっていうのは? たった一マイルくらいだし」

「それがうまくねえんだ」ミューリーが、面目なさそうな顔をした。「かあちゃんとガキとかあちゃんの兄貴が、みんなカリフォルニアへ行っちまった。食いもんがねえし、おいらみてえに頭にきてねえから、行っちまったんだ。ここじゃ食えねえからな」

　ケイシーが、そわそわと体を動かした。「おまえも行けばよかった。家族が離れ離れになるのはよくない」

「行けなかったんだよ」ミューリー・グレイヴズがいった。「なんかがおいらを行かせなかったんだ」

「おい、おれは腹ペコだよ」トムはいった。「四年のあいだずっと、時間きっちりに食ってたからな。腹がわめき散らしてる。あんた、なにを食うんだ、ミューリー？　これまでなに食ってきたんだ？」

　ミューリーが、情けなさそうにいった。「しばらくカエルやリスやプレイリードッグを食ってた。しかたなかったんだ。だけど、いまじゃ干上がった川の藪《やぶ》に輪《わ》罠《わな》を仕掛けてる。ウサギが捕れるし、ときどきソウゲンライチョウも捕れる。スカンクやアライグマもかかるぜ」手をのばして麻袋を取ると、ベランダに中身をあけた。ワタオウサギ二羽、ジャックウサギ一羽が、転がり出た。ぐんにゃりして、やわらかく、毛がふわふわしている。

「こいつはすごい」トムはいった。「もう四年も、捕れたての肉は食ってない」

　ケイシーが、ワタオウサギ一羽を取って、手に載せた。「分けてくれるんだろう、ミューリー・グレイヴズ？」ときいた。

ミューリーが、困ったようにもじもじした。「あげるしかねえだろうな」そのいいかたが礼儀知らずだったので、言葉を切った。「いや、ちがうんだ。そんなつもりでいったんじゃねえ」――たどたどしくいった――「つまりな、あるやつが食いもんを持ってて、べつのやつが腹を空《す》かしてたら――あげなきゃならねえっていいたかったんだ。おいらがそのウサギ持ってって、どっかで食べるなんて、できるわきゃねえよ。そうだろ？」

「そうだな」ケイシーがいった。「わかるよ。ミューリーはいいところを突いとる、トム。ミューリーは、肝心かなめのところをつかんどる。自分の手に負えないこと、わしの手に負えないことをな」

トムは、両手をこすり合わせた。「だれかナイフを持ってないか？　この哀れなウサちゃんを食っちまおう。さあ食おう」

ミューリーが、ズボンのポケットから、鹿角《しかづの》の柄の大きな折りたたみナイフを出した。トムはナイフを受け取り、刃を出して、においを嗅いだ。地面に何度も刃を突き刺してはにおいを嗅ぎ、ズボンの裾《すそ》で拭《ぬぐ》ってから、親指で切れ味をたしかめた。

ミューリーが一クォートの水筒を尻ポケットから出して、ベランダに置いた。「この水はだいじに使ってくれよ」といった。「これしかねえんだ。ここの井戸は埋まってるし」

トムは、ウサギを一羽つかんだ。「だれか、納屋から針金を持ってきてくれないか。割れた板を家から剝がして、火をおこそう」死んだウサギを見おろした。「ウサギぐらいさばくのが楽なもんはないぜ」そういって、背中の皮をつまみあげて、切れ目を入れ、穴に指を突っ込んで、皮膚を引き剝がした。女の靴下みたいに皮がするりとめくれて、体から頸へ、肢から足先へと剝がれた。トムはまたナイフを持ち、頭と足を切り落とした。皮を置いて、肋骨《ろっこつ》に沿い切れ目を入れて、皮の上にはらわたをふるい落とした。それから、汚らしいそれを綿畑に投げ込んだ。それで、きれいに筋肉がならんでいる、ちっちゃな体が食べられるようになった。トムは肢を切り離し、肉がよくついている背中をふたつに切った。二羽目を取ったとき、ケイシーがこんがらがった針金の束を持って戻ってきた。「さあ、火をおこして棒を立てよう」トムはいった。「いやはや、ウサちゃんたちを食いたくて、腹がグウグウ鳴ってる!」残ったウサギもさばいて切り分けると、針金を通して数珠《じゅず》つなぎにした。ミューリーとケイシーが、割れた板を壊された家から引き剝がして、火をおこし、針金を支える棒杭《ぼうぐい》を両側に一本ずつ打ち込んだ。

ミューリーが、トムのそばに戻ってきた。「ジャックウサギにできものがねえか、よく見てくれ。おいらはできもののあるウサギは食いたくねえ」ポケットから小さな布袋を出して、ベランダに置いた。

トムはいった。「ジャックどん、つるつるできれいなもんさ――たまげたな、塩まであるのか。ところで、あんた、ポケットに皿やテントは入れてないか？」掌《てのひら》に塩を出して、針金を通したウサギの肉にふりかけた。

炎が踊り、家に影を投げかけ、乾いた木がはぜ、ピシリと鳴った。空はもうほとんど真っ暗で、星がくっきりと浮かんでいた。灰色の猫が納屋から出てきて、ミャーオゥと鳴きながら、小走りに焚火《たきび》に近づいてきたが、すぐそばで向きを変えて、地べたのウサギのはらわたのほうへまっしぐらに進んだ。嚙《か》んだり、吞《の》み込んだりするあいだ、はらわたが口からぶらさがっていた。

ケイシーが焚火のそばの地べたに座って、割れた板きれをくべ、先っぽが燃え切った長い板を押し込んだ。ヒナコウモリが何匹も閃《ひらめ》くように飛び、火明かりを出入りしていた。猫が戻ってきてうずくまり、唇をなめ、顔とヒゲを洗った。

トムは、ウサギの肉が鈴なりになった針金を両手で捧《ささ》げ持ち、焚火のほうへ歩いていった。「おい、片っぽを持ってくれ、ミューリー。そっちの端を棒に巻きつけるんだ。それでいい。よし！ こいつをピンと張ろう。炭火になるまで待ったほうがいいんだが、待ちきれない」針金をしっかりと張ると、トムは小枝を見つけて、肉片を押し、火の上にくるようにした。そして、炎が肉のまわりをなめて、表面が硬くなり、照りがついた。トムは火のそばに座っていたが、小枝を使って肉を動かし、ひっくりかえして、肉が針金に張りつかないようにしていた。「こいつは宴会だな」トムはいった。「そうとも、盛大な宴会だぜ。ミューリーが塩も水もウサギも用意してくれた。ポケットに鍋《なべ》いっぱいのホミニー（訳注　大粒トウモロコシの外皮と胚芽を除いたもの。粥やトルティーヤなどにする）でも入れてたらよかったのにな。それだけがおれの望みだよ」

ミューリーが、焚火ごしにいった。「おいらがこんな暮らしをしてるから、気が変になったと思うだろうな」

「ちっとも変じゃない」トムはいった。「あんたが変なら、みんな変だ」

ミューリーが、話をつづけた。「そうかい、おかしなもんだな。出てかなきゃならねえっていわれたとき、おいら、どうかなっちまった。はじめは、ひとり残らず殺してやろうかと思った。そのうちに、家のもんがみんな西へ行っちまった。で、おいらはうろつきまわってる。ただうろうろ歩いてる。遠くへは行かねえ。どこでもかまわずに寝る。今夜はここいらで寝るよ。だから来たんだ。〃みんなが帰ってきたときに万事だいじょうぶなように、おいらはいろんなことを世話してる〃って、自分にいうんだよ。でも、そうじゃねえって、わかってる。世話するものなんか、ありゃあしねえ。みんな、ぜったいに戻ってこねえ。おいらは、墓場のクソあほ幽霊みてえに、ただほっつきまわってるだけだ」

「一カ所になじむと、ひとは離れがたくなるもんだ」ケイシーがいった。「ひとつの考えになじむと、ひとはそこから離れられなくなる。わしはもう伝道師ではないが、気がつくといつも祈っとる。自分がなににしているか、考えもせずにな」

トムは、針金の肉をひっくりかえした。もう肉汁が垂れていて、一滴火に落ちるたびに、ぱっと炎があがった。肉のなめらかな表面が縮んで、キツネ色になりかけていた。「いいにおいだ」トムはいった。「ほら、嗅いでみろ」

ミューリーが言葉を継いだ。「墓場のクソあほ幽霊みてえに、昔、いろんなことがあったところを、おいらはうろついてる。たとえば、おいらの四十エーカーの端っこに、雨裂《ガリ》があって、そこに藪がある。おいらはそこではじめて女を抱いたんだ。十四歳で、雄鹿みてえに足バタバタさせて、腰ふって、鼻息が荒かったなあ。雄山羊《おやぎ》みてえに、やりたくてたまらなかった。だから、そこへ行って地べたに転がり、そんときのこと、ぜんぶ目に浮かべるのさ。それから、納屋のそばで、牡牛《おうし》の角にひっかけられておやじが死んだところがある。いまでも地べたにおやじの血の痕《あと》が残ってる。残ってるはずだ。だれも洗い流してねえんだから。おいらは地面に手を置く。土におやじの血が混じってる」不安そうに言葉を切った。「おいらが気が触れたと思ってるんだろう?」

トムは、肉をひっくりかえして、目を心のなかに向けた。ケイシーは膝を曲げて、炎を見つめた。男三人の十五フィートうしろでは、腹がくちくなった猫が、長い灰色の尾を前肢にきちんと巻きつけて、座っていた。大きなフクロウが一羽、頭上を飛びしなに甲高く啼《な》き、火明かりが白い腹とひろげた翼を照らし出した。

「いや」ケイシーがいった。「おまえは淋《さび》しいだけだ——気が触れてはおらん」

ミューリーの小さな顔は、こわばっていた。「あの血がまだあるところに、おいら、手を置いたんだ。すると、胸に穴があいたおやじが見えた。あのときみてえにおいらに寄りかかっておやじがふるえるのがわかった。座り込んだおやじが、手や足をこっちにのばすのが見えた。痛みで目がとろんとなり、それからじっとして、澄んだ目で——こっちを見た。おいらはまだ小さくて、そこにへたり込み、泣きもせず、なにもしなかった。ただへたり込んでた」激しく首をふった。トムは何度も肉をひっくり返した。「それから、ジョーが生まれた部屋にはいってった。ベッドはなかったが、その部屋だ。なにもかも、ほんとうだし、そこでほんとうに起きたことなんだ。ジョーはそこでこの世に生まれた。ひとつ息を呑み込んだと思うと、一マイル先にも聞こえるみてえな産声《うぶごえ》をあげた。そこにいたおいらのおふくろがいったもんさ。〝元気がいいねえ、元気がいいねえ〟って、何度も。おふくろ、有頂天になって、その晩、茶碗《ちゃわん》を三つも割っちまった」

トムは咳払《せきばら》いをした。「そろそろこいつを食ったほうがいい」

「もっとよく焼いてくれ。焦《こ》げる寸前まで、こんがりとな」ミューリーが、いらだたしげにいった。「おいら、しゃべりてえんだ。だれとも口をきいてなかった。気が変なら、変なんだろう。それでいいさ。墓場の幽霊野郎みてえに、夜っぴて近くの家をまわるんだ。ピーターズ、ジェイコブズ、ランス、ジョードの家をな。どこも真っ暗で、ぼろぼろのボール紙の箱みてえに突っ立ってるが、宴会やらダンスやらやってるのさ。集会と神を称《たた》えよっていうわめき声も聞こえる。結婚式もある。みんなそういう家でやるんだ。だからおいらは町へ行ってやつらを殺したくなるんだ。なぜかっていうと、やつらがトラクターでみんなを在所から追い出してなにが手にはいった？〝利鞘〟をとっといて、なんにありついた？ 地べたで死んでったおやじ、でかい産声をあげたジョー、あの晩、藪んなかで雄山羊みてえに腰ふってたおいら。そんなもんのほかになにがある？　土がだめだってえのは、わかりきってる。何年も作物がろくにできなかったんだ。だけど、机の前の馬鹿野郎どもめ、利鞘のためにみんなをまっぷたつにぶった切った。まっぷたつにぶった切った。ひとは土の上で暮らすから、土とおんなじになれるんだ。ぎゅう詰めの自動車で、しょぼたれて旅してたら、すこやかとはいえねえんだよ。命が抜けちまうんだ。あのクソ野郎どもは、みんなを殺したんだ」そこでミューリーは黙った。薄い唇がまだ動いていて、胸を波打たせていた。座って、火明かりで自分の両手を見た。「お——おいら、ずっとだれともしゃべってなかった」低声《こごえ》であやまった。「墓場のあほ野郎みてえに忍び足で歩きまわってたからな」

　ケイシーが、長い板を焚火に押し込み、炎がそれをぺろりとなめて、また肉へ舌をのばした。肌寒い夜気で木がちぢかみ、家がバキッと大きな音をたてた。ケイシーが、そっといった。「旅に出たみんなを見にいかなきゃならん。どうしても見にいかなきゃならんという気がする。みんながほしい手助けは、伝道師くんだりにはできん。暮らしが立ってもないときに、天国へ行けると説くのか？　みんな気魄《スピリット》がくじけてしおれとるときに、みたま《ホーリイ・スピリット》の話をするのか？　みんなには手助けがいるんだ。生きなきゃだめだ。まだ死ぬわけにはいかんのだ」

トムは、そわそわして大きな声を出した。「こんちくしょう、この肉がハツカネズミを焼いたみたいにちっちゃくなる前に、食べちまおうぜ。見ろよ！　いいにおいだ」ぱっと立ちあがって、針金を通した肉片をすべらせ、火から遠ざけた。ミューリーのポケットからナイフを抜いて、肉ひと切れを切って、針金からはずした。「これは伝道師さんに献上しよう」

「もう伝道師ではないといっただろうが」

「それじゃ、ただの男に献上しよう」もうひと切れ、切り取った。「ほら、ミューリー、なにも食えないくらいむしゃくしゃしてるんならべつだがな。こいつはジャックウサギだ。ブルドッグの雌みたいにしぶといぞ」トムはゆったりと座りなおして、長い歯で肉に食らいつき、大きく食いちぎって、もぐもぐ噛んだ。「すごいぞ！　この噛みごたえがたまらん！」また、がつがつと食いちぎった。

ミューリーは、肉を見つめたまま、じっと座っていた。「こんなこと、しゃべらなかったほうがよかったかもな。男はそういうことを胸にたたんどいたほうがいいんだ」

ケイシーが、肉をほおばってミューリーのほうを見た。もぐもぐ噛み、呑み込んだときに、たくましい喉《のど》がびくんと動いた。「いや、しゃべったほうがいい」ケイシーがいった。「ひとが嘆いとるとき、しゃべれば口から悲しみが出てくこともある。ひとを殺そうと思っとるとき、殺す話をしたら、その話が口から出てって、ひとを殺さなくなることもある。おまえは正しいことをしとる。できることなら、ひとは殺すな」そして、また肉にかぶりついた。トムが骨を火に投げ込み、ぱっと身を起こして、また針金から切り取った。ミューリーもおもむろに食べはじめていて、落ち着きのない小さな目で、仲間ふたりをきょろきょろと見ていた。トムは獣みたいに物凄《ものすさ》まじい形相で、口のまわりに脂《あぶら》の輪ができていた。

ミューリーが、気おくれしたように長いあいだ、トムの顔を見ていた。肉を持っている手をおろした。「トミー」

トムは顔をあげたが、肉をかじるのはやめなかった。「なんだ？」ほおばった肉のあいだから声を出した。

「トミー、ひとを殺すなんてことしゃべってるおいらに、腹立ててねえか？　気い悪くしてねえか、トミー？」

「いや」トムはいった。「気なんか悪くしてない。たまたまそうなっただけだからな」

「みんな、おまえが悪いとは思ってねえ」ミューリーがいった。「おまえが出てきたら落とし前をつけるって、ターンブルおやじがいってた。せがれを殺すなんて許せねえって。だけど、ここいらのみんなが、やめろって説き伏せた」

「おれたちは酔っぱらってた」トムは、低くつぶやいた。「ダンスで酔っぱらってた。どういうわけで喧嘩になったのかは憶えていない。で、ナイフで刺されたとたんに酔いが醒《さ》めた。そこでハーブがナイフを構えてまた襲いかかってくるのが見えた。校舎にシャベルが立てかけてあったんで、そいつをつかんで、ハーブの頭をぶん殴った。含むところがあったわけじゃない。ハーブはいいやつだった。ガキのころは、おれの妹のロザシャーンの尻を追っかけてた。そうとも、おれはハーブが嫌いじゃなかった」

「で、みんながハーブのおやじにそんなことといって、ようやくおとなしくさせたんだ。ターンブルおやじは、おふくろのほうにハットフィールド（訳注 十九世紀末にいがみ合って殺し合いをつづけたハットフィールド家とマッコイ家のこと）の血がはいってるから、復讐《ふくしゅう》なんてことを考えるんだっていうやつもいた。おいらにゃわからねえが。ターンブルおやじも一家の連中も、半年前にカリフォルニアへ行った」

トムは、最後のウサギ肉を針金からはずして、分け合った。ゆったりと座りなおして、さきほどよりもゆっくりと食べ、むらなく嚙んで、口の脂を袖で拭った。消えかけている火を見つめるとき、半分とじている暗い目にふさいでいるような色があった。

「みんな西へ行くのか」トムはいった。「おれは仮釈放中だからな、州を出られない」

「仮釈放?」ミューリーがきいた。「聞いたことがある。どんな仕組みなんだ?」

「つまり、おれは早く出られた。三年早く。守らなきゃならないことがある。それをやらないと、戻される。しょっちゅう出頭しないといけないんだ」

「マカレスターの居心地はどうだった? かみさんのいとこがはいってたんだが、非《ひ》道《ど》い目に遭ったたって」

「そんなに悪くない」トムはいった。「どこだっておなじだよ。騒いだら非道い目に遭う。おとなしくいうことをきいてれば、だいじょうぶだ。看守に憎まれたらべつだよ。そうなったら生き地獄だ。おれはおとなしくしてた。自分のことだけきちんとやった。みんなそうするのさ。書くのもうまくなったぜ。言葉だけじゃなくて、鳥なんかも描く。おれが鳥のひと筆書きを描いたら、おやじはむかっ腹立てるだろうな。おれがそんなことしたら、頭にきちまうだろうよ。そういうしゃれたまねが、おやじは大嫌いなんだ。言葉を書くのだって嫌がってる。おっかないんだろうな。だれかが書くのを見るたびに、なにかを盗られる気がするんだよ」

「殴られるとか、そんなことはなにもなかったのか?」

「なかった。おれは自分のことだけやってた。四年間、毎日おなじことやってたら、いいかげんうんざりするぜ。世間に知られたらまずいことをやるんなら、それを考えたほうがいいぞ。だがな、ハーブ・ターンブルがいままたナイフで襲いかかってきたら、おれはまたやつの頭をシャベルで叩き潰す」

「だれだってそうするさ」ミューリーがいった。ケイシーが火を睨みつけ、おりてきた闇のなかで、秀《ひい》でた額が白く見えていた。小さな炎のまたたきが、頸に浮きあがった筋を捉《とら》えた。膝のあたりで手を組み、しきりと関節をひっぱっていた。

トムは、最後の骨を焚火に投げ込み、指先をなめてから、ズボンで拭《ふ》いた。立ちあがり、ベランダに置いてあった水筒を取ると、ほんのすこしだけ飲み、つぎに渡してから、また座った。話をつづけた。「いちばん厄介なのは、わけがわからないってことだ。雷で牛が死んだり、洪水になったりするときは、わけを知ろうなんて思わないよな。あたりまえのことだからな。でも、わざわざ捕まえにきて四年もぶち込むんだから、なんか意味がなきゃおかしい。ひとは物事をとことん考えるものだよな。やつらはおれをムショに入れて、四年も食わせた。二度とおなじことをさせないようにするか、それともこらしめて、二度とやるのが怖くなるようにするために」——言葉を切った——「でも、ハーブかだれかが襲いかかってきたら、おれはもう一度おなじことをやる。どうなるか考えもしないでやる。酔っぱらってたらぜったいにそうする。

それがわけがわからなくて、いらつくんだ」

ミューリーが、横槍《よこやり》を入れた。「ぜんぶおまえが悪いわけじゃねえから、軽い刑にしたって、判事がいってたぜ」

トムはいった。「マカレスターの囚人で――終身刑のやつがいた。そいつはしじゅう勉強してた。看守の秘書だ――看守の手紙を代わりに書くとか、そんなことをやってた。そいつがまた頭がよくて、法律の本なんかを読むんだ。そいつがすごく本を読んでるから、おれは一度、自分の考えてることをしゃべったんだ。すると、本なんか読んだってなんの役にも立たないっていうんだ。刑務所についての本はあらいざらい読んで、いまのも昔のも読んだが、いまは読みだす前よりもっと、さっぱりわけがわからないっていうんだ。遠い昔にはじまったことで、だれもやめさせることができないし、変えようっていう知恵のあるやつもいない。頼むから刑務所についての本は読まないでくれって、そいつがいった。よけいこんがらがるだけじゃなくて、役人《おかみ》を敬う気持ちがまったくなくなっちまうからだと」

「いまだっておかみなんか敬っちゃいねえ」ミューリーがいった。「おかみっていうのは、しょせん、〝利鞘〟をとっとくためにおいらたちを潰そうとしてるやつのことだろうが。あのウィリィ・フィーリィの野郎も、おいらを踏みつけにしやがった――

トラクター運転して、なんのとりえもねえのに、仲間が耕してた地面を仕切ろうとしてる。おいらがいらつくのは、そっちのほうだ。どっかからきたやつなら、なにも知らねえあほでもしかたねえよ。だけど、ウィリィは里のもんじゃねえか。あんまり腹が立ったから、ウィリィんとこ行ってきいた。そしたら、やっこさん、たちまちカンカンになった。〝ガキがふたりいるんだ。かあちゃんとばあちゃんもいる。食わせなきゃならねえんだ〟。えらい剣幕で怒ってた。〝いの一番に考えなきゃならねえのは、自分ちのもんのことだ〟って、ウィリィのやつ、いいやがった。〝よそのもんがどうなろうが、そっちはそいつらが始末をつけることだろうが〟だと。恥知らずなことやったもんで、あんなに怒ったんだろうな」

ジム・ケイシーは、それまでずっと消えかけていた火を睨んでいたが、目を瞠《みは》り、頸の筋がひときわ大きくふくれた。と、急に大声を出した。「捕まえた！　ひとにみたまのかけらが捕まえられるものなら、捕まえたぞ！　ひらめいたとたんに、捕まえた！」ぴょんと立ちあがって、首をふりながら前後に歩いた。「昔はテントを張った。毎晩五百人も集まっとった。おまえたちに会う前のことだ」立ちどまり、ふたりのほうを向いた。「わしがこのあたりで説教するとき、献金を集めたことが一度もなかったのを知っとるだろう——納屋だろうと野天だろうと」

「まったくそうだったな」ミューリーがいった。「このあたりのもんは、あんたに金をやらないのに慣れちまったもんで、べつの伝道師が帽子をまわしたときにゃ、むっときたもんさ。たしかに！」

「食い物はもらった」ケイシーがいった。「ズボンが擦り切れたときにはもらった。靴の底が抜けたときは、古靴をもらった。だが、テントでやってたときには、そんなものではなかった。十ドルか二十ドル集まる日もあった。ちっとも愉《たの》しくなかったからやめて、しばらくは愉しかった。いまそれを捕まえたような気がする。どういえばいいのかわからん。いわなくてもいいだろう——だが、伝道師に居場所があるかもしれん。また説教できるかもしれん。しょぼたれて旅しとるひとびとがおる。畑も帰るうちもなくなったひとびとがおる。そういうひとびとには、憩《いこ》いの場がないといかん。もしかして——」火の上に身を乗り出した。頸の数百本の筋が、深い浮き彫りみたいにくっきりと現われ、火明かりが双眸《そうぼう》の奥深くへはいり込んで、赤い燠《おき》を燃えあがらせた。背をのばしたケイシーが火を見つめて、耳をそばだてているみたいに顔に力がはいった。さまざまな考えをついばみ、こねくりまわし、投げるのにせわしなかった両手が、おとなしくなり、つかのまポケットにはいった。ぼんやりした火明かりを何匹ものコウモリがはばたいて出入りし、ヨタカの低く弱々しいつぶやきが、野原の向こうから渡ってきた。

トムは、そっとポケットに手を入れて、タバコを出し、紙巻きをおもむろにこしらえて、巻きながらタバコごしに燠を見つめた。ケイシーの演説には、なんぴとも検《あらた》めてはならない秘事だとでもいうように、聞いた気配も示さなかった。「幾夜も幾夜も寝棚で、うちに帰ったらどんなふうだろうと、おれは考えてた。じいちゃんとばあちゃんは死んでるかもしれないと思った。子供が生まれてるかもしれないと思った。おやじは頑丈じゃなくなってるかもしれない。おふくろはすこし手を引いて、ロザシャーンに家のことをやらせてるかもしれない。前とおなじじゃないだろうっていうのは、わかってた。さて、今夜はここで寝て、夜が明けたら、ジョンおじのとこへ行こう。とにかく、おれはそうする。あんたもいっしょにくるか、ケイシー?」

伝道師はなおも燠を覗き込んで立っていた。ゆっくりといった。「そうだな。おまえといっしょに行こう。そして、おまえのうちのみんなが旅に出るときには、いっしょに行こう。どこへ旅するにせよ、そばにいよう」

「よろこばれるよ」トムはいった。「おふくろは、いつだってあんたがひいきだった。信用できる伝道師だっていってた。ロザシャーンがまだ子供だったころの話だな」首をまわした。「ミューリー、おれたちといっしょに行かないか?」ミューリーは、ふたりが歩いてきた道のほうを見ていた。「いっしょに来るか、ミューリー?」トムがくりかえした。

「えっ? いや、おいら、どこも行かねえ。どっからもどかねえ。あの明かりが見えるだろ。ガクガクあがったりさがったりしてるやつだよ。たぶん綿畑の管理人だ。だれかに焚火を見られたにちげえねえ」

トムは見た。輝く光が、坂を越えて近づいてくる。「おれたちはなにも悪いことしてない。ここにいよう。なにもしてないんだから」

ミューリーがべらべらといった。「してるさ! ここにいるだけでな。不法侵入だよ。ここにゃいられねえ。やつら、二カ月もおいらを探しまわってる。気をつけろよ。あの自動車が来たら、綿んなかにはいって伏せるんだ。遠くへ行かなくていい。見つかりっこねえよ! 畝《うね》をぜんぶ見なきゃならねえからな。伏せてりゃ平気だ」

トムは、強い口調でいった。「あんた、どうしたんだ、ミューリー? 前のあんたは、逃げ隠れするようなやつじゃなかったぞ。性悪《ワル》だった」

ミューリーが、近づいてくる明かりをじっと見た。「そうさ!」ミューリーがいった。「前は、オオカミみてえに性悪《ワル》だったさ。いまはイタチみてえに性悪《ワル》なんだ。なにかを狩ってるときは、狩人《かりゅうど》で、強い。だれにも負けやしねえ。だがな、狩られてるときにゃ——そうはいかねえんだよ。どっかが変わる。強かねえ。荒びるかもしれねえが、強かねえ。おいら、もう長いこと狩られてる。もう狩人じゃねえ。闇んなかでだれかを撃つかもしれねえが、棒杭でだれかを叩きのめすような喧嘩はしねえ。ごまかしは、おまえのためにも、おいらのためにもならねえ。いまはこんなふうなんだよ」

「それじゃ、あんたは隠れろ」トムはいった。「おれとケイシーはここにいて、馬鹿野郎どもにすこしばかり説教する」光芒《こうぼう》がだいぶ近づき、空に向けて跳ねあがったと思うと、見えなくなり、やがてまた跳ねあがった。三人ともじっと見守った。

ミューリーがいった。「それからな、狩られると、あらゆる危ねえことを考えるもんなんだ。狩ってるときにゃ、考えもしねえし、怖くもねえ。さっきおまえがいったじゃねえか。もめごと起こしたら、マカレスターに戻されて、あと三年、おつとめしなきゃならねえんだぞ」

「そのとおりだ」トムはいった。「そういわれたが、ここで休んだり、地べたで寝るだけで——もめごとになるもんか。なにも悪いことはしてない。酔っぱらったり、騒いだりするのとはちがう」

ミューリーが笑った。「甘いぜ。おまえがここにいる。あの自動車が来る。たぶんウィリィ・フィーリィだろう。ウィリィはいまじゃ保安官助手だ。〝おまえは不法侵入してるな?〟ウィリィがいう。やつが阿呆《あほう》だっていうのをおまえは知ってるから、〝それがどうした?〟っていうだろうよ。ウィリィが怒っていう。〝出ていかねえとぶち込む〟。やつがびびってるのをおまえは知ってるから、いいなりにはならねえだろうな。やつははったりかましたから、いまさら引っ込みがつかねえし、おまえも強く出たから、引っ込みがつかなくなる――だからよ、綿んなかに隠れて、やつらが探すのをほっといたほうが、すんなりいくんだよ。だいいち、そのほうがずっと愉快だぜ。やつら頭にきてるのに、なにもできねえ。ざまあ見ろって笑ってやりゃあいいんだ。だが、おまえがウィリィか親玉としゃべって、ぶちのめしたら、おまえはぶち込まれてマカレスターに送り返されて、あと三年おつとめしなきゃならなくなるんだぜ」

「あんたのいうことは筋道が通ってる」トムはいった。「ひとことひとこと、そのとおりだ。だがな、なめたまねされるのは大嫌いなんだよ! ウィリィをぶん殴ったほうがずっとましだ」

「やつには銃がある」ミューリーがいった。「保安官助手だから使うだろうな。つまり、やつがおまえを撃ち殺すか、それとも、おまえが銃を奪ってやつを殺すか、ふたつにひとつってことだ。だからな、トミー。綿んなか寝そべってりゃ、やつらをコケにできるって思やいいんだ。それだけ考えりゃいい」強い光が空に向けてのび、エンジンの低いうなりも聞こえてきた。「さあ、トミー。遠くへ行くこたあねえんだ、十四、五本先の畝まで行きゃいい。そっから見物してやろうじゃねえか」

トムは立ちあがった。「いや、あんたのいうとおりだ！ どういうことになったたって、こっちに勝ち目はありゃしない」

「じゃあ行くぞ。こっちだ」ミューリーが家をまわって、綿畑の五十ヤードほど奥まで進んだ。「ここでいい。よし、伏せろ。やつらが探照灯を動かしたときだけ、頭を下げなきゃならねえ。けっこうおもしれえよ」三人は体をせいいっぱいのばして、肘をついた。ミューリーがさっと起きあがって、家に向けて駆けだし、すぐに戻ってきて、上着と靴をまとめたものをほうり出した。「仕返しに持ってかれる」と、ミューリーがいった。明かりが坂を越え、家に迫ってきた。

トムはきいた。「やつら、懐中電灯を持って、こっちに探しにくるんじゃないか？ 棒を持ってくればよかった」

ミューリーが、くすくす笑った。「いや、そんなことはしねえ。おいらはイタチみてえに性悪《ワル》だって、いっただろうが。ある晩にウィリィがそうしたとき、うしろから棒杭でぶん殴ってやった。あっさりとのびちまったぜ。ウィリィのやつ、そのあとで、五人に襲われたっていいやがった」

自動車が家の前にとまり、探照灯がぱっとついた。「頭をさげろ」ミューリーがいった。冷たい感じの白い光の棒が、三人の頭のずっと上を横に動き、畑を縦横になでた。三人は頭を隠していたので見えなかったが、自動車のドアがバタンと閉まる音と、ひとの声が聞こえた。「やつら、光んなかにはいるのが怖いんだ」ミューリーがささやいた。「おいらが二度ばかり、前照灯《ヘッドライト》を撃ってやった。そんで、ウィリィのやつ、用心するようになった。今夜は仲間を連れてきたな」木を踏む足音がして、やがて家のなかに懐中電灯の光が見えた。「家んなかを撃とうか？」ミューリーがささやいた。「どっから撃ってきたか、わかりゃしねえ。ちっとは考えをあらためるだろうよ」

「ああ、やれよ」トムはいった。

「やめろ」ケイシーがささやいた。「なんの役にも立たん。無駄だ。わしらは、よく考えて、役に立つようなことをやらないといかん」

家の近くから、ひっかくような音が聞こえた。「火を消してる」ミューリーがささやいた。「足で土をかけてる」自動車のドアがバタンと閉まり、ヘッドライトが向きを変えて、道のほうを向いた。「頭をさげろ！」ミューリーがいった。三人が顔を伏せると、探照灯の光が頭上を横切り、綿畑を縦に横に照らした。やがて自動車が動き出し、するすると遠ざかり、坂を越えて見えなくなった。ミューリーが、体を起こした。「ウィリィはいつもあんなふうに、帰りぎわに照らす。しじゅうやるんで、こっちには間合いがわかってる。なのに、やつはまだ、小技をきかせたつもりでいるんだぜ」

ケイシーがいった。「家のなかにだれか残しとるんじゃないのか。わしらが戻ってきたら捕まえるつもりで」

「かもな。あんたらはここで待ってろ。段取りはおいらのほうが知ってる」ミューリーがそっと離れてゆき、去った方角から聞こえるのは、土くれが砕けるかすかな音ばかりだった。残ったふたりは、ミューリーのたてる物音を聞こうとしたが、ミューリーの姿はどこにもなかった。ほどなく家から呼ぶのが聞こえた。「だれもいねえよ。戻ってこい」ケイシーとトムは、よたよたと起きあがって、黒い塊に見える家へと歩いていった。焚火のあとの、まだ煙っている土の山のそばで、ミューリーが待っていた。「だれもいるはずがねえって思った」得意げにミューリーがいった。「おいらがウィリィを殴り倒し、二度ばかりヘッドライト撃ったから、やつら、用心してるんだ。だれがやったのか、やつらにはわからねえし、捕まりゃしねえ。家の近くで寝るなんてことはしねえ。いっしょに来るんなら、寝るとこを教えてやるよ。そこなら、たまたま見つかるって心配もねえ」

「案内してくれ」トムはいった。「ついていく。おやじの在所で隠れるはめになるとは、夢にも思わなかったぜ」

ミューリーが畑を進みはじめ、トムとケイシーがあとにつづいた。綿を蹴散《けち》らかしながら歩いた。「おまえも、いろんなやつから逃げ隠れしなきゃならなくなるさ」ミューリーがいった。三人は一列になって進んだ。深い雨裂《ガルチ》に行きあたり、谷底に滑り降りた。

「おっと、わかったぞ」トムは、大きな声を出した。「斜面の洞穴だろう」

「そうだ。どうして知ってる？」

「おれが掘った」トムはいった。「ノア兄貴とふたりで掘った。金鉱探しだっていいながら。だけど、ガキのときにだれでもやるみたいに掘っただけさ」雨裂の斜面は、もう三人の頭よりもずっと上になっていた。「この辺だな。ここいらだっていう気がする」

ミューリーがいった。「おいらが柴《しば》で隠した。だれにも見つけられねえよ」ガルチの谷底がしだいに平らになり、砂に変わった。

トムは、きれいな砂の上に陣取った。「おれは洞穴では寝ない。ここで眠る」上着を丸めて、枕《まくら》にした。

ミューリーが、洞穴を隠している柴をひっぱって、なかに潜り込んだ。「おいらはこっちのほうがいい」大声でいった。「だれも来ねえって安心できる」

ジム・ケイシーは、トムの横に座った。

「すこし眠るといい」トムはいった。「夜が明けたら、ジョンおじのところへ行く」

「わしは眠らん」ケイシーがいった。「解きほぐさなきゃならんことが、山ほどある」

膝を曲げ、脛《すね》をつかんだ。顔を反らせ、くっきりとした星々を見あげた。トムはあくびをして、片手を頭の下に入れた。三人が音もたてずにいると、地べたでも、穴や巣穴でも、藪でも、生き物の速やかな動きがしだいに戻ってきて、ホリネズミがうごめき、ウサギが草葉に向けて這《は》い進み、ハツカネズミが土くれの上を迸《たばし》り、翼のある狩人が音もなく頭上を飛んだ。

7

町では、町はずれの野原やら空き地やらに、中古自動車屋、自動車解体業者、修理工場やらが続々と店開きし、派手な看板を掲げていた――中古自動車、優良中古自動車。荷物運びをお手軽にするトレイラー三台あります。二七年型フォード美車。点検済み自動車、保証付き自動車。ラジオ無償。ガソリン百ガロンおまけつき自動車。寄ってらっしゃい、見てらっしゃい。中古自動車。諸経費無料サービス。

駐車場と、机と椅子《いす》がひと組置ける小屋と、中古車市場価格便覧が一冊あればいい。角が折れている契約書の束は、クリップでまとめてある。未記入の契約書はきちんと重ねてある。万年筆――インキはたっぷり入れておけ。書けるようにしておけ。万年筆が使えないせいで売りそこねることもあるんだからな。

あそこのやつらは買わねえな。どこの店にも来る。冷やかしだ。ずっと眺めてばかりだ。買う気はねえんだ。時間をとられるだけだ。こっちの時間のことなんか気にしちゃいない。あっちの、あのふたり――ちがうよ、子供連れのほうだ。あいつらは乗っけてやれ。初手は二百ドル、それからまける。百二十五は出せそうだぜ。自動車でご帰館させろ。ボロ車でな。ぐいぐい売り込め！ さんざん時間をかけたんだから。腕まくりの店主。販売員は手際《てぎわ》よく、獲物はぜったいに逃がさない。小さな目をぎょろつかせて弱みを探す。

あの女の顔をよく見るんだ。女があれを気に入ったら、旦那《だんな》なんかどうでもいい。初手はあのキャデラック。そこからだんだん二六年型ビュイックのほうへ持ってく。最初がビュイックだと、フォードに行っちまうからな。腕まくりして仕事にとっかかれ。こんな景気はいつまでもつづくもんじゃねえ。おれが二五年型ダッジの空気漏れタイヤをふくらましてるあいだに、ナッシュを見せてやれ。こっちの用意ができたら、鼻親指で合図する。

移動手段《あし》がお望みなんでしょう？ よけいなものはいらないですよ。たしかに座席はくたびれてますがね。詰めもので自動車走らせてるわけじゃないですからね。

自動車がずらりとならんでいる。タイヤがパンクし、錆《さ》びた顔を前に向け、隙間《すきま》もなくとめてある。

あれに乗ってみますか？ ええ、お安いご用ですよ。ひっぱり出しますから。

負い目を感じさせるんだ。時間をとらせて悪かったと思わせろ。おまえが手間をかけたのを、忘れないように仕組め。客はたいがいお上品なもんだ。お手を煩《わずら》わせたら気の毒だと思うもんだ。だからそう仕向けて、七面倒なことをやってあげてから、ぐいぐい売り込め。

自動車がならんでいる。T型フォード、背が高く、乙に澄まし、ハンドルがぎしぎし鳴り、バンドブレーキがすり減っている。ビュイック、ナッシュ、デソート。

そう、お客さん。二二年型ダッジですよ。ダッジがこしらえたなかでも最高にいい自動車でね。エンジンがへたらないんです。圧縮比が低いもんで。圧縮比が高いと、しばらくはすごく馬力が出るんですが、エンジンに使ってる金属が長持ちしないんです。プリマス、ロックニー、スター。

たまげたな、あのアパーソンはどっから出てきたんだ? ノアの方舟《はこぶね》かい? それに、チャーマーズやチャンドラーまで――十年前から造ってねえぞ。おれたちが売ってるのは自動車じゃねえな――走るクズ鉄だ。こんちきしょう、こうなったら、ポンコツを仕入れようぜ。仕入れ値は二十五ドルか三十ドルまでだ。そいつを五十ドルか、七十五ドルで売る。儲《もう》けがたっぷり出る。くそ、新しい自動車にそんなうまみがあるか? ポンコツを仕入れよう。仕入れたらすぐさま売る。二百五十超は置かねえ。ジム、舗道歩いてるあのおやじを連れ込め。てめえのケツと地べたの穴も見分けられねえような阿呆《あほう》だ。アパーソンを売りつけてみろ。おい、アパーソンどこ行った？　売れた？　早くポンコツをいっぱい仕入れねえと、売るもんがねえぞ。

幟《のぼり》、赤と白、白と青――道路ぎわにやたらとある。中古自動車。優良中古自動車。

本日の出物――台に載せろ。売るなよ。だが、客を店にひっぱり込め。あの出物をあの値段で売ったら、十セントも儲かりゃしねえ。売約済みだといえ。自動車は渡す前に、店のバッテリー抜いて、あがりかけたやつを付けとけ。ふん、七十五セントでまともなもんが買えるわきゃねえだろう。腕まくりして――どんどん売れ。こんなこたあつづきゃしねえ。うちにポンコツがしこたまありゃ、半年たったら、やめて悠々閑々よ。

いいか、ジム、あのシェヴィーのケツの音、聞いたか。割れた瓶が転がってるみてえだぞ、おがくずを二クォートがとこぶち込んどけ。歯車にも入れろ。あの見かけ倒しは、三十五ドルでさばかなきゃならねえんだ。あの野郎、おれを騙《だま》しやがった。十ドルの付け値を十五ドルにあげやがって、おまけに工具を持ってっちまった。ちくしょうめ！　ポンコツが五百台あったらなあ。こんなこたあつづかねえ。タイヤが気に入らねえって？　まだ一万は走れるっていってやんな。一ドル半まけてやれ。

柵《さく》ぎわに赤錆びた廃車が山積みになり、奥には車の残骸《ざんがい》が列をなしている。泥除《フェンダー》け、グリースで真っ黒になった残骸、シリンダーブロックが地べたに置かれ、シリンダーのあいだからヒユが一本生えている。ブレーキロッド、排気管が、ヘビさながらに積んである。グリース、ガソリンもある。

割れてない点火栓があるかどうか、見てこい。くそ、百ドル以下のトレイラーが五十台あったら、ぼろ儲けできるのに。あいつ、なんでいいがかりつけてるんだ？　おれたちは自動車を売るが、客んちまで押してくようなことはしねえ。こいつはいい！　お宅まで押してくようなことは、承りかねます。《マンスリー》にきっと載るぞ。買いそうにねえ？　追い出せ。やることがいっぺえあるんだ。煮え切らねえ客の相手なんかしちゃいられねえ。グレアムから右前のタイヤはずせ。継いだとこを下にするんだ。あとはきれえだからな。タイヤの溝も残ってるし。

そうさ！　あの古物だってあと五万は走れる。オイルをたっぷりくれてやれ。あばよ。達者でな。

自動車をお探しですか？　いかようなものをご希望で？　さてどの自動車がお気に召しますかね？　喉《のど》がからからですよ。いい酒があるんですが、ぐいと一杯ひっかけませんか？　ほら、ご令室があのラサールを見てるあいだに。旦那はラサールはお望みじゃないんでしょう。ベアリングがだめでね。オイルを食うんです。二四年型リンカーンになさい。あれこそ自動車です。永遠に走りますよ。貨物用に改造なさい。

錆びた金属に熱い陽射《ひざ》し。地べたにはオイル。わけがわからずぼうっとしているひとびとが、車をもとめて、ぶらりとはいってくる。

足を拭《ふ》いて。その車に寄りかかっちゃだめよ。汚いから。あんた、自動車ってどうやって買うの？ どれくらいするの？ おい、子供たちから目を放すな。これ、いくらかな？ きいてみよう。きくのに金はかからないからな。きいても構わないのね？ 七十五ドルぴったしまでしか出せないわよ。さもないと、カリフォルニアへ行くのに足りなくなるから。

ああ、ポンコツが百台あればなあ。走ろうが走るまいが、かまやしねえ。

タイヤ、古タイヤ、傷だらけのタイヤが積まれて、高い円柱ができている。赤やグレーのチューブが、腸詰みたいに垂れている。

パンク修理？ 放熱器《ラジエター》洗浄液？ 点火強化剤？ このちっちゃな丸薬をガソリンタンクにいれりゃ、ガロンあたり十マイルは余分に走りますぜ。これを塗ってごらんなさい――五十セントで車体がピカピカだ。風防拭き《ワイパー》、放熱羽根車《ファン》ベルト、パッキン？ 弁《バルブ》が悪いんでしょう。弁の軸を新品にすればいい。五セントですむんだから、損はないでしょう？

わかった、ジョー。やつらをいいくるめて、こっちへよこせ。おれが決めてやる。商談まとめて、仕留める。文無しは入れるなよ。商売にならねえからな。

はいはい、旦那。乗ってみてください。お買い得ですよ。ええ、旦那！　八十ドルで、お値打ち品が手にはいりますよ。

五十までしか出せないんだ。表のあのひとは、五十っていったよ。

五十。五十ですって！　あいつ、血迷ったのか。こいつを仕入れるのに七十八ドル五十セント払ったんですよ。ジョー、この間抜け、あたしを破産させるつもりか？　あいつはお払い箱にしないと。六十ならまだしも。いいですか、お客さん、一日うだうだやってられないんですよ、あたしは商売人ですけどね、どんなお客さんでも、ふっかけたりはしないんですよ。なにかお金の代わりになるもんはないですか？

ラバが二頭あるが。

ラバ！　おい、ジョー、聞いたか。こちらさん、ラバをお金の代わりにするんだと。いまが機械時代だっていうのを、だれにも聞かされてないのかね？　ラバなんかもう、膠《にかわ》を作るのにしか使わないのに。

大きくていいラバだよ――五歳と七歳だ。ほかを当たるとするか。

ほかを当たるですって！　あたしたちが忙しいときにはいってきて、時間を食わせて、それでよそへ行くんですかい！　ジョー、このお客さんが冷やかしだってわからなかったのかい？

冷やかしじゃない。車が要るんだ。カリフォルニアへ行く。車が要るんだ。

あたしゃ、おめでたいにもほどがある。ジョーにそういわれるんですよ。そんなに大出血してたら、飢え死にするって。こうしましょう――犬の餌《えさ》にラバ二頭もらっといて、一頭あたり五ドル出します。

犬の餌にされるのはまっぴらだ。

まあ、十ドルか七ドルぐらいにはなるかな。それじゃ、こうしましょう。ラバ二頭に二十ドル。荷馬車もついてくるんでしょう？　そいで、お客さんが五十出す。それから、残金は毎月十ドルずつ送るって契約に署名してもらいます。

しかし、八十ドルっていったぞ。

割賦《かっぷ》手数料とか保険っていうのがあるのを、聞いたことがないんですかい？　その分が割り増しになるんですよ。四、五カ月でぜんぶ返せますよ。ここに名前、書いて。あとはこっちでやりますから。

よくわからんなあ――。

いいですか、こっちは大出血だし、お客さんにだいぶ時間をとられましたよ。お客さんと話してるあいだに、ふつうだったら三台売れる。まったく、いやんなっちまう。ほら、ここに署名して。はい結構。ジョー、この旦那の車にガソリンいっぱい入れてやんな。ガソリンはおまけだ。

やったな、ジョー。ぼろい商売だったぜ！　あのポンコツの仕入れ値、いくらだっけ？　三十ドル——三十五ドルだったか？　ラバと馬車まで手に入れた。そいつが七十五ドルで売れなかったら、商人《あきんど》とはいえねえぜ。かてでくわえて、現なま五十ドルに、月賦が四十ドルだ。いや、客がぜんぶ真っ正直とはいえねえのはわかってるが、驚くなよ、たいがいのやつが残金をきっちり返す。借金が棒引きになっても二年のあいだ、百ドル送ってきたやつがいた。あいつもも金を送ってくるさ。いやまったく、ポンコツが五百台あったらなあ！　腕まくりしろ、ジョー。あいつらをいいくるめて、こっちへよこせ。さっきので、おまえの取り分は二十だ。悪くねえ働きだぞ。

午後の太陽を浴びて、幟がぐったりと垂れている。本日のお買い得。二九年型フォード小型貨物自動車《ピックアップ》、走行良好。

五十ドルでなにをお求めに——ゼファーですって？

座席のクッションから縮れた馬毛がはみだし、泥除け《フェンダー》は凹《へこ》んだのを叩《たた》き直してある。緩衝器《バンパー》はちぎれてぶらさがっている。フェンダーの端の目印とラジエターキャップ

（訳注　マスコットを兼ねている）と後部に三つ、小さな色つき電球がある、小粋《こいき》なフォード・ロードスター（訳注　二座で幌付き、トランクに予備座席がある型もある）。泥除け《マッドガード》エプロンをそなえていて、変速槓桿《ギアシフト・レバー》の握りは大きな骰子《さいころ》だ。予備タイヤ入れにはかわいい娘の柄。彩色でコーラと名前がある。塵《ちり》のついた風防に午後の陽射しが当たる。

ちくしょう、めしを食いにいく時間もねえぞ！　ジョー、小僧にハンバーガーを買いにいかせろ。

　古物のエンジンの、ばらつきのある爆音。

クライスラーを見てる田吾作《たごさく》がいるだろ。ジーンズにおあしを入れてるかどうか、たしかめろ。ああいう農家の若いやつは、なかなかこすっからいぞ。手なずけてこっち連れてこい、ジョー。おまえ、なかなかよくやってるぜ。

ああ、うちが売ったやつだ。保証？　自動車だっていうのは保証するよ。なにからなにまで面倒みれるわきゃねえだろ。いいかい、あんたは――自動車を買って、いまになって文句をいう。支払が滞ったって、こっちはかまやしねえんだ。月賦はうちとは関係ねえ。信販会社に渡しちまうからね。取り立てるのは、うちじゃなくて、信販会社なんだぜ。月賦はうちとは関係ねえ。はあ？　手荒なまねしようとしたら、おまわりを呼ぶぜ。いや、タイヤは替えてねえ。こいつをつまみ出せ、ジョー。こいつは車を買って、いまさらケチをつけてるんだ。おれがビフテキ頼んで半分食ってから、返すなんてできねえよな。おれたちは商売してるんだ。慈善病院じゃあねえんだ。まったく話にならねえよな、ジョー？　おい――あれを見ろ。エルク慈善保護会の徽章《きしょう》つけてる！　早く行け。三六年型ポンティアックを拝ませてやれ。そうよ。

角ばった顔、丸い顔、錆びた顔、下顎《したあご》のでっぱった顔、長い流線型の曲線、平らな面がやがて流線型になる。本日のお買い得。厚みのある内装が豪華な、古い巨大な自動車――貨物用に簡単に改造できます。二輪トレイラーの錆びた車軸が、きつい午後の陽射しにさらされている。中古自動車。優良中古自動車。美車。走行良好。オイルを食いません。

たまげたな、こいつを見ろ！　ずいぶんよく手入れされてるじゃねえか。

キャデラック、ラサール、ビュイック、プリマス、パッカード、シェヴィー、フォード、ポンティアック。列につぐ列、午後の陽射しにヘッドライトがギラギラ光っている。優良中古自動車。

丸め込め、ジョー。ちくしょう、ポンコツが千台あったらなあ！　買う気にさせろ。おれが話を決める。

カリフォルニアへ行くんですか？　それならこれがうってつけだ。見た目はぼろいが、まだ何千マイルも走ります。
ずらっとならんでいる。優良中古自動車。お買い得。美車。走行良好。

8

星が出た空は薄墨の色で、青白い月は、下弦を過ぎて、はかなく痩《や》せていた。トム・ジョードと伝道師は、綿畑を抜ける道を足早に歩いていった。道といっても、轍《わだち》とキャタピラに踏みつけられた痕《あと》があるだけだ。西の地平は見えず、東も一本の線があるだけで、妙な取り合わせの天《そら》だけが、暁の兆《きざ》しを告げていた。ふたりは黙然と歩いて、自分たちの足が大気に捲《ま》きあげる塵《ちり》のにおいを嗅《か》いでいた。

「あんたが道をまちがっとらんと、いいんだがな」ジム・ケイシーがいった。「夜が明けたら、とんでもないところにおったというのは、まっぴらだぞ」綿畑をさまざまな生き物がちょこまかと動いていた。朝の鳥がさっとはばたいては地べたの餌《えさ》をついばむ。びっくりしたウサギが、あわてて土くれを跳び越える。砂塵《さじん》の道を踏みしめる男ふたりの静かな足音と、踏みしだかれた土くれがキュッキュッと鳴る音が、夜明けのひそやかな物音に逆らっているように聞こえた。

トムはいった。「目をつむっていても歩いていける。道のことを考えたりしたら、かえって迷う。なにも考えなけりゃ、ちゃんと行ける。だって、あんた、おれはこの辺で生まれて、ガキのころはこの辺を駆けずりまわってたんだ。あそこに木が一本あるだろ——ほら、うっすらと見えてるだろう。おやじがあの木にコヨーテの死骸《しがい》を吊《つ》るしたことがあったんだ。溶けて地べたに落ちるまで吊るしてあった。かさかさに乾いてな。くそ、おふくろになにかこしらえてもらおう。腹んなかがからっぽだ」

「わしもだ」ケイシーがいった。「タバコでもちょっとやらんか？　空腹がすこしはましになるぞ。こんなに早く出かけるのではなかった。明るくなってからにすればよかった」立ちどまって、嚙《か》みタバコを食いちぎった。「ぐっすり眠っとったのに」

「いかれぽんちのミューリーのやつがいけないんだ」トムはいった。「おかげで、こっちはびくびくしちまった。ミューリーのやつ、おれを起こしていうんだ。〝じゃな、トム。行くぜ。おいら、行くとこがある〟。それからこういった。〝おめえも行ったほうがいい。明るくなったとき、こっから離れてられるように〟。ミューリーのやつ、ホリネズミみたいにこそこそしてる。あんな暮らししてるからだ。まるでインジャンに追われてるみたいだ。あいつ、頭がおかしくなったのかな？」

「さあ、どうかな。わしらが火をおこしたら、自動車が来たのを、おまえも見た。家が叩《たた》き潰《つぶ》されてるのを見た。なにかえらくむごいことが起きとる。たしかにミューリーは頭がおかしい。コヨーテみたいにこそこそ歩きまわってたから、おかしくなっちまったんだな。じきにだれかを殺して、犬を連れた連中に追われることになるだろう。予言者みたいに、わしにはそれが見える。あいつは落ちていくばかりだ。いっしょに来たがらなかったんだろう?」

「そうだな」トムはいった。「もう人間が怖くなってる。よくおれたちのそばへ来たもんだ。夜明けにはジョンおじの家に着く」ふたりはしばし黙って歩き、夜更《よふ》かしのフクロウたちが、昼間に隠れ住む納屋《なや》、木の洞《うろ》、給水塔に向けて頭上を飛んだ。東の空が白み、綿と灰色になった土が見えてきた。「ジョンおじの家で、みんなどうやって寝るんだろうな。ひと間しかないし、あとは差し掛けの台所と、ちっぽけな納屋だけだ。きっとぎゅう詰めだぜ」

ケイシーがいった。「そのジョンに妻子がいたという記憶がない。たしか、独りきりだったな? あまりよく憶《おぼ》えておらんのだ」

「この世でいちばん独りぼっちの男だ」トムはいった。「やはり頭がそうとういかれてる――ミューリーに似てるが、もっと非道《ひど》いところがある。神出鬼没ってやつだ――ショーニーで酔っぱらってたかと思うと、二十マイル離れたところの後家さんに会いにいってる。ランプ提げて畑を耕している。いかれてる。長生きできないだろうって、みんな思ってた。あんな独りぼっちの男は、長生きできないもんだ。ところが、ジョンおじはおやじより齢《とし》が上だ。年々、どんどん扱いにくく、喧嘩《けんか》っ早くなる。じいちゃんよりも凶暴だ」

「ほら、光が出てきたな」ケイシーがいった。「銀でもふりかけたみたいじゃ。ジョンは、一度も妻子がいなかったのか？」

「いた。前はな。それでおじがどんなやつかってことがわかる――どれほど頑固かっていうことが。おやじに聞いた話だ。ジョンおじは、若い奥さんをもらった。四カ月結婚してた。おなかが大きくなって、ある晩、腹が痛くなったもんで、おじにその奥さんがいった。〝お医者さんを呼んできてちょうだい〟。おじはじっと座ったまま、〝胃が痛いだけだ。食い過ぎだ。痛み止めを飲んでおけ。胃がいっぱいになると、痛くなるもんだ〟っていった。つぎの日の昼に、奥さんは気が触れたみたいになって、四時ごろに死んだ」

「なんでだ？」ケイシーがきいた。「食いものかなにかに当たったのか？」

「いや、体んなかでなにかが破れたんだ。ちゅう――虫垂炎かなにかだ。それで、ジョンおじは、ふだん、気さくだったんだが、それがひどくこたえた。罪だったたと見なしたんだな。ながいこと、だれとも話をしなかった。なんにも見てないみたいにただ歩きまわり、ちょっとお祈りした。そこから脱け出すのに二年かかり、ひとが変わっちまった。なんていうか、調子がはずれてね。面倒くさい人間になった。おれたちガキどもが、虫が湧《わ》いたり、腹痛《はらいた》起こしたりすると、すぐ医者を呼ぶんだ。おやじがとうとう、やめてくれっていった。子供はしじゅう腹痛を起こすもんだからって。おじは奥さんが死んだのは、自分のせいだと思ってる。おかしなひとだよ。しじゅうそれをだれかで埋め合わせようとするんだ——子供にものをやったり、だれかのベランダにトウモロコシ粉《コーンミール》をひと袋置いて行ったりして。自分の持ってるものは、ほとんどひとにやっちまう。それでも愉《たの》しくはなれない。ときどき夜に独りでほっつき歩いてる。でも、農夫の腕はたしかだ。畑をきちんと作ってる」

「かわいそうに」ケイシーがいった。「かわいそうに、独りぼっちで。奥さんが死んでから、教会によく行くようになったか?」

「いや、行ってない。おおぜいの人間がいるところには、近づきたくなかったんだ。独り離れていたかったんだ。子供はひとり残らずおじが大好きだった。夜中にうちによく来たんだが、どの子のベッドの脇《わき》にもガムが置いてあるんで、来たってわかるんだよ。子供たちはおじを、全知全能のイエス・キリストみたいにあがめていたもんだ」

ケイシーは、うなだれて横を歩いていた。答えなかった。迫りくる朝の光がその額を輝かせ、脇でふっている左右の手が、光のなかへ出たりはいったりしていた。トムが身内のことをしゃべりすぎて、きまり悪くなったのか、トムも黙っていた。トムが足を速め、ケイシーもそれに合わせた。薄墨の景色が、すこし先まで見えるようになっていた。綿の畝《うね》からヘビが一匹、くねくねと道に出てきた。トムはその手前でとまって、目を凝らした。「ゴーファーヘビだ。逃がしてやろう」ふたりはヘビをよけて歩き、進んでいった。東の空がすこし色づき、たちまちひと条《すじ》の暁光《ぎょうこう》が大地を忍び寄ってきた。綿の緑が現われ、大地はくすんだ茶色になった。男ふたりの顔は、灰色がかった輝きを失った。光が明るくなるにつれて、トムの顔は黒ずんだ。「この瞬間《とき》がいいんだ」トムは、そっといった。「ガキんときに起きて、ひとりで歩きまわった。ちょうどこんなときに。向こうのあれはなんだ？」

犬の群れが雌犬一匹におもねるように、道に集まっていた。雄犬が五匹、牧羊犬の雑種、コリーの雑種、ご先祖が自由奔放におつきあいしたために犬種も定かでなくなった犬が、こぞって雌犬一匹にお愛想をつかっている。一匹ずつちょこまかとにおいを嗅ぎ、肢《あし》をつっぱった偉そうなそぶりで一本の綿のほうへ行き、麗々しく後肢をあげ、小便をかけてから、また戻ってにおいを嗅ぐ。トムとケイシーは、立ちどまって見物し、急にトムが愉しそうに笑った。「たまげたな！　こいつはすごい！」いまや犬が寄り固まって頸《くび》と背中の毛を逆立て、うなり、肢をふんばり、ほかの犬が喧嘩をはじめるのを、それぞれに待っていた。一匹がのしかかり、それでことがなされてしまうと、あとの犬たちはどいて、どうなるだろうと見守った。舌を出し、垂らしていた。ふたりは歩きつづけた。「たまげたな！」トムがいった。「乗っかってるあの犬、うちのフラッシュだ。死んだと思ってた。おいで、フラッシュ！」また笑った。「まあいいさ。あんなときに呼ばれたら、おれだって聞こえやしない。それで思い出した。ウィリィ・フィーリィが若かったころの話を聞いたことがある。ウィリィは、はにかみ屋だったんだ。ものすごく内気だった。で、ある日、グレイヴズのとこの牡牛《おうし》に牝牛《めうし》をかけあわせにいった。みんな出かけてて、エルシー・グレイヴズが留守番してた。エルシーはぜんぜん内気じゃない。ウィリィは突っ立ったまま、真っ赤になって、ものもいえない。エルシーがいう。〝なんで来たかわかってるよ。牡牛は納屋の裏に出してあるよ〟。で、ふたりして牡牛をそこへ連れてって、ウィリィとエルシーは柵《さく》に腰かけて見てた。ウィリィはたちまちおかしな気分になった。エルシーはちらりと見て、とぼけていった。〝どうしたの、ウィリィ？〟。ウィリィはその気になって、座ってもいられなくなった。〝ちくしょう。ちくしょう、おいらもあれやりてえ！〟。するとエルシーがいった。〝やれば、ウィリィ。あんたの牝牛なんだから〟」

　ケイシーが、低く笑った。「いやな、もう伝道師でないというのも、いいものだな。伝道師だったころにゃ、だれもそんな話をしてくれなかった。聞いても笑えなかった。悪態もいかん。いまじゃ好きなだけ悪態がつける。悪態をつきたいときにつくと、すっきりする」

　東の地平で赤い輝きが大きくなり、大地では鳥が甲高くさえずりはじめた。「ほら！」トムはいった。「真正面にあるだろう。あれがジョンおじの給水塔だ。風車が見えないが、貯水桶《タンク》はある。あの空のところだ」足を速めた。「みんなあそこにいるのかなあ」小高いところに、大きなタンクがそびえていた。急ぎ足になったトムが、膝《ひざ》まで土煙を捲きあげた。「おふくろが――」もうタンクの支柱が見えていた。四角い小さな箱みたいな母屋《おもや》、ペンキも塗っておらず、まったく飾り気がない。それから納屋。屋根が低く、うずくまっている。母屋のブリキの煙突から、煙が昇っている。庭は散らかっていた。家具の山、風車の電動機と羽根、ベッドの枠、椅子《いす》、テーブル。「ちくしょう、出かけるところだ！」トムはいった。庭に貨物自動車《トラック》が一台とまっていた。左右が高いトラックだったが、おかしな形をしていた。というのも、前の部分はセダンなのに、閉鎖型車室のうしろ半分を切って、荷台が取り付けてある。近づくにつれて、庭から物を叩く音が聞こえてきた。目をくらます太陽の縁が地平から昇って、トラックを照らすと、ひとりの男と、その男がふりあげてはふりおろす金槌《かなづち》のひらめきが見えた。そして、家の窓で陽射《ひざ》しがきらりと光った。古びた壁板が明るくなる。地べたの赤いニワトリ二羽が、跳ね返った光で燃え立った。

「大声を出すな」トムはいった。「そっと近づこう」腰まで土煙が立つほど速く、歩いていった。やがて、綿畑の端へ行った。それから庭にはいると、土が踏み固められ、てかてか光るほど硬くなっていて、塵まみれの雑草が何本か地べたを這《は》っていた。そのまま進むのを怖《おそ》れているみたいに、そこでトムの足どりが遅くなった。トムを見守っていたケイシーが、それに合わせて歩度をゆるめた。トムはおもむろに進み、ばつが悪そうにトラックににじり寄った。ハドソン・スーパー・シックスのセダンで、屋根は冷たいたがねでまっぷたつに切られていた。トム・ジョードおやじが荷台に立ち、あおりのいちばん上の横板を釘《くぎ》で打ちつけていた。白髪まじりの顎鬚《あごひげ》ののびた顔を伏せて、手先を覗《のぞ》き込み、口に六ペニー釘（訳注 昔、百本六ペンスで売られていた規格の釘。長さ二インチ）を何本もくわえていた。釘を立てては、金槌でガンガン打っていた。鉄かまど《ストーブ》の扉がガチャンと閉じる音と、子供の悲鳴が、母屋から聞こえた。トムは、横向きにトラックの荷台に近づき、もたれかかった。トムおやじが目を向けたが、ちゃんと見ていなかった。また釘を立てて打ちつけた。ハトの群れが給水塔の床から飛び立ち、あたりを飛びまわってから、またとまって、縁から見おろした。白いハト、青いハト、灰色のハト、玉虫色の翼。トムは、トラックのあおりのいちばん下の棒に指を引っかけた。齢とって白髪が増えている荷台の男を見あげた。厚い唇を舌で湿し、低声《こごえ》でいった。「お父《とう》」

「なんの用だ?」トムおやじが、口にいっぱいくわえた釘の横から声を出した。縁が垂れている汚れた黒いソフト帽をかぶり、青い作業着にボタンのない胴着《ベスト》をはおっている。ジーンズは、大きな四角い真鍮《しんちゅう》のバックルがついた、馬具用の革の太いベルトで締めている。何年も締めているので、革も真鍮もぴかぴかに磨かれていた。靴はひび割れ、永年、陽射しと水気と土埃《つちぼこり》にさらされたせいで、靴底がふくらみ、舟の形になっていた。力強い筋肉が盛りあがって布地をひっぱっているせいで、シャツの袖《そで》が寸詰まりになっている。腹と腰に無駄な肉はなく、短い脚は太くて頑丈だった。棘《とげ》みたいな胡麻塩《ごましお》の顎鬚に仕切られた四角い顔が、そのままいかつい顎へとのび、突き出した顎にはこれまた刈り株みたいな鬚が生えていて、顎のあたりは白髪があまりないために、顎の突き出しっぷりに重みと勢いがあった。髯《ひげ》のない頬の肌は、使い込んだ海泡石《メアシャム》パイプの飴色《あめいろ》で、いつも目を細めているせいで、目尻《めじり》に放射状のしわがあった。瞳《ひとみ》は茶、ブラックコーヒーのような焦茶色《こげちゃいろ》で、ものを見るときに顔を突き出すのは、視力が落ちているからだった。大きな釘が突き出している唇は薄く、紅《あか》かった。

金槌を構えて、立てた釘を打とうとしたとき、あおりごしにトムおやじがトムのほうを見た。邪魔されたのに、むっときているような顔だった。そこで顎を突き出し、トムの顔を両目でちゃんと見て、自分がなにを見ているかを脳がしだいに悟った。金槌をゆっくりと脇におろし、左手で口から釘を抜き取った。そして、まるでこれはほんとうなんだと自分にいい聞かせるように、不思議そうにいった。「トミーじゃないか――」まだ自分に教えているような口ぶりで、「トミーが帰ってきた」また口をあけて、目に恐怖が宿った。「トミー」低声でいった。「脱獄したんじゃあるまいな？隠れなきゃならないんじゃないだろうな？」張りつめたように耳を澄ました。

「ちがう」トムはいった。「仮釈放だよ。自由の身だ。書類もある」トラックのあおりの下のほうの細い板をつかんで、見あげた。

トムおやじが金槌をそっと荷台に置き、釘をポケットに入れた。あおりをまたいで、軽やかに地べたに跳びおりたが、息子のそばへ行くと、きまり悪そうで、よそよそしくなった。「トミー」トムおやじがいった。「おれたちはカリフォルニアへ行く。おまえには手紙を書いて報《しら》せるつもりだった」そこで、信じがたいというようにいった。「だが、おまえが帰ってきた。いっしょに行ける。おまえもな！」家のなかで、コーヒー沸かしの蓋《ふた》が閉まる音がした。トムおやじが、肩ごしに見た。「みんなを驚かせてやろう」といい、さもうれしそうに眼を輝かした。「お母《かあ》はな、おまえに二度と会えないんじゃないかと、悪い予感にとらわれてる。だれかが死んだときみたいに、心を消しちまった顔になってる。おまえに二度と会えないのが心配で、カリフォルニアへ行くのを渋ってる」ストーブの扉がまたガチャンと閉まる音がした。「驚かせてやろう」トムおやじがくりかえした。「家を離れたことなんかなかったっていう顔ではいってくんだ。お母がなんていうかなあ」ようやく息子に触れたが、おずおずと肩に触っただけで、すぐに手をひっこめた。ジム・ケイシーのほうを見た。

トムはいった。「伝道師さんを憶えてるだろう、お父。いっしょに来たんだ」

「やっこさんも刑務所にはいってたのか？」

「ちがう。途中で会った。よそへ行ってたそうだ」

トムおやじが、重々しく握手をした。「よく来てくれましたね」

ケイシーがいった。「来てよかった。息子がうちに帰るのを見るのはいいものだな。ほんとうにいいものだ」

「うち、かね」お父がつぶやいた。

「家族のもとへ」ケイシーがあわてていい直した。「わしらは昨夜、もう一軒のほうへ行った」

お父が顎を突き出して、しばしふたりが来た方角を眺めた。やがて、トムのほうを向いた。「お母をどうだまくらかそうか？」いかにもうれしそうに切り出した。「おれがはいってって、〝このひとたちに朝飯を食わせてやってくれ〟っていうか、それともおまえがただはいってって、お母が気がつくまで突っ立ってるか？　どうしようか？」おおよろこびで、顔が生き生きしていた。

「あまりぎょっとさせないほうがいい」トムはいった。「びっくりさせるのはやめよう」

がっちりした肢が長い牧羊犬が二匹、嬉々《きき》として走ってきたが、よそ者のにおいを嗅ぎつけると、警戒してあとずさり、見守りながら尻尾《しっぽ》をためらいがちにゆっくりとふった。敵意や危険はないかと、目と鼻は敏感に働かせていた。一匹が頸をのばして、逃げる構えでじりじりと進み、トムの脚にちょっとずつ近づくと、大きな音をたててにおいを嗅いだ。それから離れて、合図を待つようにお父のほうを見た。もう一匹は、それほど肝が太くなかった。ほかに注意を向けても名折れにならないように、べつの相手を探し、餌を食べながらそばを通っている赤いニワトリを見つけて、そっちへ駆けだした。怒った雄鶏《おんどり》がクワックワッと啼《な》き、赤い翼をぱっとひろげた。速く走るために短い翼をばたつかせながら、雄鶏は逃げていった。犬は得意げに男たちのほうを見てから、土埃のなかにべったりと這いつくばって、満足そうに尻尾を地面に打ちつけた。

「行こう」お父がいった。「さあ、行こう。お母におまえを会わせないと。おまえに会ってどんな顔をするか、見てやらないといけない。行くぞ。じきに朝ご飯だって叫ぶだろう。ちょっと前に、塩漬け豚肉をフライパンに落とす音が聞こえた」お父が先に立ち、細かい塵の積もった庭を進んでいった。この家にはベランダがなく、踏み段のすぐ上がドアだった。ドアの横に大俎板《おおまないた》があり、永年使われたせいで表面がほぐれ、柔らかくなっていた。羽目板の木目がくっきりと出ているのは、砂塵が木の柔らかい部分を削るからだ。柳の燃えるにおいがあたりに立ち込め、三人がドアに近づくにつれて、サイドミートを焼くにおいと、丸く型抜きしてキツネ色に焼いたのっぽ《ハイ》ビスケット（訳注 スコーンに似ているが、バターではなくラードを使う。焼くとむくむくと高くなるのでこう呼ばれる）のにおいと、コーヒー沸かしで煮立っているコーヒーのつんとくる香りがしてきた。ドアがあいている戸口にお父がはいっていって、幅広の小柄な体でそこをふさいだ。「お母、旅のもんがふたり来てな、いっしょに食べさせてもらえないかっていうんだ」

お母の声が、トムの耳に届いた。憶えているとおり、冷たく落ち着いた声で、母音を長くのばし、愛想よく、丁寧に答えていた。「はいってもらって。いっぱいあるから。手を洗うようにいってちょうだい。ビスケットはできたよ。いまサイドミートをよそうとこだよ」脂《あぶら》が勢いよくジュッという音が、ストーブから聞こえた。

お父がなかにはいり、場所をあけたので、トムはお母のほうを見た。お母は焼けて反ったサイドミートを何枚も、フライパンから取りあげているところだった。天火《パン》の扉があいていて、キツネ色に焼けたのっぽビスケットがならんでいる大きな天板が見えていた。お母は戸口に目を向けたが、トムは逆光を浴びていたので、まぶしい黄色の陽射しに浮かんだ黒い人影が見えただけだった。お母が気さくに顎をしゃくった。

「はいって。けさはビスケットをいっぱい焼いてよかった」

トムは、なかに目を向けて立っていた。お母はずんぐりした体つきだが、肥《ふと》ってはいない。子供を産み、働いて、厚みのある体になった。灰色のゆったりした簡単服《マザー・ハバード》を着ていた。かつては色鮮やかな花模様だったのだが、色が褪《あ》せて、花のところは地よりも薄い灰色でしかない。裾《すそ》が足首まであり、幅広の頑丈な素足がちょこまかとすばやく床を動いていた。薄くなった鉄灰色の髪は、頭のうしろで細い束にまとめてある。肘《ひじ》まで剝《む》き出した力強い腕にはそばかすがあり、手は肥った幼い女の子の手みたいに丸まっちくて優美だった。お母が陽射しのほうを覗き込んだ。福々しい顔は、やさしいというよりは、落ち着いていて、思いやり深い。はしばみ色の目は、ありとあらゆる悲しい出来事を見てきて、心の痛みや苦しみを階段のように一歩ずつ昇り、人知を超えた静謐《せいひつ》の高みに達したようだった。家族の最後の砦《とりで》、奪われることのない強固な拠点という自分の立場をわきまえて、それに甘んじ、よろこんで迎え入れているようだった。そして、お母がそれと認めないかぎり、トムおやじや子供たちには、心の痛みや怖れを知る由《よし》もないのだから、お母はそれを自分ひとりの胸に収めて、はねつけていた。それに、愉しいことがあったときには、お母が愉しんでいるかどうかをみんながたしかめるものなので、取るに足らないことでも、笑いをかきたてるのが、お母の習性になっていた。だが、よろこびよりも静謐のほうがだいじだった。危難に遭ってもびくともしない。それが拠《よ》りどころになる。だから、お母は家族の偉大なしもべとして、威厳と清らかな落ち着きという美点を身に帯びた。心を癒《いや》す役目を担《にな》い、頼りになるひんやりした静かな手の持ち主になった。物事を収めるにあたっては、女神のように、高いところからあやまりのない判定を下した。自分がぐらつけば家族が揺れることを、お母は心得ているようだった。自分がほんとうに浮足立つか、望みを棄《す》ててしまったら、家族が崩れ、家族としてやっていく意志が失われることを、お母は知っているようだった。

お母が日向《ひなた》の庭に目を向け、黒い人影を眺めた。お父がそばに立ち、有頂天で体をふるわせている。「はいれ」お父が叫んだ。「さあ、はいってくれ」すると、トムがすこしばつが悪そうに、沓摺《くつずり》を越えた。

お母が、明るい顔でフライパンから目をあげた。そこで片手が脇にゆっくりとおろされ、フォークが木の床に落ちてカタンという音をたてた。目を丸くして、瞳孔《どうこう》がひらいた。口をあけたまま、深い吐息をついた。目を閉じる。「神さま、ありがたや」といった。「あらまあ、神さま!」急に心配そうな顔になった。「トミー、おまえ、お尋ねものになってないだろうね? 脱獄したんじゃないだろうね?」

「ちがうよ、お母。仮釈放だ。書類も持ってる」胸に触れた。

お母は、素足で音もたてず、しなやかにトムのほうへ進み、不思議そうな顔になった。小さな手でトムの腕をなで、筋肉がちゃんとついているのをたしかめた。それから、目が不自由な人間みたいに、指をトムの頬にあげていった。そのときのお母のよろこびは、まるで悲しみのようだった。トムは下唇を歯で挟んで嚙んだ。お母の目が、どうしたのというように嚙まれた唇に向けられ、歯に血がついて、唇から血がしたたるのを見た。そこで気づき、落ち着きが戻ってきて、手を引いた。烈《はげ》しく息を吐き出した。「そうかい!」大声をあげた。「すんでのところで、おまえ抜きで行っちまうところだったよ。おまえに見つけてもらえるかどうか、みんな心配してたんだよ」フォークを拾って、煮え立っている脂をかきまぜ、カリカリに焼いて丸まった肉を一枚取り出した。それから、ゴトゴト鳴っていたコーヒー沸かしを、ストーブの奥のほうへ置き直した。

トムおやじが、くすくす笑った。「まんまとだましてやった、な、お母。おまえをだますつもりだったんだ。うまくいったぞ。ハンマーぶっくらわされたヒツジみたいに、突っ立ってたな。じいちゃんに見せたかったぞ。眉間《みけん》をハンマーで叩かれたみたいなざまだった。じいちゃん、笑い転げて、腰抜かしたにちがいない――陸軍のでかい飛行船をアルが撃ったときみたいにな。トミー、そいつが一度来たんだ。長さが半マイルもある。アルのやつ、三〇‐三〇口径のライフル銃をそいつに向けてぶっ放したんだ。じいちゃんがわめいた。〝アル、ひな鳥を撃っちゃならねえ。親鳥が飛んでくるまで待ちな〟。で、笑い転げて腰抜かした」

お母が小さく笑い、棚からブリキの皿を何枚もおろした。

トムはきいた。「じいちゃんはどこ？ 頑固じいちゃんの姿が見えないけど」

お母が皿をテーブルに積み重ね、そのそばにカップを重ねた。内緒話でもするようにいった。「ああ、じいちゃんなら、ばあちゃんといっしょに納屋で寝てるよ。夜中に何度も目が醒《さ》めるからだよ。前は、そのたびに子供らにつまずいて転んでたし」

お父が口を挟んだ。「そうなんだ、じいちゃん、毎晩、大騒ぎだったのさ。ウィンフィールドにつまずいて転ぶ。ウィンフィールドがわめく。じいちゃんが怒ってパンツに漏らして、それでまた大騒ぎする。そのうちに家んなかのもんが、みんなでわめき散らす」くすくす笑うあいまに、まくしたてた。「いやはや、じつににぎやかな毎日だったね。ある夜、みんながわめいたり悪態ついたりしてると、生意気な口きくようになってるおまえの弟のアルが、こういったんだ。〝ばあちゃん、じいちゃん、うち出て海賊になったらいいじゃん〟。で、じいちゃんがものすごくいきり立って、銃を取りにいった。アルはその夜は、表で寝なきゃならなかった。そんなわけで、ばあちゃんとじいちゃんは納屋で寝るようになったのさ」

お母がいった。「もよおしたら表に出ればいいわけだからね。お父、トミーが帰ってきたって、ひとっ走りいいにいって。トミーはじいちゃん子だからね」

「あいよ」お父がいった。「うっかりしてた」戸口を出て、両手を高々とあげてふりながら、庭を歩いていった。

トムはそれを見ていたが、お母の声で我に返った。お母はコーヒーを注いでいた。息子の顔は見なかった。「トミー」気おくれしているように、ためらいがちにいった。

「なに?」トムにお母の気おくれがうつり、どういうことだろうとまごついていた。おたがいに相手が物おじしやすいのを知っていて、それでよけい物おじしていた。

「トミー、これはきいておかなきゃならないことなんだよ——おまえ、恨んでないだろうね?」

「恨むって、お母?」

「非道いことされたせいで、恨んでないかってことだよ。だれかを憎んでないだろうね? 性根が腐って非道い恨みを抱くようなことを、刑務所《なか》でされなかったかい?」

トムは横目でお母を見て、じっと観察した。どうしてそんなことを知っているのかと、問いかけるような目つきだった。「いいや」トムは答えた。「最初はちょっと恨んだ。でも、おれは鼻っ柱が強いほうじゃないからね。やりすごしたよ。どうしたんだ、お母?」

声をもっとよく聞き、両眼で奥の奥まで知ろうとするかのように、お母が口をあけて、しげしげとトムを見た。言葉のなかにつねに隠されている答を探そうとする表情だった。「あたしは美童《プレティ・ボーイ》フロイド(訳注 オクラホマ出身で銀行強盗などをやり、義賊として謳われている)を知ってた。フロイドのおっ母《か》さんも知ってた。善良な一家だった。フロイドはたしかに威勢がよかったよ。いい若いもんは、みんなそうじゃないか」まごついたように、言葉を切ったが、すぐにつぎの言葉が流れ出した。「こういうことを、あたしはひとつ残らず知ってるわけじゃない――でも、わかってるんだ。あの子はちょっと悪いことをしただけなのに、痛めつけられた。役人《おかみ》はあの子を捕まえて、痛めつけた。それであの子は恨み、つぎに悪いことをやったのは、恨みからだった。それでまた痛めつけられ、恨みに根深い悪心が重なっていった。おかみはフロイドを害獣を撃つみたいに狙《ねら》い撃ち、フロイドが撃ち返すと、おかみはコヨーテを狩るみたいに追い、フロイドはシンリンオオカミ（訳注　オオカミのなかの最大種）みたいな恐ろしさで牙《きば》を鳴らしてうなった。恨みそのものになった。若いもんでも人間でもなく、生きた恐ろしい恨みの塊になったんだよ。でも、フロイドを知ってるひとたちは、害をなさなかった。フロイドもそのひとたちは恨まなかった。とうとうおかみがフロイドを追いつめて殺した。新聞にどう書いてあっても、フロイドは悪人だった――それがほんとうだよ」言葉を切り、乾いた唇をなめた。ききたくてうずうずしている顔だった。「どうしても知らなきゃならないんだよ、トミー。非道く痛めつけられたんじゃないのかい？　そんな恨みをおまえが持つくらい」

トムの厚い唇は、きっと結ばれていた。大きな平たい手を見おろした。「いや。おれはそんなふうじゃない」言葉を切って、貝殻みたいな細い畝がある割れた爪《つめ》をじっと見た。「ムショにはいってるあいだずっと、そういうのには近づかなかった。そんなに恨みはないよ」

お母が、溜息《ためいき》をついた。「ああよかった！」声を殺していった。

トムは、さっと目をあげた。「お母、やつらがうちをあんなにしたのを見たときには——」

お母がトムのそばに来て、目の前に立ち、烈しくいった。「トミー、ひとりでおかみと戦っちゃだめ。コヨーテみたいに追われちまう。トミー、あたしは、考えたり、空想したり、不思議に思ったりせずにはいられないんだよ。あたしたちみたいな家族が、数十万人追い出されてるそうだよ。もしも、あたしたちみんなが、おなじように怒ってたら、トミー——おかみはだれも追わないいんじゃないかねえ——」言葉を切った。

トムは、お母を見つめて、しだいに瞼《まぶた》が下がり、睫毛《まつげ》のあいだから細い輝きが見えるだけになった。「そんなふうに思ってる仲間が、いっぱいいるっていうのかい？」

きつい口調できいた。

「さあ。みんな、ただぼうっとしてるだけさ。寝ぼけてるみたいに歩きまわって」

表の庭の向こうから、老いぼれヤギが鳴いているみたいなきんきん声が聞こえた。

「勝ちとげ〜し、神をば〜、ほむべきかな〜！　勝ちとげ〜し、神をば〜、ほむべきかな〜！」

トムは首をめぐらして、にやりと笑った。「ばあちゃん、おれが帰ってきたのを、やっと聞きつけたみたいだな。おれ、そんなお母ははじめて見るよ」

お母の顔が険しくなり、目が冷たくなった。「家をぶち壊されたのは、はじめてだからね。家族が路頭にほうり出されたのは、はじめてだからね。売らなきゃならなかった——なにもかも——ああ、みんなが来る」ストーブのそばに戻り、ふっくらとしたビスケットを天パンからブリキ皿二枚に落とした。深く溜《た》まっていた脂に小麦粉をふるい落とし、肉汁《グレイヴィー》をこしらえた。手が小麦粉で白くなった。トムはふとお母を眺めてから、戸口に向かった。

庭を通って、四人がやってきた。じいちゃんが先頭だった。痩せこけ、だらしない身なりの、せっかちな年寄り。右脚をかばい、ひょこひょこと小刻みに歩いている——そっちの腰骨がはずれやすいのだ。ズボンの前あきのボタンをかけていたが、いちばん上のボタンを二番目の穴にはめてしまい、のっけから順番が狂ったせいで、衰えた手でつぎのボタンを探し当てることができない。ぼろぼろの黒っぽいズボンに、破れた青いシャツの胸をはだけ、灰色の長い下着が見えていた。下着もボタンをかけていない。痩せた白い胸にしょぼくれた白髪が生えているのが、前があいたままの下着から見えていた。やがて、ボタンをかけるのをあきらめ、前あきをあけたままにして、下着のボタンをかけるのにもたついて、それもあきらめ、茶色いズボン吊りを肩にひっかけた。瘦せた顔は血の気が昇りやすく、小さな明るい目は、なにをしでかすかわからない悪たれ坊主《ぼうず》みたいに意地が悪そうだった。へそ曲がり、文句垂れ、いたずら好き、笑い上戸《じょうご》の顔。じいちゃんは喧嘩し、口論し、猥談《わいだん》をする。助平爺《じじい》だ。意地悪く、むごく、こらえ性がない。これも悪たれ坊主とおなじだ。そういった性格に輪をかけて、お調子者でもある。酒があれば飲みすぎ、食い物があれば食べすぎ、どんなときでもしゃべりすぎる。

じいちゃんのうしろを、ばあちゃんがよぼよぼ歩いていた。生き延びているのは、亭主とおなじくらい凶暴だからだ。聖書にあるみたいな文句を甲高く、荒々しく唱えて、一歩も譲らない。それがまた、じいちゃんが口走ることとおなじくらい、いやらしくてあくどい文句なのだ。以前、集会のあとで、ばあちゃんが、みたまの語らせるままにしゃべりながら、散弾銃の左右の銃身から一発ずつぶっぱなして、じいちゃんの片方の尻を吹っ飛ばしそうになったことがあった。それ以来、じいちゃんはばあちゃんを見直して、子供が虫を虐《いじ》めるみたいにばあちゃんを虐めるのをやめた。ばあちゃんは歩きながら、マザー・ハバードの裾を膝までたくしあげ、ぞっとするような甲高いときの声をあげていた。「勝ちとげ〜し、神をば〜、ほむべきかな〜」

ばあちゃんとじいちゃんが、先を争って広い庭を進んでいた。ふたりはどんなことでも争い、争いが好きで、争いなしではいられなかった。

ふたりのうしろでは、もっとゆっくり、むらのない動きで、お父とノアが、離されないように歩いていた。最初に生まれた子供のノアは、背が高く、変わっていて、いつも不思議そうな顔で歩く。落ち着いた、きょとんとした表情で。生まれてから一度も怒ったことがない。怒っている人間を不思議そうに見て、いぶかしみ、居心地悪そうにする。ちょうどふつうの人間が、頭のおかしな人間を見るときのように。ノアはゆっくりと体を動かし、めったにしゃべらず、あまりゆっくりしゃべるので、知らない人間には、すこし足りないのではないかと思われることも多い。足りないわけではないが、変わっている。自分を誇るようなところがなく、性的な衝動がない。働き、眠るという、尋常でないくりかえしなのに、それに満ち足りている。家族が好きだが、それをなにかの形で示したことはない。ノアをよく観察するものは、なぜかしらどこかが、頭か、体か、脚か、それとも意識のどこかが、歪《ゆが》んでいるという感じを受ける。だが、どこが歪んでいるのか、あとになると思い出せない。お父は、ノアが変わっているわけを知っているつもりだったが、やましいので口に出したことはなかった。じつは、ノアが生まれた夜、独りで家にいたお父は、股《また》がひろげられたのに肝をつぶし、女房のあさましい悲鳴が恐ろしく、不安のあまり頭がどうかしてしまった。両手を使い、力強い指を鉗子《かんし》代わりに、赤ん坊をひっぱり、ひねった。産婆《さんば》が来るのが遅れ、見ると赤ん坊の頸がのび、体がゆがんでいた。産婆が頭を押して戻し、両手で体をきちんとした形に直した。でも、お父は忘れられず、やましく思っていた。それで、ほかのきょうだいよりもずっとノアにやさしかった。ノアの幅広の顔は、目と目が左右に離れすぎているし、長い顎が華奢《きゃしゃ》なので、お父はねじれてゆがんだ赤ん坊の頭を、そこに重ね合わせてしまう。ノアは求められたことはなんでもやり、読み書きもでき、働いたり手立てを考えたりすることもできるが、気がないふうだった。みんながほしがったり、なくてはならないと思ったりしているものに、まったく関心を持たなかった。いっぷう変わった沈黙の家にノアは暮らしていて、穏やかな目から外を眺めていた。この世のすべてとは無縁でありながら、淋《さび》しいわけではなかった。

四人が庭を渡ってきて、じいちゃんが語気荒くいった。「あいつはどこだ？　ちくしょう、どこだ？」ズボンのボタンをまさぐったが、その手がおろそかになり、ポケットに迷い込んだ。そのとき、戸口に立つトムが目にはいった。じいちゃんが立ちどまり、あとの三人を立ちどまらせた。小さな目が意地悪く光った。「あいつを見ろ。

前科者だ。ジョード家のもんがぶち込まれるなんざ、大昔から一度もなかった」考えがすっ飛んだ。「やつら、なんのいわれがあってあいつをぶち込んだんだ。あいつはわしだってやったことをやった。くそ野郎どもがまちがっとる」また考えがすっ飛んだ。「ターンブルのくそじじい、くさいスカンク野郎、おまえが出てきたら撃ち殺すなんてぬかしやがった。ハットフィールドの血を引いとるんだと。わしゃ、いい返してやった。〝ジョード家のもんに手出しすんじゃねえ。ひょっとしてわしにゃマッコイの血が流れとるかもしれん〟。いってやった。〝鉄砲の筒口をトミーの近くに向けてみろ。わしがそいつをてめえのケツにぶち込んでやる〟ってな。やつをびびらせてやった」

じいちゃんの言葉とはなんのかかわりもなく、ばあちゃんがわめいた。「勝ちとげ～し、神をば～、ほむべきかな～」

じいちゃんが歩いてきて、トムの胸を平手で突き飛ばし、愛と誇りを宿した目が笑っていた。「元気か、トミー?」

「だいじょうぶ」トムはいった。「調子はどう?」

「元気もりもりじゃわい」じいちゃんがいった。また考えがすっ飛んだ。「いったじゃろうが。ジョード家のもんをぶち込んどけるわけがねえって。〝トミーは牡牛が埒《らち》をぶち破るみてえに脱獄する〟ってな。おまえ、やったじゃねえか。そこどけ。わしゃ腹ぺこじゃ」押しのけて通り、テーブルにつくと、皿にサイドミートをたんまりよそい、でかいビスケットを二個とって、ぜんぶの上からどろりとしたグレイヴィーをかけ、みんながはいってくる前から、じいちゃんの口はいっぱいになっていた。

トムはいとしげに、笑みをじいちゃんに向けた。「じいちゃん、あいかわらずの罰あたりなんだろう?」じいちゃんはいっぱいほおばっているせいで、唾《つば》を飛ばしてい い返すこともできなかったが、油断ならない小さな目で笑い、大きくうなずいた。ばあちゃんが自慢げにいった。「こんなひねくれもんの口が悪い男が、ほかにいるかね。まちがいなく地獄行きさ。神をば〜、ほむべきかな〜!トラックを運転したいんだと!」吐き捨てるようにいった。「ふん、やらせてたまるか」

じいちゃんが喉《のど》を詰まらせ、どろどろになった食べ物を膝に吐き出して、弱々しく咳《せき》こんだ。

ばあちゃんが、トムのほうを見あげて、にたりと笑った。「汚いじじいだろ?」ほがらかにいい放った。

ノアが踏み段に立ち、トムと向き合っていた。両目のあいだがあいているせいで、トムの左右をそれぞれの目で見ているような感じがした。表情はほとんどない。トムはいった。「元気か、ノア？」

「元気」ノアがいった。「おまえは？」それだけだったが、なんとなくほっとした。お母が、グレイヴィーの鉢からハエを手で追った。「椅子が足りないよ」お母がいった。「皿を持ってって、どこでも座れるところに座っておくれ。庭かどっかに」

トムは、不意にいった。「おい！　伝道師さんはどこだ？　ここにいたのに。どこ行った？」

お父がいった。「姿は見たが、いなくなった」

ばあちゃんが、甲高い声をあげた。「伝道師さん？　伝道師さんを連れてきたのかい？　呼びな。食前のお祈りをしよう」じいちゃんを指差した。「あっちは手遅れだ――もう食ってる。伝道師さんを呼んできな」

トムは、踏み段に出た。「おい、ジム！　ジム・ケイシー！」呼んだ。庭へ歩いていった。「ああ、いたか！」ケイシーが給水塔の下から出てきて、身を起こし、それから立ちあがって、母屋へ歩いてきた。トムはきいた。「なにしてたんだ？　隠れるなんて」

「いや、なにもしとらん。ただ、家族が家族んことやっとるとこへ、他人が首つっこむのはいかん。座って考えとっただけだ」

「なかにはいって食べろ」トムはいった。「ばあちゃんがお祈りしてくれっていってる」

「しかし、わしはもう伝道師ではない」ケイシーが断った。

「かまやしない。お祈りしてやってくれ。あんたにはなんの損もないし、ばあちゃんは食前のお祈りが好きなんだ」ふたりはいっしょに台所にはいっていった。

「いらっしゃい」お母がそっといった。

するとお父がいった。「よく来てくれた。朝めしを食ってくれ」

「お祈りが先」ばあちゃんがいった。「お祈りが先」

じいちゃんが必死で目の焦点を合わせて、ケイシーだと知った。「ああ、あの伝道師か。よし、あいつならちゃんとしとる。はじめから気に入っとった。見たら、やっこさん、ナニ――」いやらしいウインクをしたので、ばあちゃんが、その先をいわせまいとしていい返した。「黙んな、この罪深い助平じじい」

ケイシーが、不安そうに手で髪を梳《す》いた。「いっとかなければならんが、わしはもう伝道師ではない。お招きいただいたのがうれしく、親切で物惜しみしないひとたちに、ありがとうっていうだけでよければ――そう、そういうお祈りならやってもよかろう。だが、もう伝道師ではない」

「やってくだされ」ばあちゃんがいった。「あたしらがカリフォルニアへ行くってことも、ひとこと入れてくだされ」ケイシーが首を垂れ、みんなが首を垂れた。お母がみぞおちで手を組み、首を垂れた。ばあちゃんは、ビスケットとグレイヴィーの皿に鼻がはいりそうなくらい低く首を垂れた。皿を片手に持って壁にもたれていたトムは、ぎごちなく首を垂れ、じいちゃんは意地悪でひょうきんな目の片方でケイシーを見張れるように、首を横に向けていた。ケイシーの顔には、お祈りではなく思案の色があり、声には神頼みではなく、未来を当てようとするふしがあった。

「わしはずっと考えとった」ケイシーがいった。「山んなかで考えとった。イエスが荒れ野へ行って、みずからの途《みち》でもめごとから脱け出すすべを考えたようなものだろうか」

「神をば〜、ほむべきかな〜」ばあちゃんがいい、ケイシーがぎょっとしてそっちを見た。

「イエスはもめごとをとんでもなくもつれさせ、なんの手立ても見つけられず、どうせくその役にも立たないし、戦ったり、考えたりしてもむだだと思ったようだな。うんざりしちまったんだ。疲れ果てて、みたまがすり切れちまったんだ。それで心が決まった。ええい、ままよ、となる。それで、荒れ野へ行った」

「アーーーメン」ばあちゃんがヒツジみたいな声を出した。ばあちゃんは何十年ものあいだ、説教のあいまに頃合いよく合いの手を入れてきた。それで、説教を聞くほうは、遠い昔におろそかになり、なにが語られても妙だと思わないようになっていた。

「いや、わしがイエスに似てるといっとるわけではない」ケイシーが話をつづけた。「しかし、イエスとおなじくらいうんざりした。イエスとおなじくらいこんがらがって、イエスみたいに荒れ野へ行った。野営の道具もなしに。夜は仰向《あおむ》けに寝て星を見あげ、朝は座って陽が昇るのを眺め、昼はうねっとる乾いた大地を山から見渡した。夕方は陽が沈むほうへ向かった。ときどき、前にいつもやったみたいに祈った。ただ、なにになにを祈ればいいのか、わからなかった。山があり、わしがいて、わしらはもうべつのものではなかった。わしらはひとつのものだった。そして、そのひとつのものが聖なるものだった」

「ハッレルー〜ヤッ」ばあちゃんが合いの手を入れ、法悦をつかまえようとして、小さく前後に体をゆすった。

「それから、わしは考えたんだが、それはただ考えるのとはちがい、もっと深いものだった。わしらはひとつになれば聖なるものになり、人間はひとつであるなら聖なるものになると、そう考えた。そして、みじめなちっぽけなやつが、銜《はみ》を噛んじまって暴走すると、聖なるものではなくなる。蹴飛《けと》ばしたり、ひきずったり、争ったりする。そういうやからが、聖なるものをぶち壊す。だが、みんながいっしょに力を合わせれば、ひとりがべつのやつのためにやるのではなく、ひとりがすべてにつながっておれば――そう、それが聖なるものになる。そこでわしは考えた。聖なるものとはなんぞや、とな」言葉を切ったが、みんなの首は垂れたままだった。犬みたいにしつけられていて、〝アーメン〟の合図がないと顔をあげないのだ。「わしにはかつてのようなお祈りはできないが、この朝食の清らかさがよろこばしい。ここのみんなの情愛がよろこばしい。それだけだ」みんなの首は垂れたままだった。ケイシーはあたりを見まわした。「わしのせいで、みんなの食事が冷めてしまった」そこで思い出した。「アーメン」するとみんな顔をあげた。

「アーーメン」ばあちゃんがいって、食事を食べはじめ、歯の抜けた硬い歯茎で、ぐちゃぐちゃのビスケットを嚙みちぎった。トムは急いで食べ、お父は口にいっぱい詰め込んだ。食べ物がなくなり、コーヒーを飲んでしまうまで、だれも話をしなかった。食べ物が嚙み砕かれる音と、コーヒーを舌に届く前に冷ますためにすする音しか聞こえなかった。問いかけ、探り、わかろうとするまなざしで、お母は食べているケイシーを見守っていた。ケイシーが急に人間ではなく、大地から出てくる声、みたまになったとでもいうように、見守っていた。

男たちが食べ終えて、皿を置き、コーヒーを飲み干し、そして表へ出ていった。お父、ケイシー、ノア、じいちゃん、トムの五人が、散らばっている家具、ベッドの木枠、風車の機械、古い犂《すき》をよけて、トラックのほうへあるいていった。トラックまで歩いていって、そばに立った。新しいマツ板のあおりに触れた。

トムは、ボンネットをあげて、油だらけの大きなエンジンを見た。お父が横に来て、いった。「おまえの弟のアルが、買う前にじっくり見た。だいじょうぶだといってる」

「アルになにがわかる？　まだ青二才じゃないか」トムはいった。

「会社で働いてた。去年、トラックを運転してた。かなり詳しいぞ。生意気盛りだがな。よく知ってる。エンジンもいじれるんだ。アルにはできる」

トムはきいた。「いまどこにいる？」

「それがな」お父がいった。「そこいらじゅうで女の尻を追いかけてる。女あさりに必死だ。あいつは生意気盛りの十六で、きんたまに衝《つ》き動かされてる。女とエンジンのことしか頭にない。生意気だが見え透いてる。一週間ばかりうちをあけてる」

青いシャツのボタンを下着のボタン穴に通すのをやり遂げたじいちゃんが、胸をまさぐっていた。どこかおかしいと、指で触ってわかっていたが、たしかめる手間はかけなかった。手を下におろして、ズボンの前あきのボタンかけが、どうしてややこしくなっているのかを突き止めようとした。「わしのほうが悪たれじゃった」うれしそうにいった。「わしのほうがずっと悪たれじゃった。罰あたりっていってもいいぞ。わしが若いころ、アルよりちっとばかり大人になったころ、サリソーで野外集会があってな。アルはガキでまだ尻が青いが、わしゃ大人じゃった。で、その集会にみんなして乗り込んだ。五百人集まっとった。若い女が選りどり見どりってやつじゃ」

「いまだって罰あたりみたいだけど、じいちゃん」トムはいった。

「そうとも。まあな。しかし、あのころのわしにゃ及びもつかんよ。いいからわしをカリフォルニアへ連れてけ。好きなだけオレンジをもいでやる。ぶどうもな。わしにゃ、やり足りてねえことがひとつだけある。でかいぶどうの房を丸ごとひとつ、木だかなんだかからもいで、顔でぶっつぶして、汁を顎からだらだら垂らすのさ」

トムはきいた。「ジョンおじはどこ？　ロザシャーンは？　ルーシーとウィンフィールドは？　まだみんながどうしてるのか、教えてもらってない」

お父がいった。「だれにもきいてないからだ。ジョンは売る物を積んでサリソーへいった。ポンプ、工具、ニワトリ、おれたちがここに持ってきたものだ。ルーシーとウィンフィールドを連れてった。夜明け前に出かけた」

「会わなかったのが不思議だな」トムはいった。

「いや、おまえは国道から来たんだろう？　ジョンは、カウリントンのそばを通る裏道で行った。それから、ロザシャーンはコニーの家だ。いやはや！　ロザシャーンがコニー・リヴァーズと結婚したのも知らなかったのか。コニーを憶えてるだろう。感じのいい青年だ。それで、ロザシャーンは三カ月だか五カ月だかたったら産み月だ。腹がはちきれそうにふくれてる。元気そうだぞ」

「驚いたな！」トムはいった。「ロザシャーンはねんねだったのに。それが赤ん坊を産むって。うちを離れてると、四年のあいだにいろんなことが起きるもんだな。いつ西へ出かけるんだ、お父？」

「ああ、ここにあるものを持ってって、売らなきゃならない。アルが女遊びから帰ってきたら、トラックに積んでぜんぶ運んでくれるだろう。そうしたら、あしたかあさってには出かけられる。金があまりないし、カリフォルニアまでは二千マイルもあるそうだ。早く出かければ、それだけまちがいなく着ける。金は減るいっぽうだからな。おまえは金持ってるか？」

「二ドルしかない。どうやって工面したんだ？」

「それはだな」お父がいった。「家のものをあらいざらい売り払った。みんなで綿畑の雑草取りをした。じいちゃんまで」

「やったとも」じいちゃんがいった。

「ぜんぶ合わせて――二百ドルだ。このトラックを七十五ドルで買って、おれとアルがちょん切り、こいつをうしろに取り付けた。アルが弁《バルブ》を磨くことになってるが、女遊びに追われてまだやってない。出発のときの有り金は、百五十ドルってとこだろう。このタイヤじゃ遠くまではいけない。すり減った予備を二本買った。いろんなものを道々手に入れるしかないだろうな」

　真上からの陽射しが、光の輻《や》で突き刺した。トラックの荷台の影が、地べたに黒い縞《しま》模様をこしらえ、トラックは熱したオイルと屑布《ウエス》とペンキのにおいがしていた。ニワトリ数羽が庭を出て、道具小屋のなかの日陰に隠れていた。豚小屋では、薄い影が落ちている柵の近くに豚が転がって、はあはあえぎ、ときどきキイキイ声で文句をいっていた。トラックの下の赭《あか》い地べたで犬二匹がのびて、はあはあえぎ、垂らした舌に塵がついていた。お父が帽子を目深《まぶか》にひきおろしてしゃがんだ。考えたり観察したりするときには、それがふつうの姿勢なのか、お父がトムをとがめだてするような目でじろじろ見た。新しいのにぼろくなっている鳥打帽、背広の上下、そして新しい靴。

「その服に金を使っちまったのか？」お父がきいた。「着づらいだけじゃないか」

「これはやつらにもらった」トムはいった。「出るときに、やつらがくれた」鳥打帽を脱ぎ、ちょっと感心したように眺めてから、額をそれで拭《ぬぐ》い、小粋《こいき》にかぶると、つばをひっぱった。

お父が眺めまわした。「ずいぶんいい靴をもらったな」

「ああ」トムは答えた。「見かけはいいんだが、暑い日に歩く靴じゃない」お父のそばにしゃがんだ。

ノアがゆっくりといった。「そのあおりをすっかり打ちつけたら、トラックに荷物を積める。荷物を積んでおけば、アルが帰ってきたときに――」

「運転しろっていうんなら、できるよ」トムはいった。「マカレスターで、トラックを運転してた」

「よし」お父がいい、それから道のほうに目を凝らした。「見まちがいでなけりゃ、生意気な若造が尻尾巻いてご帰館だ。だいぶくたびれてるみたいだな」

トムとケイシーが、顔をあげて道の先を見た。すると、女好きのアルが、姿を見られたと気づいて、肩をそびやかし、ときをつくろうとする雄鶏みたいに体をゆすって威張りながら、庭にはいってきた。気取って近くまで来たところで、トムに気づき、トムだとわかると、得意げだった表情が変わり、目を輝かせ、深い敬意をこめてほれぼれと眺めて、偉そうな歩きかたをやめた。踵《かかと》の高いブーツを見せるために八インチまくってある硬いジーンズ、銅の飾り鋲《びょう》が付いた幅三インチのベルト、青いシャツに赤いアームバンド、小粋に傾けてかぶっているステットソン帽というでたちでも、兄貴の偉大さには届かない。兄貴は男をひとり殺し、だれもそのことを忘れはしない。おなじ年頃の若者にすこしでも敬われているのは、ひとを殺した兄貴がいるからだというのを、アルは知っていた。サリソーで指差されて、「あれはアル・ジョードだ。あいつの兄貴はシャベルで男を殺したんだぜ」といわれるのを、小耳に挟んだことがあった。

そしていま、アルがおとなしく近づくと、威張っていいはずの兄貴は威張りん坊ではなかった。アルが見たのは、もの思わしげな暗い目、受刑者らしい落ち着き、のっぺりしたいかめしい顔だった。抵抗も奴隷《どれい》根性も見せず、看守になにも気取られないよう、自分を鍛えたものの顔だ。そのとたんにアルは変わった。思わず兄貴に似せて、整った顔が考え込むふうになり、肩の力を抜いた。トムがどんなふうだったかを、それまでは忘れていたのだ。

トムはいった。「やあ、アル。豆の木みたいにすくすく大きくなったな！　見ちががえるところだった」

トムが握手を求めてきたときにそなえて、手を出しかけていたアルが、まわりを気にしてにやにや笑った。トムが手を突き出し、アルがさっと手を出して、握手した。そこでふたりの好き合う気持ちが通じた。「トラックの扱いがうまいと聞いたぞ」トムはいった。

でかい口を叩くのを兄貴が嫌っているのを察して、「そんなに詳しいわけじゃないよ」と、アルがいった。

お父がいった。「そこいらじゅうで、ろくでもないことをしてきたんだろう。くたびれた顔だ。だがな、ガラクタを積んでサリソーに売りにいってもらわんといかん」

アルが、トムの顔を見た。「いっしょに来るかい？」できるだけさりげなくきいた。

「いや、行けない」トムはいった。「こっちの手伝いをする。あとで――旅ではいっしょになる」

アルが、こらえきれなくなってきいた。「兄貴――逃げ出したのかい？　ムショを？」

「ちがう」トムはいった。「仮釈放だ」

「ああ」それでアルはちょっとがっかりした。

9

小作人たちは、小さな家のなかで家財を選りわけた。父親のもの、祖父のもの。西への旅に備えて、持ち物を選んだ。過去が滅びてしまうと男たちは無情になったが、これからの月日、過去が泣き叫んですがりつくだろうと、女たちにはわかっていた。男たちは、納屋《なや》や物置にはいっていった。

あの犂《すき》、あの耙労《ハロウ》、戦争中、カラシを植えたのを憶《おぼ》えてるか？　グアユールとかいうあのゴムの木を植えろっていったやつがいたな。金持ちになれるって。その工具を出せ――何ドルかになるだろう。その犂は十八ドルしたんだ、それと送料――シアーズ・ローバックの通信販売で。

馬具、猫車、条播機《シーダー》、鍬《くわ》数本。みんな出せ。積みあげろ。荷馬車に積め。町へ持っていけ。いくらでもいいから売れ。馬二頭と荷馬車も売ってこい。もう使い道がない。

いい犂に五十セントじゃひどすぎる。条播機は三十八ドルもした。二ドルじゃあんまりだ。ぜんぶ持って帰るわけにゃいかない――ああ、それでいいよ。恨みつらみもいっしょにくれてやる。井戸ポンプも馬具も持ってけ。頭絡《とうらく》、首輪、くびき、引き革も。ガラス玉の付いた額革も持ってけ。ガラスの下に赤い薔薇《ばら》があしらってある。鹿《か》毛《げ》の去勢馬のために買った。あいつが速歩《はやあし》するときの肢《あし》のあげかた、憶えてるか?

庭にガラクタが積まれている。

手押し犂なんか売れないよ。五十セントは屑鉄《くずてつ》の目方の分だ。いまはトラクターと円盤で耕すんだ。

じゃあ持ってけ——屑鉄ぜんぶ——それで五ドルくれ。あんたが買うのは屑鉄だけじゃなくて、屑になった命も買ってるんだ。それだけじゃない——ほらよ——恨みつらみも買ってるんだ。あんたの子孫を滅ぼすために犂を買い、あんたを救ったかもしれない心身を買ってるんだ。五ドルだ。四ドルじゃない。持って帰れない——ああ、四ドルで持ってけ。だが、注意しておこう。あんたが買うものが、あんたの子孫を滅ぼすだろう。それがあんたにはわからない。あんたには見えない。四ドルで持ってけ。さあ、馬二頭と荷馬車には、いくら出す? いい鹿毛だぞ。つり合いがとれてる。色もおなじなら、歩様《ほよう》もおなじだ。足並みがそろう。重いのを輓《ひ》くときは——股《また》と臀《でん》に力を込め、息をぴったり合わせる。朝に陽を浴びたら、鹿毛の輝きだ。埒《らち》の上からおれたちのにおいを嗅《か》ぎ、立てた耳をまわしておれたちの音を聞く。それにあの黒い前髪といったら！　うちには娘がいる。立髪と前髪を編んで、赤いリボンを蝶《ちょう》結びにするのが好きなんだ。やりたがるんだ。もうできない。その子と左手《ゆんで》の鹿毛にまつわる、おもしろい話を聞かせてやってもいい。きっと笑うぞ。左手馬は八歳、右手馬《めてうま》は十歳だが、いっしょに働くところはまるで双子のポニー（訳注　体高が百四十三センチ以下の馬）だ。ほら。あの歯。みごとだろう。息もつづく。肢はまっすぐでなめらかだ。いくらだって？　十ドル？　二頭で？　それで荷馬車は――ふざけるな！　犬の餌《えさ》にするんなら、おれが撃ち殺す。ふん、持ってけ。さっさと持ってけよ、旦那《だんな》。小さな女の子が前髪を編んで、自分のリボンをとって蝶結びにして、ちょっと離れ、小首をかしげて、やわらかな馬の鼻面《はなづら》に頰をこすりつける――それをあんたは買うんだ。日向《ひなた》で汗水流して働いた歳月を買うんだ。言葉にならない悲しみを買うんだ。だが、気をつけろよ、旦那。この屑鉄の山と鹿毛――美しい馬たち――には、景品《おまけ》がついてる。あんたの家でその恨みつらみの小さな束が育って、いつか花が咲く。おれたちはあんたを救ってやることもできたのに、あんたはおれたちを打ちのめしたから、じきにあんたも打ちのめされ、あんたを救うものはひとりもいないだろう。

　そこで小作人は、ポケットに手を入れ、帽子を目深《まぶか》にして、歩いて戻る。酒がすぐに効いてぼうっとするように、パイント瓶のウィスキイを買ってがぶ飲みするものもいる。だが、笑ったり、踊ったりはしない。歌ったり、ギターを弾いたりはしない。ポケットに手を突っ込み、うなだれて、赭《あか》い塵《ちり》を蹴飛《けと》ばしながら、歩いて農地に帰る。

よく肥えた新しい地面で、新規まき直しできるかもしれない——果物が実るカリフォルニアで。やり直そう。

だが、しょっぱなからはじめることはできない。はじめからやれるのは赤ん坊だけだ。おれもおまえも——なぜって、おれたちは昔からのものなんだ。神の怒りは、ただしばしにて（訳注　詩編三〇－五。「その恵みは命とともに長し、夜はよもすがら泣き悲しむとも朝にはよろこび歌わん」とつづく）、無数の民の写真がある。それがおれたちだ。この地面、赭い地面がおれたちなんだ。洪水の年、砂塵《さじん》の年、旱《ひでり》の年が、おれたちなんだ。おれたちは、はじめからやることはできない。屑鉄屋に恨みつらみを売った——やつに渡した。それでもまだ残ってる。それに、地主に出ていけっていわれたとき、おれたちは恨みつらみになった。トラクターを家にぶつけられたときも。死ぬまでおれたちは恨みつらみだ。カリフォルニアへ行こうが、どこへ行こうが——だれもが苦しみの閲兵式を率いる鼓手長で、恨みつらみを行進させる。そしていつか——恨みつらみの軍隊が、おなじ方向へ行軍するだろう。みんないっしょに歩き、そこから死の脅威がほとばしる。

赭い塵を通り、小作人たちは足をひきずるようにして農地の家にひきかえす。

ストーブ、ベッド枠、椅子《いす》、テーブル、小さな戸棚、風呂桶、貯水槽《おけ》など売れるものをひとつ残らず売ってもなお、持ち物の山がいくつも残っていて、女たちがそのあいだに座り、ひっくりかえしては、彼方《かなた》こなたを見やる。写真、四角いガラス鉢、花瓶もある。

持っていけるものと持っていけないものが、もうわかっただろう。おれたちは野営する――料理と洗い物につかう鍋《なべ》がいくつかと、敷布団《マットレス》と掛け布団《ぶとん》、ランプ、バケツ、帆布。テントに使うんだよ。この灯油の缶。なんだかわかるか？　これで煮炊《にた》きする。それから服――服はぜんぶ持っていく。それから――ライフル銃？　ライフル銃なしじゃ出かけられない。靴、服、食べ物がなくなり、希望すらなくなっても、ライフル銃がある。じいちゃんが来たとき――話しただろう？――塩と胡椒《こしょう》とライフル銃を持ってた。ほかにはなにもない。ライフル銃は持っていこう。それと水筒。それでめいっぱいだ。トレイラーのあおりを高くして、子供たちを乗せて、ばあちゃんとマットレスも乗せる。道具は、シャベル、鋸《のこぎり》、レンチ、丸やっとこ。それに斧《おの》。あの斧は四十年使ってきた。ほら、だいぶ刃が減ってるだろう。あと、ロープもいるな。あとは？　置いてけ――さもなけりゃ、燃やしちまえ。

そこへ子供たちが来た。

メアリがあの汚いぬいぐるみ人形持ってくんなら、おいらインジャンの弓持ってくよ。ぜったい。それとこの丸い棒——おいらの背とおんなじだ。棒がいるかもしれないだろう。おいら、この棒ずっと持ってたんだ——一カ月だか一年だか。どうしても持ってくよ。そいで、カリフォルニアってどんなとこ？

女たちは、棄《す》てられる品々のなかに座り、ひっくりかえしては、昔を見つめて、また戻す。この本。お父のだった。本が好きだった。『天路歴程』。よく読んでた。お父の名前が書いてある。それにパイプ——まだヤニ臭い。それからこの絵——天使。三人目までずっと、おなかが大きいときに見てた——なんにもならなかったけど。この瀬戸物の犬は持ってけない？　セイディーおばさんが、セントルイスの博覧会で買ったのよ。ほら。ここに書いてあるじゃない。いや、やめとけよ。これは兄さんが死ぬ前の日に書いた手紙よ。これは昔の帽子。この羽根——あまりかぶらなかったわねえ。だめだ。もう積めない。

自分たちの暮らしがなくなって、どうして生きていけるの？　昔がなかったら、わたしたちがなんなのか、わからなくなる。だめだ。置いていけ。燃やせ。

彼女たちはじっと座り、それを記憶に焼きつけた。家の外の地面がなじみのないものになるって、どんなふうなんだろう？　夜に目を醒《さ》まして、それを思う——柳の木があそこにないって思うのは、どんなふうなんだろう？　柳がなくても生きていけるだろうか？　だめ。生きていけない。柳は自分なんだから。あそこのマットレスでの陣痛――おそろしい痛み――それが自分なんだから。

それに子供たち――サムがインジャンの弓と丸い棒持ってくんなら、あたいもふたつ持ってく。ふわふわの枕《まくら》にする。あたいのだもん。

突然、みんな不安になる。早く出かけなきゃならない。ぐずぐずしていられない。ぐずぐずしていたらだめだ。そこで品々を庭に積みあげ、火をつけた。それが燃えるのを立って見てから、躍起になって荷物を自動車に積んで、走り去った。砂塵のなかを走っていった。山積みの自動車が通り過ぎたあとも、塵は長いこと宙に浮かんでいた。

10

農具、重い工具、ベッド枠とスプリング、売れそうな運べるものをすべて積み込んだトラックが行ってしまうと、トムは家のまわりをぶらついた。納屋《なや》やがらんどうの厩《うまや》にぼんやりとはいっていき、農具を入れる差しかけ小屋に残っていた廃物を蹴飛《けと》ばし、壊れた草刈り機の刃を足で裏返した。憶《おぼ》えのある場所へ行った――ツバメが巣をこしらえる赭《あか》い土の川べり、豚小屋の上に枝を垂らした一本柳。子豚が二匹、もぞもぞ寄ってきて、柵《さく》の隙間《すきま》から鼻を鳴らした。黒い豚が何匹も、気持ちよさそうに日向《ひなた》ぼっこをしている。やがて聖地めぐりを終えると、トムは日陰がようやくおとずれた踏み段へ行って腰かけた。うしろの台所でお母が立ち働いている。子供の服をバケツで洗い、そばかすのある力強い腕の肘《ひじ》から石鹼《せっけん》の泡がしたたっている。トムが座ると、お母はごしごし洗うのをやめた。長いあいだトムを見つめ、トムが向きを変えて熱い陽《ひ》射《ざ》しを睨《にら》みつけると、その頭のうしろを見ていた。そして、やがてまたごしごし洗いはじめた。

お母がいった。「トム、カリフォルニアでなにもかもうまくいくといいね」

トムはふりかえり、お母の顔を見た。「うまくいかないと思っているわけは？」

「いや――なんでもないよ。ただね、話がうますぎるんじゃないのかい。みんながまわしてたビラを見たら、仕事がいっぱいあって、もらうお金もいいって書いてあった。ぶどうやオレンジや桃を摘む人間がいりようだと、新聞に書いてあった。いい仕事だよ。桃を摘むのはね、トム。食べちゃだめだといわれても、ときどき腐ったのをくすねられる。それに、日陰になってる木の下で働ける。よすぎるのが、あたしは怖いんだ。信じられない。よくないことがあるんじゃないかって、怖いんだよ」

トムはいった。「汝《なんじ》の信《まこと》を鳥の高みにあげるなかれ。さすれば地を虫と這《は》うことなからむ」

「そのとおりだよ。聖書の文句だったかね」

「どうだかなあ」トムはいった。「おれは『バーバラ・ワースの勝利』（訳注　一九一一年のベストセラー小説。作者ハロルド・ベル・ライトは元牧師）っていう本を読んでから、どれが聖書の文句なのかわからなくなった」

お母が明るい笑い声をあげて、バケツのなかの服を選り出した。そして、つなぎとシャツを絞ると、前腕の筋肉が盛りあがった。「おまえのお父のお父、しじゅう聖書の文句を唱えてたよ。やっぱりぜんぶごたまぜにしてた。『マイルズ博士の暦』と取りちがえてね。暦に書いてあるのを読みあげるんだ——眠れないひとたちゃ腰の曲がったひとたちからの手紙を。そのうちに説教して、〝これは聖書にあるたとえ話だ〟なんていうのさ。お父とジョンおじさんが笑うもんで、だいぶ気を悪くしてたね」絞った服を薪束《まきたば》みたいにテーブルに積んだ。「あたしたちが行くとこまで、二千マイルあるっていうじゃないか。どれぐらい遠いんだろうね、トム？　地図を見たけど、絵葉書にあるみたいに大きな山があるし、そこを越えなきゃならないんだ。そんな遠くへ行くのに、どれくらいかかるかね、トミー？」

「さあ」トムはいった。「二週間か、うまくいけば十日だろう。お母、取り越し苦労はやめな。ムショにいたときの知恵を教えてやるよ。出るときのことを考えちゃいけないんだ。頭がおかしくなる。その日、つぎの日、土曜日にやる野球の試合のことだけを考えるんだ。そうするしかない。古参の囚人はそうしてる。はいったばかりの若いやつは、監房のドアに頭をぶち当てる。どれくらい長いかって、考えるからだ。そんなのは無駄だよ。その日その日を受けとめればいいんだ」

「それが利口だね」といって、お母がストーブで沸かしていた湯をバケツに注いで、汚れた服を入れ、また石鹼水のなかで揉《も》みはじめた。「そりゃあ、それが利口だけどさ。でも、カリフォルニアへ行ったら、ひょっとしてよくなるかもしれないって、考えたいじゃないか。寒くならない。あっちにもこっちにも果物。みんなほんとうにすてきな家に住んでる。オレンジの木に囲まれたちっちゃな白い家に。ちょっと思うんだよ――ほら、みんな仕事を見つけて、みんなで働けば――ひょっとして、そういうちっちゃな白い家が持てるかもしれないって。子供らは表に出て、木からオレンジをもぐ。うれしくてたまらなくなって、ぎゃあぎゃあわめくだろうね」

トムは、働いているお母を眺め、目もとに笑みを浮かべた。「考えるだけでお母は明るくなれるんだな。おれはカリフォルニアから来たやつを知ってる。そいつは、そんな話はしなかった。話だけ聞いたら、どこかべつの遠いところから来たと思うだろうな。果物を摘む連中は、汚いキャンプに住んでて、食えるだけのものも稼げないそうだ。賃銀が安いうえに、金もろくにもらえないって」

お母の顔を影がよぎった。「いや、そんなことはないよ。お父がオレンジ色の紙のビラを持ってきて、働く人間がほしいってそれに書いてあった。仕事がいっぱいないんなら、そんな手間かけないだろう。ビラを出すだけだって、けっこうお金がかかるんだ。なんで嘘《うそ》つくかね。お金かけてまで」

トムは首をふった。「さあな、お母。そんなことをするわけは、ちょっと考えられない。もしかすると――」赭い大地に照りつける熱い太陽のほうを見た。

「もしかすると、なんだい？」

「もしかすると、お母がいうみたいによくなるかもしれない。じいちゃんはどこ？伝道師さんはどこ行った？」

洗濯した服をどっさり両腕に抱えて、お母が家から出てきた。トムはどいてお母を通した。「伝道師さんは、歩いてくるって。じいちゃんは家んなかで寝てるよ。昼間はこっちにきて、しばらく横になるのさ」お母が物干し綱のほうへ行って、ブルーンズや青いシャツや灰色の長い下着を針金にかけていった。

トムのうしろから、足をひきずる音が聞こえ、ふりむいて覗《のぞ》き込んだ。じいちゃんが寝室から出てきて、朝とおなじようにズボンの前ボタンをまさぐっていた。「しゃべっとるのが聞こえた」じいちゃんがいった。「馬鹿者《ばかもの》どもが、年寄りを眠らせてくれん」ぷりぷりしながら、せっかくふたつだけかけていたボタンを、はずしてしまった。そこで、なにをやろうとしていたかを手が忘れて、ズボンのなかにのび、気持ちよさげに睾丸《こうがん》の下を掻《か》いた。お母が手を濡《ぬ》らしたままはいってきた。掌《て》が水と石鹸でふやけてふくらんでいた。

「眠ってたと思ったのに。さあ、ボタンかけてあげる」じいちゃんがもがいたが、お母が抑え込んで、下着とシャツとズボンの前あきのボタンをかけた。「はいはい、出かけてらっしゃい」といって、じいちゃんを放した。

じいちゃんがまた怒ってまくしたてた。「ひとにボタンをかけてもらうなんざ、こん――金輪際ごめんじゃ。自分のボタンぐらい自分でかけたいわい」

お母がからかった。「カリフォルニアでは、ボタンをかけないで駆けまわるのは、許されないんじゃないの」

「許すも許さないもないわい！　やってやろうじゃねえか。やつら、わしにどうこうしろって指図できるとでも思っとるのか。やりたくなったら、わしゃふるチンで歩くぞ」

お母がいった。「じいちゃん、年々言葉が汚くなるばかりだよ。強がるのもいいかげんにしてほしいね」

じいちゃんが華奢《きゃしゃ》な顎《あご》を突き出して、ずる賢く意地悪でひょうきんな目で、お母をじっと見た。「さて、御大」じいちゃんがいった。「まもなくご出立ですぞ。そんでもって、向こうじゃ道の上まではみ出してぶどうが生《な》ってる。わしがどうすると思う？　摘んだぶどうで洗濯盥《だらい》をいっぱいにして、そこに座り、ぎしぎし押し潰《つぶ》して、汁をパンツから垂らすんだ」

トムは笑った。「やれやれ、じいちゃんが二百まで生きても、下のしつけは無理だな。出かける支度は、すっかりできてるんだろう、じいちゃん？」

じいちゃんが箱をひっぱり出して、どさりと腰かけた。「へい、御大」じいちゃんがいった。「遅すぎるぐれえだ。わしの弟は四十年前にあっちへ行った。便りはひとつも聞いてねえ。卑《いや》しいやつだった。だれにも好かれてなかった。わしのシングル・アクションのコルト拳銃《けんじゅう》を持って逃げやがった。あいつかあいつのガキどもに会ったら、カリフォルニアでガキをこしらえていたらの話だが、コルトを返せっていってやる。だが、やつのことだから、よしんばガキができても、カッコウみてえに他人の巣に棄《す》てて、だれかに育てさせてるにちげえねえ。あっちへ行くのが愉《たの》しみだ。生まれ変われそうな気がしてな。果物摘みをさっそくやるよ」

お母がうなずいた。「じいちゃんは本気だよ。三カ月前までずっと働いてた。腰が抜けちまうまで」

「そうとも」じいちゃんがいった。

トムは、踏み段に座ったまま表を見た。「伝道師さんだ。納屋の裏からやってくる」

お母がいった。「けさのは、聞いたこともないような、おかしな感謝のお祈りだったねえ。ぜんぜんお祈りなんかじゃない。ただしゃべってるだけなのに、声の調子はお祈りみたいだった」

「あいつは変わってる」トムはいった。「しじゅう変なことをしゃべってる。でも、独りごとみたいなんだ。なにも説こうとしない」

「あのひとの目つきを見てごらん」お母がいった。「みたまの洗礼《バプテスマ》を受けたみたいに見える。見透かすような目つきっていうのかね。まちがいなくバプテスマを受けたよ。首をうなだれて歩いて、地べたを睨んでるが、なにも見てない。あれこそみたまのバプテスマを受けたひとだよ」そこで黙った。ケイシーがドアに近づいてきたからだ。

「そんなふうに歩きまわってたら、日射病になっちまうぞ」トムはいった。

ケイシーがいった。「ああ、そうだな――かもしれん」お母とじいちゃんとトムに向かって、唐突にいい放った。「わしは西へ行かなきゃならん。行かなきゃならん。あんたらといっしょに行けるかな」そこで自分の演説に極《き》まり悪くなって、立ちすくんだ。

物事を決めるのは男なので、お母が目顔で促したが、トムは口を切らなかった。なにかいう頃合いはトムに任せることにして、お母はいった。「いいよ。おまえさまがいたら、きっとみんな鼻高々だろうさ。いまあたしにはなんともいえないけどね。お父が、今夜男らで話し合って、いつ出かけるかを決めるっていってる。男らがみんな来るまで、黙ってたほうがいいよ。ジョンおじさん、お父、ノア、トム、じいちゃん、アル、それにコニー。戻ってきたら、すぐに話を決めるだろう。でも、乗る場所があれば、みんなおまえさまがいたら鼻高々だろうよ」

ケイシーが、溜息《ためいき》をついた。「どのみち行くつもりだ。なにかたいへんなことが起きとる。そこいらを見てまわったが、家はぜんぶからっぽ、畑もからっぽ、この土地すべてがからっぽだ。もうここにはいられない。ひとびとが行くところへ、わしは行く。畑で働くと、愉しいかもしれん」

「それで、説教はやらないのか？」トムはきいた。

「説教はやらん」

「洗礼はやらないんだね？」お母がきいた。

「洗礼はやらん。畑で働く。緑の畑で。ひとびとの近くにおる。なにも教えるつもりはない。学ぶつもりだ。ひとびとがなぜ芝生を歩くかを学ぶ。ひとびとがしゃべるのを聞く。歌うのを聞く。子らがトウモロコシ粥《がゆ》を食べるのに耳を傾ける。亭主とかみさんが夜に布団《ふとん》の上でくんずほぐれつするのを聞く。みんなといっしょに食べ、学ぶ」目がうるみ、輝いていた。「叢《くさむら》で寝て、わしを受け入れるすべてのひとに腹を打ち割る。悪態をつき、ひとびとのしゃべるのを詩と聞く。それが聖なるものだ。前にはわからなかった。そういうことが善きことなんだ」

お母がいった。「アーメン」

ケイシーが、ドア脇《わき》の大俎板《おおまないた》に、遠慮がちに腰かけた。「わしみたいな淋《さび》しいものに、いったいなにがあるのか？」

トムは、いいづらそうに咳《せき》ばらいをした。「もう説教をしないっていった割りに――」と切り出した。

「ああ、わしはよくしゃべるな！」ケイシーがいった。「それはやめられんのだ。しかし、説教はしない。説教は、ひとびとにごたくをしゃべることだ。わしはひとびとにきく。それは説教とはいえんだろう」

「どうかな」トムはいった。「説教っていうのは、声の調子じゃないのか。説教っていうのは、ものの見かたなんじゃないか。説教は、あんたを殺そうとしてる連中を慰める。去年のクリスマス、マカレスターに救世軍が来て、おれたちを慰めた。三時間たっぷり、コルネットを聞かせてくれて、おれたちはじっと座ってた。おれたちは親切にされた。でも、おれたちのうちのひとりが、出ていこうとしたら、独房にぶち込まれたはずだ。それが説教だよ。リングに倒れて、相手の顔をぶん殴れないようなやつを慰めるのが、説教なんだ。たしかに、あんたは伝道師じゃない。だが、この辺でコルネットを吹くみたいなまねはするなよ」

お母が、細い薪を何本か、ストーブにくべた。「食いもんをこさえるけどね、たいしてないよ」

じいちゃんが箱を表に持ち出して、腰かけ、羽目板にもたれた。トムとケイシーは、家の羽目板に寄りかかった。午後の影が、家から遠くへのびていった。

夕方遅くに、トラックが戻ってきた。土煙のなかで跳ね、ガタゴト揺れ、荷台に塵《ちり》が積もり、ボンネットが塵に覆《おお》われ、ヘッドライトが赭い小麦粉みたいな塵に隠れていた。トラックが戻ってきたときには、陽が沈みかけて、大地が夕陽を浴びて血みたいに赤かった。アルがハンドルの上にかがみ込み、誇らしげに、真剣に、たくみに運転していた。お父とジョンおじは、一族の長《おさ》の特権で、運転手の横という上座に座っていた。あとは荷台に立って、あおりの横木にしがみついていた。十二歳のルーシーと、十歳のウィンフィールドが、汚れた顔ではしゃいでいた。疲れた目だが、うきうきして、町でお父に泣きついて買ってもらった甘草縄飴《リコリスウィップ》で、指と口のまわりがべとべとに黒く染まっていた。ルーシーは、膝下《ひざした》まである、桃色のモスリンのきちんとしたワンピースを着て、お嬢さんぽくすこし澄ましていた。だが、ウィンフィールドは、まだ洟《はな》たれ小僧で、納屋のうらですねたりする。しけモクをしつこく集めては吸っている。また、ルーシーは、ふくらみかけている乳房の威力と重みと気高さを感じていたが、ウィンフィールドは野育ちでうぶな男の子だった。ふたりの横には、横木にそっとつかまっているシャロンの薔薇《ばら》（訳注　雅歌二ー一「われはシャロンの野花、谷の百合なり」より。ロザシャーンの名の由来）がいた。親指の付け根で踏みしめて、釣り合いをとり、膝と腿《もも》で道から伝わる衝撃を和らげていた。シャロンの薔薇は身重なので、気をつけていたのだ。編んで頭のまわりに巻いた髪が、くすんだブロンドの王冠になっていた。ふっくらした丸顔は、数カ月前まではなまめかしく、誘うようだったが、早くも妊婦らしく防壁をめぐらして、なにもかも知っているというような、満ち足りた笑みを浮かべていた。ぽっちゃりした体は――やわらかい大きな乳房と腹、締まった腰と尻《しり》は、叩《たた》いたりなでたりしてほしそうに、思い切りよく、そそるように揺れていた――どこもかしこも慎み深く、生真面目《きまじめ》になっていた。考えもふるまいも、すべてが体のなかの赤ちゃんのほうを向いていた。足の裏でつり合いを取っているのは、赤ちゃんのためだった。そして、この世は彼女にとって、大きな意味をはらんでいた。子供を産み、母親になることが、物事の大前提だった。十九歳の夫コニーは、ぽっちゃりした情の深いおきゃんな娘と結婚したつもりなのに、その娘がひと変わりしたことが、いまもって怖く、おろおろしている。ベッドで猫みたいに噛《か》んだりひっかいたりして取っ組み合い、くすくす笑いを押し殺し、最後には泣くというようなことは、もう影をひそめているからだ。いまその娘は、心が安定し、注意深く、賢明な女になり、内気な笑みを、コニーにまっすぐ向ける。コニーはシャロンの薔薇のことが自慢でもあり、怖《おそ》れてもいた。できるだけ彼女の体に手を置いたり、すぐそばに立ち、腰か肩が触れるようにしていた。そうすれば、遠くなってしまうかもしれない結びつきをそのまま保てるという気がした。コニーはテキサス人の血を引く、くっきりした顔立ちの痩《や》せた若者で、水色の瞳《ひとみ》はときおり険呑《けんのん》に、ときおりやさしくなり、ときおり怯《おび》えの色が浮かんだ。まじめに一所懸命働くし、いい夫になるにちがいなかった。酒も飲むが、飲みすぎるほどではない。喧嘩《けんか》を吹っかけられれば喧嘩をする。自慢話はぜったいにしない。ひとが集まるところでは、黙って座っているが、それでも存在感を示して、認められる。

五十歳ではなく、一族を統《す》べなければならない立場でなかったなら、ジョンおじは運転手のとなりの上座に座ろうとはしなかっただろう。そこにはシャロンの薔薇を座らせたかった。若い女なので、それは無理な話だった。でも、ジョンおじは居心地悪そうで、苦しみがいっかな消えない淋しげな目が落ち着かなかった。肉の薄い強靭《きょうじん》な体にも、力がはいっていた。ふだんはずっと、孤独の防壁が、ジョンおじを、ひとびとやさまざまな欲望から切り離している。あまり食べず、ほとんど酒を飲まず、身を慎む。だが、その下で欲望がふくれあがって、大きな圧力になり、破裂する。そうなると、大好きな食べ物を、吐き気がするまで食べる。あるいはジェイク（訳注　禁酒法の抜け道に使われた「ジャマイカジンジャー」と呼ばれる医療用アルコール。人体に有害）かウィスキイを、目が赤くうるみ、体が麻痺《まひ》してふるえるまで飲む。さもなければ、サリソーで娼婦《しょうふ》を抱いて情欲をむさぼる。一度などは、ショーニーまで行って、一台のベッドに娼婦三人をならべ、鼻息荒くいきり立って、うんともすんともいわない肉塊に、一時間にわたり順番に挑んだといわれている。だが、欲望をひとつたっぷりと味わうと、ジョンおじはまた悲しくなり、恥入り、淋しくなる。ひとびとから隠れ、贈り物をして、みんなを相手に一身のつぐないをしようとする。そういうとき、家に忍び込んで子供たちの枕《まくら》の下にガムを置いたり、薪を割って駄賃をとらなかったり、持ち物をひとにあげたりする。鞍《くら》、馬、新しい靴。そういうとき、だれもジョンおじと話をすることができない。ジョンおじが走って逃げるからだ。たとえ面と向かうことがあっても、ジョンおじは自分のなかに隠れて、怯えた目から覗くだけだった。妻の死とそのあとの独りぼっちの歳月が、ジョンおじに自責と恥辱の烙印《らくいん》を捺《お》し、乗り静めることのできない暴れ馬のような孤独を残していったのだ。

しかし、逃れられない物事もある。一族の長のひとりとして、統べなければならない。それにいまは、運転手の横の上席に乗らなければならない。

砂塵《さじん》の道を家に向けて自動車が走るあいだ、男三人はむっつりしていた。アルはハンドルの上にかがみ、道と計器盤に目を配っていた。針が急にふれるのが疑わしい電流計、油圧計、水温計を見守った。そして、頭のなかでは、この自動車の信用できないところや弱点を、ならべあげていた。うしろの低いうなりに耳を澄ました。油切れかもしれない。エンジンの凸子《タペット》が上下する音に耳を澄ました。変速槓桿《ギアシフト・レバー》に片手を置いて、回転する歯車の動きを感じ取った。滑りがちなクラッチ板の具合をたしかめるために、クラッチをつないだままブレーキを踏むようなこともしていた。アルは雄ヤギなみに好色になることもあるが、これは自分の本領だった。この自動車、それを走らせること、整備点検に責任を負っていた。まずいことが起きたときは、アルがしくじったことになる。だれもおまえが悪いとはいわないだろうが、自分のしくじりだということは、アルがだれよりも承知している。だから、自動車を感じ、見守り、耳を澄ましていた。表情は真剣で、責任をわきまえていた。だれもがアルとその責務を敬っていた。指導者のお父ですら、レンチを握ってアルの命令に従うはずだった。

トラックに乗っていたみんなは、疲れていた。ルーシーとウィンフィールドは、町の活気とひとごみと、リコリスウィップの奪い合いと、ジョンおじがこっそりガムをポケットに入れてくれておおよろこびしたせいで、疲れていた。

座席に座っている男たちは、疲れ、機嫌が悪く、情けなかった。農地から運び出せるもの一切合財が、十八ドルにしかならなかったからだ。馬、荷馬車、農具、家にあった家具調度すべて。十八ドル。買い手を攻め立て、口論した。だが、買い気が薄れて、いくらだろうといらないと買い手にいわれると、屈した。そこで打ちのめされ、相手のいうことを信じて、最初の付け値よりも二ドル値切られた。いま三人が疲れて怯えているのは、わけのわからない仕組みにぶつかって叩きのめされたからだ。馬二頭と荷馬車に、それ以上の値打ちがあることは、わかっている。買い手がたっぷりと儲《もう》けることはわかっている。でも、どうやればいいのかがわからない。商売は、三人には不可解なものだった。

道と計器盤に視線を走らせていたアルがいった。「あいつ。地元のもんじゃないな。しゃべりかたが地元のもんとちがってた。服もちがってた」

そこでお父が説明した。「金物屋にいたとき、知り合いと話をした。おれたちが出てくときに売らなきゃならないものを買いつけるだけのために来てる連中がいるそうだ。そういう新顔が、あらいざらい持ってくんだと。しかし、おれたちにゃどうにもできない。トミーに来てもらったほうが、よかったかもしれない。もっと上手にやれたかもしれない」

ジョンおじがいった。「だが、あいつは引き取らないっていった。おれたちは持って帰れない」

「知り合いもそのことをいってた」お父がいった。「それが買い手のいつものやり口だと。脅しつけるんだと。ああいうものをどう始末すればいいのか、おれたちにはわからない。お母ががっかりするだろうな。怒って、がっかりする」

アルがいった。「いつ出かけるつもりだ、お父」

「さあ。今夜話をして決めよう。トムが帰ってきて、ほんとによかった。だいぶ気分が楽だ。トムはできがいいからな」

アルがいった。「お父、トムの噂《うわさ》をしてるやつらがいたけど、仮釈放中のことをいってた。それだと、州から出られない。出て捕まったら、連れ戻されて、また三年おつとめしないといけないそうだ」

お父がびっくり仰天した。「そういってたのか？　わけがわかってるようなやつらだったのか？　でたらめじゃないだろうな？」

「さあ」アルがいった。「そいつらはただしゃべってて、おれはトムが兄貴だっていうのがばれないようにした。じっと立って、すっかり聞いちまったんだ」

お父がいった。「なんてこった。それがちがってるといいんだが！　トムがいないと困る。トムにきいてみよう。おかみに追われたりしなくても、めんどうなことだらけなんだ。それがちがってるといいんだが。これは、みんなで話して、はっきりさせなきゃならない」

ジョンおじがいった。「トムが知っているだろう」

トラックが大揺れしながら走るあいだ、三人は黙っていた。エンジンの音がやかましい。金属のぶつかる小さな音がいろいろ響き、ブレーキロッドがガタンと鳴る。車輪からは木がきしむような音、放熱器のキャップの穴から、細い蒸気が漏れている。赭い塵の渦巻く土煙がうしろにたなびいている。陽が地平の上にまだ半分顔を残しているあいだに、トラックはゴトゴトと最後の小さな坂を登った。そして、陽が姿を消すと同時に、家のほうへ勢いよく進んでいった。とまったときにブレーキがギイッという音をたて、アルの意識にその音が記された――ライニングがすり減ってなくなったのだ。

ルーシーとウィンフィールドが、甲高くわめきながらあおりを乗り越えて、地べたに跳びおりた。叫んでいた。「どこなの？　トムはどこ？」そのとき、ドアの脇に立つトムが目にはいり、ばつが悪くなって黙り、ゆっくりと歩いていって、はにかみながらトムを見た。

そうすると、トムがいった。「やあ、おまえたち、元気か？」ふたりがそっと答えた。「うん！　元気」ふたりは離れて立ち、トムをこっそりと眺めた。ひとを殺して刑務所にいた、すごく偉い兄さんだ。鶏小屋で刑務所ごっこをして、どっちが囚人になるかで喧嘩したのを、ふたりは思い出した。

コニー・リヴァーズが、トラックの高い後あおりをはずし、下におりて、シャロンの薔薇がおりるのに手を貸した。シャロンの薔薇が、小生意気な満ち足りた笑みを浮かべて、堂々と手を借りた。口角をちょっとあげたせいで、すこし間が抜けて見えた。トムはいった。「おや、ロザシャーン。いっしょに来るっていうのは知らなかった」

「あたしたち、歩いてたのよ」ロザシャーンがいった。「トラックがそばを通って、乗せてくれたの」それからつけくわえた。「こっちはコニー。あたしの旦那《だんな》様」偉ぶった口ぶりだった。

トムとコニーは、相手の目の奥を覗き込んで品定めしながら、握手を交わした。すぐにふたりとも納得がいき、トムはいった。「で、がんばったみたいだね」

ロザシャーンが下を見た。「まだ目立たないわよ」

「お母に聞いた。いつなんだ？」

「まあ、だいぶ先よ。冬になってから」

トムは笑った。「オレンジ畑で産めばいい。オレンジの木に囲まれた白い家で」

シャロンの薔薇は、両手でおなかをなでた。「目立たないったら」といい、得意げな笑みを浮かべて、家にはいっていった。その夕方は暑く、西の地平から残照がまだあふれていた。やがて、なんの合図もなしに家族がトラックのまわりに集まって、ジョード家のまつりごとを諮《はか》る家族会議がはじまった。

黄昏《たそがれ》の薄膜が赭い土をくっきりと浮きあがらせ、輪郭を濃くしたので、石、杭《くい》、建物が昼の光を浴びていたときよりも頑丈そうに見えた。それに、そうした事物が不思議なことに、固有なものになりはじめた――杭はただの杭ではなく、それが立っている土、それが囲っているトウモロコシ畑から、旅立ちそうだった。植物も固有になり、作物の集合ではなくなった。みすぼらしい柳は、それそのものになって、ほかの柳とは交わらずに一本で立っていた。大地が薄闇《うすやみ》に光明をさずけていた。西を向いている、ペンキを塗っていない灰色の家の正面が、月のような光を放っていた。ドアの前で庭にとまっている塵にまみれた灰色のトラックが、その光を浴びて幽玄に佇《たたず》み、まるで遠近感を誇張する立体幻灯機の映像でも見ているようだった。

夕暮れのなか、ひとびとも変わり、静かになっていた。意識せずに動くひとつの器官の一部になったように見えた。思考のなかにほんのかすかにしか銘《しる》されないような衝動《はずみ》にしたがっていた。目は心のほうを向き、静かで、黄昏のなかで光り、塵で汚れた顔で光を放っていた。

家族は、トラックのそばという、もっともだいじな場所に集まった。家は死に絶え、畑も死に絶えたが、トラックは活動している物、生きている礎《いしずえ》だった。古ぼけたハドソンは、放熱器の前の網が曲がり、傷だらけで、動く部分はすべてすり減って、塵とグリースの小さな塊にまみれていた。車輪はハブキャップがなく、代わりに赭い塵に覆われていた。これが新しい団欒《だんらん》の場、家族の暮らしの中心で、乗用車であるとともに貨物自動車で、あおりが高く、不恰好《ぶかっこう》だった。

お父がトラックのまわりを歩いて、眺め、地べたにしゃがんで、絵を描く小枝を見つけた。片足は地べたをべったりと踏み、もういっぽうはすこし引いて、親指の付け根でふんばり、左右の膝の高さをちがえるようにした。左腕を、低いほうの左膝に載せた。右肘を右膝に突き、右の拳《こぶし》を丸めて、顎を支えた。ジョンおじがそちらへ行って、そばにしゃがんだ。ふたりとも考え込む目つきだった。じいちゃんが家から出てきて、ふたりがいっしょにしゃがんでいるのを見ると、ぎくしゃくと歩いてゆき、ふたりのほうを向いて、トラックのステップに腰かけた。そこが円の中心になった。トム、コニー、ノアがぶらりと円にはいってしゃがむと、じいちゃんが弦の一点になる半円ができた。やがてお母が家から出てきて、ばあちゃんがならび、気取った歩きかたのシャロンの薔薇がつづいていた。三人は、しゃがんでいる男たちのうしろに陣取った。腰に手を当ててまっすぐに立った。それから、子供たち、ルーシーとウィンフィールドが、女たちの横で片足ずつ跳びはねていた。爪先《つまさき》を赭い土で汚していたが、騒ぎはしなかった。伝道師だけがいなかった。気兼ねして、家の裏で地べたに座っていた。すぐれた伝道師なので、民《たみ》の心を知っていた。
残照が淡くなり、一家はしばらく黙然と座り、しゃがみ、立っていた。やがてお父が、だれに向かっていうでもなく、一同に伝えた。「おれたちが売った品物だが、いいように巻きあげられた。やつはおれたちがのんびり構えてられないのを知ってやがった。十八ドルにしかならなかった」

お母がきかん気の馬みたいに身じろぎしたが、文句はいわなかった。

長男のノアがきいた。「ぜんぶでいくら貯《た》まったんだ?」

お父が塵に絵を描いて、しばしぶつくさいった。「百五十四ドル」お父がいった。「だが、アルが、もっといいタイヤを買わないとだめだといってる。これじゃもたないそうだ」

　アルにとっては、家族会議ではじめての出番だった。前はいつも、女たちのうしろに立っていた。いまはおごそかに伝えた。「こいつは古いし、癖がある」重々しくいった。「この自動車は、買う前にとことん調べたんだ。すごくお買い得だなんていうやつには耳を貸さなかった。差動装置《ディファレンシャル》に指を入れたが、おがくずは詰めてなかった。歯車装置《ギアボックス》をあけたが、おがくずはなかった。クラッチをためし、車輪をまわして、ゆがみがないのをたしかめた。下にもぐって、フレームがひろがってないのをたしかめた。横転したことはない。バッテリーの電池にひびがはいってたんで、いいやつと交換させた。タイヤはひどかったが、サイズがちょうどよかった。手に入れやすい。乗り心地はまるで牡《おす》の子牛だが、オイルは漏れてない。これを買えっていったのは、よく売れた自動車だからだ。どこの廃車置き場にもハドソン・スーパー・シックスが何台もあって、部品を安く買える。おなじ金でもっとでかい高級車も買えたけど、部品がなかなか手にはいらないし、あっても法外な値段だ。とにかく、おれはそう考えた」最後の言葉は、家族に判断をゆずるという意味だった。アルが話すのをやめて、家族の意見を待った。

　じいちゃんが名目上は長《おさ》だったが、もうみんなを統べてはいない。名誉の地位で、しきたりでそうなっただけだ。だが、年とって頭がぼけていても、最初に意見をいう権利はある。だから、しゃがんでいる男たちも、立っている女たちも、じいちゃんが口をひらくのを待った。「おまえはしっかりしとる、アル」じいちゃんがいった。「わしも昔はおまえみてえな若造じゃった。オオカミ犬みてえに遊びまわったもんじゃ。じゃが、仕事があるときにゃちゃんとやった。おまえ、いっぱしの若者になったな」祝福する口調でそう結んだので、アルがうれしくなって、ちょっと赤面した。

お父がいった。「おれにはまっとうな自動車だと思える。こいつが馬なら、アルに責任をおっかぶせるわけにはいかない。しかし、自動車のことがわかってるのは、ここにはアルしかいない」

トムはいった。「おれもすこしはわかる。マカレスターで何台かいじくった。アルのいうとおりだ。アルのお手柄だよ」褒められたアルが、真っ赤になった。トムはつづけた。「いっておきたいんだが――その、伝道師さんが――いっしょに行きたいそうだ」黙り込んだ。トムの言葉がみんなのあいだに置かれ、みんな黙り込んだ。「あいつはいいやつだ」トムはいい添えた。「昔からのみんなの知り合いだ。ときどき突拍子もないことをいうが、いうことに分別がある」どうするかは、家族みんなにゆだねた。

残っていた明かりが、しだいに薄れていった。お母が一団から離れて家にはいり、ストーブの扉がガタンと音をたてるのが聞こえた。すぐにお母が、考え込んでいる家族会議の面々のところへ戻ってきた。

じいちゃんがいった。「考えかたはふたつある。昔は、伝道師は悪運を招くって考えるやつもおった」

トムはいった。「この人はもう伝道師じゃないっていってる」

じいちゃんが、手を前後にふった。「伝道師だったやつは、いつだって伝道師だ。やめられるもんじゃねえ。伝道師を連れてくのは、立派なことだって考えるやつもおった。だれかが死んだら、伝道師に埋葬式をやってもらえる。ちゃんと式をあげるにせよ、あげそこねたにせよ、結婚するときにゃ、伝道師がいたら便利だわな。赤ん坊が生まれたら、洗礼してくれるやつが家におるわけだ。わしは前から、伝道師が多すぎるっていっとったんじゃ。選ばにゃならん。わしはあいつが好きなんじゃ。堅物じゃねえからな」

お父が枝を塵に突っ込み、指で錐《きり》みたいにまわして、小さな穴を掘った。「運がどうだとか、いいやつだとかで、すませられないことがある」お父がいった。「よく考えなきゃだめだ。情けないが、よく考えなきゃだめだ。いいか。じいちゃん、ばあちゃん——それでふたり。おれとジョンとお母——これで五人。ノアとトミーとアル

——これで八人。ロザシャーンとコニーで十人。ルーシーとウィンフィールドで十二人。犬も連れてかなきゃならないだろう。いい犬を撃ち殺すなんてできないし、もらい手もいない。で、十五だ」

「残ってるニワトリと子豚二匹がはいってない」ノアがいった。

お父がいった。「子豚は塩漬けにして、道中で食う。肉が入り用になるからな。樽《たる》に詰めて持っていこう。だが、みんなが乗って、伝道師さんも乗れるかどうかだな。ひとり口が増えても養えるかな」ふりむかないできいた。「やれるかな、お母」

お母が咳ばらいをした。「やれるかだって？　やるかだろう？」きっぱりといった。「やれるかって話になったら、なにもやれないよ。カリフォルニアへ行けない、なにもできない。でも、やるかって話なら、あたしたちはやりたいことをなんでもやる。やるっていうのはね——あたしたちの一族はずっとここにいて、その前は東にいたわけだけど、ジョード家のものにせよ、ヘイズレット家のものにせよ、食べ物や雨露をしのぐ場所をあげなかったり、馬車に乗せてくれっていわれて断ったりしたなんて話は、ひとつも聞いてないね。ジョード家には非道《ひど》いやつもいたけど、そこまで非道くはなかった」

お父が、口を挟んだ。「だけど、狭くて乗れないんじゃないか？」首をめぐらして、お母のほうを見あげ、極まり悪そうにした。お母の剣幕があまりにもすごいので、極まり悪くなったのだ。「トラックが狭くて乗れないんじゃないか？」

「狭いのは最初からだよ」お母がいった。「もともと六人しか乗れないのに、十二人が乗るんだからね。だいいち、ひとりぐらい増えたっておなじさ。それに、屈強な男は、お荷物にはならない。豚二匹と百ドル以上あるっていうのに、ひとひとり養えるかどうか迷うなんて――」お母が言葉を切り、お父が向き直った。びしびし笞《むち》打たれて、お父の意気地は赤剝《あかむ》けになっていた。

ばあちゃんがいった。「伝道師さんにいっしょに来てもらうのは、ありがたいことじゃ。けさの感謝のお祈り、ありがたかったよ」

お父がみんなの顔を見て、ちがう意見があるかどうかを見きわめてからいった。「呼んできたらどうだ、トミー？　行くんならここにいてもらわないと」

しゃがんでいたトムは立ちあがり、家のほうへ向かいながら呼んだ。「ケイシー――おーい、ケイシー！」

家の裏からくぐもった声が届いた。トムは角をまわり、壁にもたれて明るい空でまたたく宵の明星を見ているケイシーを見た。「わしを呼んだか？」ケイシーがきいた。

「ああ。あんたがいっしょに行くんなら、手立てをいろいろ考えるのを手伝ってもらったほうがいいって、みんな思ってる」

ケイシーが立ちあがった。家族のまつりごとのことは知っていたし、家族にくわえられたことがわかっていた。もちろん立場は高く、ジョンおじが脇に動いて、お父と自分のあいだに空きをこしらえた。ケイシーがみんなとおなじようにしゃがみ、ステップの玉座に腰かけているじいちゃんと向き合った。

お母がまた家へ行った。ランプの火屋《ほや》がこすれる音がして、暗い台所で黄色い光がぱっと輝いた。大きな鍋《なべ》の蓋《ふた》をお母があけると、サイドミートとビートの若葉を煮るにおいが、戸口から流れ出した。暗くなった庭をお母がひきかえしてくるのを、みんなが待った。お母の力は絶大だからだ。

お父がいった。「いつ出かけるか、決めなきゃならない。早いほうがいい。出かける前にやらなきゃならないことは、子豚をつぶして塩漬けにするのと荷づくりだ。そしたら出かける。急いだほうがいいな」

ノアが賛成した。「がんばってやれば、あしたには支度ができて、あさっての夜明けには出かけられる」

ジョンおじが反対した。「昼、暑いさなかじゃ、肉が冷えない。つぶすには時季が悪い。冷えないと肉が締まらない」

「それじゃ、今夜やろう。夜のあいだにすこしは冷えるだろう。それでなんとかしよう。食事をしたら、つぶしにいこう。塩はあるか？」

お母がいった。「ああ。たっぷりあるよ。ちょうどいい樽も二本ある」

「よし、それじゃやろう」トムはいった。

じいちゃんが、立ちあがる手がかりを探して、もがきはじめた。「暗くなってきたな。腹が減ってきた。カリフォルニアへ着いたら、ぶどうのでかい房をずっと持ってって、ずっとむしゃむしゃ食ったるわい！」じいちゃんが立つと、男たちも立った。

ルーシーとウィンフィールドは、気が変になったみたいに、はしゃいで塵のなかで跳ねまわっていた。ルーシーが、かすれた声でウィンフィールドにささやいた。「豚つぶして、それからカリフォルニア行く。豚つぶして、行く――どっちもやっちゃう」

ウィンフィールドのほうは、もっと変になっていた。喉《のど》に指を突きつけて、恐ろしい顔でぐらぐら揺れ、弱々しい金切り声でいった。「おいらじじ豚。見ろよ！　おいらじじ豚。血を見ろ、ルーシー！」よろけて、地べたに倒れ、手足を弱々しくふった。

だが、ルーシーは齢《とし》がいくつか上で、ものすごく華やかな瞬間《とき》だというのを心得ていた。「それからカリフォルニア行く」とくりかえした。これまでの人生でもっともすばらしいときだと思っていた。

濃い夕闇のなか、大人たちは明かりのともっている台所へ場を移し、浅い皿にお母が葉とサイドミートをよそった。だが、食べはじめる前に、お母は大きな丸い洗濯盥をストーブにかけて、強火にした。盥がいっぱいになるまでバケツで水を汲《く》み、水でいっぱいのバケツを盥のまわりにさらにならべた。台所に熱気がこもったので、みんなは急いで食べ、表に出て踏み段に腰かけ、湯が沸くのを待った。闇と、台所のランプが戸口の外で地面を四角く照らしているのを見つめて、座っていた。まんなかには、じいちゃんの背をこごめた影があった。ノアが箒《ほうき》の藁《わら》で歯をほじった。お母とシャロンの薔薇が皿を洗い、テーブルに積みあげた。

そこで不意に家族が、それぞれの働きをはじめた。お父が立って、もうひとつ手提げランプをつけた。ノアが台所の箱から、刃が反った解体用ナイフを出し、すり減った小さな砥石《といし》で研いだ。それから、へらを大俎板に置き、そばに包丁を置いた。お父が頑丈な棒を二本持ってきた。どちらも長さは三フィートあり、斧《おの》で端を尖《とが》らして、丈夫なロープを棒のなかごろにふた結びで結びつけた。

ぶつぶつ文句をいった。「衡《こう》（訳注　馬車のながえ「轅」の端に渡した横木）を売るんじゃなかった――残しておけばよかった」

盥とバケツから湯気があがり、湯がぐらぐら揺れた。

ノアがきいた。「湯を持ってくか、それとも豚をこっちに持ってこようか？」

「豚を持ってくる」お父がいった。「豚は湯とはちがって、こぼして火傷《やけど》することはないからな。湯は沸いたか？」

「もうじきだよ」お母がいった。

「よし。ノア、おまえとトムとアルがいっしょに来い。おれがランプを持つ。むこうでほふって、こっちへ運ぼう」

ノアが包丁を、アルが斧を持ち、四人は豚小屋へと進んでいった。ランプの明かりで脚がちらちらと光った。ルーシーとウィンフィールドが、跳びはねながらはしっこくついてきた。豚小屋でお父が埒《らち》の上に乗り出し、ランプを掲げた。眠そうな若い豚が、よたよたと起きあがって、怪しむように鳴いた。ジョンおじとケイシーも、手伝いにやってきた。

「よし」お父がいった。「刺せ。母屋《おもや》へ持ってってって、血抜きして、熱湯をかける」ノアとトムが、埒を越えた。すばやく、手際《てぎわ》よくほふった。トムが斧の峰で二匹を一度ずつ殴り、倒れた豚二匹にのしかかったノアが反りのあるナイフで大動脈を切り裂き、脈動する血が噴き出した。そして、悲鳴をあげている豚を埒の上から外に出した。ケイシーとジョンおじが、後肢《うしろあし》をそれぞれ一本ずつ握ってひきずり、ノアとトムがもう一匹をひきずった。お父がランプを持って付き添い、黒ずんだ血が塵に二本の痕《あと》を残した。

母屋でノアが後肢の腱《けん》と骨のあいだに包丁を入れ、肢をひろげた恰好で尖らした棒にひっかけられた豚が、母屋から突き出した二インチ×四インチの垂木に吊《つ》るされた。それから、男たちが煮えたぎる湯を運び、黒い豚にかけた。ノアが端から端まで豚の体を裂いて、臓物を地べたに落とした。お父が棒をさらに二本尖らして、空気にさらされるように肉をひらいた。トムがへらで、お母がなまくらなナイフで、皮をこすり、硬い毛をこそげ落とした。アルがバケツを持ってきて、シャベルで臓物をすくい入れ、母屋から離れた地べたに棄てた。猫が二匹、あとをついていって、ニャアニャア鳴き、犬たちもついてきて、猫にちょっとうなってみせた。

踏み段に腰かけたお父が、ランプの明かりを浴びて吊るされている豚を眺めた。毛落としが終わり、地べたの黒い血溜《ちだ》まりにしたたる血もわずかになっていた。お父が立ち、豚のほうへ行って、手を触れてから、また腰かけた。ばあちゃんとじいちゃんが納屋に寝にいき、じいちゃんが蠟燭《ろうそく》ランプを持っていった。あとのものは、踏み段のあたりに黙然と座っていた。コニー、アル、トムは、羽目板にもたれて地べたに座っていた。ジョンおじは箱に腰かけ、お父は戸口に腰かけていた。お母とシャロンの薔薇だけが、動きまわっていた。ルーシーとウィンフィールドは、眠くなっていたが、眠気をこらえていた。闇のなかで、ふたりは眠そうに喧嘩をした。ノアとケイシーは、家のほうを向いて、ならんでしゃがんでいた。お父がいらだたしげに体を掻き、帽子を脱いで、髪を掻きむしった。「あすの朝早く、豚を塩漬けにして、トラックに荷物を積もう。ベッドのほかは一切合財積む。そうしたら翌朝出かけられる。一日もかからないだろう」

トムは口を挟んだ。「やることを探して、一日うろうろすることになる」一団がそわそわと体を動かした。「夜明けまでに支度して出かけよう」と持ちかけた。お父が手で膝をこすった。すると、その落ち着きのなさが、みんなにうつった。

ノアがいった。「肉をそのまま塩に漬けても、だいじょうぶだろう。細かく切れば早く冷める」

最初に正気をなくしたのは、ジョンおじだった。重圧に耐えられなくなったのだ。「なにをぐずぐずしてるんだ？　さっさとけりをつけよう。どうせ出かけるんなら、いま出かければいい」

すると、その突然の気変わりが、みんなにうつった。「なんで出かけないんだ？

眠りながら行けばいい」焦《せ》っ勝ちがみんなに忍び寄った。

お父がいった。「二千マイルあるっていうじゃないか。ずいぶん遠い。出かけたほうがいい。ノア、おまえとおれで肉を切り分けてから、荷物をぜんぶトラックに積もう」

お母が、戸口から首を突き出した。「暗くて見えないせいで忘れ物をしたら、どうするんだい？」

「明るくなってからたしかめればいい」ノアがいった。そこでみんなじっと座り、考えた。だが、まもなくノアが立ちあがり、反ったナイフを小さなすり減った砥石で研ぎはじめた。「お母」ノアがいった。「テーブルをあけてくれ」豚に近づくと、背骨の片方をまっすぐに切り、肉をめくって、肋骨《ろっこつ》から切り離した。

お父が鼻息を荒くして、立ちあがった。「荷物を集めなきゃならない」お父がいった。「さあ、みんな来い」

こうして出かけることに心が向くと、焦っ勝ちがみんなにうつった。ノアが厚く切り取った肉を台所に持っていき、塩漬けのために小さく切り分けた。お母が粗塩をはたきつけ、肉と肉がじかに触れないように気を配りながら、ひと切れずつ樽に入れていった。肉切れをレンガみたいに積んで、あいだに塩をぎゅっと詰めた。やがてノアがサイドミートを切り分け、肢を切り分けた。お母が火をたやさないようにし、ノアが肋骨と背骨と肢の肉をすっかり切り取ると、お母が骨を焼いてしゃぶれるように天火に入れた。

庭と納屋では、手提げランプの丸い明りがあちこちを動き、持っていくものを男たちがまとめて、トラックの横に積みあげていた。シャロンの薔薇は、家族の服をすべて運び出した。オーバーオール、底の厚い靴、ゴム長靴、かなりくたびれている教会へ行くときの服、セーター、羊革の外套《がいとう》。それらをひとつの木箱にぎゅっと押し込み、箱にはいって踏んだ。それから、捺染《プリント》のワンピースや肩かけ、黒い木綿の靴下、子供たちの服を運び出した——小さなオーバーオール、安物のプリントのワンピース——それも箱に入れて、踏みつけた。

トムは道具小屋へ行って、持っていく道具を出した。鋸《のこぎり》、レンチ一式、金槌《かなづち》、いろいろな大きさの釘《くぎ》がはいった箱、丸やっとこ、平やすり一本、丸やすり一式。

そして、シャロンの薔薇が大きな防水布を持ってきて、トラックのうしろの地べたにひろげた。苦労しながらマットレスを戸口からひっぱり出した。ダブルが三枚、シングルが一枚。防水布にそれを積みあげてから、たたんだ古毛布を腕いっぱいに抱えて運び出し、それも積んだ。

お母とノアが豚をせっせとさばき、ストーブから豚の骨の焼けるにおいが漂っていた。夜が更《ふ》けるうちに子供らは眠り込んでいた。ウィンフィールドは、表の地べたで丸まり、ルーシーは豚をつぶすときに見物していた台所の箱に座ったまま、頭を壁にもたせかけていた。眠って安らかな寝息をたて、唇がすこしめくれていた。

トムは、道具の始末を終えて、ランプを持ち、台所へはいっていった。ケイシーがついていった。「いやはや、おそれいった」トムはいった。「肉のいいにおいがするぜ！　それにはじける音も」

お母が四角く切った肉を樽に入れて、まわりと上に塩をふり、塩ですっかり覆ってから軽く押した。トムのほうを見て、すこし笑みを浮かべたが、目は真剣で、疲れていた。「朝に豚の骨を食べられるなんて、うれしいね」と、お母がいった。

ケイシーが、お母の横で立ちどまった。「わしが塩漬けをやろう。できるよ。あんたにはべつにやることがあるだろう」

お母が手をとめて、変なことを持ちかけられたとでもいうように、ケイシーをおかしな目つきでじろじろ見た。両手が固まった塩に覆われ、つぶしたばかりの豚肉の汁で薄赤く染まっていた。「女の仕事だよ」とうとうそういった。

「仕事は山ほどある」ケイシーが答えた。「これが女の仕事、あれが男の仕事なんて、分けとられんくらいある。あんたにはやることがある。塩漬けはわしに任せなさい」
それでもお母はしばしケイシーを睨んでいたが、やがてバケツの水をブリキの洗面器に入れて、手を洗った。ケイシーが肉切れを取り、お母に見られながら塩をはたいた。お母とおなじやりかたで、肉を樽にならべていった。一段分の肉をならべ終えて、念入りに塩で覆い、そっと押さえると、お母が納得した。お母が、白くふやけた手を拭《ふ》いた。

トムはいった。「お母、ここから運び出すものはあるか?」

お母が、すばやく台所を見まわした。「バケツ」といった。「食べるのにいるものはぜんぶ。お皿、カップ、スプーン、ナイフ、フォーク。ぜんぶあの抽斗《ひきだし》に入れて、抽斗ごと持ってって。あの大きなフライパンと、大きなシチュー鍋、コーヒー沸かし。焼き網が冷めたら天火から抜いてちょうだい。焚火《たきび》にかけるのにちょうどいいからね。洗濯盥を持っていきたいけど、載せるところがないね。洗濯はバケツでやろう。小さいのを持ってってもしかたないよ、大きな鍋でちょっぴり作るのはできるけど、逆はできないからね。パン型はぜんぶ持ってって。重ねられるから」立って台所を見まわした。「いまいったのだけ持ってって、トム。あとはあたしがまとめるよ。胡椒《こしょう》の大缶、塩、ナツメグ、おろし金なんかをね。そういうものは、あたしが最後に持ってくよ」ランプを持ち、大儀そうに寝室にはいっていった。裸足で足音をまったくたてなかった。

ケイシーがいった。「疲れとるみたいだな」

「女はいつだって疲れてる」トムはいった。「女はそんなもんだ。元気になるのは集会のときだけだな」

「それはそうだが、そんなもんじゃないぞ。病みそうなくらい心底疲れとる」

お母はドアを通ったばかりで、ケイシーの言葉を聞いた。和らいでいた顔がしだいにこわばり、筋肉が張りつめた顔からしわが消えた。目が鋭くなり、肩をそびやかした。なにもなくなった部屋を、ちらりと見まわした。残っているのはゴミばかりだ。それまで床に敷いていたマットレスもない。簞笥《たんす》は売った。床には歯の欠けた櫛《くし》、天花粉《タルカムパウダー》の空き缶、綿埃《わたぼこり》のかたまりがいくつかあるばかりだった。お母は床にランプを置いた。椅子《いす》に使っているうしろの箱に手をのばし、文函《ふばこ》を出した。古く、汚れて、角が割れていた。腰をおろし、文函をあけた。なかには手紙、切り抜き、写真、耳飾り一対、印章付きの小さな金の指輪、髪の毛を編んで金のさる環《かん》をつけた懐中時計の吊り紐《ひも》がはいっていた。お母は手紙に指先で触れ、そっと触って、トムの公判の記事が載っている新聞の切り抜きをなでつけてのばした。長いあいだ文函を持って、しげしげと眺め、手紙をかきまわして、順序よくそろえた。下唇を嚙んで、考え、記憶を拾い集めた。そして、ようやく心を決めた。指輪、懐中時計の吊り紐、耳環を取り、文函の下のほうを探って、金のカフスボタンをひとつ出した。封筒から手紙を抜き、そこにこまごまとしたそれらの装身具を入れた。封筒の口を折って、ワンピースのポケットに入れた。それから、おもむろにやさしく文函を閉じて、蓋を指で丁寧になでた。口がものいいたげにひらく。そして立ちあがり、ランプを持って台所に戻った。ストーブの扉をあけて、文函をそっと燠《おき》に押し込んだ。すぐに熱で紙が焦《こ》げた。炎が箱をなめ、覆った。お母がストーブの扉を閉めると、たちまち炎が溜息をついて、文函に熱い息を吹きかけた。

暗い庭では、ランプの明かりを頼りに、お父とアルがトラックに積み込んでいた。工具はいちばん下だが、故障したときに取りやすいようにした。つぎが衣類の箱、台所用品は麻袋に入れた。ナイフやフォークや皿は箱入りで。一ガロンのバケツはうしろにくくりつけた。底になる荷物をできるだけ平らにして、隙間に巻いた毛布を詰め、いちばん上にマットレスを敷いて、荷物全体を平らにする。最後に大きな防水布を荷物の上にひろげ、アルが布の端に二フィートごとに穴をあけて、細いロープを差し込み、あおりの横木に結びつけた。

「これで、雨が降ったら」アルがいった。「あおりの上のほうに結べば、下に潜り込んで雨をしのげる。とにかくまあまあ濡れずにすむ」

そこでお父が褒めた。「名案だな」

「まだあるぜ」アルがいった。「できるだけ早く長い板を一枚見つけて、天幕《テント》の棟木《むなぎ》にして、その上に防水布をかけないといけない。そうすればちゃんと覆われるし、日《ひ》除《よ》けにもなる」

そこでお父は相槌《あいづち》を打った。「それは名案だ。どうして前に思いつかなかったんだ？」

「ひまがなかった」と、アルがいった。

「ひまがなかった？　おい、アル、おまえ、そこいらじゅうで女の尻追っかけてるひまはあっただろう。この二週間、おまえは雲隠れしてたじゃないか」

「郷里《くに》を離れるときにゃ、男はやっておかなきゃならないことがあるんだ」アルがいった。それから、強気がちょっと薄れた。「お父」アルがきいた。「出かけられて、ほっとしてるんだろう、お父？」

「えっ？　ああ――まあな。とにかく――そうだな。ここはつらいことがあった。向こうはまったくちがうだろう——仕事はいっぱいあって、なにもかもが気分よく青々としてて、まわりでオレンジが実ってる小さな白い家がある」

「どこもかしこもオレンジなんだね？」

「そりゃあ、どこもかしこもじゃないだろうが、かなりあちこちにある」

夜明けのはじめの薄墨が、空に現われた。そして、やることは終わった——塩漬けの豚肉ができ、鶏小屋はてっぺんに積める支度ができた。お母が天火をあけて、焼いた骨の山を取り出した。カリカリにこんがりと焼け、かじれる肉がまだいっぱいついている。ルーシーが目を醒《さ》ましかけ、箱から滑り落ちて、また眠った。だが、大人たちは戸口のまわりに立ち、すこしふるえながら、カリカリの豚肉をかじった。

「じいちゃんとばあちゃんを起こしたほうがいい」トムはいった。「明るくなるまでにできるだけ進んでおきたいからな」

お母がいった。「起こすのが悪いような気がするよ。ぎりぎりでいいんじゃないの。年寄りはちゃんと眠らせないと。ルーシーとウィンフィールドも、ろくに休んでない」

「まあ、荷物の上で眠れるさ」お父がいった。「けっこう気持ちいいはずだ」

犬たちが急に地べたから起きあがって、耳を澄ました。ひとつうなってから、闇に向けて吠《ほ》えた。「いったいどうした?」お父が語気鋭くいった。犬をなだめる声がじきに聞こえてきて、吠えかたから荒々しさが抜けた。やがて足音がして、ひとりの男が近づいてきた。ミューリー・グレイヴズだった。帽子を目深《まぶか》にかぶっている。

「ああ、ミューリーが、おずおずと近づいた。「おはよう、みんな」

「ああ、ミューリーじゃないか」お父が、手にした腿の骨をふった。「こっちへきて豚を食えよ、ミューリー」

「いや、いいよ」ミューリーがいった。「腹が減ったわけじゃねえ」

「いいから食え、ミューリー。食え。ほら!」お父が家にはいって、肋骨をひとそろい持ってきた。

「あんたんちのものを食いにきたんじゃねえんだ」ミューリーがいった。「ただ歩きまわってて、おたくがどうなってるかなって思って、さよならでもいおうと」

「もうじき出かける」お父がいった。「一時間遅かったら、会えなかったな。ぜんぶ積み込んだ――ほら」

「ぜんぶ積み込んであるな」荷物を載せたトラックを、ミューリーは見た。「ときどき、おいらもうちのもんを探しに行きてえって思う」

お母がきいた。「カリフォルニアの身内から、なにも便りはないのかい?」

「ねえ」ミューリーがいった。「なんもねえ。だけど、郵便局に行ってねえからな。そのうちに行ったほうがいいな」

お父がいった。「アル、ばあちゃんとじいちゃんを起こしてこい。こっち来て食えっていえ。もうじき出かける」アルがぶらぶらと納屋に向かうと、お父がいった。「ミューリー、あんた、窮屈かもしれんが、おれたちといっしょに行かないか？　なんとか乗れるようにする」

ミューリーが、肋骨の端から肉を嚙み切ってむしゃむしゃと食べた。「そうしてえって思うこともある。だが、行かねえってわかってる。最後の段まで墓場のクソあほ幽霊みてえに逃げ隠れしてるだろうって、心底わかってるんだ」

ノアがいった。「そのうち野垂れ死にしちまうぞ、ミューリー」

「わかってる。それも考えた。すごく淋しいって思えることもありゃ、それでいいって思えることもありゃ、それで本望だって思えることもある。どっちみちたいしたちがいはねえ。だけど、あんたらがうちの連中に会ったら——いや、ほんとはそれをいいに来たんだ——カリフォルニアでうちの連中にばったり会ったら、おいらは元気だっていってくれ。こんなていたらくだっていうのは、黙っててくれよ。金ができたらじきに行くからって」

お母がきいた。「ほんとうかい？」

「いや」ミューリーが、そっといった。「いや、行かねえ。行けるわけがねえ。いまは、いなきゃならねえ。前なら、行ったかもしれねえ。でも、いまは行かねえ。ひとは、ちっとは考えて、悟るもんなのさ。おらあ、ぜったいに行かねえ」

曙光《しょこう》がすこしくっきりしてきた。ランプの光が淡く見えてきた。もがきながらよたよた歩いているじいちゃんと肩をならべて、アルが戻ってきた。「眠ってなかった」アルがいった。「納屋の裏に座ってた。どうもようすがおかしい」

じいちゃんの目がとろんとして、いつもの凶悪な色が見えなかった。「どこも悪かねえよ」じいちゃんがいった。「わしゃ行かん」

「行かない？」お父が声を荒らげた。「行かないって、どういうことだ？　もう荷物をぜんぶ積んで、支度ができた。行くしかないんだ。おれたちがいられるところはないんだ」

「おまえらに残れとはいっとらん」じいちゃんがいった。「行きゃいい。わしは――残る。夜通しとっくりと見てまわったんじゃ。ここはわしの地《くに》じゃ。わしはここに根を張っとる。寝床もこさえられねえくれえオレンジやらぶどうやらが実ってたって、わしの知ったこっちゃねえ。わしゃ行かん。ここはいいくにじゃねえかもしれんが、わしのくにだ。さあ、とっとと行け。わしは根を張っとるここから、どきゃせんぞ」

みんながじいちゃんに近寄った。お父がいった。「だめだ、じいちゃん。この地面はトラクターでつぶされちまう。だれに食いもんをこさえてもらうんだ？　どうやって生きてくんだ？　ここにはいられない。だって、だれにもめんどうをみてもらえないんだぞ。飢え死にするぞ」

じいちゃんがわめいた。「こんちくしょう、わしは年寄りじゃが、自分のめんどうぐらいみられるわい。ミューリーだってちゃんとやっとる。わしもおなじようにやれる。わしが行かんといったら、おまえらはいうとおりにしろ。なんならばあちゃんも連れてけ。じゃが、わしは連れていけんぞ。わかったな」

お父が、困り切っていった。「なあ、よく聞いてくれ、じいちゃん。聞いてくれ。一分でいいから」

「聞くもんか。わしがどうするか、いったじゃろうが」

トムは、お父の肩に触れた。「お父、家にはいってくれ。話がある」ふたりで家に向かいながら、トムは呼んだ。「お母――ちょっと来てくれないか」

台所ではランプが一本ともっていて、皿にまだ豚の骨が堆《うずたか》く積んであった。トムはいった。「聞いてくれ。じいちゃんが行かないっていうのはもっともだが、残していくわけにはいかない。そうだろう」

「残してはいけない」お父がいった。

「だけど、捕まえて縛ったら、怪我《けが》させるかもしれないし、頭に来て自分で自分を傷つけるかもしれない。じいちゃんと議論してもしかたがない。酔っぱらわせればうまくいく。ウィスキイはないか？」

「ない」お父がいった。「うちにウィスキイは一滴もない。ジョンも持ってない。飲まないときにゃ、置かないんだ」

お母がいった。「トム、ウィンフィールドが耳が痛くなったときの鎮静シロップが瓶に半分あるよ。それが使えないかい？　耳がものすごく痛かったときに、ウィンフィールドを眠らせたんだよ」

「使えるかもしれない」トムはいった。「取ってきてくれ、お母。とにかくためしてみよう」

「ゴミの山に投げ込んだよ」お母がいい、ランプを持って出ていくと、黒い薬が半分残っている瓶を持って、すぐに戻ってきた。

トムはそれを受け取って、味見した。「不味《まず》くはない」といった。「ブラックコーヒーをいれてくれ。濃い強いやつを。ええと――茶匙《ちゃさじ》一杯って書いてある。もっと多いほうがいい。大匙二杯にしよう」

お母がストーブの扉をあけて、燠のそばに薬缶《やかん》を置き、水とコーヒーを計って入れた。「缶で呑《の》ませるしかない。カップは荷造りしてしまったからね」

トムとお父が、表に戻った。「なにをしたいかいう権利が男にはあるんじゃ。肋骨食べとるのはだれだ?」じいちゃんがいった。

「おれたちはもう食べた」トムはいった。「お母がコーヒーと肉を用意してる」

じいちゃんが台所へはいっていき、コーヒーを飲み、肉を食べた。ほのぼのと明けてゆくなかで、表のみんなは戸口ごしに、じいちゃんを静かに見守った。じいちゃんがあくびして、体が揺れ、腕をテーブルにのばして、そこに顔を載せ、眠り込むのが目にはいった。

「どうせ疲れてたんだ」トムはいった。「そっとしとこう」

これで支度ができた。目をしょぼつかせてぼんやりしているばあちゃんがきいた。「どうしたんだい? こんなに早く、なにやってるんだ?」だが、服は着て、いそいそしていた。それに、ルーシーとウィンフィールドも目を醒ましていたが、疲れがとれず、半分夢見ているようで、おとなしかった。朝の光があっというまに、ふるいを通るように大地の上に降ってきた。そこでみんなの動きがとまった。じっさいに出かける第一歩を踏み出すのが嫌さに、ぼさっと立っていた。いざ出発する段になって、怖くなったのだ——じいちゃんが怖がったのとおなじように、怖くなったのだ。曙《あけぼの》に小屋の形が浮かび、ランプの光が薄れて、もう黄色い光の輪を落とさないようになるのを、彼らは見た。星がすこしずつ西へ逃げていった。それでもみんなは夢遊病者みたいにあちらこちらに突っ立ち、目はひろびろとした景色を見てとっていた。細かいところではなく、夜明けのすべて、地上のすべて、この地《くに》を織りなすあらゆるものを見ていた。

ミューリー・グレイヴズだけが、落ち着きなくうろつき、あおりの隙間からトラックのなかを覗き込んだり、うしろに吊るした予備タイヤを押したりしていた。とうとうミューリーが、トムのそばに来た。「おまえ、州境《ざかい》を越えるんだな?」ときいた。「仮釈放違反だろう?」

そこでトムは、ぼうっとしていた気持ちをふり払った。「ああ、もう夜明けだな」声に出していった。「もう出かけないと」そこであとのみんなも気持ちがはっきりして、トラックに向かった。

「よしやろう」トムはいった。「じいちゃんを乗せよう」お父とジョンおじとトムとアルが、じいちゃんが眠り込んでいる台所にはいっていった。じいちゃんは腕に額を載せ、こぼれたコーヒーの乾いた線がテーブルに残っていた。四人がじいちゃんの肘の下を支えて立たせると、じいちゃんがぶつぶついって、酔っぱらいみたいなはっきりしない声で悪態をついた。戸口から出すと、じいちゃんの尻を押して、トラックまで行き、トムとアルが荷台に登り、身を乗り出して、じいちゃんの腋《わき》の下に手を入れ、そっと持ちあげて、荷物の上に横たえた。アルが防水布のロープをほどいて、じいちゃんを下に押し入れ、帆布の重みがかからないように、すぐそばに箱をひとつ置いた。「やっぱり棟木を渡さないとだめだな」アルがいった。「今夜、とまったときにやろう」じいちゃんがぶつぶついい、目が醒めそうになるのをなんとかこらえて、ようやくまた深い眠りについた。

お父がいった。「お母、ばあちゃんといっしょに、しばらくアルの横に乗ってくれ。みんなが楽できるように、かわりばんこにするが、まず前に乗ってくれ」ふたりが運転台に乗り込み、あとはいっせいに荷物の上に乗った。コニーとシャロンの薔薇、お父とジョンおじ、ルーシーとウィンフィールド、トムとケイシー。ノアが地べたに立ち、トラックの上に座っている大人数の乗客を見あげた。

アルがまわりを歩いて、車体の下のばねを見た。「いやはや。ばねがぺしゃんこに縮んでる。ブロック（訳注 コイルばねが縮みすぎないようにする部品）を支《か》っといてよかった」

ノアがいった。「犬はどうする、お父？」

「犬のこと、忘れてた」お父がいった。甲高い口笛を吹くと、一匹がぴょんぴょんと駆けてきたが、来たのはその一匹だけだった。ノアが捕まえて、てっぺんにほうり投げると、犬はしゃちほこばって座り、高いのが怖くてふるえていた。「あとの二匹は置いていくしかない」お父が叫んだ。「ミューリー、ちょっと面倒みてくれるか？飢え死にしないように」

「あいよ」ミューリーがいった。「犬が二匹くらいいたほうがありがてえ。ああ！もらっとくよ」

「ニワトリも持ってってくれ」お父がいった。

アルが運転席に乗った。スターターがうなって、ひっかかり、またスターターがうなった。やがて、六気筒エンジンのばらけた爆音が響き、うしろから青っぽい煙が出た。「あばよ、ミューリー」アルが叫んだ。

そして、家族のみんなも叫んだ。「さようなら、ミューリー」

アルがなめらかに一段ギアに入れて、クラッチをつないだ。トラックが身ぶるいして、よっこらしょとばかりに庭を越えた。やがて二段目のギアに切り換わった。小さな坂を這うように登り、まわりに赭い塵を捲《ま》き起こした。「ちくしょう。なんて重たいんだ」アルがいった。「先を急ぐ旅は無理だなあ」

お母はうしろを見ようとしたが、荷物の山にさえぎられて見えなかった。お母は体をしゃんとのばし、前方の田舎道にまっすぐ目を凝らした。その目には、たとえようもない深い疲れの色があった。

荷物の上に乗っていたみんなは、うしろを見た。母屋、納屋、煙突からまだ昇っている細い煙を見た。朝陽のはしりの色に赤く染まっている窓を見た。ミューリーがわびしげに庭に立ち、見送っているのが見えた。やがて坂の向こうに見えなくなった。道沿いは綿畑だった。トラックは国道と西を目指し、塵のなかをのろのろと走っていった。

11

家がうつろなまま地面に残され、そのために地面もうつろだった。活気があるのは銀色に輝くトタン屋根のトラクター小屋だけで、金属とガソリンとオイルがみなぎり、犂《すき》の円盤が輝いていた。トラクターには夜も昼もないので、ライトで照らして、闇《やみ》のなかで円盤が土を犂返し、昼にはギラギラ光った。また、馬が仕事を終えて厩《うまや》にはいるときには、生気と活力があって、息も温かさもあり、藁《わら》の上で肢《あし》を踏み替え、干草をもごもご嚙《か》み、耳と目がさかんに動く。納屋《なや》には温かな生命《いのち》があり、いのちの熱とにおいがある。だが、トラクターのエンジンがとまったら、それをこしらえるのに使った鉱石みたいに死ぬ。死体からいのちの温かみがなくなるみたいに、熱が逃げてしまう。それからトタン板のドアが閉まって、トラクターの運転手が町の家へ自動車で帰る。ひょっとすると二十マイル離れているかもしれないし、何週間も何カ月も戻ってこなくていいのかもしれない。トラクターは死んだから、それができる。そのほうが楽で、能率がいい。楽だから、仕事のことをなにも考えなくなり、能率がいいから、地面のこともそこを耕すことも、考えなくなる。考えることで、深い知識を得て、結びつきができるのに、それがなくなる。それに、トラクターに乗っていると、知識がほとんどなく、結びつきがまったくないために、よそ者だけが持つ侮《あなど》りが大きくなる。なぜなら、硝酸肥料は土《つち》ではなく、燐酸《りんさん》肥料と綿からとられる繊維は土ではないからだ。炭素は人間ではなく、塩も水もカルシウムも人間ではない。人間はそういったものすべてからできているが、もっともっといろいろなものなのだ。土も分析された成分だけのものではない。化学物質よりもっといろいろなものでできている人間が、大地を歩み、石をひとつ見つけて犂の刃を返し、地べたから突き出した岩の上を滑らせるために柄を下におろし、昼食を使うために大地にしゃがむ。元素よりもっといろいろなものでできている人間は、自分の土が分析された成分だけのものではないことを知っている。だが、土の上で命のないトラクターを動かしている機械男は、知らないし、愛していない。わかっているのは化学だけだ。だから、土と自分を侮っている。トタン板のドアが閉まれば、男は家に帰るし、土はその男の家ではない。

空っぽの家のドアがバタンとあき、風に吹き戻されてはまたあいた。男の子の一団がいくつか町からやってきて、窓ガラスを割り、宝物はないかとゴミの山をあさった。

刃が半分欠けてるナイフがあった。すごいぞ。それに——ここで死んだネズミのにおい。見ろ、ホワイティが壁に落書きしてる。あいつ、学校の便所でもやって、先生に消させられたんだ。

ひとびとが去って、最初の晩になると、狩りに出かけていた猫が野原から背中を丸めてやってきて、ベランダでニャアと鳴いた。だれも出てこないので、あいたドアから忍び込み、鳴きながら空っぽの部屋をめぐった。それから、野原に戻り、野生の猫になって、ホリネズミや野ネズミを狩り、昼間は用水路で眠った。夜になると、それまでは明かりを怖《おそ》れて戸口までしか行かなかったコウモリが、家に舞い込んで、空っぽの部屋をすいすい飛びまわり、そのうちに昼間も暗い部屋の隅にいつくようになる。翼を高く畳み、垂木からさかさにぶらさがり、空っぽの家はコウモリの糞《ふん》のにおいがするようになる。

そして、ハツカネズミがはいりこんで、隅っこや箱や台所の引き出しの奥に雑草の種を隠す。つぎにネズミを狩るイタチがはいってきて、モリフクロウが甲高く啼《な》いては出入りするようになる。

そしていま、すこし俄《にわ》か雨が降った。雑草がかつてなら許されなかった戸口の前でぐんとのび、ベランダの板のあいだから草が生えてくる。家はうつろで、うつろな家はたちまち壊れる。錆《さ》びた釘《くぎ》から下見板が反って割れる。塵《ちり》が床に積もり、ハツカネズミとイタチと猫の足跡だけがそれを乱す。

夜になると、風が屋根板を一枚剝《は》がして、地べたに落とす。つぎの風が屋根板のなくなった穴をこじって、三枚、四枚、十数枚と剝がしてゆく。灼《や》けるような昼の陽射《ひざ》しがその穴から射して、床にまばゆい一点ができる。夜には野生になった猫が野原から忍び込むが、もう戸口で鳴きはしない。月をよぎる雲が落とす影みたいに動いて、部屋にはいり、ハツカネズミを狩る。風の強い晩には、ドアがばたばたとぶつかり、ぼろぼろのカーテンが壊れた窓ではためく。

12

国道六十六号線は、重要な渡り路《みち》だ——国を横断する長大なコンクリートの行路が、ミシシッピ川沿岸からカリフォルニアのベイカーズフィールドまで、地図上では上下にゆるやかにうねっている——赭《あか》い地《くに》と灰色の地を越え、くねりながら山地へと登っていって、大分水嶺《だいぶんすいれい》ロッキー山脈を越え、燦々《さんさん》と輝く過酷な沙漠《さばく》へと下り、沙漠を渡って、また山にはいり、肥沃《ひよく》なカリフォルニアの広野に達する（訳注　六十六号線はミシシッピ川が起点ではない。後述の六十四号線との混同）。

六十六号線は、砂塵嵐《さじんあらし》と減るいっぽうの耕作地からの難民、群れをなして逃れるひとびとの行路だった。トラクターの雷鳴、縮むいっぽうの持ち分、北へじわじわと侵《しん》蝕《しょく》する沙漠、テキサスからうなりをあげてやってくる旋風、土を豊かにするどころか、残された養分をさらってゆく洪水。ひとびとはそういったものすべてから逃れ、支流である脇道《わきみち》や、幌馬車《ほろばしゃ》の踏み跡道や、轍《わだち》の残る田舎道から、六十六号線に流れ込んだ。六十六号線は母なる道《マザー・ロード》、逃れの道だった。

クラークスヴィル、オザーク、ヴァンビューレン、フォートスミスは、六十四号線沿いにあり、そこがアーカンソー州側の最西端になる。この六十四号線のほかにも、さまざまな国道がオクラホマシティに集中している。タルサからは六十六号線、マカレスターからは二百七十号線、南のウィチタフォールズからは、北のイーネドに向かう八十一号線。エドモンド、マクラウド、パーセル。オクラホマシティを出た六十六号線は、西のエルリーノへ向かう。さらにハイドロ、クリントン、エルクシティ、テクソーラと進み、そのすぐ先でオクラホマ州を出る。そしてテキサス・パンハンドルを横断する。シャムロック、マクリーン、コンウェイ、黄色の街アマリロ（訳注　アマリロはスペイン語で「黄」の意味）。ウィルドラード、ヴェイガ、ボイシーと進んで、テキサスを出る。トゥーカムカリー、サンタローザ、ニューメキシコ州の山地を経て、アルバカーキに達し、そこで北のサンタフェからの国道が合流する。そして、リオグランデの深い谷へおりていって、ロスルナスまで行くと、そこからまた六十六号線に戻り、ギャラップの先でニューメキシコの州境に行き当たる。

そしていよいよ高原にぶつかる。アリゾナ州の高原地帯のホルブルック、ウィンズロウ、フラッグスタッフ。その先は、地表が海みたいにうねっている広大な台地。アシュフォーク、キングマン、ふたたび岩山。そこでは水はよそから運ばれてきて、売られている。強い陽光で朽ちたぎざぎざのアリゾナの山地を抜けると、岸辺を青々とした葦《あし》が縁どるコロラド川にたどり着き、そこでアリゾナ州は終わる。川の向こうはカリフォルニア州で、とっつきには美しい町がある。川に臨む町ニードルズ。しかし、川はこのあたりにはなじまない。ニードルズの先、灼《や》けつく峠の向こうには、あの沙漠がある。六十六号線は、恐ろしい沙漠を通る。逃げ水が遠くでちらちら揺れ、沙漠中央の黒い山地がはるか彼方《かなた》に、威圧するように浮かんでいる。ようやくバーストウへ着いたと思いきや、またしても沙漠がつづき、その先では山がそそり立っている。これがまたかなりの山地で、六十六号線は九十九折《つづらお》りでそこを抜ける。やがて突然、峠が現われて、眼下には美しい谷、果樹園、ぶどう畑、小さな家があって、遠くに町が見える。ああ、やれやれ、旅は終わりだ。

逃げてきたひとびとは、六十六号線を流れてゆく。一台で、あるいは小さな車列を組んで。日がな一日、その道をのろのろと進み、夜には水場の近くでとまる。昼のあいだ、水が漏れる骨董品《こっとうひん》級のラジエターから蒸気が噴き出し、ゆるんだ連結桿《かん》の連打音がけたたましい。トラックや積み過ぎの自動車を運転している男たちは、心配顔で耳を澄ます。町と町のあいだは、どれくらいある？　なにもないところを走るのが怖かった。なにかが壊れたら――そうだよ、なにかが壊れたら、おれたちはここで野営し、ジムが町まで歩いていって、部品を手に入れ、歩いて戻ってこないといけない――食い物は、あとどれくらいある？

エンジンの音に耳を澄ませ。車輪の音に耳を澄ませ。耳だけじゃない、ハンドルを握った手でも音を聞け。ギアシフト・レバーを握る掌《てのひら》でも音を聞け。床板に置いた足でも音を聞け。五感すべてを使って、このポンコツのけたたましい音を聞き分けろ。あの音色が変わったり、律動にむらがあったりしたら――一週間ここに足止めか？　あのカタカタっていう音――凸子《タペット》だ。たいしたことはない。タペットは、イエス様が再臨するまでカタカタ鳴っても、害はない。だが、自動車が走りながら鈍いドスンドスンという音をたてたら――いや、聞こえない――体で感じるような響きだ。オイルがどこかへ行き渡っていないのかもしれない。ベアリングがいかれてきたのかもしれない。ちくしょう、ベアリングだったら、どうしよう？　あっというまに金がなくなる。

それに、きょうはどうしてこんなに水温があがるんだ？　登りでもないのに。見てみよう。なんてこった――ファンベルトがない！　よし、このロープでベルトをこしらえよう。長さは、と――こうだ。端はおれが継ぐ。さあゆっくり走らせろ――町に着くまで、ゆっくり行け。ロープのベルトじゃ、長くはもたない。

このおんぼろ気化器《キャブレター》が破裂する前に、オレンジが生《な》ってるカリフォルニアへ行ければいいんだが。なんとか行ければなあ。

それにタイヤ――ゴム引きの裏布が二層擦り切れた（訳注 タイヤの芯ともいえるケーシングをなすもので、すでにトレッド面がないことを示している）。四層しかないのに。石を踏んでパンクしなけりゃ、百マイルばかり走れるかもしれない。どっちを取るか――百マイル行けるかもしれないが、チューブもだめにする。どうする？ 百マイル行こう。よく考えたほうがいい。チューブの穴をふさぐものはある。穴があくっていっても、空気が漏れるくらいだろう。タイヤの内側を補強したらどうだ？ それで五百マイルはだいじょうぶだろう。パンクするまで走ろう。

それにしたって、タイヤが一本はいる。くそ、やつら、古タイヤでぼったくる。足もとを見やがる。行かなきゃならないのを見抜いてるんだ。じっとしちゃいられないってことを。で、値段が吊《つ》りあげられる。

買うか買わないか、好きにしろよ。伊達《だて》や酔興で商売してるんじゃねえんだ。タイヤを売ってるんだ。ただでくれてやるためじゃねえ。あんたらがどうなろうが、助けるなんてできねえ。自分がどうなるか、考えなきゃならねえんだ。

つぎの町までどれくらいある？

きのう、あんたらみたいな自動車を四十二台見た。どっから来たんだ？ みんなどこへ行くんだ？

まあ、カリフォルニアはでかい州だからな。

そんなにでかくない。アメリカ合衆国ぜんぶだって、そんなにでかくない。ありあまるほどでかくない。おれとあんた、あんたらみたいなのとおれみたいなの、金持ちと貧乏人が、ひとつの国にいっしょにいられるような空きはない。泥棒と正直な人間はいっしょにいられない。飢え死にしそうなやつと肥《ふと》ったやつはいっしょにいられない。もといたところへ帰ればいいじゃないか。

ここは自由の国だ。どこだろうと行きたいところへ行ける。

まったく、なに考えてるんだ！　知らねえのか？　カリフォルニア州境には国境警備隊がいるんだぜ。ロサンゼルスから警察が来てる——おまえらをとめて、ひきかえさせる。土地を買えねえようなやつには来てほしくないっていってな。運転免許証はあるか？　ちょっと見せろといわれる。その場で破り棄《す》てられる。運転免許証がなかったら、州に入れねえっていうわけだ。

自由の国だよ。

それじゃ、自由とやらを使ってみたらどうだ。お代さえ払えば自由にやれるっていわれるだろうよ。

カリフォルニアでは賃銀が高いって。このビラにそう書いてある。

でたらめだ！　ひきかえしてくる連中をおれは見てる。かつがれたんだよ。そのタイヤ、買うのか買わねえのか？

買うしかないんだが、頼むよ、あんた、これだけ出すのは痛いんだ。残り金がすくない。

慈善事業じゃねえんだ。買いなよ。

買うしかないな。よく見せてくれ。なかをひらいて、ケーシングを見ないと――この野郎、ケーシングはなんともないっていったじゃないか。ほとんど破れてるぞ。

そんなはずはねえ。これは――たまげたな！　どうして気づかなかったんだろう？

気づいていたんだろうが、この野郎。ケーシングが破れたタイヤに四ドルもふっかけやがった。ぶん殴ってやろうか。

おい、落ち着け。気がつかなかったんだよ。さて――こうしよう。この一本は三ドル五十にまける。

馬鹿《ばか》こくんじゃねえよ！　おれたちはつぎの町へ行く。

そのタイヤで行けると思うか？

行くしかない。あのくそ野郎に十セント払うより、リムだけで走るほうがましだ。

商売人は、あんなものだろう。やつがいったみたいに、伊達や酔興で商売してるんじゃない。あれが商売だ。そこのところは心得ておけ。だいたい――あの看板を見ろ。道ばたのあれだ。奉仕《サーヴィス》クラブ。火曜昼食会、コールマド・ホテル。きょうだい歓迎。あんなサーヴィスクラブもあるんだな。おもしろい話があるぞ。ああいう集会へ行って、いっぱいいる商売人に小噺《こばなし》を聞かせてやったんだ。おれが子供のころ、おやじに縄をつけた牝牛《めうし》をあずけられて、種付け《サーヴィス》してもらってこいっていわれた。それでおれはそれをやってきた。それ以来、商売人がご奉仕《サーヴィス》しますよっていうのを聞くと、だれがヤラれちまうんだろうって思うようになった、とな。商売人は嘘《うそ》をついたりごまかしたりしなきゃならないんだが、そいつにはべつのいいようがある。そこが肝心なんだ。おまえがタイヤを盗んだら泥棒になるが、商売人が破れタイヤでおまえから四ドル盗もうとしても、そいつはまっとうな商売だとやつらはいう。

うしろの席のダニーが、水がほしいって。

待ってくれ。ここに水はない。

聞け――うしろのほうだ。

わからん。

音が車台を伝わってきた。

ガスケット（訳注　気筒を密封するためにエンジンブロックとシリンダーブロックのあいだに挟む薄い金属板）が抜けた。走りつづけるしかない。

口笛みたいな音がしてきた。野営できる場所を見つけて、シリンダーヘッドをはずさないと。しかし、まいったな。食い物が乏しくなってきたし、金も乏しい。そのうちにガソリンが買えなくなる――そうしたら、どうする？

うしろのダニーが水をくれって。子供は喉《のど》が渇くんだよ。

ガスケット、口笛みたいな音を出してる。

ちくしょう！　とうとうやりやがった。チューブもケーシングもおしゃかだ。修理しなきゃならない。ケーシングは補強用にとっておけ。切って、薄くなった所に貼《は》り付けるんだ。

何台もの自動車が道ばたにとまり、エンジンのシリンダーヘッドをはずし、タイヤを修理している。傷ついたなにかみたいに、あえぎ、もがきながら、自動車が六十六号線をよろめき進む。熱しすぎ、接続部がゆるみ、ベアリングにガタがきて、車体がガタガタ揺れている。

ダニーが水をくれって。

六十六号線を逃げてゆくひとびと。陽射《ひざ》しを浴びてコンクリートの道が鏡みたいに光り、はるか彼方に陽炎《かげろう》が立って、路面に水たまりがあるように見えている。

ダニーが水をくれって。

チビ助には我慢してもらうしかない。ダニー、暑がってるんだよ。つぎの給油整備所《サーヴィス・ステーション》まで我慢しろ。「ヤラれ所《どころ》」だと。よくいったもんだ。

二十五万人が、旅に出ていた。五万台の古い自動車——傷だらけで、湯気をたてている。道ばたには壊れた自動車の残骸《ざんがい》が、打ち捨てられている。おや、みんなどうしたんだろう？　その自動車に乗っていたひとびとは？　歩いているのか？　どこにいる？　勇気はどこから湧《わ》く？　悲運はどこからやってくる？

さて、とうてい信じられないだろうが、真実であり、愉快であり、気高い物語がある。十二人家族がいて、在所を逐《お》われた。自動車はなかった。廃物でトレイラーをこしらえ、それに持ち物を積んだ。六十六号線までそれをひっぱっていって、待った。ほどなく一台のセダンに拾われた。五人がセダンに乗り、七人がトレイラーに乗ってひっぱられた。犬一匹も、トレイラーに乗った。彼らはふた跳びでカリフォルニアに着いた。一家をひっぱっていった男が、それまで養った。これは事実だ。しかし、その男はどうしてそんなに大胆だったのだろうか？　どうしておなじ人間をそんなふうに信じることができたのか？　そんな信《まこと》をはぐくむような物事は、きわめて稀《ま》れであるはずだ。

恐ろしい出来事から逃れてきたひとびとの身には、さまざまに不思議なことが起きた。すさまじい酸鼻を味わったものもいれば、信が永遠にかきたてられるような気高さに恵まれたものもいた。

13

荷物を積み過ぎた年代物のハドソンは、きしみ、うめいて、サリソーの国道を目指し、そこで西に折れた。陽光が目をくらました。だが、コンクリート舗装の道路に出ると、ぺしゃんこのスプリングが壊れるおそれが減ったので、アルは速度をあげた。サリソーからゴアまでは二十一マイル、ハドソンは時速三十五マイルで走っていた。チェゴアからワーナーまでは十三マイル。ワーナーからチェコターまで十四マイル。チェコターからヘンリエッタまでは長い——三十四マイルあるが、その道のりの先には、町といえるような町がある。ヘンリエッタからカースルまで十九マイル、そこで太陽は頭上に昇り、高い太陽に熱せられた赭《あか》い畑が、大気を揺らしていた。

ハンドルを握るアルは、決意をみなぎらせた顔で、車の音を全身で聞いていた。目がたえまなく動き、道と計器盤を行き来していた。エンジンと一体になって、すべての神経で弱いところに耳を澄まし、なにかがぶつかる音、きしみ、うなり、カタカタという音など、故障をもたらすかもしれない変化の兆《きざ》しを聞きつけようとした。

運転席のとなりにすわっていたばあちゃんは、うとうとしながら、弱々しい寝言をつぶやき、目をあけて前を覗《のぞ》き、また居眠りした。そのとなりに乗っていたお母は、窓からいっぽうの肘《ひじ》を突き出し、烈《はげ》しい陽射《ひざ》しで肌が赤くなっていた。お母も前方を見ていたが、目は呆《ほう》けたようで、道も畑もサーヴィス・ステーションも食べ物の小屋も見ていなかった。ハドソンのかたわらを過ぎるそうしたものに、目を向けようとはしなかった。

アルはぼろぼろの座席で座りなおして、ハンドルを持ち変えた。それから、溜息《ためいき》をついた。「だいぶ音が非道《ひど》いけど、だいじょうぶだと思う。こんな荷物を積んで坂を登らなきゃならないときにどうなるか、見当もつかないよ。カリフォルニアまでに、ちょっとした登り坂はあるよね、お母？」

お母がのろのろと首をまわし、目に生気が戻った。「そりゃあ坂はいくつもあるだろう。知らないけどね。だけど、ちょっとした登り坂どころじゃなくて、険しい山もあるって聞いたよ。高い山が」

ばあちゃんが、眠りながら長い哀れっぽい溜息をついた。

アルがいった。「山を登らなきゃならなくなったら、エンジンが焼けちまう。荷物をすこし捨てなきゃならないだろうな。伝道師を乗せなきゃよかった」

「向こうに着く前に、伝道師さんがいてよかったって、思うはずだよ」お母がいった。「あの伝道師さんは、あたしたちの力になってくれる」ちらちらと輝く前方の道に、目を戻した。

アルは片手でハンドルをあやつり、もういっぽうの手はふるえているギアシフト・レバーに置いていた。うまくしゃべれなかった。口を動かして言葉を音もなくつぶやいてから、声に出した。「お母――」お母が、ゆっくりとアルのほうを見た。車の動きにつれて、首がすこし揺れていた。「お母、行くの怖いんだろ？　慣れない土地へ行くの、怖いんだろ？」

お母の目が考え込むようになって、和らいだ。「ちょっとね」お母がいった。「だけど、そんなに怖くないよ。いまは、ここにじっと座って、待ってるだけだ。なにかが起きて、なにかやらなきゃならなくなったら――やるよ」

「向こうに着いたら、どんなだろうって、思わないのかい？　思ったほどよくはならないだろうって、怖がってないか？」

「いや」お母がすぐにいった。「いや、怖がってないよ。おまえもあたしも、怖がってなんかいられないんだよ。先のことなんかわかりゃしない――山ほどのことがあるんだ。どんな暮らしになるか、わかりゃしないけど、いざとなったら、ひとつの暮らししかないんだよ。先のことをありったけ考えてやってったら、やりきれなくなるのさ。おまえはまだ若いから、先を見て生きていかなきゃならない。でも——あたしにとっては、道がただ通り過ぎてくだけさ。あとどれくらいしたら、みんなが豚の骨を食べたくなるかって、そういうことだけなんだよ」表情が引き締まった。「あたしにできるのは、それだけだ。それしかできない。それ以外のことをあたしがやろうとしたら、みんなおろおろしちまう。あたしがこう考えるのを、みんなが頼りにしてるからね」

ばあちゃんがひいっというようなあくびをして、目をあけた。血相を変えて、きょろきょろと見た。「おろしておくれよ。頼むから」

「藪《やぶ》があったらな」アルがいった。「あそこにある」

「藪があろうがなかろうが、あたしゃおりなきゃならねえ」ばあちゃんが、ぐずりはじめた。「おりなきゃならねえんだったら」

アルがトラックの速度をあげ、低い藪のそばへ行って、急停止した。お母がドアをぱっとあけて、もがいているばあちゃんを道路脇《わき》へひきずっていって、藪に押し込んだ。しゃがんでいるばあちゃんが倒れないように、体を支えた。

トラックの荷台では、あとのものたちがもぞもぞと動き出した。陽射しからの逃げ場がないので、日焼けした顔がテカテカ光っている。トム、ケイシー、ノア、ジョンおじが、やれやれというようにおりた。ルーシーとウィンフィールドが、あおりを伝いおりて、藪にはいっていった。コニーがシャロンの薔薇《ばら》をそっと助けおろした。帆布の下のじいちゃんが目を醒《さ》ましていて、首を突き出したが、目はぼうっとしてうみ、知覚がまだ戻っていないようだった。まわりのものたちを見たが、わかっているようすはなかった。

トムは呼んだ。「じいちゃん、おりたいか?」

年老いた目が、気のないふうにトムに向けられた。「いや」じいちゃんがいった。つかのま、烈しさが目に宿った。「わしゃ行かん。そういったぞ。ミューリーみてえに残る」そこでもう関心を失った。お母が、道路脇の斜面をばあちゃんが登るのに手を貸して、戻ってきた。

「トム」お母がいった。「骨の鍋《なべ》を持ってきて。荷台の帆布の下にある。そろそろなにか食べないと」トムは鍋を取って、みんなにまわした。一家は道ばたに立ち、豚の骨のカリカリのかけらを食べた。

「これを持ってきてよかったな」お父がいった。「上はきつくて身動きもできん。水はどこだ?」

「そっちにあるだろう?」お母がきいた。「ガロン瓶に入れといたよ」

お父があおりを登って、帆布の下を見た。「ないぞ。忘れたみたいだな」

たちまち喉《のど》の渇きがひろがった。ウィンフィールドがぼやいた。「水が飲みたいよう。水が飲みたいよう」大人は唇をなめて、にわかに喉が渇いているのが気になった。ちょっとした恐慌《きょうこう》が生じた。

アルが、不安にとらわれた。「こんど給油所があったら、水をもらおう。ガソリンもいる」みんなが、いっせいにあおりをよじ登った。お母はばあちゃんに手を貸して、となりに乗った。アルがエンジンをかけ、一行はまた旅をつづけた。

カースルからペイドンまでは二十五マイルで、太陽が天頂を過ぎ、おりはじめた。ラジエターキャップが小刻みに上下して、蒸気が漏れはじめた。ペイドンのすぐ手前の道路脇に小屋があり、前にガソリンポンプが二台あった。柵《さく》の脇に水道の蛇口とホースがある。アルはそこに乗り入れて、ホースの前にハドソンを突っ込んだ。トラックがとまると、顔も腕も真っ赤な恰幅《かっぷく》のいい男が、ポンプの蔭《かげ》の椅子《いす》から立ちあがって、近づいてきた。茶色いコール天のズボン、ズボン吊《つ》り、ポロシャツという恰好で、銀色のボール紙の防暑帽をかぶっていた。鼻と目の下に汗の珠《たま》が浮かび、頸《くび》のしわを流れていた。男が大股《おおまた》にトラックに近づき、喧嘩《けんか》を売るみたいな険しい目を向けた。

「あんたら、なにか買う気はあるのか？　ガソリンかなにかを？」男がきいた。

アルがすでにおりて、キャップがはずれたときに噴き出す蒸気がかからないように、手をすばやく遠ざけながら、湯気を出している放熱器《ラジエター》のキャップを指先でまわしていた。肥《ふと》った男のほうを見た。「ガソリンをすこし入れなきゃならないんだ」

「金はあるか？」

「ああ。恵んでくれっていうとでも思ったのかい？」

喧嘩を売るみたいな目つきが消えた。「ああ、それならいい。水は好きなだけ使ってくれ」あわてて弁解した。「ここに来て水を使って、便所を汚すだけの連中が、しこたま通るんだよ。なんやかや盗んで、なにも買わない。買う金がないのさ。旅をつづけるのにガソリン一ガロン恵んでくれっていうんだよ」

トムは、腹立たしげに跳びおりて、肥った男のほうへ行った。「おれたちは金を払って旅してる」荒々しくいった。「ふところぐあいを探るなんて、失敬じゃないか。ただでなにかしてくれって、頼んでもいないのに」

「そんなつもりはないよ」肥った男が、すぐさまいった。半袖《はんそで》のポロシャツに汗がしみとおってきた。「水は好きなだけ使ってくれ。なんなら便所も使ってくれ」

ウィンフィールドが、ホースを持っていた。ホースの先から水を飲み、頭と顔にかけて、水を滴《したた》らせて見せた。「ぜんぜん冷たくないよ」「この国はどうなっちまうのかね」肥った男が、話をつづけた。愚痴の鉾先《ほこさき》が変わり、ジョード家一行に話しているのでもなく、一行のことを話しているのでもなかった。「毎日、五十台も六十台もの自動車が通る。みんな子供や家財道具を積み込んで、西へ行く。どこへ行くんだ？　なにをするつもりなんだ？」

「おれたちとおなじさ」トムはいった。「暮らしのためにべつの土地へ行く。なんとかやっていこうとする。それだけだ」

「まあ、この国がどうなっちまうのか、おれにはわからん。さっぱりわからん。おれだってなんとかやっていこうとしてるんだ。でっかい新しい自動車が、ここに来ると思うか？　来るもんか！　そいつらは、町にある黄色いペンキを塗った石油会社の給油所《シェル》（訳注　石油のこと）へ行くんだ。こんなちんけなステーションに来やしねえ。ここに来る連中は、一文無しばかりだ」

アルがラジエターキャップをはじき、蒸気の尾を引いてキャップが飛び、うつろなゴボゴボという音がラジエターから漏れた。トラックの荷台では、つらい思いをしていた猟犬がおずおずと荷物の端に這《は》い出て、情けない声で鳴きながら、水のほうを見た。ジョンおじがよじ登って、襟首をつかみ、下におろしてやった。肢《あし》がこわばっていた犬が、ちょっとよろめいてから、蛇口の下の泥水をなめにいった。国道では自動車が陽炎《かげろう》のなかできらめき、何台もうなりをあげて通っては、捲《ま》き起こす熱風を給油所へ送った。アルが、ホースの水をラジエターに目いっぱい入れた。

「おれはなにも金持ち相手に商売しようとしてるんじゃねえんだ」肥った男が、話をつづけた。「ただ商売してえだけだ。だって、ここに来る連中は、ガソリンを恵んでくれっていったり、物と交換したりするんだよ。ガソリンやオイルの代わりに置いてったもんが、事務室にいっぱいあるぜ。ベッド、乳母車、鍋釜《なべかま》。ガソリン一ガロンに子供の人形を置いてった一家もいた。そんなもん、どうすりゃいいんだ。古道具屋でもやるか？　ガソリン一ガロンと靴を取り換えようっていうやつもいた。おれがそんなやつだったら、ぜったいに――」お母のほうをちらりと見て、言葉を切った。

ジム・ケイシーが、頭から水をかぶっていた。秀《ひい》でた額からしずくが垂れて、筋肉の盛りあがった首もシャツもびしょ濡《ぬ》れだった。ケイシーが、トムのそばに来た。

「その連中が悪いわけじゃない」ケイシーがいった。「自分のベッドをタンクいっぱいのガソリンと引き替えにしたいと思うわけがない」

「そいつらが悪いんじゃねえってのは、わかってる。おれが話をしたやつはみんな、それなりの理由があって旅に出たんだ。だが、この国はいったいどうなる？　おれが知りてえのはそこだ。どうなっちまうんだ? みんな暮らしを立てられなくなってる。畑を耕しても暮らせなくなってる。教えてくれ。どうなっちまうんだ? おれにはからきしわからねえ。だれにきいても、からきしわからねえっていう。あと百マイル行くのに靴を差し出すやつがいるんだ。おれにはわからねえ」男は銀色の帽子を脱いで、掌《てのひら》で額を拭《ぬぐ》った。トムは鳥打帽を脱ぎ、それで額を拭った。ホースのところへ行き、鳥打帽をびしょびしょに濡らして絞り、かぶった。お母がブリキのコップをあおりの横木のあいだから受け取り、ばあちゃんと荷物の上のじいちゃんのために、水を汲《く》みにいった。お母が横木に立って、じいちゃんにコップを渡すと、じいちゃんは唇を濡らしただけで首をふり、もういらないと断った。年老いた目がつらそうにお母を見あげて、つかのまぎょっとしたような目つきになったが、またぼんやりした。

アルがエンジンをかけて、後進でトラックをガソリンポンプに近づけた。「満タンにしてくれ。あと七ガロンくらいはいる」アルがいった。「六ガロンにすれば、こぼれずにすむ」

肥った男が、ガソリンのホースの筒先を、タンクに差しいれた。「わからねえ。この国はどうなっちまうのかねえ。救済事業やなんかで」

ケイシーがいった。「わしはこの国をあちこち歩きまわった。みんなそういっとる。

しらはどうなるのか、とな。どうもならんと、わしには思える。ずっと道すがらなだ。ずんずん行くばかりなんだ。みんなどうしてそのことを考えないのかね？　こは渡りなんだ。ひとびとは渡り、流れとる。なぜか、どうしてか、わしらにはわかとる。旅するのは、そうせざるをえんからだ。いつだってひとは、それで旅する。あまよりもましになりたいから、渡り、流れる。ほかになすすべとてないからだ。つがほしい、あれがなくてはならない。だったら、出てって手に入れるしかない。つい旅のせいで、ひとびとは怒り、争うはめになる。わしはこの国をあちこち歩きまって、おまえさんみたいな話をする連中の話を聞いた」

　肥った男がガソリンポンプのクランクをまわし、メーターの針が動いて、注ぎ込まれている量を示した。「そうか、だけど、どうなるんだ？　おれが知りてえのはそこだ」

　トムが、いらだたしげに口を挟んだ。「ふん、わかるわけがないだろう。ケイシーがそういってるのに、あんたはおなじことばかりくりかえしてる。あんたみたいなやつは、さんざん見てきた。なにもきいちゃいないんだ。歌を歌ってるみたいなもんだ。〝おれたち〜は〜、ど〜なるんだ〜？〟ってな。知りたいわけじゃない。国中の人間が渡り、あちこちへ流れてる。いたるところで死んでる。あんたもじきに死ぬかもしれないが、なにもわかりゃしない。あんたみたいなやつは、うんざりするくらい見てきた。なにも知りたいわけじゃない。自分で子守唄《こもりうた》を歌って眠るのさ。〝おれたち〜は〜、ど〜なるんだ〜？〟」錆《さ》びた古いポンプと、向こうの小屋を見た。古材でこしらえたもので、かつては派手に見えたはずの黄色いペンキを透かして、最初に使われたときの釘《くぎ》の穴が見えている。町にある石油会社の給油所に似せるために、そんなけばけばしい色に塗ったのだ。だが、ペンキでは、以前の釘の穴や材木の古い割れ目は隠せない。それに、いまさら塗り替えることもできない。似せたのは失敗だったし、店の主《あるじ》も失敗だったとわかっている。それに、小屋のあいたドアの奥に見えるドラム缶は、二本しかなかった。カビ臭くなった菓子、古びてどす黒くなったリコリスウィップ、タバコがならべてある売り台が見えた。壊れた椅子と、錆びた穴があいた網戸が目にはいった。ゴミだらけの店前は砂利を敷くべきだったし、裏のトウモロコシ畑は陽射しでカラカラに乾き、死にかけていた。小屋の脇には、中古タイヤと再生タイヤが何本か積んである。そこでトムははじめて、肥った男の洗いざらしの安物のズボンと、安物のポロシャツ、紙の帽子に気づいた。「偉そうなことをいうつもりはなかったんだ」といった。暑さのせいだな。あんたも無一物なんだね。じきにやっぱり旅に出るんだな。トラクターのせいで追い出されるんじゃない。町のきれいな黄色い給油所のせいなんだ。みんな渡り、流れるんだ」すまなそうにいった。「あんたも流れてゆくんだろうね、旦那《だんな》」

肥った男がクランクをまわす手がゆっくりになり、トムの言葉を聞いてといった。不安げな目で、トムを見た。「どうしてわかった？」力なくきいた。「荷物をまとめて西へ旅に出ようって、おれたちがとっくに話し合ってるのが、どうしてわかった？」

ケイシーが答えた。「みんなそうなんだよ。わしは悪魔が敵だと思い、一身を捧《ささ》げて悪魔と戦っとった。ところが、悪魔より非道いもんが、この国を捉《とら》えておって、ちょん切らないかぎり放そうとしない。ドクトカゲどもがくわえ込むのを見たことがあるだろ、あんた？　がっちり捕らえたら、体をまっぷたつにちょん切られても、頭は食いついたままだ。頸をちょん切られても、頭は食いついたままだ。ネジまわしでこじらないと、取れやしない。それに、やつがじっとしてても、やつが歯であけた穴から、毒がどんどん流れ込む」言葉を切り、横目でトムを見た。

肥った男が、途方に暮れたようにまっすぐ前を見つめた。手がまたポンプのクランクをまわしはじめた。「おれたちはどうなるんだろうな。わからん」そっとつぶやいた。

水のホースのそばにコニーとシャロンの薔薇が立って、ひそひそ話をしていた。コニーがブリキのコップを洗い、水を指で探ってから、コップに水を注いだ。シャロンの薔薇は、国道を走り去る自動車を眺めていた。コニーがコップを差し出した。「冷たくないが、たっぷりある」

シャロンの薔薇がコニーを見て、ひそかにほほえんだ。身ごもっているいまは、なにもかもがひそやかだった。いろいろな秘め事とささやかな静けさが、深い意味を帯びたようだった。シャロンの薔薇はお高くとまっていて、どうでもいいことに文句をいう。馬鹿《ばか》げたことでコニーをこき使い、それが馬鹿げたことだというのをふたりともわかっていた。コニーもシャロンの薔薇がご自慢で、身ごもっている女の不思議さに打たれていた。自分も彼女の秘め事のひとつであってほしいと思った。シャロンの薔薇がはにかむような笑みを浮かべると、コニーもおなじ笑みを浮かべ、ささやき声でふたりは内緒話をした。ふたりの世界は小さく狭くなって、ふたりはその中心にいた。いや、シャロンの薔薇が中心で、コニーはそれをめぐる小さな軌道をこしらえていた。ふたりが口にすることは、どこかしら秘め事だった。

シャロンの薔薇が、道路から目を離した。「喉はあまり渇いてないの」お上品にいった。「でも、飲んだほうがいいかしら」

そこでコニーはうなずいた。それが彼女の本心だと、よくわかっていたからだ。シャロンの薔薇がコップを受け取って、口をゆすぎ、吐き出してから、生ぬるい水をコップ一杯分飲んだ。「もう一杯どう？」コニーがきいた。

「半分だけ」そこで、コニーが半分だけ注ぎ、シャロンの薔薇に渡した。銀色で車体の低いリンカーン・ゼファーが、疾《と》く走り去った。シャロンの薔薇が、みんながいるほうをふりかえり、トラックのまわりに固まっているのを見た。安心して、シャロンの薔薇がいった。「あんなのに乗っていけたらいいわね」

コニーが、溜息をついた。「そうだね——そのうち」コニーのいいたいことは、ふたりともわかっていた。「カリフォルニアで仕事がいっぱいあったら、おれたちの自動車を手に入れよう。でも、あれは」——見えなくなったゼファーのことだ——「あれは結構な大きさの家とおなじくらいする。おれは家のほうがいいな」

「家とあれがあったらいい」シャロンの薔薇がいった。「でも、もちろん家が先よね。子供だって——」ふたりとも、シャロンの薔薇がいおうとしたことがわかっていた。子供ができたことが、ふたりともとてもうれしかった。

「だいじょうぶかい？」コニーがきいた。

「疲れた。陽にあたって車に乗ってて疲れた」

「カリフォルニアへ行くんだから、しかたない」

「わかってる」

犬がぶらぶらとやってきて、においを嗅《か》ぎ、トラックのそばを過ぎて、また蛇口の下の水溜《みずた》まりへ行き、泥水をなめた。それから、鼻を下げ、耳を垂らして、離れていった。においを嗅ぎながら、道ばたの塵《ちり》にまみれた叢《くさむら》を進み、舗装面の縁までいった。首をもたげて、道路の向こうを見ると、渡りはじめた。シャロンの薔薇が、鋭い悲鳴をあげた。大きな速い自動車が、疾走してきて、タイヤが鳴った。犬が弱々しく逃げようとしたが、なかばで行く手を遮られて、キャンとひと声鳴き、車輪に轢《ひ》かれた。大きな自動車がつかのま速度を落とし、何人かがうしろを見たが、すぐにずんずん速度をあげて、見えなくなった。血みどろになって、破裂したはらわたがもつれている犬が、道路で肢をのろのろと動かした。

シャロンの薔薇が、目を丸くした。「障《さわ》りがあるかしら?」懸命にきいた。「障りがあるかしら?」

コニーが、シャロンの薔薇を片腕で抱いた。「座ろう。なんでもないよ」

「でも、痛かったの。叫んだとき、ぎゅっとなったの」

「座ろう。なんでもない。だいじょうぶだ」コニーがシャロンの薔薇を、トラックの向こう、死にかけている犬が見えないところへ連れていって、ステップに座らせた。

トムとジョンおじが、無残な姿の犬に近づいた。潰《つぶ》れた体はもう、動かなくなりかけていた。トムは犬の両肢をつかんで、道路脇へひっぱっていった。ジョンおじが、まるで自分の手落ちでもあるかのように、すまなそうな顔をした。「つないでおけばよかった」ジョンおじがいった。

お父が犬をちょっと見おろしてから、顔をそむけた。「出かけよう。どうせ餌《えさ》をどうするか、困ってただろう。これでよかったのかもしれない」

トラックの蔭から、肥った男が出てきた。「気の毒だったな、みなの衆」男がいった。「国道の近くじゃ、犬は長くは生きられねえ。一年におれも三匹轢かれた。もう飼ってねえ」それからこういった。「うっちゃっといていいよ。おれが始末する。トウモロコシ畑に埋める」

お母が、ステップに座ってまだふるえているシャロンの薔薇のそばへ行った。「だいじょうぶかい、ロザシャーン」お母がきいた。「気分が悪いのかい？」

「見ちゃったの。びっくりした」

「おまえの悲鳴が聞こえた」お母がいった。「しゃんとしなさい」

「障りがあるかもしれないって思う？」

「いや」お母がいった。「自分を甘やかしたり、みじめになったり、ちっぽけな心のなかにひきこもったりしたら、障りがあるかもしれない。さあ、立って、ばあちゃんが楽なように手伝ってあげるんだよ。おなかの子のことはほっとけばいい。その子はちゃんとやっていくよ」

「ばあちゃんはどこ?」シャロンの薔薇がきいた。

「さあ。どこか、その辺だろう。ご不浄じゃないか」

シャロンの薔薇が外便所へ行って、すぐにばあちゃんに手を貸して出てきた。「眠り込んでたのよ」シャロンの薔薇がいった。

ばあちゃんが、にたにた笑った。「いいとこだねえ。新案特許の便器でさ、水が出るんだ。すっかり居心地がよくなっちまった」満足げにいった。「起こされなかったら、ずっと眠ってたのに」

「ご不浄なんて、眠るのにいいところじゃないわよ」シャロンの薔薇がいった。ばあちゃんがトラックに乗るのを手伝った。ばあちゃんがうれしそうに尻《しり》を落ち着けた。

「きれいかどうかっていうんなら、いいとこじゃないかもしれねえけど、いいとこはいいとこだよ」と、ばあちゃんがいった。

トムはいった。「行くぞ。ずんずん進まなきゃならない」

お父が、鋭く指笛を鳴らした。「子らはどこだ?」指を口につっこんで、また指笛を鳴らした。

すぐに子供たちが、トウモロコシ畑を突き抜けてきた。ルーシーが先頭で、ウィンフィールドがつづいていた。「卵よ！」ルーシーが叫んだ。「ぐにゃぐにゃの卵見つけた」ウィンフィールドをすぐあとに従えて、駆けだしてきた。薄い灰色のぐにゃぐにゃの卵を十数個、汚い手に載せていた。そして、手を差し出したとき、道ばたの死んだ犬に目を向けた。「わっ！」ルーシーがいった。ウィンフィールドとふたりで、ゆっくりと犬に近づき、しげしげと見た。

お父がふたりを呼んだ。「置いてけぼりになりたくなきゃ、早く来い」

ふたりが神妙な顔で向きを変え、トラックに向かって歩いた。ルーシーが、手にした爬虫類《はちゅうるい》の灰色の卵をもう一度見てから、投げ捨てた。ふたりがトラックに乗った。

「まだ目があいてる」ルーシーがひそひそ声でいった。

だが、ウィンフィールドは悲惨な光景によろこんでいた。図太くいい放った。「はらわたがぐちゃぐちゃだ。そこいらじゅうに散らばってた――そこいらじゅうに」

――ちょっと黙った――「散らばってた――そこいら――じゅうに」そういうと、あわてて身をひるがえし、トラックの横に吐いた。座り直したとき、目がうるんで、洟《はな》を垂らしていた。「豚をつぶすのとちがうもん」と、言い訳をいった。

アルがハドソンのボンネットをあけて、オイルの量を調べていた。運転台の床からガロン缶を取ってきて、安物の黒いオイルを注入口から適量注ぎ、もう一度量をたしかめた。

トムはその横へ行った。「しばらく代わろうか？」ときいた。

「疲れてない」アルがいった。「だけど、おまえ、きのうぜんぜん寝てない。おれは朝にすこし眠った。うしろに乗れ。おれが運転する」

「わかったよ」アルが渋々いった。「だけど、油圧計をよく見ててくれ。ゆっくり走らせろ。電気のほうも気になってる。ときどき針を見てくれ。放電のほうに触れたら短絡《ショート》だ。くれぐれもゆっくりとな、トム。荷物を積み過ぎだからな」

トムは笑った。「彼女《こいつ》の面倒はちゃんとみるよ。安心して休め」

一家はまた、トラックの荷物の上でぎゅう詰めになった。お母とばあちゃんが、運転台に乗ると、トムは運転席に座って、エンジンをかけた。「たしかに、こいつは身持ちが悪そうだ」といって、ギアを入れ、国道を走りだした。

エンジンがむらのない低いうなりを発し、前方の空を陽が遠のいていった。ばあちゃんはすっかり眠り込み、お母までもが舟を漕《こ》いで、うとうとした。まばゆい陽光を避けるために、トムは鳥打帽のひさしを目の上におろした。

ペイドンからミーカーまで十三マイル。ミーカーからハーラーまで十四マイル。その先がオクラホマシティー——大都市だ。トムはまっすぐに突っ切った。お母が目を醒まし、自動車が街を通るあいだ、街路を眺めた。トラックの上のみんなも、商店や大きな屋敷やさまざまな社屋を眺めまわした。やがて建物が小さくなり、店も小さくなった。解体屋、ホットドッグの屋台、市外のダンスホール。

ルーシーとウィンフィールドも、それらすべてを目にして、なにもかもが大きくて異様だったので、まごつき、目にするひとびとの服装がいいのに、度肝を抜かれていた。そのことを、たがいに口にしなかった。あとで——話すだろうが、いまはいえない。街中と街の外で油井《ゆせい》やぐらを見た。黒いやぐらがそびえ、原油と天然ガスのにおいがしていた。だが、ふたりは歓声をあげなかった。あまりにも大きくて異様だったので、怖かったのだ。

街路でシャロンの薔薇が、薄手の背広を着た男を見た。白い靴を履き、てっぺんが平らな麦藁帽《むぎわらぼう》をかぶっていた。シャロンの薔薇がコニーをつつき、目でその男を示した。ふたりが低いくすくす笑いを漏らして、そのうちにくすくす笑いがとまらなくなった。ふたりが口を手で押さえた。あんまりいい気分だったので、みんなも笑っているだろうかと見た。ルーシーとウィンフィールドが、ふたりのくすくす笑いを見て、おもしろそうだったので真似《まね》ようとした――でも笑えなかった。くすくす笑いが出てこなかった。だが、コニーとシャロンの薔薇は、息が苦しくなり、真っ赤になって笑いをこらえ、笑いやんだ。とにかく可笑《おか》しくてたまらず、顔を見合わせただけで、また笑いだした。

街の郊外はだだっぴろかった。自動車の流れのなかを、トムはゆっくりと慎重に走らせた。やがて、六十六号線――西行きの要路に乗り、道路の地平に陽が沈んでいった。風防の塵が輝いた。トムは鳥打帽のひさしを、のけぞらないと前が見えないくらい低く、目の上に引きおろした。ばあちゃんは眠りつづけ、とじたまぶたが陽に照らされ、こめかみの血管は青く、頬の細いあざやかな血管は葡萄酒色《ぶどうしゅいろ》で、顔の茶色いしみがどす黒くなった。

トムはいった。「これから、この道一本を、ずっと走ることになる」

お母はそれまでずっと、だいぶ長いあいだ黙っていた。「陽が沈むまでに、どこか見つけてとめたほうがいいかもしれないよ」と、お母がいった。「豚肉ゆでて、パンを焼くよ。時間がかかる」

「そうだな」トムは賛成した。「ひと跳びで行ける旅じゃない。体をのばしたほうがいいかもしれない」

オクラホマシティからベサニーまで、十四マイル。トムはいった。「陽が沈む前にとめたほうがいいと思う。アルが覆《おお》いをつけなきゃならない。うしろのみんなが陽射しでまいっちまう」

お母がまたうとうとしていた。首がかくんと起きた。「食べ物をこさえなきゃ」お母がいった。そこで、ふとたずねた。「トム、仮釈放では州境《ざかい》を越えちゃいけないっていったね——」

トムが答えるまでに、だいぶかかった。「ああ。それがどうした、お母?」

「だって、怖いんだよ。脱獄みたいなもんだろう。捕まるかもしれないよ」

トムは、片手を目の前にかざして、低くなっている陽射しを防いだ。「心配しなくていい。ちゃんと考えてある。仮釈放のやつはおおぜいいるし、あらたにぶちこまれるやつは、いつだって、もっとおおぜいいる。西のほうでおれが捕まったら、まあ、そのときには指紋も写真も連邦捜査局にあるから、送り返されちまうだろうな。でも、罪になるようなことをしなけりゃ、やつらは気にかけないだろう」

「でもね、それが怖いんだよ。罪を犯しても、そうと気づかないことだってあるだろう。カリフォルニアにはあたしたちが知らない罪があるのかもしれない。おまえがなにかをやって、それが正しいことでも、カリフォルニアでは正しくないってこともあるよ」

「それなら、仮釈放でなくてもおなじじゃないか」トムはいった。「ただ、捕まったときに、仮釈放でないやつよりも非道い目に遭うだけだ。気に病むのは、やめてくれよ。お母が心配事をひねり出さなくたって、厄介なことがいっぱいあるんだから」

「考えないわけにはいかないだろ」お母がいった。「州境を越したとたんに、おまえは罪を犯すんだから」

「だって、サリソーに残って飢え死にするよりましだぜ」トムはいった。「それより、とめるところを探そう」

ベサニーを通り、町の向こう側に出た。道路の下がトンネルになっている用水路の窪地《くぼち》に、道路から引きおろされた古いフェートン（訳注　景色がよく見えるように幌をあけられ、四人以上乗れる自動車）がとまり、そばに小さなテントが張ってあった。テントに通した煙突から、ストーブの煙があがっていた。トムは前方を指差した。「あそこで野営してるやつらがいる。ちょうどいいぐあいの場所みたいだな」トムはアクセルをゆるめて、道ばたにトラックをとめた。古いフェートンはボンネットをあけてあり、中年の男が立ってエンジンを眺めていた。安物の麦藁のソンブレロ帽、青いシャツ、しみだらけの黒いチョッキという恰好で、ジーンズは泥がついてこわばり、てかてか光っていた。肉のない顔で、頬のしわが深い溝になってのびているせいで、頬骨と顎《あご》がくっきりと浮き出ていた。その男がトムのほうを見あげ、目にはいぶかしむ色と怒りが宿っていた。

トムは、窓から乗り出した。「ここに野営しちゃいけないっていう法律はあるか？」

男はトラックしか見ていなかった。トムに目の焦点を合わせた。「さあな」男がいった。「おれたちがとまったのは、先へ行けなくなったからだ」

「このあたりに水はあるか？」

四分の一マイルほど先にある給油所を、男が指差した。「あそこにある。バケツ一杯はくれる」

トムはいいにくそうにいった。「その、おれたちがそばで野営しても差し支えないかな？」

瘦《や》せた男が、不思議そうな顔をした。「おれたちの地面じゃない。このポンコツが走らなくなったから、ここでとまっただけだ」

それでもトムはいった。「だけど、あんたたちが先にいたし、おれたちはあとから来た。ご近所さんがいてもいいかどうか、あんたが決めるのがすじってもんだ」

お客さんを受け入れてくれないかというその頼みは、効果覿面《てきめん》だった。瘦せた顔がほころんで笑みが浮かんだ。「ああ、いいとも。こっちへおいで。なんのもてなしもできんが」そして大声で呼んだ。「セイリー。おれたちといっしょに野営するひとたちが来たよ。出てきて、挨拶《あいさつ》をしてくれ。セイリーはあんばいが悪いんだ」と、いい添えた。テントの垂れ布があき、しなびた女が出てきた――顔は枯れ葉みたいにしわが寄り、目だけがギラギラ光っていた。井戸の底から覗いている幽霊みたいな黒い目だった。小柄で、身をふるわせていた。立つのにテントの垂れ布をつかんでいたが、帆布を握った手は、しわだらけの皮膚が張りついた骸骨《がいこつ》だった。口をひらくと、その声はきれいな低い音色で、やさしく歌うようでありながら豊かな倍音を含んでいた。「ようこそいらっしゃったと、いってあげてくださいな」女がいった。「ほんとうに、ようこそいらっしゃった」

トムはトラックを道路から出して、野原に入れ、フェートンとならべてとめた。そして、みんながトラックからてんでにおりた。ルーシーとウィンフィールドは、あわてたせいで膝《ひざ》に力がはいらず、しびれていた脚がちくちく痛んだので悲鳴をあげた。お母はさっそく働きはじめた。トラックの後あおりに結びつけてあった三ガロンのバケツをはずして、きいきい声をあげている子供たちに近づいた。「さあ、水を汲んできなさい――あっちだよ。お行儀よくするんだよ。〝お願いします。水をいただけますか？〟ってきいて、〝ありがとう〟ってお礼をいうこと。おたがいに手伝いながら運んで、ぜったいにこぼしちゃいけないよ。焚火《たきび》にする枝があったら、それも持ってきなさい」ふたりの子供は、給油所のほうへどたどたと歩いていった。

テントのそばでは、ちょっとしたとまどいがあって、お近づきの受け答えが、はじまる前からとどこおっていた。お父がいった。「あんたたちは、オクラホマの人間じゃないね？」

車のそばに立っていたアルが、登録番号標を見ていった。「カンザスだ」

痩せた男がいった。「ガリーナ、というかその近くだ。ウィルソン、アイヴィー・ウィルソンってもんだ」

「おれたちはジョード」お父がいった。「サリソーの近くから来た」

「そうか、あんたらと知り合えて光栄だ」ウィルソンがいった。「セイリー、こちらさんはジョードさん一家だ」

「オクラホマの人間じゃないって、わかってた。しゃべりかたが、ちょっと変——いや、とがめてるんじゃないよ（訳注　巷説ながら、カンザスシティではもっともなまりがすくない米語が使われているという。また、ガリーナはオクラホマにきわめて近い）」

「言葉はあちこちでちがうものだ」ウィルソンがいった。「アーカンソーの人間は、またべつのしゃべりかただ。オクラホマでは、またべつのしゃべりかただ。マサチューセッツの女に会ったことがあるが、まるでちがうしゃべりかただった。なにをいってるのか、ほとんどわからなかった」

ノアとジョンおじとケイシーが、トラックから荷物を運びおろしはじめた。じいちゃんを助けおろして、地べたに座らせると、じいちゃんはまっすぐ前を睨《にら》み、ぐったりと座り込んだ。「ぐあいが悪いのか、じいちゃん?」ノアがきいた。

「そうなんじゃ」じいちゃんがいった。「ひでえ気分じゃ」

セイリー・ウィルソンが、用心深く、しずしずとじいちゃんに近づいた。「あたしらのテントにおはいりなさいよ」といった。「あたしらのマットレスに横になったらいかが」

やさしい声に惹《ひ》かれて、じいちゃんがセイリーのほうを見あげた。「さあ、おいでなさい」セイリーがいった。「すこしお休みなさい。あたしらが手を貸してあげますよ」

なんの前触れもなく、じいちゃんが泣きだした。顎をふるわせ、年老いた口をきっと結んで、かすれた声を漏らしながら泣いた。お母が急いでそばに来て、じいちゃんを両腕で抱きかかえた。広い背中に力を入れて、立たせてやり、抱えあげるようにして、テントに連れていった。

ジョンおじがいった。「だいぶぐあいが悪いみたいだな。あんなふうになるのははじめてだ。じいちゃんが泣くなんて、生まれてはじめて見た」トラックに跳び乗り、マットレスを投げおろした。

お母がテントから出てきて、ケイシーのほうへ行った。「あんた、病人を見慣れてるだろう」お母がいった。「じいちゃんは病気だよ。ちょっと見てくれないか？」

ケイシーはすばやくテントへ行き、なかにはいった。地面にダブルのマットレスが敷かれ、毛布がきちんとひろげてあった。そして、鉄の脚がついた小さな携帯コンロがあり、むらのある炎があがっていた。あとは水のバケツ、食品のはいった木箱、テーブル代わりの木箱があるだけだった。沈みかけている夕陽が、テントの幕を透かして薄紅の光を投げていた。セイリー・ウィルソンが、マットレスのそばの地べたに座り、じいちゃんは仰向《あおむ》けに寝ていた。目があいていて、上を見つめ、頬が赤くなっていた。息が荒かった。

ケイシーが、骨ばった手首に指を当てた。「疲れたのか、じいちゃん？」ときいた。上を見つめていた目が声のほうへ動いたが、ケイシーを見つけられなかった。口が声を出す形になったが、声が出なかった。ケイシーが脈をとってから、手首をおろし、じいちゃんの額に手を当てた。じいちゃんの体がもぞもぞ動きだし、脚が落ち着きなく動き、手がじたばたした。言葉にならない、呂律《ろれつ》のまわらない声がほとばしり、白い棘《とげ》みたいな頰髯《ほおひげ》の下の皮膚が真っ赤になった。

セイリー・ウィルソンが、低声《こごえ》でケイシーにいった。「どこが悪いか、わかりますね？」

ケイシーが、しわだらけの顔と燃える目を見あげた。「あんた、わかっとるんだな？」

「たぶん――」

「なんだ？」ケイシーがきいた。

「まちがっているかもしれない。あまりいいたくないんですよ」

ケイシーが、ひくひく動いている赤い顔に目を戻した。「いいたくないというのは――たぶん――卒中を起こしとると？」

「そうでしょうね」セイリーがいった。「前に三回見たことがあるんですよ」

テントの外から、野営のために薪《まき》を割っている音と、鍋ががちゃがちゃいう音が聞こえた。お母が垂れ布から覗いた。「ばあちゃん、はいりたがってる。かまわないかね？」

ケイシーがいった。「入れなかったら、ごねるだろうな」

「じいちゃん、だいじょうぶかね？」お母がきいた。

ケイシーが、ゆっくりと首をふった。血がどくどくと流れている苦しげな年老いた顔を、お母がすばやく見おろした。お母が外に出て、声が聞こえた。「じいちゃんはだいじょうぶだよ、ばあちゃん。ちょっと休んでるだけだから」

するとばあちゃんが、むっつりと答えた。「だって見たいんだよ。じじい、ずる賢い悪党だからね。どんな魂胆かわかりゃしねえ」そして、ちょこまかと垂れ布を抜けた。掛け布団のそばに立って、見おろした。「あんた、どうしたのさ？」きつい声でじいちゃんにきいた。じいちゃんの目がまた声のほうを向き、口もとがゆがんだ。「ごねてるんだ」ばあちゃんがいった。「ずる賢いっていっただろう。けさも来たがらねえで隠れようとした。こんどは腰が痛えとよ」うんざりしたようにいった。「ごねてるだけだ。じじい、だれとも口をきかねえことがなんべんもあった」

ケイシーがそっといった。「ごねてるんじゃない、ばあちゃん。ぐあいが悪いんだ」

「そうかい！」ばあちゃんが、またじいちゃんを見おろした。「ひどく悪いのかい？」

「かなり悪いんだ、ばあちゃん」

つかのま、ばあちゃんがおぼつかなげに、ためらった。「それじゃ」すぐにいった。「おまいさん、どうして祈らねえんだ。おまいさん、伝道師さんじゃろ？」

ケイシーの節くれだった指が、ぎこちなくじいちゃんの手首にのびて、しっかりと握った。「いったろうが、ばあちゃん、わしはもう伝道師じゃないんだ」

「だけど祈んなよ」ばあちゃんが命じた。「お祈りの文句は、そらで憶《おぼ》えてるじゃろ」

「できん」ケイシーがいった。「なんのために祈るのか、だれに祈るのか、わしにはわからん」

ばあちゃんの視線がさまよい、セイリーに目を向けた。「このひとは祈らないんだと」ばあちゃんがいった。「ルーシーが瘦せっぽちのチビだったとき、どう祈ったか、おまいさんに話したっけ？　こう祈ったのさ。〝あたいは横になって眠ります。あたいのたましいを守ってくれるよう、神さまに祈ります。それから、おばさん戸棚さがしに行ったらなんにもなくて、かわいそうな犬さんなんにももらえなかった（訳注『マザーグース』とごっちゃになっている）。アーメン〟。そんなお祈りだったんだよ」テントと夕陽のあいだをだれかが通り、影が帆布をよぎった。

じいちゃんが、もがこうとしているようだった。筋肉がすべてひくひく動いていた。と、不意に、思い切り殴られたみたいにガクンと動いた。じっとして、息がとまった。ケイシーがじいちゃんの顔を見ると、どすぐろい紫色に変わってゆくのがわかった。セイリーがケイシーの肩に触れ、ささやいた。「舌、舌、舌ですよ」

ケイシーがうなずいた。「ばあちゃんに見せないようにしてくれ」固く閉ざされているじいちゃんの口をこじあけて、喉に指をのばし、舌をつまんだ。舌を喉からひっぱりだすと、しわがれた息が出てきて、泣き声みたいな音がして息が吸い込まれた。ケイシーが地べたの小枝を拾って、舌を押さえ、むらのある、ぜえぜえという息が出入りした。

ばあちゃんが、ニワトリみたいに跳びまわっていた。「祈れ」ばあちゃんがいった。「祈れ、おまいさん。祈らんかい」セイリーが、ばあちゃんを押し戻そうとした。「祈れっちゅうのに、この阿呆《あほう》！」ばあちゃんがわめいた。

ケイシーが、つかのまばあちゃんをみた。ぜえぜえという呼吸の音が大きく、まばらになっていた。「天にましますわれらの父よ、願わくは、御名《みな》があがめられん——」

「ほむべきかな！」ばあちゃんが叫ぶ。

「御国《みくに》が来たらんことを、御心《みこころ》の——天のごとく——地にも行なわれんことを」

「アーメン」

あいた口から長いあえぐような溜息が出てきて、やがて、泣き叫ぶような音とともに気が解き放たれた。

「我らの日用の——糧《かて》をきょうもあたえたまえ——免《ゆる》したまえ」息がとまった。ケイシーがじいちゃんの目を覗き込むと、澄んで、深く、奥まで見え、ものの哀れを知っているかのような静穏が宿っていた。

「ハッレル〜ヤ！」ばあちゃんがいった。「つづけな」

「アーメン」ケイシーがいった。

それでばあちゃんは、おとなしくなった。テントの外でも、すべての物音がやんだ。国道を一台の自動車がヒュンと走り去った。ケイシーはまだマットレスのそばの地べたにひざまずいていた。表のひとびとは黙然と立ち、臨終の物音に耳を澄ましていた。セイリーが、ばあちゃんの腕を取って、表に連れ出した。ばあちゃんは、顔をきっと起こし、気高い物腰で歩いていた。一族のためにそうして歩き、そうして顔を起こしていた。地べたに敷いた布団のところへ、セイリーがばあちゃんを連れていって、座らせた。すると、ばあちゃんは、誇らしげにまっすぐ前を向いた。ここが見せ場だとわかっていたからだ。テントはひっそりとして、ようやくケイシーが垂れ布を両手でめくって、外に出てきた。

お父が低声できいた。「なんだった？」

「卒中だ」ケイシーがいった。「急な強いやつだった」

暮らしがまた動きだした。夕陽が地平に触れ、地平の上で平たくなった。そして、あおりが赤い巨大な貨物自動車の長い列が、国道をやってきた。ちょっとした地震のような地響きを起こし、轟々《ごうごう》と通りながら、垂直の排気管から軽油の青っぽい排気をポッポッと吐き出していた。貨物自動車一台をひとりが運転し、交替の運転手が、天井のまぎわにある寝棚で眠っていた。だが、けっしてとまることはない。貨物自動車の列は、昼も夜も轟々と走り、重装備の行軍で地べたを揺るがしていた。

一家はひとつの陣立てになっていた。お父が地べたにしゃがみ、ジョンおじが横にしゃがんだ。いまではお父が家長になった。お母が、そのうしろに立った。ノアとトムとアルもしゃがみ、ケイシーは座り込み、肘を地べたについて体をのばした。コニーとシャロンの薔薇は、離れたところを歩いていた。水を汲んだバケツをふたりで運びながらぺちゃくちゃしゃべっていたルーシーとウィンフィールドが、変事があったのを察して、歩度をゆるめ、バケツをおろし、静かに近づいてきて、お母のそばに立った。

ばあちゃんは、誇りを見せて冷やかに座っていたが、家族がそれぞれ場所を決めて、だれも目を向けなくなると、横になって、片腕で顔を覆った。赤い夕陽が沈み、輝かしい夕映えが地上に残っていた。みんなの顔が黄昏《たそがれ》のなかで明るく照らされ、反照で目が光っていた。夕暮れが、すこしずつ光をつまみあげていった。

お父がいった。「ウィルソンさんのテントのなかだ」

ジョンおじがうなずいた。「じいちゃん、テントを貸してもらった」

「やさしい、いいひとたちだ」お父が、そっといった。

アイヴィー・ウィルソンが、壊れた車のそばに立ち、セイリーがマットレスのところへ行って、ばあちゃんのそばに腰かけた。だが、気を配って、触れないようにしていた。

お父が呼んだ。「ウィルソンさん!」ウィルソンが足をひきずるようにしてやってくると、しゃがんだ。セイリーが来て、そばに立った。お父がいった。「おれたちは、あんたがたに、とっても感謝しています」

「手助けできて光栄ですよ」ウィルソンがいった。

「ご恩を受けた」お父がいった。

「息をひきとるまぎわに恩だなんて、滅相もない」ウィルソンがいった。セイリーが相槌《あいづち》を打った。「恩だなんて、滅相もないですよ」

アルがいった。「おれが自動車を直すよ——おれとトムで」家族のために恩返しができるのが、アルは誇らしいようだった。

「手を貸してもらえると助かる」ウィルソンが、遠慮がちに恩返しを受け入れた。

お父がいった。「どうするか、決めなきゃならない。法律がある。ひとが死んだら届け出ないといけない。そのときに葬儀屋に四十ドル渡すか、さもなきゃ貧民として免除してもらう」

ジョンおじが口を挟んだ。「一族に貧民などいなかったぞ」

トムはいった。「おれたちは利口にならないといけないのかもしれない。在所から追い出されるなんてことは、いままで一度もなかったんだ」

「おれたちは、清廉潔白《せいれんけっぱく》にやってきた」お父がいった。「とがめだてされるようなことは、なにもない。なにかを盗んだり、踏み倒したり、ひとさまの施しを受けたりしたことはない。このトムが厄介に巻き込まれたときも、なんら恥じるところがなかった。トムは男ならやったことをやっただけだ」

「それじゃ、どうするんだ？」ジョンおじがきいた。

「法律どおりにやれば、役人《おかみ》が引き取りにくる。おれたちには百五十ドルしかない。じいちゃんの埋葬に四十ドル取られたら、カリフォルニアまで行けない――金を出さなかったら、じいちゃんは貧民として葬《ほうむ》られる」男たちはそわそわと身動きし、膝の前の暗くなる地べたを見つめた。

お父が低声でいった。「じいちゃんは、ひいじいちゃんを、自分の手で埋めた。気高くやった。シャベルで墓の形をきれいに整えた。男に息子に葬られる資格があり、息子に父親を埋める資格がある時代だった」

「いまの法律にはちがうことが書いてある」と、ジョンおじがいった。

「法律に従えないこともある」お父がいった。「ひとの道がかかわっているようなときは、ことにそうだ。法律どおりにできないときも多いんだ。美童フロイドが逃げまわって暴れてたころ、法律ではやつを捕らえて、おかみに引き渡さなきゃならなかった――でも、だれも引き渡さなかった。法律のよしあしをこっちが決めなきゃならないこともあるんだ。そんなわけだから、おれには自分のお父を埋める資格があるといおう。だれかいいたいことはあるか?」

ケイシーが、肘を突いたまま身を起こした。「法律は変わる」ケイシーがいった。「だが、〝やらなきゃならない〟はいつだっておなじだ。あんたには、やらなきゃならないことをやる資格がある」

お父が、ジョンおじのほうを向いた。「あんたにも資格がある、ジョン。反対するか?」

「反対はしない」ジョンおじがいった。「ただ、夜中にじいちゃんを隠すようだな。真昼間に鉄砲ぶっ放しながら跳び出すっていうのが、じいちゃんの流儀だった」

お父が、面目なさそうにいった。「おれたちにはじいちゃんの真似はできない。金がなくなるまでに、カリフォルニアへ行かなきゃならない」

トムが口を挟んだ。「ひょっとして、工事の人間かだれかが掘り起こして、騒ぎ立てて、殺されたんだって思うかもしれない。おかみは生きてる人間よりも死んだ人間に興味があるもんだ。どこのだれで、どうして死んだのか、血眼《ちまなこ》になって探り出そうとする。瓶に書き付けを入れて、じいちゃんのそばに埋めたほうがいい。名前や、どうして死んだかを、どうしてここに埋めたかを書いて」

お父がうなずいて賛成した。「それがいい。きれいな字で書こう。そのほうが淋《さび》しくないだろう。独りぼっちの年寄りが土んなかにいるんじゃなくて、名前があるわけだからな。ほかになにかいうことは？」家族の輪は沈黙していた。

お父が、お母に顔を向けた。「弔いの支度をやってくれるか？」

「やるよ」お母がいった。「でも、だれが食事をこさえるんだい？」

セイリー・ウィルソンがいった。「あたしがこしらえますよ。どうぞやってあげてくださいな。あたしとおたくの大きいお嬢ちゃんでこしらえますから」

「ほんとうにありがとう」お母がいった。「ノア、樽《たる》から豚肉のいいところを出して。まだ塩が効いてないだろうけど、申し分なく食べられるさ」

「うちにジャガイモが半袋ありますよ」セイリーがいった。

お母がいった。「五十セント玉を二枚おくれ」お父がポケットに手を入れて、銀貨を渡した。お母がたらいを出して、水をいっぱいに張り、テントにはいっていった。なかは暗かった。セイリーがはいってきて、蠟燭《ろうそく》をともし、箱に立てて出ていった。お母はしばし死んだじいちゃんを見おろしていた。それから、不憫《ふびん》そうにエプロンを細く裂き、じいちゃんの顎を縛った。手足をまっすぐに直し、胸で両手を組ませた。まぶたを閉じさせ、左右のまぶたの上に銀貨を一枚ずつ置いた。シャツのボタンをかけてやり、顔を洗ってやった。

セイリーが覗きながらいった。「手伝いましょうか？」

お母が、のろのろと立ちあがった。「はいっとくれ。頼みがあるんだよ」

「おたくの大きいお嬢ちゃんはいい子だね」セイリーがいった。「ジャガイモ剝《む》くのがうまいし。なにを手伝えばいいんですか？」

「じいちゃんの体を清めようと思ってた」お母がいった。「だけど、着せ替える服がないのさ。それに、おたくの刺し子の掛け布団を汚しちまった。死びとのにおいは布団から取れないもんだ。あたしのお母が死んだマットレスに向かって犬が吠《ほ》えたりふるえたりするのを見たことがあるよ。死んでから二年もたってたのにさ。おたくの刺し子でじいちゃんをくるむよ。埋め合わせはするよ。うちにも刺し子の掛け布団があるからね」

セイリーがいった。「そんないいかたは、よしてくださいよ。あたしたちは手を貸せるのが自慢なんですよ。こんなに——気持ちがほぐれるのは、久しぶりなんですよ。ひとっていうのは——ひとを助けずにはいられないものなんですねえ」

お母がうなずいた。「ほんとだねえ」顎を縛られ、目に置いた銀貨が蠟燭の光に輝いている、頬髯ののびた年老いた顔を、長いあいだ見つめていた。「ふつうに死んだみたいにゃ見えないね。すっかりくるまないといけない」

「ばあちゃんは、しっかりしていましたね」

「かなり年寄りだからね」お母がいった。「どうなったのか、ちゃんとわかってないかもしれない。しばらくは、よくわからないかもしれない。それに、うちの一族は痩《や》せ我慢がご自慢でね。あたしのお父がよくいってた。〝だれだってくじけるのは容易《たやす》い。くじけないのが大の男だ〟ってね。あたしたちは、いつもくじけないように我慢してるのさ」お母が、じいちゃんの脚と肩を掛け布団できれいにくるみこんだ。掛け布団の隅を持ちあげて、僧服の頭巾《ずきん》みたいにじいちゃんの頭にかぶせ、顔の上に引きおろした。セイリーが安全ピンを五、六本渡し、お母が掛け布団をピンで留めて、ぴっちりとじいちゃんをくるんだ長い包みをこしらえた。そして、ようやく立ちあがった。「そんなに悪くないお弔いになるよ」お母がいった。「伝道師さんに見送ってもらえるし、家族がみんないるからね」急にお母がちょっとふらつき、セイリーがそばへ行って支えた。「眠ってないもんだから――」お母が、情けなさそうにいった。「もうだいじょうぶ。旅支度で忙しかったんだよ」

「外の空気を吸ったらどうですか」セイリーがいった。

「ああ、ここの用事は終わったしね」セイリーが蠟燭を吹き消し、ふたりは外に出た。

小さな深い雨裂《ガルチ》の底で、明るい焚火が燃えていた。そして、トムが枝と針金で支えをこしらえ、深鍋がふたつ吊るされて、湯がぐらぐらと沸き、蓋《ふた》の下から湯気がさかんに噴き出していた。シャロンの薔薇が、炎の熱が届かないあたりにひざまずいて、長い匙《さじ》を持っていた。お母がテントから出てくるのを見て、立ちあがり、そちらへ行った。

「お母」シャロンの薔薇がいった。「ききたいことがあるの」

「またびくついてるのかい?」お母がきいた。「やれやれ、嘆きのたねを見つけないで産み月までやり通せないものかね」

「でも――おなかの子に障るんじゃないの」

お母がいった。「こんなことわざがあるよ。〝嘆きから生まれた子は幸せな子になる〟。そうでしたよね、ウィルソンの奥さん？」

「そんなふうなのを聞いたことがありますよ」セイリーがいった。「それと、こんなのも。〝大きすぎるよろこびから生まれた子は、憂《うれ》いに沈む子になる〟」

「おなかのなかが、すごくびくびくしてるの」シャロンの薔薇がいった。

「おやおや、あたしたちはみんな、伊達《だて》や酔興でびくついていられないんだよ」お母がいった。「いいからお鍋の番をしな」

円くこしらえた焚火の端のほうに、男たちが集まっていた。道具には、シャベルと根掘り鍬《ぐわ》を一本ずつ用意していた。お父が地べたにしるしをつけた——縦八フィート、横三フィート。交替で掘った。お父が根掘り鍬で土を割り刻み、ジョンおじがシャベルですくい出した。アルが割り刻み、トムがすくう。ノアが割り刻み、コニーがすくう。掘る速さが遅くならないので、穴がずんずん深くなった。シャベルですくった土が、穴から勢いよくほとばしる。長方形の穴がトムの肩までの深さになると、トムはきいた。「どれくらい深く掘るんだ、お父？」

「ずんずん深く掘れ。あと二フィートだ。出てこい、トム。紙に書け」

トムは穴から跳び出し、ノアが代わりにおりた。トムは焚火の加減を見ていたお母のところへ行った。「書くもんと紙はないか、お母？」

お母が、ゆっくりと首をふった。「ないよ。それだけは持ってこなかった」セイリーのほうを向いた。小柄なセイリーが、テントにはいっていった。聖書とちびた鉛筆を持って、戻ってきた。「これを」セイリーがいった。「最初のほうに無地のページがあるよ。そこに書いて破けばいい」聖書と鉛筆を、トムに渡した。

トムが、火明かりの届くところに座った。目を細めて注意を集中し、ようやくゆっくりと慎重に、大きなはっきりした字で見返しに書きはじめた。「ウィリアム・ジェイムズ・ジョードここに眠る。卒中で死す。きわめて高齢。葬儀の金がないため家族で埋めた。だれに殺されたのでもない。卒中一度で死す」手をとめた。「お母、ちょっと来て、聞いてくれ」ゆっくりと読みあげた。

「ああ、なかなかいいね」お母がいった。「聖書の文句を書き添えたら、おごそかな感じにならないか？　聖書ひらいて、なんかいい言葉をめっけりゃいい」

「短くないとだめだ」トムはいった。「もう書くとこがあまりない」

セイリーがいった。「〝故人のみたまに神の恵みがあらんことを〟は？」

「いや」トムはいった。「縛り首にされたみたいだ。なにか書き移そう」ページをめくって読み、声を殺してぼそぼそとつぶやいた。「こいつは短いぞ。〝ロト彼らにいいけるはわが主よ請《こ》う斯《かく》したもうなかれ〟（訳注 創世記一九ー一八）」

「わけがわからないよ」お母がいった。「なにかつけ足すんなら、わけがわかるようなのでないとだめだよ」

セイリーがいった。「もっとあとの詩編を見たらどうですか。詩編ならなんかしら見つかりますよ」

トムはページをめくり、詩を眺めた。「ああ、これに決めた。こいつはいい文句だ。いかにもおごそかな響きだよ。〝その愆《とが》をゆるされその罪をおおわれしものは福《さいわ》いなり〟（訳注 詩編三二ー一）。どうだ？」

「とってもいいね」お母がいった。「それを書いといてくれ」

トムは、念入りに書いた。お母が果物を漬ける広口瓶を洗って拭《ふ》き、トムが蓋をきつく締めた。「伝道師さんに書かせたほうがよかったかな」トムはいった。

お母がいった。「いや、伝道師さんは血がつながってないからね」トムから瓶を受け取り、暗いテントにはいっていった。じいちゃんを覆った掛け布団のピンをはずして、冷たい痩せた両手の下に入れてから、また掛け布団をぴっちりと閉ざした。それから焚火のそばにひきかえした。

男たちが墓穴のほうから来た。顔に汗が光っていた。「ようし」お父がいった。お父、ジョンおじ、ノア、アルが、テントにはいっていって、掛け布団を安全ピンで留めた細長い包みを、両側から抱えて出てきた。それを墓まで運んだ。お父が穴に跳びおりて、両腕で包みを受け取り、そっとおろした。ジョンおじが手を差し出し、お父が穴から出るのに力を貸した。お父がきいた。「ばあちゃんはどうした?」

「見てくる」お母がいった。マットレスのほうへ行き、つかのまばあちゃんを見た。それから墓にひきかえした。「眠ってる」と、いった。「あとで責められるかもしれないけど、起こさないよ。ばあちゃん、疲れてるんだ」

お父がいった。「伝道師さんはどこだ? お祈りをしてもらわないと」

トムはいった。「道路を歩いてくのを見かけた。もう祈りたくないんだ」

「祈りたくないって?」

「ああ」トムはいった。「もう伝道師じゃないから。伝道師じゃないのに伝道師のふりをして、ひとを騙《だま》すのはよくないって、思ってるんだよ。頼まれたくないから、行っちまったにちがいない」

ケイシーがそっと近くに来ていて、トムの話を聞いていた。「逃げやせんよ」ケイシーがいった。「手は貸すが、騙したくない」

お父がいった。「ふたことみこと、いってくれないか? なにも言葉をかけられずに埋められたもんは、おれたちの一族にはひとりもいなかった」

「いうとも」ケイシーがいった。

コニーがシャロンの薔薇を墓のそばに連れてきた。シャロンの薔薇はぐずっていた。

「いなきゃだめだ」コニーがいった。「ひとの道にはずれる。ちょっとだけいればいいんだ」

集まっていたひとびとに、火明かりがふり注ぎ、顔と目を浮かびあがらせたが、黒っぽく見える服を照らす勢いはなかった。みんな帽子を脱いでいた。光が踊り、ひとびとの上でぎくしゃくと揺れた。

ケイシーがいった。「短いのにしよう」頭を下げたので、一同がそれに倣《なら》った。ケイシーが重々しくいった。「ここに年老いた男がひとつの命を生きて、その命を終えた。善きひとだったのか、悪《あ》しきひとだったのか、わしにはわからんが、それはどうでもよろしい。生きとった、それが肝心だ。そしていま死に、それもどうでもよろしい。ある男が詩を詠《よ》むのを聞いたことがあるが、そいつがこういった。〝生きるものはすべて聖なるかな〟（訳注　ウィリアム・ブレイクの詩のいくつかに類似の表現がある）。とっくり考えて、それがみことばよりも大切なものになった。だからわしは、亡《な》くなった年寄りのために祈りはしない。亡くなったひとには、やるべきことがあるが、それはすべてそのひとの前にならべられていて、それがたったひとつの路《みち》なのだ。だが、わしらにもやるべきことがあり、それは数えきれないくらいあって、どの路をとればいいのかわからない。だから、わしが祈るとすれば、どの路に曲がればいいかわからないひとびとのために祈る。このじいちゃんには、楽な広い路があるからな（訳注　マタイ伝七－一三の「狭き門より入れ」の一節をもじっている）。さあ、土をかけてやりなさい。じいちゃんがやるべきことをやれるように」ケイシーが顔をあげた。

お父がいった。「アーメン」みんながつぶやいた。「アー・メン」そこ《ま》でお父がシャベルを持ち、土をその半分まですくうと、暗い穴にそっとふり撒いた。お父がジョンおじにシャベルを渡すと、ジョンおじがシャベルいっぱいの土を落とした。シャベルが手から手へと渡されて、順番に土が撒かれた。みんなが自分のつとめ、当然すべきことを終えると、ばら土の山にお父が取り組んで、急いで穴を埋めはじめた。女たちは焚火のほうへ、食事の支度をしにいった。ルーシーとウィンフィールドは、夢中になって眺めていた。

ルーシーが、いかめしい声でいった。「じいちゃん、あの下なのね」すると、ウィンフィールドが、さも恐ろしそうにルーシーの顔を見た。そして、焚火のほうへ駆けてゆき、地べたに座ってめそめそ泣いた。

穴を半分埋めたお父が、ジョンおじが埋め終えるまで、力を使ったせいではあはああえぎながら立っていた。ジョンおじが塚を築こうとしたので、トムはとめた。「聞いてくれ」トムはいった。「墓だとわかるようにしたら、たちまち掘り起こされる。隠さなきゃならない。平らにして、枯れ草を撒こう。そうするしかない」

お父がいった。「それは考えなかった。塚をこさえない墓なんて、よくないんじゃないか」

「しかたない」トムはいった。「たちどころに掘り起こされ、おれたちは法律を破ったことになる。法律を破っておれがどうなったか、わかってるだろう」

「そうだな」お父がいった。「忘れてた」ジョンおじからシャベルを取ると、墓を平らに均《なら》した。「冬になったらくぼむぞ」

「しかたない」トムはいった。「冬にはおれたちは遠くへ行ってる。よく踏み固めて、草をばら撒こう」

豚肉とジャガイモが煮えると、みんなして地べたに座り、食べた。黙りこくって、炎を睨んでいた。ウィルソンが歯で肉を食いちぎり、満ち足りた溜息をついた。「豚が食えるのはいいもんだなあ」

「まあな」お父がいった。「たまたま子豚が二匹いて、食っちまったほうがいいと思ったんだ。餌もないからな。そのうち旅に慣れたら、お母がパンを焼く。それもいいもんだよ。トラックに豚肉の樽二本積んで、物見遊山《ものみゆさん》ってわけだ。あんたらは、旅に出てどれくらいになるんだ？」

ウィルソンが、歯を舌でせせり、呑《の》み込んだ。「おれたちは、どうも運が悪くてね」ウィルソンがいった。「うちを出てから、三週間になるよ」

「魂消《たまげ》たな、おれたちは十日かもっと早くカリフォルニアへ着くつもりなんだ」

アルが口を挟んだ。「どうかな、お父。荷物をこれだけ積んでたら、行き着けないかもしれないよ。峠を越えなきゃならないんだから」

焚火のまわりに沈黙が流れた。顔をうつむけて、髪と額が火明かりのなかで見えていた。火明かりの小さなドームの上では、夏の星がまばらに輝き、昼間の暑さがしだいに引き下がっていった。焚火から離れたマットレスで、ばあちゃんが子犬みたいな哀れっぽい声を漏らした。みんなの顔がそっちを向いた。

お母がいった。「ロザシャーン、いい子だからばあちゃんのそばに寝てやって。付き添いがいるよ。ばあちゃん、もうわかってるんだ」

シャロンの薔薇が立ちあがって、布団のほうへ行き、ばあちゃんのそばで横になった。シャロンの薔薇とばあちゃんが布団の上でささやく低い声が、焚火のところへ漂ってきた。

ノアがいった。「妙だな——じいちゃんが死んでも、前と気持ちが変わらない。前よりも悲しいってことがない」

「おなじものなんだ」ケイシーがいった。「じいちゃんと古里はな、おなじものなんだ」

アルがいった。「口惜《くや》しくてたまらないよ。じいちゃん、やりたいことをいってたのに。頭の上でぶどうをつぶして、顔髯にしたたらせるとか、そんなことを」

ケイシーがいった。「ずっと騙くらかしてたんだよ、じいちゃん。わかっとったんだと思う。あんたらは新しい暮らしができるが、じいちゃんの暮らしは終わった。それがわかっとったんだ。そうとも、じいちゃんは今夜死んだんじゃない。あんたらが家から連れ出したとたんに死んだんだ」

「たしかなのか？」お父が叫んだ。

「いや、そうじゃない。息はしとった」ケイシーがつづけた。「だが、死んでた。じいちゃんがあの家だった。じいちゃんはそれを知っとった」

ジョンおじがいった。「あんた、じいちゃんが死ぬのがわかってたのか？」

「ああ」ケイシーがいった。「わかってた」

ジョンおじが、ケイシーを見つめて、恐怖の色を浮かべた。「あんた、それをだれにもいわなかったな?」

「なんの役に立つ?」

「おれたち――なにかできたかもしれない」

「なにを?」

「わからないが――」

「いや」ケイシーがいった。「なにもできん。あんたらの路は定まっとったし、じいちゃんの役目はなにもなかった。じいちゃんは苦しまなかった。夜が明けたときにはもう。じいちゃんは古里に残っただけだ。離れられなかったんだ」

ジョンおじが、深い溜息をついた。

ウィルソンがいった。「おれたちは、きょうだいのウィルを残してきた」みんなの顔が、そっちを向いた。「隣同士、四十エーカー耕してた。ウィルが兄貴だ。ふたりとも自動車なんか運転したことがなかった。で、町へ行って、あらいざらい売った。ウィルが自動車を買い、店が若いのをよこして動かしかたを教えてくれた。それで、出かける前の夕方、ウィルとミニーおばさんが練習をした。ウィルが道路のカーブで、〝ドウドウ〟ってかけ声をどなり、ハンドルを手綱みたいにぐいと引いて、柵を突き破った。そこでまた〝ドウドウ〟ってどなり、鐙《あぶみ》でふんばるみたいにアクセルを踏み込んで、深い雨裂《ガルチ》に落ちた。それで一巻の終わりさ。売るものはもうないし、自動車もない。だけど、ウィル自身の落ち度だからな。ウィルはよっぽど腹が立ったらしく、おれたちといっしょに来ようとしなかった。座り込んで悪態をつくばかりで」

「そのあと、どうなった？」

「わからない。ウィルのやつ、なにも考えられないくらい頭に血が昇っていたんだ。おれたちも待っていられなかった。旅をするのに八十五ドルしかなかった。じっとしてて使い果たすわけにはいかない。でも、どのみち使い果たしそうだよ。百マイルも行かないうちに、うしろのほうの歯車が欠けて、修繕に三十ドルかかった。おつぎはタイヤが一本入り用になり、それから点火栓が一本割れ、セイリーが病気になった。十日のあいだ足止めだ。こんどは自動車が壊れちまうし、金は乏しい。カリフォルニアまで行けるかどうかわからない。自動車さえ直せればいいんだが、自動車のことは、からきしわからないからなあ」

アルが、もったいぶってきいた。「どこがどうなったんだ？」

「それが、走らないんだ。エンジンがかかって、屁《へ》みたいな音が出て、とまる。一分たつと、またエンジンがかかって、走らせようとすると、また元気なくとまる」

「一分走って、それでエンジンがとまるんだね？」

「そうだよ。どれだけアクセルを踏んでも、走らせつづけられない。ひどくなるいっぽうで、もうぜんぜん動かなくなった」

アルはたいそう自慢げで、ずいぶん大人びて見えた。「ガソリンを送る管が詰まってるんだと思う。詰まってるのを吹いて出してあげるよ」

こんどはお父が自慢する番だった。「こいつは自動車の扱いがうまいんだ」と、お父がいった。

「手伝ってくれるのは、ほんとうにありがたい。ほんとうに助かるよ。なにも直せないとなると、なんだか——ちっちゃな子供になったみたいでね。カリフォルニアに着いたら、いい車を買いたい。壊れないようなのを」

お父がいった。「カリフォルニアに着いたら、か。そっちのほうが厄介だな」

「ああ、だが行くだけのことはあるよ」ウィルソンがいった。「だって、ビラを見たが、果物を摘む人手が足りないし、賃銀がいいと書いてあった。どんなふうだろうね。木蔭で果物を摘んで、ときどきかじる。ありあまるほどあるんだから、いくら食べても連中は気にしないだろう。それに、賃銀がよければ、いい地面をすこし買って、余分に稼ぐために働けばいい。二年もたてば、自分の畑を持てるはずだよ」

お父がいった。「おれたちもそのビラは見た。いま持ってる」財布を出して、たたんだオレンジ色のビラを出した。黒いタイプで打ってある。〝カリフォルニアで豆摘み募集。全時季高賃銀。八百名募集〟。

ウィルソンが、不思議そうにビラを見た。「おや、おれが見たのとおなじだ。まったくおなじだ。ひょっとして――もう八百人集まったかもしれないな」

お父がいった。「ここはカリフォルニアのほんの小さな一カ所だ。だって、カリフォルニアはアメリカで二番目に広い州だからね。八百人集まったとしても、ほかにいくらでも働くところがある。それに、果物を摘むほうがいい。あんたがいったとおり、木蔭で摘む――子供だってやりたがるだろう」

アルがにわかに立ちあがって、ウィルソンのフェートンのほうへ行った。ちょっとなかを覗き、やがて戻ってきて座った。

「今夜は直せないよ」ウィルソンがいった。

「わかってる。朝になったらやるよ」

トムは、弟をしげしげと眺めた。「おれもおなじようなことを考えたよ」トムはいった。

ノアがきいた。「おまえたちふたり、いったいなんの話をしてるんだ?」

トムとアルが黙り込み、おたがいに相手が口を切るのを待った。「あんちゃんがいえよ」アルがようやくそういった。

「じつは、埒《らち》もない話かもしれないし、アルが考えてるのとおなじことじゃないかもしれない。だけど、こういうことなんだ。うちのトラックは荷物を積み過ぎてるが、ウィルソンさんの自動車はそうじゃない。うちのものを何人か乗せてもらって、代わりにかさばる軽い荷物をトラックに積めば、ばねが折れないし、峠を越えられる。おれとアルは自動車のことがわかってるから、走らせつづけるようにできる。いっしょに旅をすれば、みんなのためになる」

ウィルソンが、さっと身を起こした。「ああ、たしかに。それは光栄だ。ほんとうにうれしい。聞いたか、セイリー？」

「ありがたいことですね」セイリーがいった。「あんたがたのお荷物になりませんか？」

「そんなことはない」お父がいった。「お荷物なんかにはならないよ。すごく助かる」

ウィルソンが、落ち着かないそぶりで座り直した。「それはどうかな」

「どうかしたのか？　嫌なのか？」

「だって、その——おれの金は三十ドルしか残っていないし、負担をかけたくない」

お母がいった。「負担になんかなりませんよ。おたがいに助け合って、みんなでカリフォルニアへ行きましょう。セイリーさんは、じいちゃんのとむらいの支度を手伝ってくださった」そこで言葉を切った。絆《きずな》ができているのは、だれの目にも明らかだった。

アルが大きな声を出した。「あの自動車なら、六人が楽に乗れる。おれが運転して、ロザシャーンとコニーとばあちゃんが乗る。かさばる軽い荷物はトラックに積みあげる。しじゅう交替して乗ればいい」思い悩んでいた重荷が取り除かれたために、声が大きくなっていた。

だれもが、はにかむような笑みを浮かべて、地べたを見た。お父が、塵の積もる大地を指でいじくった。「お母は、まわりにオレンジが生《な》ってる白い家にぞっこんなんだ。お母が見た暦に、そんなでかい写真があった」

セイリーがいった。「あたしがまた病気になっても、あなたがたは先へ進んで、向こうに着かないといけませんよ。あたしたちは、お荷物にはなりたくないんです」

お母が、注意深くセイリーを見て、痛みにさいなまれている目と、苦しみに取り憑《つ》かれて縮んだ顔に、はじめて気づいたようだった。そこでお母がいった。「最後まで面倒をみるよ。あんたもいってたじゃないか。ひとは助けを求められなくても、ひとを助けずにはいられないものだって」

セイリーが、しなびた手を火明かりで見た。「今夜は眠っておかないとね」立ちあがった。

「じいちゃんが——死んでからもう一年もたったような気がするよ」と、お母がいった。

みんなが豪勢なあくびをして、のろのろと寝にいった。お母がブリキの皿をちょっとすすいで、小麦粉袋で脂《あぶら》をこすり落とした。火が消え、星が降ってきた。乗用車はもうめったに国道を通っていなかったが、貨物を輸送する自動車があいだを置いて轟然と通り過ぎ、小さな地震を起こした。用水路の窪地に入れた自動車二台は、星明かりではほとんど見えなかった。国道の先の給油所につながれている犬が吠えた。みんなが静かになって眠ると、野ネズミが図々《ずうずう》しくなって、マットレスのあいだを迸《たばし》った。セイリー・ウィルソンだけが、起きていた。空を見つめ、ぎゅっと体に力をこめて、痛みをこらえていた。

14

起こりつつある変化のもとで、西部地域がそわそわしていた。西部諸州が、雷雨の前の馬たちみたいに、落ち着きをなくしていた。変化を察してはいても、変化の性質まではわからない大農園主が、不安にかられていた。大農園主たちは、大きくなる政府、労働者団結の拡大、あらたな税、計画といった目の前の出来事を攻撃したが、それが結果であって原因ではないことが、わかっていなかった。原因ではなく結果、あくまで結果だった。原因は深く根をおろし、はっきりした形があった――空腹こそが原因で、それが百万回掛け合わされていた。ひとりの飢え、愉《たの》しみとちょっとした安らぎへの餓《かつ》えが、百万回掛け合わされていた。肉体と頭脳が、成長し、働き、創《つく》ることを渇望《かつぼう》して、それが百万回掛け合わされていた。人間に最後に残されたたしかな機能――働くことを渇望する肉体と、ひとりの人間の入用を超えて創ることを渇望する頭脳――こそが、人間であるゆえんなのだ。壁を築き、家を建て、ダムを造れば、壁、家、ダムに、人間そのものの大切なものがこめられ、壁、家、ダムから、人間そのものが大切なものをお返しにもらう。ものを持ちあげれば、力がつき、計画を立てれば、明確な方針や流儀が身につく。宇宙の他の有機体や無生物とはちがい、人間は自分が為《な》すことを超えて成長する。自分の観念の階段を昇って、成し遂げた物事のずっと先に姿を現わす。人間について、こんなことがいえるかもしれない――理論が変わったり一気につぶれたりしたとき、学説や哲理、思索の細く暗い路地、民族、宗教、経済が、発達したり崩壊したりしたとき、人間は手をのばし、つんのめり、ときにはまちがって痛い目を見る。進もうとして、半歩滑り落ちるかもしれないが、半歩だけで、けっして一歩後退することはない。こんなことがいえるかもしれないし、たしかにそうだと思うかもしれない。黒い飛行機から爆弾が市場につぎつぎと落ちてきたとき、捕虜が豚みたいに刺し殺されたとき、潰《つぶ》れた死体から汚い汁が塵《ちり》の上に流れるとき、それがわかるかもしれない。そんなふうに思い知ることもあるものだ。前に踏み出さなかったら、つんのめって痛みをはっきりと味わわなかったら、爆弾は落ちないだろうし、喉《のど》を掻《か》き切られることもない。爆撃手が生きているのに爆弾が落ちてこなくなったら、怖《おそ》れるがいい――なぜなら、どの爆弾も精神が死んでいないあかしだからだ。大農園主が生きているのに、ストライキが熄《や》んだら、怖れるがいい――なぜなら、叩《たた》き潰されるストライキは、前に踏み出しているあかしだからだ。また、こう思ってもいい——人間そのものが、ある考えかたのために苦しめられたり、死んだりしなくなったら、怖れるがいい。なぜなら、このひとつの資質こそが、人間そのものの礎《いしずえ》であり、このひとつの資質こそが、宇宙にまたとない、人間であるゆえんだからだ。

西部諸州は、起こりつつある変化のもとで、そわそわと揺らいでいた。テキサス、オクラホマ、カンザス、アーカンソー、ニューメキシコ、アリゾナ、カリフォルニア。ある一家が、地面を離れた。お父が銀行家から金を借り、銀行が地面をよこせといった。不動産会社——地面を所有すると、銀行がそれになる——は、地面に必要なのは家族ではなく、トラクターだといった。トラクターのどこが悪い？　長い畝《うね》を犂返《すきかえ》す力のどこが悪い？　トラクターがおれたちのものなら、結構だよ——おれのものじゃなくて、おれたちのものなら。トラクターがおれたちの地面に長い畝を犂返すのなら、結構なことだ。おれの地面じゃなく。おれたちの地面なら。だったら、この地面がおれたちのものなら、大好きになれるように、おれたちはトラクターが大好きになれる。しかし、このトラクターは、ふたつのことをやる——地面を犂返《ターン》し、おれたちをお払い箱《ターン・オフ》にする。トラクターと戦車はその点、ほとんど変わらない。ひとびとは、その両方に逐《お》われ、脅しつけられ、傷つけられる。これは頭に入れておかないといけない。

ある人間、ある一家が、地面から逐われる。この錆《さ》びた自動車が、ぎしぎしいいながら国道を西へ向かう。おれは地面を失い、おれの地面はトラクター一台に奪われた。おれは独りぼっちで、どうしていいかわからない。夜にある一家が用水路の窪地《くぼち》に野営し、べつの一家が自動車でやってきて、テントが張られる。ふたりの男がしゃがみ、女たち、子供たちが、耳を澄ます。そこに中核ができるんだ、変化を嫌い、革命を怖れるものたちよ。しゃがんでいる男ふたりを引き離せ。たがいを憎み、疑うように仕向けろ。ここが、おまえたちが怖れる物事の、原始的な仕組みのはじまりだ。これが結合体だ。「おれは地面をなくした」が、ここから変わってゆく。細胞が分裂しては成長し、おまえが嫌う「おれたちは地面をなくした」へと大きくなる。そこが危険なんだ。男ふたりは、男ひとりほど淋《さび》しくなく、打ちひしがれてもいない。このはじめての「おれたち」から、もっと剣呑《けんのん》なものが育ってゆく。「おれは食い物をすこし持ってる」＋「まったく持っていない」。この足し算の答は、「おれたちは食い物をすこし持っている」になる。ことが動き出し、運動の方向が決まる。ちょっと掛け算すると、この地面、このトラクターは、おれたちのもの、になる。用水路の窪地でしゃがんでいる男ふたり、小さな焚火《たきび》、鍋《なべ》ひとつで煮たサイドミート、黙りこくって石の目をした女たち、うしろでは頭でわからない言葉を心でわかろうとして、子供たちが耳をそばだてている。夜が更《ふ》けて、明ける。赤ん坊が風邪をひく。ほら、この毛布を使いなさい。羊毛ですよ。母の毛布だったんです——赤ちゃんのために差しあげます。こういったことを爆撃しないといけない。これがはじまりだ——「おれ」から「おれたち」への。

本来ならひとびとが持たなければならないものを抱え込んでいるおまえたちも、この理屈がわかれば、身を守れるかもしれない。原因と結果を分けて考えられれば、ペイン、マルクス、ジェファーソン、レーニンは原因ではなく結果だというのがわかれば、生き延びられるかもしれない。だが、おまえたちは知る由《よし》もない。ものを抱え込むことで、とこしえに「おれ」に凍りつき、「おれたち」からとこしえに切り離されるのだ。

西部諸州は、起こりかけている変化のもとで、そわそわしていた。窮乏に刺激されて、行動を起こさなければならないという考えが生まれた。五十万人が国中を旅し、百万人が浮足立ち、旅に出ようとしていた。さらに一千万人が、はじめて不安にかられていた。

そして、トラクターが、だれもいない地面で、何本もの畝を同時に犂返していた。

15

国道六十六号線沿いに、ハンバーガー屋がならんでいる――〈アル＆スージーの店〉――〈カールの食堂〉――〈ジョー＆ミニー〉――〈ウィルの食い処《どころ》〉。目板羽目の掘立小屋。ガソリンポンプ二台が前にあり、網戸、長いカウンター、止まり木、足掛け棒。ドアの近くにスロットマシン三台。BAR印が三つそろうと山のように出てくる五セント玉ひと財産が、ガラスごしに見えている。その横には、レコードがパイ皮みたいに重なっている五セント蓄音機《ニックル・フォノグラフ》（訳注　ジュークボックスと呼ばれるようになるのは、一九四〇年代前後）があり、ダンス音楽を選り出してターンテーブルに載せ、演奏する構えをしている。「ティピ・ティピ・ティン」、「思い出をありがとう」、ビング・クロスビー、ベニー・グッドマン。カウンターの端には蓋《ふた》つきのケースがある。甘い咳止《せきど》めドロップ、〈不眠《ネムラーズ》〉、〈居眠り止め《ノーコックリ》〉などのカフェイン錠剤、お菓子、紙巻きタバコ、安全剃刀《かみそり》の刃、アスピリン、ブロモセルツァー、アルカセルツァー。壁には海水浴をしている若い女のポスター。乳房が大きく、腰が細く、不健康な蒼白《あおじろ》い顔、白い海水着姿、コカ・コーラの瓶を持ってほほえんでいる――コカ・コーラ一本でご機嫌というわけ。長いカウンター、塩、胡椒《こしょう》、辛子の壺《つぼ》、紙ナプキン。カウンターの向こうにはビールの注ぎ口がいくつもある。奥には湯気をあげているピカピカのコーヒー沸かしがあり、ガラスの目盛りでコーヒーの残量がわかる。針金の籠《かご》にはパイ、オレンジ四つのピラミッドがならんでいる。〈ポスト・トースティーズ〉などのコーンフレークが、種類別に小さく積んである。

雲母《うんも》で光らせたカードに標語が書いてある。〝おふくろの味のパイ〟、〝つけは袂《たもと》を分かつ。いつもニコニコ現金払い〟、〝ご婦人喫煙可。ただしおいどの置きどころにご用心〟（訳注 butt＝「尻」と「吸殻」をひっかけたしゃれ）、〝お食事はここで、奥方はワンちゃんのお世話用に温存〟、〝IITYWYBAD〟（訳注 客がどういう意味かときくと、If I tell you will you buy a drink?「教えたら一杯おごるかい」の略だとバーテンが答える仕掛け）。いっぽうの奥には、料理用の鉄板、シチューの鍋《なべ》、ジャガイモ、ポットロースト、薄切りにされるのを待っているローストビーフとネズミ色のローストポーク。

ミニー、スージー、もしくはメイが、カウンターの向こうで中年になり、髪にパーマをかけ、口紅を塗り、顔に汗をかいている。やさしい低声《こごえ》で注文をきき、料理人にクジャクみたいな甲高い声で伝える。カウンターを丸く拭《ふ》いて、ぴかぴかの大きなコーヒー沸かしを磨く。料理人はジョー、カール、もしくはアルで、白い上着とエプロン姿でうだり、白いコック帽の下の白い額に珠《たま》のような汗が浮かんでいる。むっつりして、めったに口をきかず、あらたに客がはいってくるとちらりと目をあげる。メイの注文をそっと復唱して、鉄板をこそげ、粗布できれいに拭く。不機嫌に黙っている。

メイは正反対で、にこにこ笑い、じりじりして、爆発しそうだ。笑みを浮かべて、昔を見ている——トラック運転手を相手にするときはべつだ。店を支える屋台骨なのだから。トラックがとまれば、客が来る。トラック運転手を馬鹿《ばか》にしてはいけない。お得意が増えるかどうかの瀬戸際《せとぎわ》なのだから。香りが抜けたコーヒーを出したら、もうそれきり来なくなる。ちゃんとお相手をすれば、また来てくれる。トラック運転手には、メイはとびきりの笑顔を向ける。すこし澄まし顔になって、おっぱいが持ちあがるように、腕をあげてうなじの毛のほつれを直し、立ち話をして、万事調子がよくて、いい時代で、おもしろいことばかりだというふりをする。アルはぜったいにしゃべらない。ひとと触れ合わない。ときどき冗談にほほえむが、ぜったいに笑い声はたてない。メイの声があまりにもうきうきしていると、ときどき目をあげて、へらで鉄板をこそげ、こそげとった油を鉄板のまわりの溝に落とす。ジュッと音をたてるハンバーガーを、へらで押さえる。丸パンを半分に切って、鉄板で焼き、温める。ばらけたタマネギを鉄板からすくってハンバーガーに載せ、へらで押しつける。パンの半分をそこに載せ、溶かしバターをあとの半分に塗って、薬味の薄切りピクルスを敷く。ハンバーガーに載せたパンを押さえ、薄いハンバーガーの下にへらを差し込んでひっくり返し、バターを塗った半分に重ねて、小さな皿に落とす。キュウリのピクルス四分の一個、ブラックオリーブふた粒を、そこに添える。アルが、輪投げみたいにカウンターに皿を滑らせる。それから鉄板をへらでこそげ、シチュー鍋を不機嫌に見る。

六十六号線を自動車が疾《と》く通り過ぎる。登録番号標。マサチューセッツ、テネシー、ロードアイランド、ニューヨーク、ヴァーモント、オハイオ。西へ向かっている。高級車、時速六十五マイル出している。

また一台。コードだ。棺桶《かんおけ》に車輪をつけたみたいだ。

でも、ずいぶん速いぞ。

あれはラサールだな。あれがほしい。不格好な大型はいやだぜ。ラサールがいい。大型なら、キャデラックは悪くない。ちょっとでかいだけで、速いぜ。

おれはゼファーがいいよ。見せびらかしがなくて、だけど高級で速い。ゼファーをおれにくれ。

なあ、あんたには笑われるかもしれねえが——おれはビュイック・〝ピュイック〟がいいね。それでじゅうぶんさ。

　だけどよ、ゼファーなみの値段なのに、速くないぞ。いいんだ。ヘンリー・フォードとはなにがなんでも関わりたくない。大嫌いなんだ。ずっと虫が好かなかった。兄貴がフォードの工場で働いてた。よく話を聞いてみろよ。まあ、ゼファーのほうが速いけどな。

　国道を大型自動車が走る。うだって顔をほてらせ、ぐったりした女たち。女たちは原子核で、そのまわりを無数の飾りがまわっている。クリーム、べっとりと塗った軟《なん》膏《こう》、小瓶にはいった化粧道具――黒、ピンク、赤、白、グリーン、銀色――が、髪、目、唇、爪《つめ》、眉《まゆ》、睫《まつげ》毛、瞼《まぶた》の色を変える。お通じをよくするオイル、種、錠剤。性交渉を安全で、味気なく、子供を産まないようにするための、薬瓶、注射器、錠剤、粉末、液体、ゼリーのはいったバッグ。これらにかててくわえて服。おびただしく面倒くさい。

　目のまわりに疲れの皺《しわ》、口の端に不満の皺、小さなハンモックに乳房が重たげに横たわり、ゴムの入れ物に腹と太腿《ふともも》が圧迫されている。はあはあ息をして、目つきは暗く、太陽も風も土も嫌っている。食べ物のまずさと疲れに閉口し、めったに美しく見せてくれず、たえず老いさせる時の流れを憎んでいる。

　女のとなりには、薄手の背広上下を着てパナマ帽をかぶった、すこし腹の出た男が乗っている。不思議そうな、不安げな目をした、こざっぱりした血色のいい男。目に落ち着きがない。不安なのは、お決まりの手順ではうまくいかないからだ。安心感がほしいのに、地上からそれが消えてしまったと感じている。襟には結社やクラブの徽《き》章《しょう》がある。そういう場所へ行けば、ちょっと不安になっている男たちがいっぱいいて、商売は自分たちが承知しているような一種独特の型にはまった盗みではなく、崇高なものだと、おたがいを安心させることができる。実業家は従来、浅はかなことばかりやってきたが、じつは知的なのだし、儲《もう》かる商売の鉄則に反して、自分たちは親切で慈悲深いのだと思い込める。浅薄で退屈なくりかえしだというのを思い知っている自分たちの暮らしが、豊かに思えてくる。なにも心配しなくていいときが訪れると思うことができる。

そして、このふたり、カリフォルニアへ向かっているこのふたりは、ビバリー・ウィルシャー・ホテルのロビーに座り、自分たちがうらやんでいるひとびとが通るのを眺め、山々を見るだろう——山や大木なんて、どこにでもあるのに——男は不安げなまなざしで、女は陽射《ひざ》しで肌がかさかさになってしまうと思いながら見ている。太平洋を見物にいったら、男はまずまちがいなくこういうだろう。「思ったほど広くないじゃないか」女は浜辺のむっちりした若い女をうらやむ。カリフォルニアへ行くのは、故郷でする土産話のためなのだ。帰ってこんな話をする。「トロカデロでとなりのテーブルにだれそれがいたのよ（訳注 原稿ではある有名女優の実名だったのが削除された）。ひどいブスだけど、いい服着てたわね」。男がいう。「むこうで大物実業家たちと話をしてね。ホワイトハウスのあのご仁（訳注 ルーズヴェルト大統領）をどかさないと、商機は見えてこないと、連中はいっていたな」こうもいう。「内幕を知ってる人間に聞いたんだけどね。あの女優は梅毒だと。あのワーナー映画だって、寝技で出してもらったんだそうだ。まあ、目的は果たしたわけだね」だが、不安げな目が落ち着くことはなく、口は不満げにとがらせたままだ。大型自動車は時速六十マイルで走っている。

冷たいものが飲みたいわ。

ああ、あそこになにかある。寄ろうか？

清潔だと思う？

こんなど田舎では、あれが精いっぱいだろう。

そう、それじゃ瓶入りのソーダ水でいい。

大きな自動車がきしんで、とまる。肥《ふと》った不安げな男が、妻がおりるのに手を貸す。

メイがはいってきた夫婦を見て、視線をその向こうに向ける。アルが鉄板から目をあげ、また目を落とす。メイにはわかっている。あのふたりは五セントのソーダ水を飲んで、よく冷えていないと文句をいう。女は紙ナプキンを六枚使って、床に棄《す》てるだろう。男はむせて、それをメイのせいにするはずだ。女は腐った肉のにおいでも嗅《か》いだみたいに鼻を鳴らし、店を出ていったふたりは、西部の連中は無愛想だと、一生いい触らすにちがいない。メイは、アルとふたり切りのときに、ふたりをさんざんのしるはずだ。そういうやつらを、メイは下衆《げす》と呼んでいる。

トラック運転手。それが上客。

大型トラックが来る。寄ってくれて、下衆の味を追い払ってくれるといいのに。ねえアル、あたしがアルバカーキのホテルで働いてたころ、ああいうやつらがさんざん盗んでた――なにからなにまで。でかい車に乗るやつほどいっぱい盗むのよ――タオル、食器、石鹸《せっけん》入れ。わけがわからないわよ。

するとアルがむっつりという。でかい車やなにかを、やつらがどうやって手に入れたと思う？　生まれたときから持ってたわけじゃない。正直者は馬鹿をみるのさ。

大型トラック、運転手と交替要員。コーヒーを飲まないか。なじみの店なんだ。

時間は？

ああ、余裕がある。

それじゃ寄ろう。色っぽいおばちゃんウェイトレスがいるしな。うまいコーヒーも飲みたい。

トラックがとまる。土埃色《カーキ》の乗馬ズボン、長靴《ちょうか》、短い上着、つばが光っている制帽というでたちのふたり。網戸――バタン。

やあ、メイ。

おやまあ、悪たれビッグ・ビルじゃないの。いつこの道に戻ってきたのさ?

一週間前。

もうひとりは蓄音機に五セント玉《ニックル》を入れて、レコード盤が出てきて、ターンテーブルが下から持ちあがるのを見ている。ビング・クロスビーの声――黄金の声。「思い出をありがとう。岸辺で日焼けし――きみには泣かされたけれど、飽き飽き《ボア》したことはないよ――」そこで、メイに聞かせるために運転手が歌う。「きみは燻製女《ヘディク・ハドック》だったかもしれないけど、尻軽《ホア》ではなかったよ――」

メイが笑う。あんたの友だち、なんなの、ビル? この道じゃはじめて見る顔ね。

そいつがスロットマシンに五セント入れて、代用硬貨が四枚出てきたのをまた入れて、すってしまう。カウンターへ行く。

で、なんにする?

ああ。コーヒー一杯。どんなパイがある?

バナナクリーム、パイナップルクリーム、チョコレートクリーム――それとアップル。

アップルにしよう。いや待て――あのでかくて厚いのは？

メイが、それを持ってにおいを嗅いだ。バナナクリーム。

切ってくれ。でっかく。

スロットマシンをやった男がいう。二人前頼む。

二人前ね。なにか、いやらしいの、仕入れた、ビル？

ああ、こういうのがある。

だけど、ご婦人の前なんだから、ほどほどにね。

いや、そんなに下品じゃないよ。子供が学校に遅刻したんで、先生がきいた。〝どうして遅刻した？〟。子供が答える、〝牝牛《めうし》を連れてかなきゃならなかったんです――かけ合わせに〟。先生がいう。〝お父さんでもできるだろう？〟。子供が答える。〝できるけど、牡牛《おうし》みたいにうまくないから〟。

メイがきいきい声で笑う。ガラスをひっかくみたいな耳障《みみざわ》りな笑い声。俎板《まないた》でタマネギを念入りに切っているアルが、顔をあげてにやりと笑い、また目を伏せた。トラック運転手は上客だ。メイに二十五セントずつ渡す。コーヒーとパイの十五セントと、メイに十セントの心付け。それに、メイにいい寄ったりしない。

ならんで止まり木に腰かけ、コーヒーの大きなカップにスプーンを立てる。ちょっとした時間つぶし。アルは鉄板を拭きながら聞いているが、口は挟まない。ビング・クロスビーの声がとまる。ターンテーブルがおりていって、レコード盤が山に戻る。紫のライトが消える。五セント玉が機械仕掛けを動かして、クロスビーに歌わせ、オーケストラに演奏させた――その五セント玉が接点から落ちて、儲けがたまる箱に落ちる。たいがいのお金とはちがって、この五セント玉は働き者で、じっさいに機械を動かす物理作用に責任を負っている。

コーヒー沸かしのバルブから湯気が噴き出す。製氷機の冷媒圧縮機がしばらくゴトゴトと音をたて、やがてとまる。角の電気扇風機がゆっくりと首をふり、生暖かい風を店のなかに送る。表の国道、六十六号線を、自動車がビュンビュン通っている。

さっきね、マサチューセッツの自動車が来たのよ、とメイがいった。

ビッグ・ビルが、スプーンを人差し指と中指で挟めるようにカップを握った。コーヒーを冷ますために、ずるりと啜《すす》った。「六十六号線を見にいけばいい。国中から自動車が来る。みんな西へ向かってる。こんなにいっぱい走ってるのは、見たことがなかった。高級車も走ってるし」

「けさはぶつかって壊れたのを見たよ」ビルの相棒がいった。「でかい車だ。でかいキャデラック。特注の高級車だ。車体が低くて、クリーム色、特注だな。そいつがトラックにぶつかった。ラジエターが運転手のとこまで押されてた。九十は出してたにちがいない。ハンドルが突き刺さって、運転してたやつ、針にかかったカエルみたいにもがいてた。いい自動車だよ。高級車なのになあ。もうただ同然で買えるな。そいつがひとりで乗ってた」

アルが手を休めて顔をあげた。「トラックのほうは？」

「いや、それがさ！　トラックなんかじゃないんだ。ストーブや鍋やマットレスや子供やニワトリを積んだ、例の車体を切ってこしらえた代物《しろもの》だ。西へ行くところだったのさ。キャデラックのやつ、九十でおれたちに追い越しをかけやがった――棒立ちの馬みたいな勢いで、おれたちの横を通ったはいいが、向かいから一台来たんで、割り込もうとしてトラックもどきにぶち当たった。酔っぱらってるみたいな運転だったな。寝具やらニワトリやら子供やらが、吹っ飛んだよ。子供がひとり死んだ。あんなひどいのは見たことがない。おれたちは道ばたにとめた。トラックを運転してたおやじ、じっと立って死んだ子供を眺めてた。言葉も出てこない。呆《ほう》けたみたいになってた。まったく、道路にゃそんな家族がいっぱいいて、西へ向かってるんだ。こんなに大勢いるのは見たことがない。増えるいっぽうだ。いったいどこから湧《わ》いてきたのかねえ」

「みんないったいどこへ行くんだろう」メイがいった。「ときどきガソリンを買いに来るけど、ほかのものはめったに買わないよ。あのひとたちが盗みをはたらくっていう話も聞くね。あたしたちは、その辺になにかほっておいたりしないよ。盗まれたことは一度もないね」

パイをむしゃむしゃ食べていたビッグ・ビルが、目をあげて、網戸をつけた窓ごしに外を見た。「売り物をくくりつけたほうがいい。何人か来るようだぞ」

一九二六年型ナッシュのセダンが、よろよろと国道からおりてきた。後部座席には天井近くまで袋や鍋釜《なべかま》が積まれ、天井とのあいだの隙間《すきま》に、男の子ふたりが乗っていた。屋根にはマットレスやたたんだテントが積んであり、ステップにテントの支柱がくくりつけてあった。セダンは、ガソリンポンプのそばへ行った。髪の黒い、とがった細面の男が、車からのろのろとおりた。すると、男の子ふたりが荷物から滑りおりて、地べたにぶつかった。

メイはカウンターから出て、ドアのそばに立った。男は灰色のウールのズボンに青いシャツという恰好《かっこう》で、背中と腋《わき》の下が汗で黒ずんでいた。男の子はオーバーオールを着ているだけで、それも継ぎだらけでぼろぼろだった。髪は明るい茶色で、馬のたてがみを短く刈るように刈ってあるせいで、ぜんぶおなじ長さで突っ立っていた。顔には塵《ちり》の縞《しま》ができていた。ふたりは水道ホースの下の水溜《みずた》まりへそのまま行って、泥を爪先《つまさき》でほじくった。

男がきいた。「水をすこしもらってもかまわないかね、奥さん？」

メイが、すこし迷惑そうな顔をした。「いいよ。どうぞ」肩ごしに低声でいった。「ホースには注意することだね」男がラジエターキャップをそっとあけて、ホースを差し込むのを、メイは見ていた。

セダンには、亜麻色の髪の女が乗っていて、こういった。「ここで買えないか、きいてよ」

男がホースを抜いて、キャップを閉めた。男の子たちがホースを受け取り、逆さに向けて、喉《のど》の渇きに耐えかねているみたいに飲んだ。男がしみだらけの黒い帽子を脱ぎ、やけに神妙な態度で網戸の前に佇《たたず》んだ。「わたしたちにパンを一本売ってもらえんだろうか、奥さん？」

メイがいった。「うちは食料品店じゃないよ。パンはサンドイッチを作るのにいるのよ」

「わかっています、奥さん」男は神妙な態度を崩さなかった。「わたしたちはパンがないんですが、この先はなにもないっていう話なので」

「売ったら、店のがなくなるのよ」メイはすこしたじろいでいた。

「わたしたちは腹ペコなんです」男がいった。

「サンドイッチを買えばいいのに。おいしいサンドイッチやハンバーガーがあるわよ」

「そうしたいのは山々ですが、奥さん。無理なんです。四人分、十セントでまかなわなきゃならない」面目なさそうに、男がつけくわえた。「お金があまりないんですよ」

メイがいった。「十セントじゃ、一本は買えないのよ。十五セントのパンしかないから」

うしろからアルが不機嫌にどなった。「いいかげんにしろ、メイ。パンをあげちまいな」

「パンの配達が来る前に切れてしまうわよ」

「切れたら切れたでいいさ」といって、混ぜていたポテトサラダを、アルがむっつり顔で見おろした。

メイがぽっちゃりした肩をすくめ、困っているのをわかってもらおうと、トラック運転手たちを見た。

メイが網戸を押さえ、男が汗のにおいを連れてはいってきた。男の子たちがうしろからもぞもぞとはいってきて、すぐにお菓子のケースのほうへ行き、目を丸くして覗《のぞ》いた――ほしくてたまらないわけではなく、期待や希望すらなかったが、世の中にこんなものがあるのかという驚きに打たれていた。ふたりとも背丈や顔がよく似ていた。ひとりが汚れた足首を、反対の足の爪先で掻《か》いた。もうひとりがなにか注意し、ふたりが腕をのばして、オーバーオールの薄い青い布ごしに、拳《こぶし》を固めているのがわかった。

メイが抽斗《ひきだし》をあけて、長い蠟紙《ろうがみ》に包んだパンを出した。「これが一本十五セントなの」

男が帽子をかぶった。かたくななまでの神妙な態度でいった。「それを――十セント分切っていただけませんか?」

アルが、うなるような声を出した。「いいかげんにしろ、メイ。パンをあげちまいな」

男が、アルのほうを向いた。「いや、十セント分だけ買いたいんです。カリフォルニアへ行くのに、お金がぎりぎりしかないんですよ、旦那《だんな》さん」

メイが、あきらめの態《てい》でいった。「これを十セントで売ってあげるわよ」

「それじゃ脅し取ったみたいになりますよ、奥さん」

「いいから――アルがああいってるんだから」蠟紙に包んだパンを、カウンターごしに押しやった。男が大きな革の巾着《きんちゃく》を尻ポケットから出して、紐《ひも》をほどいてあけた。銀貨（訳注　一九六五年以前は、十セントも銀貨だった）や脂《あぶら》じみた紙幣がずっしりとはいっていた。

「こんなにケチケチして、笑われるかもしれませんが」男が詫《わ》びた。「わたしたちはあと千マイルも行かなきゃならないし、たどり着けるかどうかもわからないんです」巾着のなかを人差し指で探って、十セント銀貨を見つけ、つまみ出した。カウンターにそれを置いたとき、一セント銅貨《ペニー》が一枚くっついていた。それを巾着に戻そうとしたとき、お菓子のカウンターの前に釘《くぎ》づけになっている男の子たちに目が向いた。男はふたりのほうへゆっくりと進んでいった。大きくて長い縞模様のハッカ飴《あめ》を指差した。「あれは一セント《ペニー》キャンディですよね、奥さん？」

メイがそこへ行って、覗いた。「どれのこと？」

「あの縞のやつですよ」

男の子たちが、メイのほうを見あげて、息を飲んだ。口がちょっとあき、半裸の体が硬くなった。

「ああ——あれね。その、いえ——二本で一セントよ」

「それじゃ、子供らに二本やってください」一セント銅貨を、おもむろにカウンターに置いた。男の子たちが、とめていた息をそっと吐いた。メイが、大きな棒飴を差し出した。

「受け取りな」男がいった。

男の子たちが、おずおずと手を出して、それぞれ一本持って、脇《わき》でしっかりと握り、そっちを見ようとしなかった。だが、顔を見合わせて、恥ずかしそうに口をほころばして、こわばった笑みを浮かべた。

「ありがとう、奥さん」男がパンを持ってドアから出て、男の子ふたりがぎこちなく大股《おおまた》でついていった。赤い縞模様の飴は脚の横でぎゅっと握っていた。ふたりは前の座席からシマリスみたいに荷物の上に跳び乗り、シマリスみたいに潜り込んで見えなくなった。

男がセダンに乗って、エンジンをかけ、エンジンが轟々《ごうごう》とうなり、オイルまじりの青い煙を噴き出して、古ぼけたナッシュは坂を登り、国道に出て、西を目指した。

食堂のなかでは、トラック運転手ふたりとメイとアルが、それをじっと見送っていた。

ビッグ・ビルが向き直った。「あの飴は二本一セントじゃないだろう」

「それがどうだっていうのさ？」メイが激しい剣幕でいった。

「一本五セントだよな」ビルの相棒がいった。

「もう行こうぜ」ビルが硬貨を一枚カウンターに置き、相棒がそれを見てポケットに手を入れた。ビルが硬貨を一枚カウンターに置き、相棒がそれを見てポケットに手を入れ直して、硬貨を一枚置いた。ふたりともさっさと向きを変えて、ドアに向かった。

「あばよ」ビルがいった。

メイが呼んだ。「ちょっと！　待ってよ。お釣りがあるのに」

「勝手にしやがれ」ビルが捨て台詞《ぜりふ》をいい、網戸がバタンと閉じられた。

ふたりが大きなトラックに乗るのを、メイは見守っていた。ギアが一速にはいってガタゴトと動きだすのを見て、高いギアに切り替わった歯車がうなり、巡航速度のギア比になるのを聞いていた。「アル――」メイがそっといった。

アルが、薄くのばし、蠟紙を挟んで積んでいたハンバーガーから目をあげた。「どうした？」

「これを見て」カップの横の硬貨を指差した――五十セント銀貨が二枚。アルがそばへ行って、ちょっと見てから、仕事に戻った。

「トラックの運転手ったら」メイが、うやうやしくいった。「そのあとで下衆どもが来るのよね」

ハエが網戸にコトンとぶつかり、羽音をたてて離れていった。冷媒圧縮機がしばらくゴトゴト動いて、やがてとまった。六十六号線では自動車がビュンと通り過ぎる。トラック、流線型の高級車、おんぼろ自動車。すさまじい勢いで通り過ぎる。メイが皿をおろし、パイのくずをバケツにこそげ落とした。濡《ぬ》れ布巾を持ち、カウンターを丸く拭いた。目は暮らしがびゅんびゅん通っている国道に向いていた。

アルが、エプロンで手を拭いた。鉄板の横の壁に押しピンで留めてある紙を見た。印が三列にならべて描いてある。いちばん長い列の印を、アルが数えた。カウンターを金銭登録機まで行き、〝売上外〟のボタンをチンと鳴らしてあけ、五セント玉をひとつかみ出した。

「なにしてるの？」メイがきいた。

「三番にそろそろ当たりが出そうだ」アルがいった。三番目のスロットマシンへ行き、五セント玉を入れてまわすうちに、五回目でＢＡＲが三つそろい、大当たりの硬貨が受け皿に出てきた。アルは山ほどの硬貨を握って、カウンターに戻った。金銭登録機の抽斗に硬貨を入れて、ガタンと閉めた。それからいつもの場所に戻り、黒丸印の列に×をつけた。「三番は、ほかの機械よりもしじゅう使われるんだ。場所を入れ換えたほうがいいかもしれない」鍋の蓋をあけて、ゆっくりと煮えたぎってきたシチューをまぜた。

「カリフォルニアでなにをやるのかしら？」メイがきいた。

「だれが？」

「さっききたひとたち」

「知るもんか」アルがいった。

「仕事があるかしら？」

「おれにわかるわけがないだろう」

メイは、国道に沿って東へ視線を向けた。「トラックが来る。二人組よ。寄ってくれると思う？　来てくれるといいけど」巨大なトラックが重たげに国道からおりてきて、とまった。メイが身づくろいをして、カウンターをぜんぶ拭いた。それから、湯気をあげているコーヒー沸かしも磨いて、プロパンガスコンロの火を強くした。アルが小さなカブをひと握り出して、皮を剝《む》きはじめた。ドアがあいて、制服姿のトラック運転手がふたりはいってくると、メイが浮き浮きした顔になった。

「やあ、おねえさん《シスター》」

「お相手がどこの殿方だろうと、尼《シスター》さんになるのはごめんだわね」と、メイがいった。

ふたりが笑い、メイも笑った。「なんにするの、おにいさんたち《ボーイズ》？」

「ああ、コーヒー。パイはどんなのがあるかな？」

「パイナップルクリーム、バナナクリーム、チョコレートクリーム、それにアップル」

「アップルパイをくれ。いや待て——あの厚くてでかいのは？」

メイがそれを取ってにおいを嗅いだ。「パイナップルクリーム」

「よし、それをひと切れ」

自動車が猛烈な勢いで、六十六号線をビュンと通り過ぎる。

16

ジョード一家とウィルソン夫妻は、隊列を組んで、ゆっくりと西へ向かっていた。エルリーノー、ブリッジポート、クリントン、エルクシティ、セイアー、テクソーラ。そして州境を越え、オクラホマ州をあとにする。この日も二台の自動車はゆっくりと進みつづけて、テキサス・パンハンドルを通った。シャムロック、アランリード、グルーム、ヤーネル。午後なかばにアマリロを通り、かなりの距離を走って、日が暮れるころに野営した。みんなへとへとで、塵《ちり》にまみれ、うだっていた。ばあちゃんが暑さでひきつけを起こし、自動車をとめたときにはだいぶ弱っていた。

その晩、アルが柵《さく》の横木を一本盗んできて、両端を荷台の前後にくくりつけ、棟木にした。その晩は、朝食の残りの冷たくて硬い即席ビスケットしか食べなかった。マットレスに横になり、服を着たままで寝た。ウィルソン夫妻は、テントも張らなかった。

ジョード一家とウィルソン夫妻は、テキサス・パンハンドルを飛ぶように渡っていった。なだらかにうねる灰色の地《くに》には、以前の出水の条痕《じょうこん》が刻まれていた。一行はオクラホマから逃げ出して、テキサスを飛ぶように渡っていった。塵《ちり》のなかをカメたちが這《は》い、陽が地べたを笞打《むちう》ち、暮れると熱気が空から消えて、地べたから熱波が昇った。

一行は二日のあいだ、飛ぶように渡っていたが、三日目になると、とてつもない広さの土地に合わせて、あらたな暮らしぶりを身につけるようになった。国道がみんなの住まいになり、移動することが生きかたそのままになった。すこしずつ、その新しい暮らしを身につけていった。まずルーシーとウィンフィールドが、つぎにアルが、それからコニーとシャロンの薔薇《ばら》がなじみ、若くないものたちが最後になじんだ。動かない土の大きなうねりのように、土地が起伏していた。ウィルドラード、ヴェイガ、ボイシー、グレンリオ。そこでテキサスは果てる。ニューメキシコと山脈。大波みたいに彼方《かなた》の空に突き立つ山々がある。自動車の車輪がギシギシとまわり、エンジンが熱くなり、ラジエターキャップのまわりから蒸気が噴き出す。一行はゆっくりとペイコス川を目指し、サンタローザで橋を渡った。それから二十マイル進んだ。

アルがフェートンを運転し、お母がとなりに乗り、その横にシャロンの薔薇が乗っていた。その前をトラックがのろのろと走った。熱した空気が地表の上でゆがんで陽炎《かげろう》が立ち、向こうの山々が揺れ動いているように見えた。アルは背中を丸め、ハンドルの十字輻《スポーク》にのんびりと片手をひっかけて、気だるそうに運転していた。ひさしの長いネズミ色の帽子を、やけに気取ったふうにかぶり、片目が隠れそうになっていた。運転しながらときどき横を向いて、外に唾《つば》を吐いた。

そのとなりのお母は、膝《ひざ》で手を組み、無心に疲れと戦っていた。体の力を抜いて、体と首が自動車の動きにつれて揺れるままにした。目を細くして前方の山々を見ていた。シャロンの薔薇は、自動車の動きにあらがって力をこめていた。床に足を踏ん張り、肘《ひじ》をドアにひっかけていた。動きにあらがって丸ぽちゃの顔をひきつらせ、首の筋が凝っているせいで、頭をガクガク揺らしていた。おなかの子を衝撃から守ろうとして、体をそらし、頑丈な入れ物になろうとした。シャロンの薔薇が、母親のほうへ首をめぐらした。

「お母」シャロンの薔薇がいった。お母の目に火がともり、シャロンの薔薇に気づかいを向けた。疲れてひきつっている丸ぽちゃの顔を見て、にっこりと笑った。「お母」シャロンの薔薇がいった。「向こうに着いたら、みんなで果物を摘んで、田舎にいるみたいに暮らすのよね？」

お母が、すこし皮肉っぽい笑みを浮かべた。「まだ向こうに着いてないよ。どんなだか、わからないね。行ってみないことには」

「あたしもコニーも、田舎暮らしはもう嫌なの」シャロンの薔薇がいった。「どうするか、ぜんぶ考えてあるのよ」

お母の顔にふと小さな不安の色が浮かんだ。「あたしたちといっしょに――家族といっしょにいるんじゃないのかい?」

「そういうこと、ぜんぶコニーと話をしたの。お母、あたしたち、町に住みたい」興奮してつづけた。「コニーがお店か工場で仕事を見つけるの。それから、家で勉強する。ラジオかなにかを。それで本職になるか、そのうち自分のお店を持つの。それに、好きなときに活動写真を見にいける。それにね、赤ちゃんが生まれるとき、お医者さんに診てもらえばいいって、コニーはいうの。いつ生まれるかもわかるし、病院で産めるって。それから、自動車も買うの。ちっちゃいのを。それから、夜にコニーが勉強したあとは、そうよ――きっとうまくいく。コニーは、《西部恋愛読物》の広告をちぎって持ってるの。それを送って講座を受けるのよ。送るだけならただなの。広告にそう書いてあった。あたし、見たの。それにね――講座をとれば、お仕事ももらえるのよ――ラジオの――手が汚れない仕事だし、先行きも安心よ。それに、町に住んで、いつでも好きなときに活動写真を見にいける——それから、あたしは電気アイロンを買って、赤ちゃんには新しいのを用意する。コニーが、ぜんぶ新しいのにしようっていうの——白くて——ほら、型録《カタログ》にいっぱい載ってる、あんな赤ちゃん用のものよ。はじめのうち、コニーが家で勉強してるときは、苦しいかもしれないけど、でも——そうね、赤ちゃんが生まれるころには、勉強を終えて、あたしたちはちっちゃな家に住めるでしょう。なにも派手なのはいらないの。赤ちゃんによければ、それでいいの——」シャロンの薔薇は、よろこびに顔を輝かせた。「それに、考えたんだけど——みんな町へ行けばいいんじゃないの。それに、コニーがお店を持ったら——アルもいっしょに働けばいい」

お母の目は、紅潮している娘の顔から、片時も離れなかった。計画が大きくなっていくのを見守り、それをたどっていた。「おまえたちが、あたしたちから離れるのはだめだよ」お母がいった。「家族が離れ離れになるのはよくない」

アルが、馬鹿《ばか》にするように鼻を鳴らした。「おれがコニーの下で働くって？　コニーがおれの下で働きゃいい。あの阿呆《あほう》、夜に勉強できるのは自分だけだって思ってるのか？」

夢物語だというのを、お母はそのとたんに悟ったようだった。また前に顔を向け、体の力をゆるめたが、目のまわりにすこしだけ笑みが残っていた。「きょうはばあちゃんのご機嫌はどうかねえ」といった。

アルが、ハンドルを握る手を緊張させた。エンジンから小さなガタガタという振動音が出ていた。速度をあげると、ガタガタという音がひどくなった。アルはレバーを動かして点火時期を調整し、耳を澄ました。速度をあげ、また耳を澄ます。ガタガタという音が、機械のぶつかる音に変わった。アルは警笛《クラクション》を鳴らし、路肩に寄せてとめた。前方でトムが運転するトラックがとまった。西へ向かう自動車三台が追い抜き、それぞれクラクションを鳴らして、三台目の運転手がどなった。「そんなとこにとめるんじゃねえよ」

トムがトラックを後進させて近づけ、おりてフェートンに歩いてきた。山積みのトラックの荷台から、何人もが見おろした。アルが点火時期を調整して、無負荷運転《アイドリング》しているエンジンの音をじっと聞いた。トムがたずねた。「どうした、アル？」

アルが、エンジンをふかした。「ちょっと聞いて」ガタガタという連打音が、さらに大きくなっていた。

トムは耳を澄ました。「アイドリングに戻せ」といって、ボンネットをあけ、首を突っ込んだ。「こんどは回転をあげろ」ちょっと聞いてから、ボンネットを閉めた。

「ああ、おまえが思ってるとおりだ、アル」

「連結棒軸受け《コンロッドベアリング》だな？」

「そのようだ」トムはいった。

「オイルはたっぷりくれてやったのに」アルがぶつぶついった。

「まあ、それが届いてなかったんだな。ひからびたサルみたいに乾いてる。まあ、分解してはずすしかないな。こうしよう。おれが先に行って、とめられる場所を探す。おまえはゆっくりついてこい。オイルパンまでぶっ壊すなよ」

ウィルソンがきいた。「ひどいのか？」

「かなりひどい」トムは答えて、トラックに戻り、ゆっくりと走らせた。

アルが弁解した。「どうしていかれちまったのか、わからない。オイルはたっぷり注《さ》したのに」とがめられると承知していた。自分のしくじりだと思っていた。

お母がいった。「おまえのせいじゃないよ。おまえは、なにもかもきちんとやってたんだ」それから、おずおずときいた。「だいぶひどいのかい？」

「ああ、はずしづらいし、新しい連結棒《コンロッド》を手に入れるか、これの子メタルを貼《は》り換えなきゃならない」大きな溜息《ためいき》をついた。「トムがいてくれてよかった。おれはベアリングの取り付けはやったことがないんだ。トムがやったことがあるといいんだけど」

前方の道路脇《わき》に巨大な赤い広告板があり、細長い影を落としていた。トムは道ばたにトラックをそろそろと進めて、道路沿いの浅い用水路の窪地《くぼち》を渡り、その日陰にとめた。トラックをおりて、アルの自動車が追いつくのを待った。

「よし、そろそろとやれ」トムは大声でいった。「ゆっくりやらないと、ばねを折っちまうぞ」

アルが、怒りで顔を真っ赤にした。エンジンの回転を落とした。「こんちくしょう」と、どなった。「ベアリングを焼きつかせたのはおれじゃねえ！　ひどいじゃないか。ばねを折るだなんて」

トムは、にやにや笑った。「あんよが地面《タイヤ》から離れないようにしろよ。他意はない。いいから溝をそろそろと越えろ」

アルが、ぶつぶついいながらフェートンを寸刻みに進めて、斜面を下り、用水路の向こうの斜面を登った。「おれがベアリングを焼き付かせたなんてこと、だれにも吹き込まないでくれよな」エンジンのガタつく音が、かなりひどくなっていた。アルが日陰にフェートンを入れて、エンジンを切った。

トムは、ボンネットをあけて、支え棒をかった。「エンジンが冷えないと、手がつけられない」トムはいった。一行がぞろぞろとトラックからおりて、フェートンのまわりに集まった。

お父がきいた。「どれくらいひどいんだ？」そして、しゃがんだ。

トムは、アルに向かっていった。「直したことあるか？」

「いや」アルがいった。「一度もない。もちろん、オイルパンははずしたことがあるけど」

トムはいった。「そうか、オイルパンをまずはずしてから、コンロッドを出さなきゃならない。それから新しい子メタルを手に入れて、磨き、薄板《シム》を入れて隙間《すきま》がなくなるように組みつける。一日仕事になる。部品を手に入れるには、さっき通り過ぎたサンタローザまで戻らないといけない。アルバカーキまでは七十五マイルもあるからな——あっ、しまった。あしたは日曜日だ。あしたじゃなにも買えない」一同は黙って立っていた。ルーシーが忍び寄って、ボンネットの下を覗《のぞ》き込んだ。壊れた部品が見えないかと思ったのだ。トムはそっと話をつづけた。「あしたが日曜日、月曜日に部品を手に入れても、火曜日に出かけられるように直すのは無理だろう。修理にぐあいのいい工具もない。けっこうな大仕事だ」一頭のクロコンドルの影が、地べたを流れ、すいすいと飛んでいる黒い鳥を、みんなが見あげた。

お父がいった。「金がなくなって、向こうまでいけないんじゃないかと心配だ。みんな食べて、ガソリンやオイルを買わなきゃならない。金がなくなったら、どうしていいかわからん」

ウィルソンがいった。「おれの落ち度みたいだな。このボロ車には、ずっと困らされてきた。あんたたちは、おれたちによくしてくれた。荷物を移し替えて、このまま行ってくれ。おれとセイリーは残って、なんとか算段するよ。あんたたちの旅を遅らせるわけにはいかない」

お父が、ゆっくりといった。「おれたちはそんなことはしない。断じて。もう家族みたいなものじゃないか。じいちゃんは、あんたたちのテントで息を引き取ったんだよ」

セイリーが、疲れたようにいった。「あたしたちは、ご迷惑ばかりかけてきましたよ。ほんとうにご迷惑ばかりかけてきましたよ」

トムはゆっくりとタバコを巻き、できぐあいを見てから火をつけた。ぼろぼろになった鳥打帽を脱ぐと、額をそれで拭《ふ》いた。「ひとつ考えがある」トムはいった。「みんなは嫌かもしれないが、こういうことだ。カリフォルニアに早く行けば、それだけ早く金が転げ込む。この自動車は、トラックの倍の速さだ。そこでおれは考えた。トラックから荷物をすこしおろし、おれと伝道師さんだけ残して、あとのみんなは出発する。おれと伝道師さんがここに残って、自動車を直し、それから昼間も夜も走れば、そのうち追いつく。道すじで会えなくても、みんなはどうせ働く。トラックが壊れたら、道ばたで野営して、おれたちを待てばいい。これよりひどいことにはならないし、行き着ければみんな働けるわけだから、ずっと楽になる。伝道師さんがこの自動車を直す力仕事を手伝ってくれれば、すぐに追いつけるさ」

集まっていた一同が、それを考えた。ジョンおじが、お父のそばにしゃがんだ。

アルがいった。「コンロッドを直すのに、おれの手助けはいらないのかい？」

「直したことがないっていったのは、おまえだろう」

「そうだな」アルがいった。「力があるやつがいるだけだ。伝道師さんは残りたくないかもしれないけど」

「まあ――だれでも――かまわないよ」トムはいった。

お父が、乾いた地べたを人差し指でひっかいた。「トムのいうとおりだっていう気がする」お父がいった。「みんなで残るのはまずいだろう。暗くなるまでに、五十マイル、いや百マイル行ける」

お母が、心配そうにいった。「あたしたちをどうやって見つけるんだい？」

「どっちもずっとおなじ道を走るんだよ」トムはいった。「どこまでも六十六号線だ。

ベイカーズフィールドっていう町に着く。おれの持ってる地図に載ってる。そこまで一本道だ」

「そうかい、でもカリフォルニアへ行って、この道からはずれたら――」

「心配しないで」トムはお母をなだめた。「おれたちが見つける。カリフォルニアはそんなにだだっ広いわけじゃない」

「地図じゃずいぶん広いところみたいだけどねえ」お母がいった。

お父が、助け舟を求めた。「ジョン、だめだっていう理由があるか？」

「いや」ジョンおじがいった。

「ウィルソンさん、あんたの自動車だ。うちの息子が直して追いかけてくるのに反対する理由はあるかね？」

「ないね」ウィルソンがいった。「もうあんたたちにはずいぶん助けてもらった。こんどはこっちがあんたの息子さんに手を貸す番だ」

「おれたちが追いつけなくても、あんたたちは働いてすこし金を貯《た》めればいいさ」トムはいった。「よしんばここにみんなで残ったとしても、水はないし、この自動車は動かせない。だけど、もしあんたたちみんなが向こうへいって、仕事を見つけたら、金を稼いで、住む家が持てるかもしれない。どうする、伝道師さん？　おれといっしよに残って、力を貸してくれるか？」

「わしはみんなにとっていちばんいいことをやりたい」ケイシーがいった。「おまえがわしを連れてきて、乗せてくれた。なんでもやる」

「ここに残ったら、仰向《あおむ》けになって、顔にオイルをかぶることになるんだぜ」と、トムはいった。

「かまわんよ」

お父がいった。「それじゃ、そういうことなら、急いだほうがいいな。とまる前に百マイルかせげるかもしれない」

お母が、お父の前に立ちはだかった。「あたしは行かないよ」

「わけのわからないことをいうんじゃない。行かなきゃならないんだ。おまえは家族の面倒をみなきゃならないだろうが」お父は、お母の叛乱《はんらん》にびっくり仰天していた。

お母がフェートンに近づいて、後部座席の床に手をのばした。ジャッキハンドルを取って、片手で軽々と揺すってみせた。「あたしは行かないよ」

「行かなきゃならないんだ。みんなで決めたんだ」

そこでお母がきっと口を結んだ。静かにいった。「あたしを行かせるんなら、ぶっしかないね」ジャッキハンドルを、またそっと動かした。「あんたに恥をかかせてやるよ、お父。ぶたれて、泣いて、赦《ゆる》してくれなんていわないからね。こっちだっておとなしくしちゃいないよ、それに、ぶてるもんかね。そんなことをしたら、あんたが背中を向けたり座ったりしたとたんに、バケツで思い切りぶん殴ってやる。誓ってそうしてやる」

お父が、なすすべもなく一同を見まわした。「お母、図に乗りやがって。こんなに図に乗りやがるのは見たことがない」ルーシーが、ヒッと忍び笑いを漏らした。

お母の手にしたジャッキハンドルが、獲物をほしそうにちらちらと動いていた。

「さあ」お母がいった。「決めたんだって？　それなら、あたしをぶちにきたらどうだい。やってみな。だけど、行かないよ。行くとしたって、こっちは執念深く待つよ。あんたの瞼《まぶた》がおっこちたら、ストーブの薪《まき》でぶん殴ってやる」

「図に乗るのもたいがいにしろ」お父がつぶやいた。「いい歳《とし》しやがって」

全員が、お母の叛乱を見守っていた。お父を見守り、怒りが爆発するのを待った。ゆるんだ手が拳《こぶし》に固められるのを見ようとした。すると、お父は怒るどころか、脇でぐんにゃりと手を垂らしていた。たちまち一同は、お母が勝ったことを知った。お母もそれを知った。

トムはいった。「お母、なにが気になってるんだ？　これをどうしたいんだ？　だいたい、どうしちまったんだよ？　なんでそんなにいきり立ってるんだ？」

お母の表情が和らいだが、目はあいかわらず猛々《たけだけ》しかった。「おまえが考えもなしに、こんなことをいうからだよ」お母がいった。「あたしたちに、この世でなにが残されてるっていうのさ。あたしたちだけだ。家族だけなんだ。出かけたらすぐに、じいちゃんが冷たい土のなかにはいっちまった。それを、いまおまえは、家族をバラバラにして――」

トムはどなった。「お母、おれたちはすぐに追いつく。ちょっと別れるだけだ」

お母が、ジャッキハンドルをふった。「あたしたちが野営したとして、おまえたちが気づかずに通り過ぎたら、どうするのさ。あたしたちが向こうに着いたとして、どこに言伝《ことづて》を残せばいいのかわからないし、おまえたちもどこできけばいいのかわからない」お母がいった。「これまでの道のりだって苦しかった。ばあちゃんはぐあいが悪い。トラックの荷物の上に乗って、お迎えを待ってるようなもんなんだよ。もう疲れ切ってるんだよ。これからの道のりも長くて苦しいんだよ」

ジョンおじがいった。「だけど、金がすこしは稼げる。すこし貯められる。そのうちにほかのみんなも来る」

家族の目がすべて、ふたたびお母に向けられた。力を握っているのは、お母だった。

お母が采配《さいはい》をふるっていた。「あたしたちが稼ぐお金なんか、なんの役にも立ちゃしない」お母がいった。「家族がバラバラになっちまうだけだ。牛の群れとおなじだよ。でっかいオオカミどもがうろついてるときには、寄り固まっていなきゃならない。みんながいっしょなら、みんな元気でいるなら、あたしは怖くない。だけど、別れるなんてまっぴらごめんだよ。ウィルソンさんご夫婦があたしたちといっしょにいて、伝道師さんもいっしょにいる。そちらのみなさんが別れたいっていうんなら、あたしにはなにもいえない。だけど、家族がバラバラになるっていうんなら、あたしはこの鉄棒をふりまわして暴れてやる」梃子《てこ》でも動かないという、冷たい声だった。

トムは、なだめる口調でいった。「お母、みんながここに野営するのは無理だ。水もない。日陰だってろくにない。ばあちゃんには日陰がいるんだ」

「わかったよ」お母がいった。「行くよ。水と日陰があったらそこでとまる。それから――トラックがひきかえして、おまえたちを町まで連れてって、部品を手に入れたら戻る。おまえたちは日向《ひなた》を歩かないですむし、おまえひとりで行かないようにできる。よしんばおまえが捕まっても、家族の助けがある」

トムは口を結んでから、ぱっとあけた。しかたがないというように両手をひろげ、脇に垂らした。「お父」トムはいった。「お父がかたっぽから跳びかかって、おれが反対から跳びかかって、みんなが上から乗っかって、ばあちゃんがてっぺんに乗ったら、お母を押さえ込めるかもしれないけど、ジャッキハンドルでふたりか三人死ぬはめになりそうだ。しかし、お父が頭を叩《たた》き潰《つぶ》されたくないっていうんなら、この勝負はお母の勝ちだな。やれやれ、ひとりが肚《はら》をくったら、まわりの人間はいいなりになるしかないぜ！　お母の勝ちだ。だれかを怪我《けが》させる前に、そのジャッキハンドルをしまってくれよ」

お母が、びっくりしたような顔で、手にした鉄の棒を見た。手がふるえていた。その得物をお母が地べたに落とすと、トムはことさら慎重な仕草で拾いあげ、自動車のなかに戻した。「お父、これで一件落着だ。アル、おまえが運転していって、みんなを野営させろ。それからここに戻ってきてくれ。おれは伝道師さんとオイルパンをはずしておく。はずせたら、サンタローザまでひとっ走りして、コンロッドを手に入れる、土曜の夜だから、まだ見つけられるかもしれない。町まで行けるように急いでくれ。トラックにある自在スパナとやっとこをよこせ」トムは、フェートンの下に手をのばして、油にまみれたオイルパンを手探りした。「そうそう、オイルを受けるのに、その古いバケツを置いていってくれ。オイルは無駄にできない」アルがバケツを渡すと、トムは車体の下にバケツを入れて、プライヤーでドレーンボルトをゆるめた。指でドレーンボルトをまわすあいだ、黒いオイルが腕を流れ、やがて音もなくバケツに落ちていった。バケツ半分にまでオイルが溜《た》まるころには、アルが一行をトラックに乗せていた。早くもオイルで顔が汚れたトムが、車輪のあいだから覗いた。「早く戻ってくるんだぞ！」と叫んだ。そして、トラックが浅い用水路の窪地をそっと横切って離れてゆくあいだに、オイルパンのボルトをゆるめた。ボルトをすべて一回転させ、ガスケットを傷《いた》めないように、均等にゆるめていった。

ケイシーが、車輪のそばにしゃがんだ。「わしはなにをすればいい？」

「いまはなにもしなくていい。オイルを出しきって、このボルトをゆるめたら、オイルパンをおろすのを手伝ってくれ」車体の下で身を縮めて顔を遠ざけ、スパナでボルトをゆるめては、指でまわした。オイルパンが落ちないように、ボルトの先端がすこしネジ穴に残るようにした。「この下の地面が、まだ熱いな」そういってから、トムはつづけた。「なあ、ケイシー、ここ何日か、あんたずいぶんおとなしいな。どういう風の吹きまわしだ！　あんたに最初に出会ったときには、三十分ごとにお説教してたじゃないか。それがここ二日ばかり、十も言葉を吐いてないぜ。どうしたんだ――機嫌でも悪いのか？」

ケイシーが腹ばいになって、自動車の下を覗いた。まばらな鬚《ひげ》が棘《とげ》みたいになっている顎《あご》を、片手に載せた。うなじが日焼けしないように、帽子はあみだにしてあった。

「伝道師のときに、わしはさんざんしゃべった。一生分しゃべった」

「それはそうだが、やめてからもしゃべってただろう」

「どうも悩みが多くてな」ケイシーがいった。「伝道しとるとき、わしはこれっぽちも気づいてなかったが、女あさりがひどかった。伝道しないんなら、結婚しなきゃならん。いやな、トミー、わしは女を抱きたくてたまらんのだ」

「おれだっておなじだ」トムはいった。「じつはな、マカレスターを出た日に、おれはさかりがついたんだ。ウサギを狩るみたいに、商売女を見つけ出した。そのあとのことはいわないでおく。だれにもいうつもりはない」

ケイシーが笑った。「そのあとのことはわかる。わしも荒れ野で断食《だんじき》したあと、まったくおなじようになった」

「そうか！」トムはいった。「それで、とにかく金を出さずにすんだし、女にはそれなりのいい思いをさせた。払うのがあたりまえなんだろうが、五ドルしかなかった。お代はいらないって、女がいった。ほら、こっちへ転がって、ボルトを押さえてくれ。おれはこいつを叩いてゆるめる。そっちはそのボルトをまわしてはずす。おれはこっち側のをまわしてはずす。それから、そっと下におろす。ガスケットに気をつけてくれ。ほら、そっくりそのままはずせる。この旧式のダッジには気筒が四つしかない。一度分解したことがある。マスクメロンみたいなでかいベアリングがある。よし——おろすぞ——支えてくれ。手をのばして、ガスケットがくっついてるところを剝《は》がせ——そっとやれ。よし！」油まみれのオイルパンが、ふたりのあいだの地べたにおかれた。オイル溜まりにまだすこしオイルが残っていた。トムは、前のほうの溜まりに手を入れて、バビット合金の子メタルの破片をつまみあげた。「これだ」トムはいった。指で子メタルを裏返した。「クランク軸が上に行ってる。トランクから手まわし始動用の曲把手《クランクハンドル》を持ってきてくれ。おれがいうとおりにまわすんだ」

ケイシーが立ちあがって、クランクハンドルを見つけ、穴に差し込んだ。「用意はいいか？」

「ああ——よし、ゆっくりまわせ——もうちょっと——もうちょっと——そこでとめろ」

ケイシーがしゃがんで、また車体の下を覗いた。トムは、くだんのコンロッドベアリングを、クランク軸にコツコツとぶつけた。「やっぱりこいつだ」

「どうしてそうなったんだ？」ケイシーがきいた。

「わかるわけがないだろう！　このボロ車は十三年も走ってるんだ。走行計を見ると六万マイルになってる。ということは、ひとまわりして十六万マイルだろう。それに、もっと行ってるのを巻き戻したのかもしれない。過熱して——前にオイルが不足したのかもしれない——剝がれちまったんだ」割りピンを抜くと、スパナをコンロッドボルトにかけた。力をこめたとき、スパナが滑った。トムの手の甲に、長い切り傷ができた。トムはそれを見た——傷口からどっと血があふれて、オイルと混じり、オイルパンに落ちた。

「たいへんだ」ケイシーがいった。「わしが代わりにやるから、おまえは包帯したらどうだ？」

「いや、滅相もない。自動車の修理には切り傷が付き物だ。一度切ったら、もう切る心配はいらないわけだ」またスパナを当てた。「もっとできのいい自在スパナがあればいいんだが」とつぶやいて、トムは拳でスパナを叩き、ボルトをゆるめた。ボルトを抜き、オイルパンのボルトといっしょにオイルパンに置いた。割りピンもおなじところに置いた。ボルトをはずしたコンロッドとピストンを抜き取った。それもオイルパンに置いた。「やれやれ、はずしたぞ！」オイルパンをひっぱりながら、もぞもぞと車体の下から這い出した。麻袋の切れ端で手を拭いて、傷口を見た。「ひどく血が出てるな」トムはいった。「まあ、とめられるさ」地べたに小便をして、小便でどろどろになった土をつかむと、傷に塗りたくった。血は一瞬にじんだだけでとまった。

「血をとめるには、これがいちばん効くんだ」

「クモの巣も使えるぞ」ケイシーがいった。

「知ってるが、ここにクモの巣はないし、小便はいつだって出せる」トムは、ステップに腰かけて、壊れた子メタルを調べた。「一九二五年型のダッジを見つけて、古いコンロッドとシムを何枚か手に入れれば、ちゃんと修繕できるさ。アルはずいぶん遠くまで行っちまったんだな」

広告板の影が、もう六十フィートものびていた。夕暮れが近づいていた。ケイシーがステップに腰かけて、西を見やった。「もうじき高い山を登るな」といってから、しばらく黙り込んだ。「トム！」

「なんだ？」

「トム、わしは道路を走ってる自動車をずっと見とった。わしらが追い抜いた自動車、わしらを追い抜いた自動車。ずっと頭に刻み込んでた」

「刻み込むって、なにをだ？」

「トム、わしらみたいな一行が、何百組も西へ向かっとる。東へいくやつらはおらん――何百もの家族だ。気がついただろう？」

「ああ、気がついた」

「それがだな――まるで――まるで兵隊から逃げとるみたいだった。国中の人間がよそへ行こうとしとる」

「そうだな」トムはいった。「国中の人間が、よそへ行こうとしてる。おれたちもそうだ」

「それでだな――これだけの人間、ありとあらゆる人間がだな――あっちで仕事を見つけられなかったら、どうなる?」

「いいかげんにしろ!」トムはどなった。「おれにわかるわけがない。おれはこっちの足を出し、あっちの足を出して、一歩ずつ歩いてるだけだ。マカレスターで、おれは四年のあいだそうしてた。監房を出て、はいり、食堂にはいり、出る。やめてくれよ。シャバに出たら、すこしはちがうだろうと思ってたんだ! ムショではなにも考えなかった。さもないと頭がおかしくなる。いまだっておなじだ」ケイシーのほうを向いた。「このベアリングが壊れた。壊れるなんて知らなかったから、ぜんぜん心配してなかった。壊れたから、おれたちは直す。一事が万事、なんでもおなじなんだよ! 心配したってはじまらないんだ。このちっちゃなバビット合金の子メタルを見ろ。ほら。おれがいま考えてるのは、こいつのことだけだ。アルのやつ、どこまで行ったんだ」

ケイシーがいった。「あのな、トム。いや、もうどうでもいい。言葉っていうのはもどかしいばかりだ」

トムは、泥の血止めを手から剝がし、地べたに投げ捨てた。傷の縁に泥の線ができていた。トムは、ケイシーに視線を投げた。「お説教しようっていうのか」トムはいった。「ああ、どうぞ。おれはお説教を聞くのが好きだよ。ムショの所長がしじゅうお説教をした。おれたちが困るわけじゃないし、やっこさんはいい気分になれるからな。いったいなにがいいたいんだ?」

ケイシーが、節くれだった長い指の甲をつまんだ。「なにかでかいことが起きてて、おまえがいうように、だれもがこっちの足を出し、あっちの足を出して、一歩ずつ進んどる。おまえがいうように、自分たちがこれから行くところのことは、なにも考えない——しかし、それでも、みんなおなじ方角に足を踏み出す。それにな、耳を澄ましてみれば、うごめき、こそこそ、ざわめき——落ち着きのない気配が聞こえる。気づかないままに、みんながなにかをやり、なにかでかいことが起きようとしている——もうじき。西へ行くみんなのあいだで、なにかが起きる——取り残された畑でも、なにかが起きる。国全体を変えてしまうようなことが、やってくる」

トムはいった。「それでも、おれはおれのおみ脚を、一度に片方ずつ動かすよ」

「ああ。しかし、目の前に柵があったら、それをよじ登るだろう」

「よじ登らなきゃならない柵があったら、よじ登る」トムはいった。

ケイシーが、溜息をついた。「それがいちばんだな。そういわざるをえない。しかし、ひとはそれぞれだからな。わしみたいに、現われもしない柵を登ろうっていうやつもおる――それをどうにもできん」

「あれはアルじゃないか？」トムはきいた。

「ああ、そのようだ」

トムは立ちあがり、コンロッドと半円形の子メタル二枚を袋に入れた。「買うときに、おなじやつか、たしかめないといけない」と説明した。

トラックが道ばたにとまり、アルが窓から乗り出した。

トムはいった。「ずいぶん時間がかかったな。どこまで行ったんだ」

アルが、溜息をついた。「コンロッドははずせたか？」

「ああ」トムは袋を持ちあげてみせた。「子メタルが割れてた」

「そうか、おれのせいじゃないよ」と、アルがいった。

「そうとも、みんなをどこへ連れてったんだ？」

「ちょっと騒ぎがあった」アルがいった。「ばあちゃんがわめき散らして、それでロザシャーンまでわめいた。マットレスに頭をつっこんでわめいてた。だけど、ばあちゃんは、大口あけて、満月の晩に犬が吠《ほ》えるみたいに叫ぶんだ。なにもわからなくなっちまったんだ。赤ん坊とおなじだ。だれとも口をきかないし、だれがだれだかもわからないみたいだ。じいちゃんと話してるみたいにしゃべるだけで」

「どこへ置いてきたんだ？」トムはなおもきいた。

「ああ、キャンプ場にいる。日陰もあるし、水道もある。一日五十セントかかる。でも、みんな疲れ果ててくたくただから、そこに泊ることにした。ばあちゃんがくたびれてまいってるから、そうするしかないって、お母がいったんだ。ウィルソンさんのテントを張って、おれたちの防水布も張った。ばあちゃん、ぼけちまったんだと思うぜ」

トムは、傾いている陽のほうを見た。「ケイシー。だれかが残ってないと、この自動車はなにもかも剝ぎ取られちまう。いてくれるか？」

「いいとも。番をするよ」

アルが、座席から紙袋を取った。「お母が持たせてくれたパンと肉だ。水もある」

「お母はよく気がまわるな」ケイシーがいった。

トムは、トラックに乗った。「なあ、できるだけ早く戻ってくる。だが、どれだけかかるかはわからない」

「ずっといるよ」

「よし。ひとりでお説教なんかするんじゃないぞ。行こう、アル」夕暮れが近づくなか、トラックは走り出した。「いいやつだ」トムはいった。「いつもおかしなことばかり考えてるが」

「しかたないさ——伝道師だったら、そうなるんだろうよ。お父は、木陰で野営するだけなのに五十セント取られるのを、口惜《くや》しがってた。とんでもないっていうのさ。座り込んで悪態ついてた。つぎはちっぽけなタンクに入れた空気でも売るのかって。だけど、ばあちゃんのことがあるから、日陰と水がないとだめだって、お母がいい張った」トラックは国道をガタゴトと走り、荷物がないのであらゆるところがガタつき、ぶつかっていた。荷台のあおりも、切った車体も。軽快に、荒っぽく走った。アルが時速三十八マイルまであげると、エンジンのガタガタという音がひどくなり、オイルが燃える青い煙が床板から漂ってきた。

「もうちょっとゆっくりやれ」トムはいった。「ハブキャップまで焼けちまうぞ。ばあちゃん、どこが悪いんだ?」

「さあ。そういえば、ここ二日ばかりぼうっとして、だれとも口をきかなかったな。それが、いまじゃわめき散らして、しゃべりどおしだ。ただ、話してる相手はじいちゃんだ。じいちゃんにどなり散らしてる。ちょっと恐ろしいよ。じいちゃんが生きてばあちゃんに向かってニタニタ笑ってるのが、見えるみたいな気がするんだ。股《また》をガリガリ掻《か》いて笑ってるのが。そこに座ってるじいちゃんが、ばあちゃんには見えてるみたいなんだ。ばあちゃん、そんなふうに、じいちゃんを叱《しか》りつけてるんだ。そう、兄貴に二十ドル渡せって、お父から預かってきた。いくらいるのかわからないからって。さっきみたいにお母がお父を決めつけるの、見たことがあるかい？」

「いや、憶《おぼ》えがない。よりによってこんなときに仮釈放になるとはな。うちに帰ったら、朝寝してたらふく食べようって思っていたのに。踊りにいって、女あさりでもして――ところが、そんなことをやってるひまもない」

アルがいった。「忘れてた。お母にいつかってきたことが、いっぱいあるんだ。酒を飲むな、いい争うな、だれとも喧嘩《けんか》をするなって。兄貴が連れ戻されるのを怖がってるんだ」

「おれが厄介をかけなくても、お母にはやらなきゃならないことが山ほどあるからな」トムはいった。

「でも、ビールを一杯か二杯飲んでもいいだろう? ビールを飲みたくてたまらないんだ」

「よしたほうがいい」トムはいった。「おれたちがビールを飲んだら、お父にどれだけ吐言《こごと》を食らうか、わかりゃしないぞ」

「じつはな、兄貴、六ドル持ってるんだ。ビールをちょっと飲んで、盛り場にくり出そう。おれが六ドル持ってるのは、だれも知らない。ねえ、ふたりで愉《たの》しもうよ」

「金はしまっておけ」トムはいった。「西海岸へ行ったら、それで愉しくやろう。働きながら――」座席で体をねじった。「おまえが盛り場で遊ぶやつだとは思わなかった。女は口説くものじゃないのか?」

「いや、だって、ここには知ってる女もいないし。それに、あんまり手をひろげたら、結婚するはめになるさ。カリフォルニアへ行ったら、羽根をのばすぞ」

「だといいが」トムはいった。

「兄貴はもう、なんでも疑ってかかるんだな」

「ああ、なにも信用できない」

「あいつを殺した――ときのこと――兄貴は、夢に見たり、悩んだりしないのかい?」

「ああ」

「それじゃ、ぜんぜん考えないのかい？」

「ああ。気の毒だとは思う。死んじまったからな」

「自分を責めないわけ？」

「責めるものか。おつとめは果たした。ムショで」

「その――あそこはひどかったのかな？」

トムは、いらいらといった。「いいか、アル。おれはおつとめを果たした。終わった。二度とやりたくない。向こうに川があって、町がある。コンロッドを手に入れるのが肝心なんだ。あとのことはどうでもいい」

「お母は大の兄貴びいきだからな」アルがいった。「兄貴がぶち込まれたときは嘆いてた。心のなかでね。泣き声を喉《のど》の奥に押し込めてたみたいだった。でも、お母がなにを考えてるか、おれたちにはわかってた」

トムは、鳥打帽を目深《まぶか》にかぶった。「いいか、アル。べつの話はできないのか」

「おれはただ、お母がそんなだったたっていってるだけだ」

「わかってる――わかってる。だがな――そういうことは考えたくないんだ。おれはただ、かたっぽの足を出し、もういっぽうの足を出して、一歩ずつ歩きたいんだよ」

アルが、ふくれっ面《つら》で黙り込んだ。「おれはただ兄貴に教えたかっただけなんだ」と、しばらくしてからいった。

トムは、アルのほうを見た。アルは真正面を見据えていた。軽くなったトラックは、やかましい音をたてて跳ねながら走っていた。トムの大きな上唇がめくれて、歯が覗き、低い笑い声が漏れた。「おまえの気持はわかってるよ、アル。おれはすこしムショ惚《ぼ》けにかかってるのかもしれない。いつか話してやるよ。たしかに、おまえが知りたいのも無理はない。興味津々《しんしん》だろうな。しかし、おれにも妙な理屈があって、しばらく忘れていたほうがいいって思うのさ。すこしたてば、気も変わるかもしれない。いまそのことを考えると、腹の力が抜けて、嫌な気分になるんだ。いいか、アル、これだけはいっておこう――ムショっていうのはな、人間をじわじわとおかしくしちまうものなんだ。わかるか？　おかしくなったやつがいて、そいつを見たり、そいつの声を聞いたりしてるうちに、たちまち自分がいかれてるのかどうかもわからなくなる。夜中にそいつが悲鳴をあげると、自分が悲鳴をあげてるんじゃないかって思えることがあるんだ――じっさいそういうこともある」

アルがいった。「まいったな！　もうその話はやめるよ、兄貴」

「ひと月なら我慢できる」トムはいった。「半年ならなんとかなる。でも、一年を越えると――どうなるかわからない。あれは、この世のどんなもんともちがうんだ。どこかがねじ曲がってる。人間を閉じ込めるっていう考えそのものが、どこかねじ曲がってる。くそ、やめよう！　この話はしたくない。あの窓に夕陽が光ってるのを見ろ」

トラックが給油所の固まっているところへ差しかかると、道路の右側に廃車置き場があった――一エーカーの敷地を鉄条網のある高い柵《さく》が囲み、トタン板の物置小屋がその前にあって、ドアの脇に古タイヤが積まれ、値札が付けてあった。物置の裏には、廃品、廃材、ブリキの切れ端でこしらえた掘立小屋があった。自動車の窓を壁にはめこんで、窓にしてあった。雑草の生えた置場に、ねじくれ、車首がつぶれた廃車がならんでいた。車輪がなくなって、横倒しになった、傷だらけの自動車もあった。小屋にもたれて地べたで錆《さ》びているエンジン。屑鉄《くずてつ》の山。フェンダー、トラックのあおり、車輪、車軸。敷地全体が、腐食、カビ、錆のおもむきに覆《おお》われていた。ねじれた鉄、部品を剝ぎ取られたエンジン、見捨てられた物の山。

アルは、物置小屋の前のオイルがしみた地べたにトラックを進めた。トムがおりて、暗い戸口を覗き込んだ。「だれもいないみたいだな」といってから、大声で呼んだ。

「だれかいるか？」

「くそ、二五年型のダッジがあるといいんだが」

物置小屋の裏でドアがバタンと音をたてた。亡霊のような男が、暗い小屋から出てきた。痩《や》せて汚れて脂《あぶら》じみた薄い皮膚が、細い筋肉にぴっちりと張りついている。片目がなく、いいほうの目を動かした拍子に、眼帯もかけていない剝《む》き出しの眼窩《がんか》が、筋肉の動きにひっぱられて縮んだ。ジーンズとシャツは、古いグリースがべっとりついて光っていた。手はひびと皺《しわ》と切り傷だらけだった。厚い下唇が、機嫌悪そうに突き出していた。

トムはきいた。「あんた親方か？」

片目が睨《にら》みつけた。「おれは親方の使用人だ」不機嫌に男がいった。「なにがほしい？」

「廃車の二五年型ダッジがないか？　コンロッドがいるんだ」

「わからねえ。親方がいればわかるだろうが――いねえんだ。うちに帰った」

「見てもいいか？」

男が手洟《てばな》をかみ、ズボンで拭いた。「あんたら、土地のもんか？」

「東から来た――西へ行く」

「それじゃ、見てもいいぜ。ここを焼き払ったってかまやしねえよ」

「親方のことが、あまり好きじゃないみたいだな」

片目を燃えあがらせて、男がよたよたと近づいてきた。「憎んでるのさ」低い声でいった。「あんちくしょうが憎い。うちに帰りやがった。自分の家にな」言葉がこぼれ出した。「野郎、ひとをいじめるのが好きなのさ。いじめて、ひとの心を引き裂きやがる。あの——ひとでなしめ。あいつにゃ、十九歳のかわいい娘がいる。おれにこういうんだ。〝うちの娘と結婚しないか?〟。おれにそういうんだよ。今夜は——こういいやがった。〝ダンスの会があるぞ。おまえも来ないか?〟。おれにそういうんだよ!」目に涙が浮かび、赤い眼窩の隅から涙がこぼれた。「いつか、ぜったいに——いつか、おれはパイプレンチをポケットに入れて、あの野郎がおれの目を見てそういったら、頭をばらして首からひっこ抜いてやる」怒りのあまりあえいだ。「じわじわとばらしながらひっこ抜く」

太陽が山の蔭《かげ》に見えなくなった。アルが廃車置き場を覗き込んだ。「あそこだ。ほら、トム!　あれは二五年か二六年の型みたいだ」

トムは、片目の男のほうを向いた。「見てもかまわないか?」

「いいとも!　なんでも好きなもんを持っていきな」

三人は、死んだ自動車のあいだを縫って、空気の抜けたタイヤに乗っている錆びたセダンに近づいた。

「二五年型にまちがいない」アルが、大声をあげた。「オイルパンをはずしてもいいかな?」

トムはひざまずいて、車体の下を見た。「オイルパンはもうはずしてある。コンロッドも一本抜かれてる。一本なくなってる」下に潜り込んだ。「クランクハンドルを持ってきて、まわしてくれ、アル」シャフトのなかのクランク軸の動きを調べた。「グリースが固まってるな」アルが、クランクハンドルをゆっくりとまわした。「そっとやれ」トムは叫んだ。地べたから木の切れ端を拾い、ベアリングとコンロッドボルトに厚くこびりついたグリースをこそげ落とした。

「ぴったりくっついてるか?」

「まあ、すこしゆるんでるが、そうひどくはない」

「で、どのぐらい減ってる?」

「シムがだいぶ残ってる。ぜんぶやられてはいない。ああ、使える。ゆっくり動かしてくれ。そっとおろすんだ——それでいい! トラックへ行って、工具を持ってきてくれ」

片目の男がいった。「うちの工具を持ってくるよ」錆びた自動車のあいだをたどたどしく歩いていって、すぐにブリキの工具箱を持って戻ってきた。トムは、箱スパナを出して、アルに渡した。

「おまえがはずせ。シムをなくしたり、ボルトを落としたりしないようにしろ。割りピンもなくすなよ。急げ、もうじき暗くなる」

アルが、自動車の下に這《は》い込んだ。「おれたちも箱スパナが一式いるな」と、大声でいった。「自在スパナじゃ、きちんとはまらないからな」

「手伝いがいるようなら、呼んでくれ」トムはいった。

片目の男が、なすすべもなく立っていた。「なんなら手伝ってやるよ」男がいった。「あんちくしょう、ひどいことしやがるんだ。白いズボンをはいて、ここに来て、いうんだ。〝さあ、ヨットに乗りにいこう〟。いつかぜったいに、あいつをぶん殴ってやる！」息が荒くなっていた。「目をなくしてから、おれは女とつきあったことがねえんだ。それなのに、あいつはそんなことをいいやがる」大きな涙が、鼻の横の汚れに小さな川を何本もこしらえた。

トムは、いらいらしていった。「どこかへ行けばいいじゃないか？　なにも見張りをつけられてるわけじゃないだろう」

「ああ、いうのは簡単だがね。仕事がそんなあっさりと見つかるもんか――この目じゃ無理だ」

トムは、男のほうを向いた。「なあ、いいか、あんた。あんたはその目をぱっちりあけてる。汚くて、臭い。自分からそうしてるんだろう。それが好きなんだろう。おれはみじめだって思いたいんだろう。そんなふうに空っぽの目を見せびらかしてたら、女は寄りつかないからな。そいつになにかかぶせて、顔を洗え。パイプレンチなんかでだれかを殴るようなことはするな」

「いっとくがな、片目の男は苦労ばかりなんだよ」男がいった。「他人とおなじようには見えねえ。なにかがどれくれえ離れてるか、わからねえ。奥行きってものがなくなるんだ」

トムは男に食ってかかった。「ごたくばかり抜かしやがって。あのな、おれは前に、片脚の売春婦を知ってた。路地で、二十五セント玉一枚で、体を売ってたと思うだろう? とんでもない! 追加を五十セントもらってたよ。その女がいうんだ。〝あんた、片脚の女何人と寝たことがある? ひとりもいやしないだろう〟。女がいう。〝やらせたげるよ〟。そこでまたいう。〝これはめずらしいお道具なんだから、追加のお代が五十セントかかるよ〟。そんなわけで、その女は五十セント余分に巻きあげ、ことをすませた男は、ものすごく運がよかったと思う。あたしには運がついてるって、女はいうのさ。それから、おれは背中に瘤《こぶ》がある男を――おれがいたところで――知ってた。瘤をなでると運がつくっていうふれこみで、そいつはそれだけで暮らしを立ててた。あんたは、たかが片目をなくしただけじゃないか」

男が、たどたどしくいった。「だけどな、ひとがあとずさるのを見るのは、嫌なもんだぜ」

「だからそいつを隠せっていってるんだよ。牝牛《めうし》のケツみたいに剝き出しじゃないか。あんたは、おれはみじめだって思いたいんだ。あんたはどこも悪くない。白いズボンでも買ってみな。ベッドで酔っぱらって泣くなんて最低だぜ。手がいるか、アル？」

「いや」アルが答えた。「ベアリングははずした。ピストンを抜きかけてるところだ」

「頭をぶつけないように気をつけろ」トムはいった。

片目の男が、そっといった。「おれみたいなのを――好いてくれる女がいるかね？」

「いるさ」トムはいった。「目をなくしてからちんちんがでかくなったって、いってやれ」

「あんたらは、どこへ行くんだ？」

「カリフォルニアだ。家族みんなで。向こうで仕事を見つけなきゃならない」

「おれみたいなのが、仕事を見つけられるかね？　目に黒い眼帯をかけたら？」

「見つけられるさ。手足が不自由なわけじゃない」

「その――あんたらの自動車に乗せてもらえないか？」

「それは無理だ。いまでもぎゅう詰めで動けやしないんだ。ほかの手立てを考えるんだな。ここにあるポンコツを直して、ひとりで出かけたらいい」

「そうするかもしれねえ」男がいった。

金属のガタンという音がした。「抜いたぞ」アルが大声でいった。

「それじゃ持ってこい。調べてみよう」アルが、ピストン、コンロッド、ベアリングの下半分を、トムに渡した。

トムは、バビット合金の子メタルの表面を拭き、横から眺めた。「だいじょうぶそうだ」トムはいった。「やれやれ、明かりがあれば、今夜、こいつを組み付けられるのにな」

「なあ、トム」アルがいった。「考えてたんだけど、ピストンリング圧縮器がないと、ピストンを入れるのは難しいよ。ことに下からだと」

トムはいった。「これはある男から聞いたんだが、真鍮《しんちゅう》の細い針金をリングに巻き付けて押さえるって手があるそうだ」

「それはいいけど、針金をどうやってはずす？」

「はずさなくていい。溶けて、どこにも害がない」

「銅線のほうがいい」

「それじゃ強さが足りない」トムはいった。片目の男のほうを向いた。「真鍮の細い針金があるかな？」

「わからねえ。どっかに巻いたのがあるだろう。片目のやつがかける黒い眼帯がどこで手にはいるか、あんた知らねえか？」

「知らない」トムはいった。「針金があるかどうか、探そう」

トタン板の物置小屋で箱をあさり、やがて巻いた針金を見つけた。トムは、万力でコンロッドを挟んで、ピストンリングのまわりに丁寧に針金を巻き付け、ピストンの溝にリングを押し込んだ。針金の端をねじって留め、金槌《かなづち》で叩いて平らにした。それから、ピストンをまわしながら、周囲の針金を軽く叩いて、気筒の内側に当たらないようにした。リングと針金が気筒にぴったりはまるかどうか、指でなぞってかげんをたしかめた。物置小屋のなかは暗くなっていた。片目の男が懐中電灯を持ってきて、トムの手先を照らした。

「いいものがあるじゃないか！」トムはいった。「え──その明かりはいくらかね？」

「あまりいいやつじゃねえよ。十五セントの新しい乾電池が一本はいってる。そうだな——三十五セントってとこだろう」

「わかった。それで、このコンロッドとピストンはいくらになる？」

片目の男が拳で額をこすり、泥がひと条《すじ》剝がれ落ちた。「いや、それがわからねえんだ。親方がいるときにゃ、部品の帳簿を見て、新品の値段を調べる。あんたらが部品を取ってるあいだに、あんたらがどれくれえ困ってるか、どれくれえ銭を持ってるかを見極めて、それから——たとえば、新品が八ドルだとすると——値段を五ドルにするわけさ。それにあんたらが文句をつけたら、三ドルにまける。おれが勝手にこんなこといってると思うかもしれねえが、あの野郎はひとでなしだ。相手の足もとを見やがるんだよ。やつが自動車一台買う値段で、リングギアを売るのを見たことがあるぜ」

「あきれたな！　で、これにいくら払えばいいんだ？」

「一ドルってとこだろう」

「わかった。それから、この箱スパナの分、あんたに二十五セント払おう。これがあると倍くらい楽だ」トムは、二十五セント銀貨を、男に渡した。「助かったぜ。その目は覆ったほうがいいぞ」

トムとアルは、トラックに乗った。黄昏《たそがれ》が濃くなっていた。アルがエンジンをかけ、ヘッドライトをつけた。「あばよ」トムはいった。「カリフォルニアで会おうぜ」国道を横切って向きを変え、トラックはひきかえした。

片目の男が、トラックを見送り、トタン板の物置小屋を抜けて、裏の掘立小屋へ行った。なかは暗かった。男は手探りで床に敷いたマットレスのところへ行き、大の字になって泣いた。自動車が国道を轟々《ごうごう》と通り過ぎて、四方の壁がいっそう淋《さび》しく男を押し包んだ。

トムはいった。「できすぎだぜ。これを手に入れるのも、はめこむのも、今夜やっちまおうっておまえがいったら、馬鹿《ばか》こけっていっただろうな」

「はめこめるさ」アルがいった。「やるしかない。だけど、きつくしすぎて焼いちまったり、ゆるすぎてはずれちまったりするのが怖い」

「おれがやるよ」トムはいった。「また壊れたら、それはそれでしかたない。だめでもともとだ」

アルが、薄闇《うすやみ》を覗《のぞ》き込んだ。ヘッドライトの光に暗がりを刻む力はなかったが、狩りをしている猫の目が、光を受けて緑に輝いた。「兄貴、あいつにだいぶひどいことをいったね」アルがいった。「ああしろ、こうしろって、決めつけてさ」

「なにいってるんだ。身から出た錆じゃないか！　片目しかないからって自分を甘やかして、なんでも目のせいにする。あいつはなまけ者の汚らしいろくでなしだ。そいつを見抜かれてると知ったら、目が醒《さ》めるかもしれない」

アルがいった。「トム、あのベアリングが焼き切れるようなことを、おれはやってないよ」

トムはちょっと黙っていたが、やがて口をひらいた。「アル、おまえをぶん殴りたくなってきたよ。背伸びするのもたいがいにしろ。だれかに責められやしないかって心配することはないんだ。どうしてなのか、おれにはわかってる。元気のいい若いやつはみんなそうだが、ひとかどの男になりたくてたまらない。だけど、アル、だれも殴りかかってこないときに、ガードを固めるのはやめろ。おまえはちゃんとした男になれる」

アルは答えなかった。まっすぐ前を見ていた。トラックがガタガタ揺れ、路面にぶつかりながら走っていった。猫が一匹、さっと道路を横切り、アルがハンドルを切ってぶつけようとしたが、どっちのタイヤも当たらず、猫は叢《くさむら》に跳び込んだ。

「もうちょっとだったのに」アルがいった。「なあ、トム、コニーが夜に勉強するっていってるのを聞いただろう？　おれも夜に勉強しようかって思ってるんだ。ラジオとか、テレビとか、ディーゼル・エンジンとか。そういう仕事からはじめてもいいかもしれない」

「かもな」トムはいった。「まず、習うのにどれくらいかかるか、見極めることだ。それから、自分に勉強できるかどうか考える。マカレスターにも通信教育を受けてたやつが何人もいた。最後までやったって話は聞かなかった。飽きてやめちまうんだ」

「しまった。食い物を買ってこなかった」

「まあ、お母がいっぱいよこしたじゃないか。伝道師さんには食い切れないよ。すこしは残ってるさ。カリフォルニアまでいったいどれくらいかかるんだろう」

「おれにもわからない。地道に進んでいくしかないよ」

ふたりは黙り込み、やがて闇が訪れて、星がくっきりと白く光った。

トラックがとまると、ケイシーがダッジの後部座席からおりて、道ばたへぶらぶら歩いてきた。「思ったよりもずいぶん早かったな」ケイシーがいった。

トムは、床の麻袋の切れ端で部品をくるんだ。「運がよかった。懐中電灯も手に入れた。いますぐに直そう」

「食事をするのを忘れてるぞ」ケイシーがいった。

「終わってから食う。おい、アル、もうちょっと道路からはずれるようにとめて、懐中電灯で照らすのをやってくれ」トムはまっすぐにダッジへ行って、仰向《あおむ》けで這い込んだ。アルが腹ばいで潜り込み、懐中電灯の光を向けた。「おれの目を照らすなよ。そこだ、上に向けろ」トムは、ピストンを気筒に押し込んで、ねじったりまわしたりした。気筒の内側に真鍮の針金がすこしひっかかった。すばやくぐいと押し、ピストンリングを気筒に通した。「ゆるめでよかった。さもないと、圧縮のときに動かなくなる。これでちゃんとまわるだろう」

「針金がリングにひっかからないといいけど」アルがいった。

「だから、そうならないように叩いて平らにしたんだ。はずれやしない。ただ溶けて真鍮めっきになってくれるだろう」

「気筒を削るようなことはないのかい」

トムは笑った。「おいおい、気筒はちゃんともつさ。ホリネズミの穴みたいに、たっぷりオイルを吸い込んでるからな。すこしくらい傷ついたって、どうということはない」コンロッドをおろしてクランク軸にかけ、ベアリングの下半分のぐあいをためした。「シムを嚙《か》ませたほうがいいな」トムは呼んだ。「ケイシー!」

「ああ」

「これからこのベアリングを組みつける。クランクハンドルのところへ行って、おれがいったらゆっくりまわしてくれ」トムは、ボルトを締めつけた。「よし。ゆっくりやれ！」ごつごつしたクランクシャフトがまわるあいだ、ベアリングを押さえていた。「シムが多すぎる」トムはいった。「とめろ、ケイシー」ボルトをはずし、ベアリングの左右の薄いシムをはずして、ボルトを戻した。「もう一度まわせ、ケイシー！」またコンロッドのぐあいをためした。「まだちょっとゆるいな。シムをまたはずしたら、きつくなりすぎるかもしれない。やってみよう」またボルトをはずして、薄いシムを抜いた。「まわしてみろ、ケイシー」

「よさそうじゃないか」アルがいった。

トムは、大声できいた。「まわすのに力がいるか、ケイシー？」

「いや、そんなことはない」

「それじゃ、これでぴったりだな。そうだとありがたいんだがね。工具がないと、バビット合金は磨けない。箱スパナがあるおかげで、ずいぶん楽だ」

アルがいった。「廃車屋の親方、その大きさの箱スパナを探して、なくなってるのに気づいたら、怒り狂うだろうな」

「いい気味だ」トムはいった。「おれたちは盗んだわけじゃない」割りピンを差し込んで、ケツを曲げた。「これでだいじょうぶだろう。よし、ケイシー、おれとアルがオイルパンを取り付けるあいだ、懐中電灯を持っててくれ」

ケイシーがしゃがんで、懐中電灯を持った。ふたりがガスケットをそっと叩いてくっつけ、穴にボルトを差し込むあいだ、手元を照らした。重いオイルパンを支えるのにふたりが力をこめ、端から先にボルトをはめてから、あとのボルトをまわしていった。ぜんぶはめ込むと、オイルパンがガスケットを押す力にむらがないように、トムはすこしずつボルトを締めていった。最後にナットを強く締めた。

「こんなところだな」トムはドレーンボルトを締め、オイルパンを入念に見てから、懐中電灯を受け取り、まわりを調べた。「これでいい。オイルを戻そう」

ふたりは車体の下から這い出して、バケツに取ってあったオイルをクランクケースに注ぎ込んだ。漏れがないかどうか、トムがガスケットを調べた。

「よし、アル。エンジンをかけてくれ」トムはいった。アルが運転席に座って、スターターをまわした。エンジンが轟然とかかった。排気管から青い煙が流れ出した。「回転を落とせ！」トムはどなった。「針金が溶けるまでは、オイルが燃える。だいぶ薄くなってきたな」そして、エンジンが回転するあいだ、トムは注意深くその音を聞いていた。「点火時期を早くして、無負荷運転《アイドリング》にしろ」また耳を澄ました。「いいだろう、アル。エンジンを切れ。これでできあがったと思う。食い物はどこだ？」

「兄貴はすごく優秀な整備士になったね」アルがいった。

「そりゃあそうさ。修理工場で一年働いた。二百マイルくらい、ゆっくり丁寧に走らせよう。新しい部品をなじませないといけない」

ふたりはグリースまみれの手を雑草でこすってから、ズボンで拭《ふ》いた。ゆでた塩漬けの豚肉をむさぼるように食べて、水を飲んだ。

「腹ペコで死にそうだ」アルがいった。「これからどうする？　キャンプ場へ行くか？」

「どうかな」トムはいった。「また五十セント払えっていわれるかもしれない。とにかく行って、みんなに話をしよう――直ったって教えるんだ。それから、また五十セント払えっていわれたら――先へ行こう。みんな知りたいだろう。まったく、お母がおれたちをいさめてくれてよかったよ。アル、懐中電灯でそのあたりを照らして、忘れ物がないかどうか見てくれ。箱スパナを忘れるな。またいるかもしれないからな」

アルが、地面を懐中電灯で照らして探した。「なにも残ってない」

「わかった。おれがこいつを運転する。おまえはトラックを運転しろ、アル」トムはエンジンをかけた。伝道師が乗り込んだ。エンジンの回転をあげずに、トムはゆっくりと走らせた。アルがトラックに戻った。浅い用水路の窪地《くぼち》を一速で這うように進みながら、トムはいった。「こういうダッジは、低いギアで家ぐらいひっぱれる。ギア比がほんとうに低いんだ。ちょうどよかった——ベアリングをゆっくりと馴《な》らしたいからな」

国道に出ても、ダッジはゆっくりと走った。十二ボルトが電源のヘッドライトが、すぐ先の路面に黄色くて丸いぼやけた光を投げた。

ケイシーが、トムのほうを向いた。「おまえたちが自動車を直せるのが、不思議でならん。取りかかったと思ったら、もう直しとる。おまえたちがやるのを見ていても、わしには直せんよ」

「ガキのころからいじくるようでなきゃ、無理だね」トムはいった。「知識があればいいっていうものじゃない。ほかのなにかがある。いまのガキどもは、なにも考えなくても自動車くらい分解できる」

ジャックウサギが一羽、ヘッドライトに捕まって、前のほうをぴょんぴょん跳んでいた。跳ぶたびに大きな耳をばたつかせて、楽々と駆けていた。ときどき道路からはずれようとするのだが、闇の壁に押し返された。はるか前方に明るいヘッドライトがいくつか現われ、こっちへ向かってきた。ウサギは二の足を踏んで、ふらりとすると、ダッジの暗いライトのほうへ駆けだした。ウサギが車輪に轢《ひ》かれたとき、自動車が小さくガクンと揺れた。対向する自動車が、ビュンとすれちがった。

「潰《つぶ》しちまったな」ケイシーがいった。

トムはいった。「面白半分にウサギを轢くやつがいる。おれは毎回ぞっとするよ。この自動車の音はいいぐあいだ。ピストンリングがひろがったにちがいない。もう煙があまり出ていない」

「あんたのお手柄だな」ケイシーがいった。


キャンプ場には小さな木造の家が、我が物顔に建っていた。その家のベランダで、ガソリンランプがシューッという音をたて、まばゆい白光の大きな輪がひろがっていた。家のそばに五、六張りのテントが設営され、そのそばに自動車がとまっていた。夜の料理は終わったが、野営している場所のそばの地面で、焚火《たきび》の熾《おき》がまだ光っていた。ランプがともっているベランダに、数人の男が集まっていた。きつい白光を浴びた男たちの顔は力強く、筋張っていた。目深にかぶった帽子の黒い影が落ち、男たちは顎《あご》を突き出しているように見えた。階段に腰かけているものもいれば、ベランダの床板に肘《ひじ》をついて、地べたに立っているものもいた。ふくれっ面のひょろりとした亭主が、ベランダの椅子《いす》に座っていた。そっくりかえって壁にもたれ、片方の膝《ひざ》を指で叩《たた》いていた。家のなかで灯油ランプがともっていたが、その淡い光は、シュウシュウ音をたてているガソリンランプのきつい輝きに追い散らされていた。集まった男たちは、亭主を囲んでいた。

トムはダッジを道ばたに寄せてとめた。アルがトラックを門から入れた。「こいつは入れないでおく」と、トムはいった。ダッジからおりて、門を通り、ギラギラ光るランプのほうへ歩いていった。

亭主が椅子の前脚を床におろして、身を乗り出した。「ここに泊まるのか？」

「いや」トムはいった。「家族がここにいる。やあ、お父」

いちばん下の段に腰かけていたお父がいった。「今週中には来られないと思ってた。直したのか？」

「すごく運がよかった」トムはいった。「暗くなる前に部品が手にはいった。朝いちばんで出かけられる」

「それは結構なこった」お父がいった。「お母が心配してる。ばあちゃんがおかしくなっちまってな」

「ああ、アルから聞いた。よくなったか？」

「まあ、眠ってるからな」

亭主がいった。「ここに自動車を入れて泊まるんなら、五十セントもらうぞ。野営の場所があるし、水と薪《まき》もある。それに、面倒なことにもならない」

「嫌なこった」トムはいった。「道ばたの窪地で寝りゃいいし、金もかからない」

亭主が、指で膝を叩いた。「保安官助手が夜に見まわってるんだ。不愉快なことになるかもしれないぞ。この州では、野宿は法律に触れる。放浪を取り締まる法律がある」

「五十セント払えば、放浪者じゃなくなるわけか」

「そのとおり」

トムの目が、怒りに燃えあがった。「保安官助手っていうのは、ひょっとしてあんたの義理の弟じゃないのか？」

亭主が身を乗り出した。「そうじゃない。それに、おれたち地元の人間が、おまえら物乞《ものご》いのくだらん文句を聞かなきゃいけないっていう時代は、まだ来ていない」

「あんた、おれたちから五十セントふんだくっても、なにもやましくないんだな。だいいち、おれたちがいつ物乞いをした。なにもせがんでないぞ。それでもおれたちはみんな物乞いか、フン。横になって休むのに小銭を恵んでくれって、おれたちが頼んだっていうのか」

ベランダの男たちが、身をこわばらせて、無言でじっとしていた。顔から表情が消え、帽子の蔭になっている目が、こっそりと亭主のほうへ向けられた。

お父が、うなるようにいった。「やめろ、トム」

「ああ、やめる」

階段に座ったり、高いベランダに寄りかかったりして集まっていた男たちの環《わ》は、静まりかえっていた。ガソリンランプのきつい明かりを浴びて、目がぎらりと光った。強い光を浴びた顔が険しかった。それに、みんな身じろぎもしなかった。声を出した人間を目だけで追い、顔には表情がなく、言葉もなかった。明かりに惹《ひ》かれた虫が一匹、ランプにぶつかってバラバラになり、闇に落ちていった。

どこかのテントで、子供がむずかってひいひい泣きだし、女がやさしい声でなだめてから、低声《こごえ》で歌いはじめた。「イエスさまが今夜も愛してくださるのよ。おやすみなさい、ぐっすりおやすみなさい。イエスさまが今夜も見守ってくださるのよ。おやすみなさい、さあおやすみなさい」

ベランダでランプがシュウシュウ音をたてた。白い胸毛が覗いているシャツのV字形の襟もとに、亭主が手を差し込んで掻《か》いた。おだやかでない空気に囲まれて、亭主は用心していた。環になった男たちに目を配り、表情をうかがった。だが、男たちは動かなかった。

トムは、かなり長いあいだ黙っていた。黒い目をおもむろにあげて、亭主を見た。

「揉《も》め事は起こしたくない」トムはいった。「物乞いだといわれるのは、愉快じゃないんだぜ。おれは怖くない」そっといった。「この拳骨《げんこつ》であんたや保安官助手とやりあってもいい――いま、ここでな。それとも、暴れまくるか。だが、そんなことをしてもなんにもならない」

男たちがもぞもぞと動いて、姿勢を変え、光る目を亭主の口もとにゆっくりと向けて、口が動くのを見守った。亭主はほっとしていた。勝ったと思ったが、決定的に優勢ではないとわかっていた。「五十セントないのか？」

「いや、あるよ。しかし、だいじな金だ。ただ寝るだけのためには出せない」

「まあ、だれだって暮らしを立てないといけないんだ」

「そうだな」トムはいった。「ただ、ひとさまの暮らしを奪わないで暮らしを立てるやりかたも、あるんじゃないのか」

男たちが、また身じろぎした。そこでお父がいった。「おれたちは早く発《た》つとしよう。なあ、旦那《だんな》。おれたちは代金を払った。こいつも家族なんだ。いちゃいけないのか？　金は払ったぞ」

「自動車一台に五十セントだ」亭主がいった。

「ふむ、こいつは自動車に乗ってない。道路にとめてある」

「自動車で来た」亭主がいった。「だったら、みんな道路に自動車を置いて、ここにはいってきて、うちの土地をただで使うことになる」

トムはいった。「おれたちは先へ行くよ。朝になったら落ち合おう。こっちが気をつけているから。ジョンおじに来てもらおう――」亭主の顔を見た。「それなら文句はないだろう」

亭主がすかさず折れて、返事をした。「ここに来て金を払ったときとおなじ頭数なら――いいだろう」

トムは、タバコの袋を出した。ぐんにゃりした灰色のぼろ切れのようになって、湿ったタバコがわずかに残っているだけだった。トムは細いタバコを巻いて、袋を投げ捨てた。「すぐに行くよ」といった。

お父が、一同に向かっていった。「家族が別れて行かなきゃならないのは、つらいもんだよ。まして土地持ちだったんだからな。怠け者なんかじゃない。トラクターに逐《お》われるまでは、畑があったんだ」

日に焼かれた眉毛《まゆげ》が黄色く褪《あ》せている痩せた若者が、ゆっくりと顔を向けた。「小作かい？」ときいた。

「ああ、分益小作をやってた。かつてはおれたちの地面だった」

若者が、また正面を向いた。「おれたちとおなじだ」

「こんなことがつづかないのは、ありがたいよ」お父がいった。「西へ行ったら、仕事を見つけて、水がある畑地を買うんだ」

ベランダの縁近くで、みすぼらしい身なりの男が立ちあがった。黒い上着が裂けて、布地がリボンみたいに垂れている。ダンガリーのズボンの膝が抜けている。顔が塵《ちり》で黒ずみ、汗が流れたところに条ができていた。その男が、お父にさっと顔を向けた。

「あんたらには、けっこうなお宝があるんだろうな」

「いや、金なんかない」お父がいった。「だけど、おれたちがやれる仕事がいっぱいあるそうだし、みんな元気で働ける。あっちは賃銀もいいっていうから、みんなで貯《た》めればいい。うまくいくさ」

ぼろをまとった男は、お父がしゃべっているあいだ、目を丸くして見ていたが、やがて笑いだし、それが甲高い嫌な感じの笑い声に変わっていった。男たちがみんなそっちを見た。ヒイヒイという笑い声がとまらなくなり、男は咳《せ》き込んだ。目が血走って、涙が浮かび、ようやく発作じみた笑いが収まった。「あんたら、あっち行くのか――おそれいった！」また嫌な笑い声をあげた。「あっち行って――いい手間賃もらう――おそれいった！」言葉を切り、厭味《いやみ》ったらしくきいた。「オレンジ、摘むのか？　桃、摘むのか？」

お父が、いかめしくいった。「なんだろうと、おれたちは引き受ける。仕事はいくらでもあるんだ」ぼろを着た男が、声を殺して笑った。

トムはむっとして、そっちを向いた。「なにがそんなに可笑《おか》しいんだ？」

ぼろを着た男が、口を結び、ふくれっ面でベランダの床板を見つめた。「あんたらはみんな、カリフォルニアへ行くんだろうな」

「そういったじゃないか」お父がいった。「物わかりが悪いやつだな」

ぼろを着た男が、のろのろといった。「おれは――戻ってきたんだ。あっちにいたんだよ」

一同がさっと顔を男に向けた。みんな身をこわばらせた。ランプのシューッという音が、溜息《ためいき》くらいに低くなった。亭主が椅子の前脚をベランダにおろして、立ちあがり、ランプのポンプを押して、鋭く高い音が出るようにした。ぼろを着た男が、一同に向かっていった。「おれは帰って飢え死にする。はなからそうすりゃよかった」

お父がいった。「あんたのいうことはよくわからん。ビラには賃銀がいいって書いてある。ちょっと前にも、果物摘みの人手が足りないって、新聞に書いてあった」

ぼろを着た男が、お父のほうを向いた。「行くところはあるのか、帰る家は？」

「ない」お父はいった。「おれたちは逐われた。トラクターが家を通った」

「それじゃ、帰らねえんだな？」

「あたりまえだ」

「それじゃ、あんたたちが気を揉むようなことはいえねえな」と、ぼろを着た男がいった。

「おれたちが気を揉むようなことなんか、あるもんか。ビラには人手がいるって書いてあるんだ。人手がいらないとしたら、わけがわからない。ビラを出すには金がかかる。人手がいらないのに出すわけがない」

「あんたらが気を揉むようなことはいいたくねえんだ」

お父が、腹立たしげにいった。「あほ抜かしやがって。いまさら、だんまりはないだろう。おれの持ってるビラにゃ、人手がいるって書いてあるんだ。あんたは笑って、ちがうっていう。おい、どっちが嘘《うそ》つきなんだ？」

ぼろを着た男が、お父の怒った目を上から覗き込んだ。すまなそうな顔だった。

「ビラに書いてあるとおりだ。人手が足りねえ」

「それじゃ、どうして笑っておれたちを惑わせるようなことをした？」

「やつらがどういう人手をほしがってるか、あんたにはわかってねえからだ」

「もっとはっきりいえ」

ぼろを着た男が、肚《はら》を決めた。「いいか、ビラに、何人募集するって書いてある？」

「八百人。それも狭い一カ所で」

「オレンジ色のビラだな」

「ああ——そうだ」

「ビラを出したやつは——こういう名前の請負師だろ」

お父がポケットに手を入れて、たたんだビラを出した。「そうだ。どうして知ってる？」

「いいか」男がいった。「わけがわからねえのも当然だ。この男は八百人ほしい。それでビラを五千枚刷り、二万人くらいがそのビラを見る。そして、二、三千人がビラを頼りに長旅をする。不安でものも考えられなくなってる連中が」

「だが、それじゃわけがわからん！」お父が大声でいった。

「このビラを出したやつに会えば、わけがわかるのさ。そいつか、その手先に会えばな。あんたたちゃ、あと五十家族ばかりが、窪地で野営する。すると、そいつがやってくる。あんたのテントを覗いて、食い物が残ってるかどうか見定める。なにもないとわかると、そいつはこういうんだ。〝仕事がほしいか？〟。あんたはいう。〝ほしいですよ、旦那、仕事をやらせてもらえれば、旦那に心から感謝します〟。すると、そいつがいう。〝おまえたちを使ってもいい〟。あんたはいう。〝いつからはじめますか？〟。〝いつ、どこへ行けばいいかを、そいつが指示して、べつのテントへ行く。人手は二百人あればいいんだが、そいつは五百人と話をする。話がひろまって、あんたが決められた場所へ行くと、千人来てる。そこでそいつはいう。〝一時間二十セントだ〟。半分が帰る。それでも、ひどく腹ペコだからビスケットしか食えなくても働く人間が、五百人残ってる。この手の請負師は、桃摘みや綿畑の雑草取りの人手を集めて、賃銀をピンはねするんだ。腹を空《す》かしたやつが多ければ多いほど、払う賃銀をすくなくできる。できるだけ子供がいるやつを雇う。それはだな――いや、あんたらが気を揉むようなことはいわねえつもりだ」顔の環が冷たく男を見つめた。男の言葉を推し量る目つきだった。男は周囲を気にするようになっていた。「あんたらが気を揉むようなことはいわねえっていったくせに、余計なこといっちまったな。あんたたちは先へ進む。あと戻りしねえ」ベランダに沈黙が流れた。ランプがシューッという音をたて、そのまわりで蛾《が》の群れが後光を描いて飛んだ。ぼろを着た男が、落ち着かないそぶりで話をつづけた。「仕事があるとそいつがいったときに、どうすればいいか、話してやろう。これだけは聞いてくれ。いくらかって、その場できくんだ。いくら払うか、書き付けにしてもらうんだ。そうしたほうがいい。そうしないと、あんたらは食い物にされる」

亭主が座ったまま身を乗り出し、ぼろを着た男をよく見ようとした。白髪のまじった胸毛を掻いて、冷たくいった。「おまえは騒ぎを起こす例の労働詐欺師《さぎし》（訳注　組織労働者に対する蔑称）じゃないだろうな？　えせ労働者じゃないだろうな？」

すると、ぼろを着た男がわめいた。「誓ってそんなものじゃねえ！」

「やつらはびこってるからな」亭主がいった。「あちこちで騒ぎを起こしてる。みんなを煽《あお》って逆上させるんだ。横槍《よこやり》を入れてな。そういうやつらがおおぜいいる。いずれ、騒ぎを起こすやつらをひとり残らず縛り首にする時代が来るだろうな。あいつらを国から追放すりゃいいんだ。人間、働きたいんなら結構。そうでないんなら――地獄へ落ちろ。そいつが騒ぎを起こすのは許さん」

ぼろ服の男が、身を起こした。「あんたらには注意したよ。おれはそれがわかるまで、一年かかった。ガキをふたり死なせ、女房も死んで、やっと悟ったのさ。だが、わかってもらえねえだろうな。おれが浅はかだった。おれだって、ひとの話なんか聞かなかった。腹がふくれて骨と皮だけになったチビどもが、テントで横になって、子犬みたいにガタガタふるえて泣いてるなんて話は、聞かせられねえよ。おれは仕事を探して駆けずりまわってた――金のためじゃねえ、賃銀のためじゃねえ！」男はわめいた。「ちくしょう、小麦粉カップ一杯、ラードひと匙《さじ》のためだ。やがて検死官が来た。〝この子供らは、心臓麻痺《まひ》で死んだ〟っていって、書類に書き込んだ。ガタガタふるえて、腹が豚の膀胱《ぼうこう》みてえにふくれてたのに」

男たちの環はしんとして、口がすこしひらいた。浅い息をして、見守っていた。ぼろ服の男が、男たちの環を見てから、くるりと向きを変え、足早に闇へ離れていった。闇が男を呑《の》み込んだが、男が行ってしまったあとも、かなり長いあいだ、足をひきずって歩く音が聞こえていた。国道を一台の自動車がやってきて、道路脇《わき》をとぼとぼと歩くぼろ服の男を、ヘッドライトが照らした。男はうなだれて、黒い上着のポケットに手を入れていた。

男たちはそわそわした。ひとりがいった。「ああ――もうだいぶ晩《おそ》い。眠ったほうがいい」

亭主がいった。「怠け者なのさ。国道沿いには怠け者が掃いて捨てるほどいる」そこで黙り込んだ。椅子をまた壁にもたせかけて、喉《のど》をいじくった。

トムはいった。「ちょっとお母の顔を見てこよう。それから出発する」ジョード家の男たちは、そこを離れた。

お父がいった。「ほんとの話だと思うか——あいつがいったことは？」

伝道師が答えた。「あいつは事実を語っとった。あの男の身に事実起きたことだ。でっちあげじゃない」

「おれたちはどうなんだ？」トムは、語気荒くきいた。「おれたちの身にも、事実、そんなことが起きるのか？」

「わからん」ケイシーがいった。

「わからん」お父がいった。

三人は、テントと、ロープに防水布をかけてあるところへ行った。なかは暗く、静かだった。三人が近づくと、入口近くで灰色の塊が動いて、むっくりとひとの高さになった。お母が出てきて三人を迎えた。

「みんな眠ってるよ」お母がいった。「ばあちゃん、やっと眠り込んだ」そこでトムがいるのに気づいた。「どうしてここへ来たんだ？」心配そうにきいた。「厄介なことにならなかっただろうね？」

「直したよ」トムはいった。「みんなの支度ができたら、出かけられる」

「ありがたい。神さまのおかげだよ」お母がいった。「早く出かけたくてたまらないのさ。豊かで緑が多いところへ行きたい。急いで行きたい」

お父が、咳払いをした。「さっきこんな話――」

トムはお父の腕をつかんでひっぱった。「そいつ、妙なことをいうのさ」トムはいった。「ずいぶんおおぜいが旅に出てるねって」

お母が闇を透かして、トムとお父のほうを覗き込んだ。テントのなかでルーシーが眠ったまま咳をして、いびきをかいた。「子供たちの体を洗ってやった」お母がいった。「頭のてっぺんから爪先《つまさき》まで洗えるだけの水が、はじめて使えたからね。あんたたちの分も、バケツに汲《く》んであるよ。旅の最中は、ぜんぜん洗えなかったからね」

「みんな、なかにいるのか？」お父がきいた。

「コニーとロザシャーンはいないよ。ふたりとも外で寝るって出てった。なかじゃ暑いって」

お父が、ぶつぶつ文句をいった。「ロザシャーンのやつ、やけに怯《おび》えたり、ぐちっぽくなったりしてやがるな」

「初産《ういざん》だもの」お母がいった。「ロザシャーンもコニーも、だいじにしてるんだよ。

あんただっておなじだったじゃないか」

「おれたちは行くよ」トムはいった。「すこし先で道路からはずれてる。こっちが気づかないかもしれないから、よく見ててくれ。右側にいるから」

「アルが残るんだな？」

「ああ。ジョンおじに来てもらう。おやすみ、お母」

眠っているキャンプを通って、三人は離れていった。だれかのテントの前に、むらのある弱い焚火があり、ひとりの女が早朝の食べ物を煮ている鍋《なべ》の番をしていた。豆を煮るいいにおいが強く漂っていた。

「ひと皿もらいたいところだけどね」通りしなに、トムは丁重にいった。

女がにっこり笑った。「まだ煮えてないんだよ。差しあげたいところだけどね」女がいった。「夜明けごろにおいで」

「ありがとう、奥さん」トムはいった。トム、ケイシー、ジョンおじは、ベランダのそばを通った。亭主がまだ椅子に座っていて、ランプがシュウシュウ音をたて、光が揺れていた。三人が通るときに、亭主が首をまわした。トムはいった。「ガソリンが切れかかってるぜ」

「ああ、どうせ閉める時間だ」

「もう五十セントが国道から転がってこないからな」トムはいった。

椅子の脚が、床にガタンとおりた。「おれに向かって偉そうなことをいうんじゃない。おまえの顔は憶《おぼ》えておく。おまえは騒ぎを起こすやつらの仲間だな」

「そうとも」トムはいった。「おれの苗字《みょうじ》はボリシェヴィスキー（訳注　ソ連共産党の母体となったボリシェヴィキをもじっている）だ」

「おまえみたいなやつが、掃いて捨てるほどいる」

トムは笑い、三人は門を出てダッジに乗った。トムは土の塊を拾い、光に向けて投げた。それが家にぶつかる音がして、亭主がぱっと立ち、闇を覗き込むのが見えた。トムはダッジのエンジンをかけて、国道に出した。回転するエンジンの音をじっくりと聞き、打音がしないかどうか、聞き入った。弱いヘッドライトの下に、道路がぼんやりとひろがっていた。

17

おおぜいの渡りびとの自動車が、何台となく脇道《わきみち》から這《は》い出して、アメリカを横断する偉大な国道に乗り、その渡り路《みち》で西部を目指した。昼間には西へ向かう虫けらみたいにあわただしく動き、夜の闇《やみ》に捕らわれると、雨露をしのげ、水場があるところの近くに、虫けらみたいに寄り固まる。彼らは寄る辺なく、惑っていて、だれもが悲しみと不安と敗北の地からやってきて、これから行く場所がどういうところなのかもわからないので、寄り添い、打ち明け話をして、暮らしと食べ物を分かち合い、新しい土地に抱いている期待を語り合う。そんなふうに、ある家族が泉のそばで野営すると、泉と仲間をもとめてつぎの家族が野営し、二家族がそこを見つけて都合がいいと知ると、三番目の家族が来る。そして、陽が沈むころには、二十家族と自動車二十台が、そこに集まっている。

夜になると不思議なことが起きる。二十家族がひとつの家族になり、子供たちはみんなの子供になる。家を失ったことが、みんなの大きな出来事になり、西部でのすばらしい日々が、みんなの大きな夢になる。そして、病気の子供がひとりいれば、二十家族の百人すべてが心を痛める。テントで赤ちゃんが生まれれば、百人が夜のあいだしんとして畏怖《いふ》の念に打たれ、朝になれば百人が誕生のよろこびに満たされる。前の晩に途方に暮れ、怖《おそ》れていた一家が、赤ちゃんへの贈り物を自分たちの持ち物から探すかもしれない。夜に焚火《たきび》を囲んで座り、二十家族がひとつの家族になる。毛布にくるんであったギターが出されて、調弦される──そして、あまたの民の歌が、夜の闇のなかで歌われる。男たちが言葉を歌にし、女たちがそれに合わせてハミングする。

そうやって、ひとつの社会が、道具立てまでそろえて、夜ごとに創《つく》られる──友だちができ、敵が定まる。自慢屋もいれば臆病者《おくびょうもの》もいる。寡黙《かもく》なもの、控え目なもの、情け深いものがいる。夜ごとにひととひととが結びついて社会が生まれ、築かれる。朝になると、それがサーカス小屋みたいに解体される。

はじめのころは、どの家族も社会を打ち立てては取り壊すのに臆病だったが、しだいに社会を打ち立てる手順を、自分たちの手順として身につけていった。指導者が現われ、法《おきて》が定められ、約束事があるようになった。そして、夜ごとに創られる社会が西へ進むうちに、隙《すき》がなくなり、道具立てもよくなった。社会を築くひとびとの経験が豊かになったからだ。

ひとの允当《いんとう》な希《ねがい》を尊ばなければならないことを、渡りびとの家族は身をもって学んだ――テントのなかの物事を秘めたい、暗い過去を心にたたんでおきたいというのは、やってよいことだった。話をしたい、聞きたいというのも、しごく当然だ。手助けを断るか受け入れるか、手助けを申し出るか拒むかは、どちらも許される。若い男が求愛し、若い女が求愛されるのも、やってよいことだった。飢えているものは、食べ物をもらうことが許される。そして、身重の女や病人には、どんなねがいをも超えたねがいが許される。

また、渡りびとの家族は、だれにも教えられずに、滅ぼさなければならない悪逆な希求があることを、身をもって学んだ。秘めたいことを侵したり、野営地が寝静まっているときに騒ぐのは、やってはならないことだった。誘惑や強姦《ごうかん》をやりたい、不義密通、泥棒、殺人を犯したいというような希求が生きていたら、彼らの小さな社会は、たとえひと晩でも成り立たないので、そういった悪逆なものは叩《たた》き潰《つぶ》された。

渡りびとたちの社会が西へ進むにつれて、いつもやっていることが、だれにもいわれないまま、法《おきて》になった。野営地の近くを汚すのはおきてに反する。飲み水を汚すのはおきてに反する。飢えているものを誘わずに、そのそばで美味《うま》いものをしこたま食べるのはおきてに反する。

そして、おきてには罰がともなっていた——罰はふたつしかない——血で血を洗う喧嘩《けんか》をてっとりばやくやるか、仲間外れにする。仲間外れにされるのは最悪だった。ある人間がおきてを破れば、その名前と顔が知れ渡り、どこで創られたどの社会にも居場所がなかった。

これらの社会では、人間《じんかん》のふるまいに、ゆるがせのない厳しい尺度がある。挨拶《あいさつ》されたら、「おはよう」といわなければならない。男が望まれて女といっしょになるときには、ともに暮らし、子供がいれば父親になって世話をしなければならない。だが、今夜はこの女、つぎの夜はあの女というように渡り歩くことはできない。それはこの社会を脅《おびや》かすからだ。

家族が西へと進むにつれて、社会を打ち立てる技倆《ぎりょう》がたくみになり、その社会のなかにいれば無事だった。形が決まり切っていたので、決まりどおりにふるまう家族は、決まりに従えば無事だとわかっていた。

それらの社会に統《す》べる仕組みができて、指導者や年長者が司《つかさど》った。聡明《そうめい》な人間は、どの野営地でも自分の知恵を必要とされることを知った。いっぽう、愚かな人間には、自分の領分をものにする代価がなかった。こうした夜のあいだに、保険に似た仕組みができあがった。食べ物がある人間は、飢えた人間に食べさせてやり、それによって自分が飢えたときの保障を得た。赤ん坊が死ねば、戸口に銀貨が積まれた。赤ん坊は死のほかに一生から得たものがなかったから、手厚く葬《ほうむ》られなければならなかった。年寄りは無縁墓地に埋められてもかまわないが、赤ん坊はそうはいかない。

ひとつの社会を打ち立てるには、特定の物理的な条件がそろっていなければならなかった——水、川岸、小川、泉、見張りのいない水道の蛇口でもいい。テントを張るには、ある程度の広さの平らな場所が必要だった。焚火には灌木《かんぼく》や林から薪を取らなければならない。ゴミ捨て場が近くにあれば、なおのことありがたい。いろいろな道具が見つかるかもしれない——ストーブの蓋《ふた》、火の粉除《よ》けになる曲がったフェンダー、料理と食器に使える空き缶。

そして、この社会は夕暮れに築かれた。国道からひとびとがおりてきて、テントと感情と知恵で、それをこしらえた。

朝になり、テントがぺしゃんこになり、防水布がたたまれ、テントの支柱がステップにくりつけられ、ベッドが自動車に載せられ、鍋《なべ》が決まった場所に固定される。家族は西を目指す。夜にわが家をこしらえ、夜明けとともにそれを壊す手順が、すっかりできあがっていた。たたんだテントは一カ所にしまわれ、鍋は数をたしかめて箱に入れられる。自動車が西へ走り出すと、家族はそれぞれ正しい場所を占めて、やるべきことをやる。老いも若きも、自動車でそれぞれの分をわきまえていた。気だるく暑い夕暮れ、野営する場所へ自動車がはいってゆくとき、それぞれにやるべきことがあり、指図されなくてもそれをやる。子供は薪を集め、水を運ぶ。男たちはテントを張り、ベッドをおろす。女たちは夕食をこしらえ、家族がちゃんと食べているかどうかを見届ける。これはすべて命令なしで行なわれる。かつてこれらの家族は、夜には家を、昼間には畑を戦闘地境とする一個の部隊だった。いまはその戦闘地境が変わっていた。長くて暑い昼間には、のろのろと西へ進む自動車のなかで沈黙していたが、夜には出遭ったどんな集団とも統合した。

こうして彼らは社会生活を変えていった――宇宙全体でヒトだけに可能な変化を遂げた。もはや彼らは農民ではなく、渡りびとだった。そして、かつては畑に思いを馳《は》せ、これからのことを算段し、見つめ、押し黙っていたのだが、いまはそういう意識が道路と遠方と西部に向かっていた。かつては広い畑と離れられなかったひとびとが、いまは延々とつづく狭いコンクリートに甘んじていた。そして、もはや雨や風や砂塵《さじん》や作物の出来ぐあいを考えたり、心配したりはしない。目はタイヤを見て、耳はガタつくエンジンの音を聞き、オイル、ガソリン、空気と路面のあいだで薄くなるゴムに気を揉《も》んでいる。ギアがひとつ壊れればたいへんなことになる。夕方には水をなんとしても手に入れなければならない、焚火で料理しなければならない。旅をつづけるには健康でなければならず、旅をつづけるには体力と気力が欠かせない。みんなの決意が西へ突き進む力になり、かつては干ばつや洪水を怖れていたが、いまでは、西への這うような進みをとめるおそれがあるようなことについて、くよくよ考えている。

野営が定着した――前の野営地から、一日の旅を終えたところにとまる。

そして、旅のさなかに恐慌《きょうこう》をきたす家族もあった。そういう家族は、夜も昼も自動車を走らせ、とめた自動車のなかで眠り、そしてまた西へとひた走った。浮足立ち、渡り路をはずれて飛んでいた。移住をあせるあまり、剣呑《けんのん》な音をたてているエンジンを無理やり働かせ、西に顔を向けたまま突き進んだ。

だが、たいがいの家族は変化して、新しい暮らしにすばやく溶け込んだ。そして、陽が沈めば――。

自動車をとめるところを探す頃合いだった。

そして――かならず前方にテントがあった。

自動車が道路からそれてとまると、先にそこを使っているひとびとがいるので、礼儀を欠いてはならない。そこで、家長の男が、自動車から身を乗り出す。

ここにとめて、ひと晩いてもいいかね？

ああ、大歓迎だ。どこの州から来た？

アーカンソーからはるばる来たのさ。

四番目のテントに、アーカンソーのひとがいるよ。

そうか。

そこで、肝心なことをきく。水はどうかね？

まあ、うまい水じゃないが、たっぷりある。

ああ、ありがとう。

いや、おれに礼をいわなくてもいい。

だが、礼儀は尽くさなければならない。自動車がガタゴトと進んで、端のテントまで行き、そこでとまる。そして、くたびれたひとびとが自動車からおりて、こわばった体をのばす。やがて新しいテントが立ちあがり、子供が水を汲《く》みにいき、年上の男の子は柴《しば》を刈り、薪を集める。火がおこされ、煮たり焼いたりして食事が作られる。先に来ていたひとびとが寄ってきて、出身地を教え合い、友だちや、ときには親類の知り合いがいることがわかる。

オクラホマかい？　どこの郡だ？

チェロキー。

そうか、チェロキー郡には親類がいるよ、アレンっていうのを知らないか？　アレン家はチェロキー郡のあちこちにいる。ウィリスは？

ああ、知ってるよ。

そして、新しい部隊ができあがる。黄昏《たそがれ》がおとずれるが、闇がおりる前に、家族は野営仲間になっている。すべての家族に話が伝わる。もう知り合い——いいひとたち、になる。

アレン家の連中は、生まれたときから知ってる。サイモン・アレン、サイモンおやじ、最初の奥さんと揉めてな。その女は、チェロキーの血が半分はいってる。別嬪《べっぴん》だった——まるでちっちゃな黒馬だ。

ああ、サイモンの息子のほうは結婚した。ルドルフ家の娘だったかな。たしかそうだと思う。イーネドに越して、いい暮らしをしている——けっこうな暮らしだ。

アレン家のもので、うまくいったのはそいつだけだ。自動車修理工場を持ってる。

水運びや薪を切るのを終えた子供たちが、恥ずかしそうにおずおずとテントのあいだを歩く。そして、親しくなるために、まわりくどい仕草をする。男の子が、べつの男の子のそばで立ちどまり、ひとつの石をしげしげと見て、拾いあげ、よくよく調べてから、つばを付けてきれいにこすり、左見右見《とみこうみ》する。しまいには、相手の男の子が乱暴にきく。おまえの持ってるの、なんだよ？

それで、さりげなくいう。なんでもない。ただの石ころだ。

じゃあ、なにをそんなに眺めてるんだ？

金がはいってるかと思って。

どうしてわかる？　金は金色じゃないぞ。石にはいってるときは黒いんだ。

ああ、そんなのだれだって知ってる。

そいつは金モドキってやつ——黄銅鉱だ。金じゃない。

ちがうよ。お父が金をいっぱい見つけてて、おいらに見かたを教えてくれたんだ。

でかい金の塊を拾ったらどうする？

うわっ！　見たこともねえような、くそでかいキャンディを買うよ。

汚い言葉はつかっちゃいけないっていわれてるんだ。でも、おいらもそうする。

おいらも。泉へ行こう。

若い女の子は、おなじ年頃の女の子を見つけて、はにかみながら自分がもてて見込みがあるのを自慢する。女たちは焚火のそばで、家族の腹をくちくするために急いで立ち働いている。お金に余裕があれば、豚肉にする。豚肉、ジャガイモ、タマネギ。天火鍋《ダッチオーブン》でビスケットかコーンブレッドを焼き、肉汁をたっぷりとかける。サイドミートか骨付き肋肉《あばらにく》、濃くて苦い煮えたぎった紅茶。お金が乏しければ、肉汁の脂《あぶら》で揚げパンにする。薄いパン生地を焦《こ》げてカリカリになるまで揚げて、脂をかける。かなりお金があって、お金の使いかたにかなり愚かな一家は、缶詰の豆、缶詰の桃、食パン、パン屋のケーキを食べた。でも、そういう食べ物をおおっぴらに食べるのはよくないので、テントのなかでこっそり食べた。それでも、揚げパンを食べている子供たちは、豆の缶詰を温めるにおいを嗅《か》ぎつけて、嫌な思いをした。

食事が終わり、皿がざっと濯《すす》がれて拭《ぬぐ》われるころには、夜の闇がおりている。男たちはしゃがんで話をする。

自分たちがあとにした地《くに》の話をする。どうなっちまうんだろうな、という。土が荒れ果てた。

そのうちもとに戻る。おれたちはいないけど。

ひょっとして、おれたちは知らないあいだに、なにかの形で罪を重ねていたのかもしれない。

あるやつが、役人《おかみ》なんだが、雨に土を流されたのがよくなかったっていうんだ。おかみだがね。等高線と直角に畝《うね》をつければ、雨に土を流されずにすむっていうんだよ（訳注　等高線栽培に反しているので、誤った知識を植え付けられたのか？）。そんなことをためすひまはなかったな。それに、新しい親方は、等高線と直角に畝をつけるなんてことはやってない。一度もとまらずに四マイル畝をつけるか、途方もなく遠くまで行って、また戻ってくるだけだ。

そして、男たちはかつてのわが家のことを、ひそひそと話し合う。風車の下に小さな冷蔵室があった。そこに牛乳を保管して、クリームをこしらえたり、スイカを冷やしたりした。さかった牝牛《めうし》みたいに暑い昼間でも、そこは涼しくて気持ちがいいんだ。そこでスイカを割って食うと、冷たくて口が痛くなる。水槽から水がポタポタ落ちてくる。

悲しい出来事の話もした。チャーリーっていう兄貴がいて、髪がトウモロコシの穂みたいに黄色くて、いっぱしの大人だった。アコーディオンを弾くのもうまかった。ある日、耙労《ハロウ》で耕してて、からまった曳《ひ》き綱をほどこうとした。そのとき、ガラガラヘビが尻尾《しっぽ》をうならせ、馬二頭が急に駆けだして、耙労がチャーリーをひっかけた。刃先がチャーリーの下腹とみぞおちに刺さって、顔を轢《ひ》き——そりゃあ、むごたらしいありさまだった。

先行きの話もした。あっちはどんなふうなんだろう?

まあ、写真ではずいぶんよさそうだな。暑くて晴れてて、クルミの木が生えてて、ちっちゃな柔らかい実が生《な》ってて、すぐうしろに、ラバの尻《しり》と鬐甲《きこう》ほども離れてないところに、雪をかぶった高い山がある。じつにきれいな景色だった。

仕事につければ、文句なしだな。冬も寒くない。子供らが学校へ行くのに凍えない。これからはもう、子供らをちゃんと学校に行かせたい。おれも字はちゃんと読めるが、読むのに慣れてる連中とはちがって、愉《たの》しみながら読めないんだ。

だれかがテントの外にギターを持ち出すかもしれない。箱に腰かけて弾きだすと、野営地のみんなが音色に惹《ひ》かれて、だんだん集まってくる。和音をかき鳴らせるものは何人もいるが、この男はほんとうに弾ける。どこかしらちがう――厚みのある和音が律動するあいだも、旋律が小さな足音みたいに何本もの弦を流れてゆく。太いしっかりした指が、指板の勘所《かんどころ》を堂々と渡り歩く。男が弾くにつれて、みんながじわじわと近づいて、環《わ》が縮まり、やがて男が歌いだす。「十セントで綿摘み、四十セントで肉買う」すると、ひとびとの環が低く唱和する。男がまた歌う。「どうして髪を切るの、お嬢さんたち」ひとびとの環が唱和する。男が感情をこめて歌う。「懐《なつ》かしのテキサスをあとにして」その風変わりなカウボーイの歌は、スペイン人が来る前から歌われていて、そのころはインディアンの言葉だった。

そうやって集団がひとつのものに溶けあい、ひとつの部隊になり、闇のなかでひとびとの目が内側を向いて、べつの時代に心が遊び、悲しみがちょっぴり休み、眠ったように思える。男が「マカレスター・ブルーズ」を歌い、年配のひとびとのために、「イエスがわたしをみもとへお招きになった」を歌う。音楽を聞くと子供たちは眠くなり、テントにはいって眠る。歌声が夢のなかにはいってくる。しばらくすると、ギターを持った男が立ちあがり、あくびをする。おやすみ、みなの衆、男がいう。

するとみんながつぶやく。あんたもおやすみ。

そこでだれもが、ギターを弾ければいいのにと思う。品のいいたしなみだからだ。みんなそれぞれのベッドへ行って、野営地は静かになる。フクロウが上を滑るように飛び、コヨーテが遠くでよく聞き取れない声をあげる。スカンクが野営地にはいり込んで、食べ残しを漁《あさ》る——威張ってよたよたと歩くスカンクは、なにも怖がらない。

夜が過ぎてゆき、夜明けの光の輻《や》が一本走るともう、女たちがテントから出てきて、火をおこし、コーヒーを沸かす。それから男たちが出てきて、夜明けの薄暗がりでひそひそ話をする。

コロラド川を渡ると、その向こうは沙漠《さばく》だっていうじゃないか。沙漠には用心しろよ。動けなくならないように。動けなくなったときのために、水をいっぱい用意しろ。

沙漠は夜に越えるつもりだ。

おれもそうする。沙漠の旅は体にこたえるからな。

家族は急いで食事を済ませ、皿をちょっと濯いで拭《ふ》く。テントをたたむ。出かけるときはせわしない。そして、陽が昇ったときにはもう、ひとびとが残したわずかなゴミがあるだけで、野営地はがらんとしている。そして、その野営地は、つぎの晩の新しい社会のためにそなえている。

だが、国道では渡りびとの自動車の群れが、虫けらみたいに這い進み、細いコンクリートの面が、何マイルも、何マイルも前方にのびていた。

18

ジョード一家は西へゆっくりと進み、ニューメキシコ州の山地にはいって、高地の尖《とが》った峰やピラミッドを思わせる山のかたわらを過ぎた。アリゾナ州の高原地帯へ登っていって、峠からペインテッド沙漠《さばく》を見おろした。国境警備隊に、そこで検問を受けた。

「どこへ行く？」

「カリフォルニアへ」トムはいった。

「アリゾナには何日いるつもりだ？」

「通り抜けるあいだしかいない」

「植物は？」

「植物はない」

「荷物を調べないといけない」

「植物なんかないっていっただろう」

国境警備隊員が、風防ガラスに小さな札を貼《は》った。

「よし。行っていいぞ。だが、ずっと走っていけ」

「ああ。そのつもりだ」

登り坂を這《は》うように進んだ。ねじれた低い木が、斜面を覆《おお》っていた。ホルブルック、ジョーゼフシティ、ウィンズロウ。やがて高木が見られるようになると、二台の自動車は蒸気を噴き、懸命に坂を登っていった。やがてフラッグスタッフがあり、そこが頂上だった。フラッグスタッフから先は下りで、広大な高原がひろがり、道路は彼方《かなた》に見えなくなっていた。水が乏しくなり、買わなければならなくなった。一ガロンの値段が、五セント、十セント、十五セントというように高くなった。岩場の多い乾燥した地《くに》を太陽がからからに乾かし、真正面にはギザギザに割れた峰がならんでいた。それがアリゾナの西の壁だった。いま一行は、太陽と旱魃《かんばつ》から逃れようとしていた。夜どおし自動車を走らせ、夜のうちに山脈にたどり着いた。そして、暗いヘッドライトで道路の左右の白っぽい岩壁を照らし、夜を徹して急峻《きゅうしゅん》な荒れた地形を這い進んだ。暗いなかで峠を越え、深夜、ゆっくりと下って、砕かれた鉱石の残骸《ざんがい》が残るオートマンを抜けた。明るくなるころには、コロラド川が眼下に見えていた。トポックまで行き、橋の手前でとまって、国境警備隊員が風防ガラスの札を水で洗って剝《は》がすのを待った。それから橋を渡り、裂かれた磐《いわ》の荒れ野（訳注 詩編七八―一五より）にはいった。へとへとに疲れ、朝の暑さがつのっていたが、一行はそこでとまった。

お父がいった。「とうとう着いたぞ――カリフォルニアだ！」陽射《ひざ》しを浴びてギラギラ光っている岩原や、川向うのアリゾナの恐ろしい急峻な地形を、一行はぼんやりと見た。

「まだ沙漠があるよ」トムはいった。「水があるところへ行って、休まないといけない」

国道はそこで川沿いを走り、午前もだいぶ過ぎて、エンジンが熱くなったころに、葦《あし》のあいだを川が疾《はや》く流れているニードルズに着いた。

ジョード一家とウィルソン夫妻の自動車二台は、川のほうへ進んでいき、流れ過ぎる美しい川をなかから眺めた。青々とした葦が、流れからゆっくりと突き出していた。川沿いに狭い野営地があり、テント十一張りが水辺近くにならび、地面にはガマが生えていた。トムは、トラックの窓から身を乗り出した。「ここにちょっといてもかまわないか？」

バケツで服をごしごし洗っていた体格のいい女が、目をあげた。「あたしたちのもんじゃないからね、あんた。好きなようにいていいよ。おまわりが調べにくるだろうよ」そして、また日向《ひなた》で洗濯をつづけた。

ガマの近くの空いた場所に、二台は進んでいった。野営の道具一式がおろされ、ウィルソンのテントが張られ、ジョード家の防水布がロープの上にかけられた。

ウィンフィールドとルーシーが、柳の茂みを抜けて、葦が生えているほうへゆっくりと下っていった。ルーシーが、声を殺し、熱をこめていった。「カリフォルニアよ。ここはカリフォルニアで、あたいたちはそこにいるのよ！」

ウィンフィールドがイグサを折って、ねじ切り、白い髄を口につっこんで嚙《か》んだ。ふたりは川にはいって、じっと立った。水がふくらはぎまで来ていた。

「まだ沙漠があるけど」ルーシーがいった。

「沙漠って、どんななの？」

「知らない。沙漠の写真を一度見たことがある。どこも骨だらけなの」

「ニンゲンの骨？」

「それもあるけど、たいがい牛の骨」

「骨が見られるんだね」

「たぶん。わからない。夜に越えるから。そうトムにいちゃんがいってた。昼間に通ったら、まる焼けになっちゃうって」

「冷《ひや》っこくて気持ちいい」ウィンフィールドがいった。底の砂を爪先《つまさき》でグチャグチャかき混ぜた。

お母が呼ぶのが聞こえた。「ルーシー、ウィンフィールド、戻ってきな」ふたりは向きを変えて、葦のあいだを戻り、柳の茂みを抜けた。

よそのテントは静かだった。二台が来たときだけ、つかのまテントの垂れ布から何人かが覗《のぞ》いたが、すぐに顔をひっこめた。二家族のテントを張ると、男たちが集まった。

トムはいった。「川で水浴びしてくる。水浴びだ――それからひと眠りする。テントに入れたあと、ばあちゃんはどんなぐあいかな?」

「よくわからん」お父がいった。「起こそうとしても目が醒《さ》めないみたいだ」テントのほうに顎《あご》をしゃくった。帆布の向こうから、子供がむずかるような弱々しい声が聞こえていた。お母がすぐになかにはいった。

「起きたよ」ノアがいった。「トラックでひと晩中しわがれ声で文句をいってた。頭がどうかしちまったんだ」

トムはいった。「いや! 疲れ果ててるんだ。しばらくちゃんと休めば、治るだろう。疲れ果ててるだけだ。だれかいっしょに来ないか? おれは体を洗って、日陰で寝る——夜までずっと」トムはそこを離れ、あとの男たちがつづいた。柳の茂みで服を脱ぎ、川にはいっていって、座った。押し流されないように踵《かかと》を砂につっこんで、首だけをだしたまま、長いあいだ座っていた。

「ああ、ずっとこうしたかった」アルがいった。川底の砂をひとつかみ取って、それで体をこすった。水のなかで男たちは体をのばし、針山《ニードルズ》と呼ばれる鋭くとがった峰々と、アリゾナの白い岩の連亘《れんこう》を見やった。

「あそこを通ってきたんだ」お父が、驚きに打たれていった。

ジョンおじが、水に頭を沈めた。「まあ、われわれは来たわけだ。ここはカリフォルニアだというのに、あまりぱっとしないな」

「まだ沙漠がある」トムはいった。「それに、くそ恐ろしいところだっていう話だ」

ノアがきいた。「今夜、渡ってみるんだな？」

「どう思う、お父？」トムはきいた。

「うーむ、どうかな。すこし休んだほうがいいんじゃないか。ばあちゃんのことがあるからな。とはいえ、早く押し通って、仕事を見つけるほうがよかろう。みんなして働いて、小金がはいってくるほうが、安心できる」

男たちは水のなかに座って、川の流れにひっぱられるのを感じていた。ケイシーは、両腕と手を水面に浮かべていた。男たちの体は、首と手首までずっと生白く、手と顔が樺色《かばいろ》に日焼けして、鎖骨のところにV字形の境ができていた。男たちは砂で体をごしごしこすった。

すると、ノアがものうげにいった。「ずっとこうしていたい。いつまでもここに寝そべっていたい。腹が減ったり、悲しくなったりしない。一生ずっと川に寝そべって、泥んこまみれの雌豚みたいにぐうたらしていたい」

そこで、川向うの峻嶮《しゅんけん》な山々と下流のニードルズ山地を見ていたトムはいった。「あんなすごい山は、これまで見たこともなかった。ここはひとの命を奪う土地だ。尸《しかばね》の地《くに》だ。岩に爪《つめ》を立てて必死でしがみつかなくても、生きていけるようなところに、たどり着けるのかどうか、わからなくなってきた。平らで青々として、お母がいうみたいな白い家がある写真を見たことがある。お母は白い家に心奪われちまった。そんなところはないんじゃないかって思えてきた。写真で見ただけだからな」

お父がいった。「カリフォルニアへ行きゃわかる。きっといいところだ」

「なにいってるんだ、お父。ここがカリフォルニアなんだぞ」

ジーンズと汗まみれの青いシャツを着た男がふたり、柳の茂みを通ってきて、裸の男たちを見おろした。そのふたりが、大声でいった。「泳いでみて、どうだった?」

「さあな」トムはいった。「泳いでない。だけど、ここに座ってると気持ちいいぞ」

「おれたちも座っていいか？」

「おれたちの川じゃない。ちょっとばかし場所を空けてやるよ」

男ふたりがジーンズを脱ぎ、シャツを引き剝がすように脱いで、川を歩いてきた。膝《ひざ》まで土埃《つちぼこり》にまみれていた。足が白く、汗でふやけていた。気だるそうに水に腰を沈めて、脇腹《わきばら》を大儀そうに洗った。ひどく日焼けしたそのふたりは、父と男の子だった。水をかけるたびに、うめき、うなっていた。

お父が、丁重にきいた。「西へ行くのかね？」

「いや。西から来た。故郷に戻る。あっちじゃ暮らしを立てられない」

「故郷はどこだ？」

「テキサス・パンハンドル。パンパの近くだ」

お父がきいた。「そっちなら暮らしを立てられるのか？」

「いや。だが、親類縁者といっしょに飢え死にできる。おれたちを嫌ってるやつらの前で飢え死にすることはない」

お父がいった。「じつは、そういう話をするのは、あんたがふたり目なんだ。そいつらは、どうしてあんたたちを嫌ってるんだ？」

「知るもんか」男がいった。両手に水をすくい、顔をこすって、手洟《てばな》をかみ、口からブクブクと泡を吐いた。髪から塵《ちり》混じりの水が垂れ、頸《くび》に条《すじ》ができた。

「もうすこし話が聞きたいんだが」お父がいった。

「おれもだ」トムはいい添えた。「どうして西の連中は、あんたらを嫌ってるんだ？」

男がトムをきっと見た。「あんたら、これから西へ行くんだな？」

「行くところだ」

「カリフォルニアへ行ったことはないんだな？」

「ああ、ない」

「それじゃ、おれの話なんか聞くな。行って自分の目で見ろ」

「そうする」トムはいった。「しかし、どういうところへ行くのか、知りたいのが人情ってものだ」

「そうか、ほんとうに知りたいんなら、おれにきけば、すこしはましな考えを分けてやれるよ。カリフォルニアはいい地《くに》だ。だが、だいぶ昔に盗まれちまった。沙漠を越えると、ベイカーズフィールドあたりに着く。見たこともないような美しい地《くに》だ——果樹園にぶどう園、どこよりも美しい。三十フィートも掘れば井戸ができる結構な平地を、そのうちに通り過ぎる。そこは休耕地だ。そういう土地は手にはいらない。農地牧畜会社の所有地だ。そこを会社が使いたくないときには、遊ばせておく。そこにトウモロコシを植えたら、刑務所行きだ！」

「結構な平地だというのに、畑にしないのか？」

「そうだよ。結構な土地だが、ちっとも結構じゃない！　まあ、それであんたらはむっとくるかもしれないが、まだまだあるんだ。向こうのやつらの目つきときたら。あんたらを見るやつらの目が、こういってる。〝おまえらなんか大嫌いだ。くそ野郎どもめ〟。保安官助手が来て、小突きまわされる。道ばたで野営したら、どかされる。そいつらの顔を見れば、どれだけ嫌われてるかわかる。それから――あんたらにだいじなことを教えるよ。そいつらが嫌ってるのは、怖いからなんだ。飢えた人間は、たとえ盗まなきゃならなくても、食い物を手に入れる。それがわかってるからだ。畑を遊ばせておくのはよくないことだから、だれかに奪われるんじゃないかって、やつらは心配してるんだ。なんてこった！　あんたらは、オーキーって呼ばれたことはないだろうな」

トムはいった。「オーキー？　なんのことだ？」

「あのな、オーキーっていうのは、そもそもオクラホマの人間のことだった。それがいまは、薄汚れたやつをそう呼ぶようになってる。オーキーは最下層の民のことだ。

もとからそんな意味があるわけじゃないが、やつらはそういう意味で使ってる。だが、おれの話だけじゃ、なにもわからないよ。行ってみないとわからない。あそこには、おれたちみたいなものが三十万人いるそうだ——みんな豚みたいな暮らしをしてる。カリフォルニアでは、なにもかもが他人のものになってるからだ。なにも残ってない。それに、持ち主は、この世の人間を皆殺しにしてでも、自分の持ってるものを手放そうとしない。それに、怯《おび》えてて、正気をなくしてる。その目で見ないとわからない。その耳で聞かないとわからない。見たこともないくらい美しいところなのに、住んでるやつらはあんたらにやさしくない。怯えて、心配だから、やつら同士でもやさしくできないんだ」

トムは、水を見おろし、砂に踵を食い込ませた。「働いて金を貯《た》めたら、ちっちゃな土地が買えるだろうか?」

男は声をあげて笑い、息子を見た。黙っていた男の子が、勝ち誇ったようににやりと笑った。そこで男がいった。「長つづきする仕事は見つからないよ。毎日の食い物のために、岩に爪を立てて必死でしがみつくのさ。それに、あんたらを白い目で見るようなやつの下で働くことになる。綿を摘んだら、秤《はかり》に細工されてるって思いたくもなる。ごまかしがある秤もあれば、そうでない秤もあるだろうよ。だが、秤がぜんぶ細工されていると思うだろうし、どの秤が細工されてるか見当もつかない。どのみち、打つ手はないんだがね」

お父が、のろのろときいた。「それじゃ――むこうはぜんぜんいいところじゃないんだな？」

「いや、見かけはいいところだが、あんたのものにはならないんだよ。オレンジが実った果樹園があれば――銃を持ったやつがいて、ひとつでも盗めば撃ち殺す権限がある。海岸のほうに、新聞王ってやつが住んでて、百万エーカーの地主（訳注 ウィリアム・ランドルフ・ハーストを指す。サンシメオンに二十四万エーカーを所有していた）――」

ケイシーが、ぱっと顔をあげた。「百万エーカー？　百万エーカーもの地面を、いったいぜんたいどうしようっていうんだ？」

「知るか。そいつは、ただ持ってるだけだ。牛をすこしは飼ってる。ひとがはいり込まないように、あちこちに見張りを置いてる。防弾の自動車で走りまわってる。そいつの写真を見たよ。肥《ふと》った軟弱な野郎で、意地の悪いちっちゃな目をして、口はケツの穴みたいだ。そいつは死ぬのを怖がってる。百万エーカーも持ってて、死ぬのが怖いんだ」

ケイシーが、ふたたび語気鋭くきいた。「そいつは百万エーカーをどうするんだ？

なんのために百万エーカーがほしいんだ?」

　西から来た男が、ふやけて白くなった手を水から出してひろげ、下唇をへの字にすると、首をいっぽうにかしげた。「知るか。気が触れてるのさ。そうにちがいない。そいつの写真を何枚も見た。気が触れてるやつの面《つら》だ。気が触れててむごいやつだ」

「死ぬのを怖がってるといったな?」ケイシーがきいた。

「そういう噂《うわさ》だ」

「神のお召しが怖いわけだな」

「さあな。ただ怖いのさ」

「そいつは、なにか好きなことがないのか?」お父がいった。「なんの愉《たの》しみもないみたいだな」

「じいちゃんは怖がらなかった」トムはいった。「じいちゃんがいちばん愉しいのは、殺されそうになったときだ。じいちゃんともうひとりが、ナヴァホ族の群れに夜討ちをかけたことがあったじゃないか。ふたりとも一生でいちばん愉しい思いをしたが、はた目にはぜんぜん勝ち目がなかったんだぜ」

　ケイシーがいった。「それが世のつねだな。人間、愉しんでるときは、あとさきなんてどうでもいい。だが、たちが悪くて、淋《さび》しくて、齢《とし》とって、未練があるやつは

——死ぬのを怖がる」

お父がきいた。「百万エーカーも持ってるやつに、どうして未練があるんだ？」

ケイシーが、にやりと笑い、合点のいかない顔をした。浮いていたタガメを手で払いのけて、飛沫《しぶき》をあげた。「豊かだと思いたいために百万エーカーが必要なのであれば、内心、すこぶる貧しいと思っとるんだ。心のなかが貧しかったら、百万エーカーがあろうと豊かには思えんだろう。だから、何事も自分を豊かにしてくれんのが未練がましいんだろうな——じいちゃんが死んだときにテントを使わせてくれたウィルソンさんみたいに、豊かになれんからな。お説教をたれるつもりはないが、プレイリードッグみたいにせっせと餌《えさ》を集めとるやつにかぎって、未練がましいものだ」にやりと笑った。「わしとしたことが、説教みたいな口ぶりだったかな？」

いまでは、陽射しがすさまじく厳しくなっていた。お父がいった。「水に浸《つ》かったほうがよさそうだ。これじゃまる焼けになっちまう」寝そべって、頸のまわりを水がゆるやかに流れるようにした。「一所懸命働けば、なんとかやっていけるんじゃないか？」

男が上体を起こして、お父と向き合った。「なあ、あんた、おれはなにもかも知ってるわけじゃない。あんたがあっちへいって長つづきする仕事をたまたま見つけたら、おれは嘘《うそ》つきってことになる。逆に、仕事がぜんぜん見つからなかったら、おれは注意しなかったことになる。いえるのは、ほとんどがひどくみじめな暮らしをしてるってことだけだ」水のなかに寝そべった。「ひとりがなにもかも知るわけがないんだ」

お父が首をめぐらし、ジョンおじのほうを見た。「兄貴は昔から口数がすくなかったな」お父がいった。「それにしたって、うちを出てから、ろくすっぽ口をきいてないぞ。これをどう思ってるんだ？」

ジョンおじが、渋い顔をした。「なにも考えとらん。おれたちは行くんだろう、えっ？　ここでなにをしゃべろうが、行くことに変わりはない。あっちに着いたら、着いたときのことだ。仕事があれば働く、仕事がなければ、地べたに座ってる。ここでなにをしゃべろうが、なんの役にも立たん」

トムは仰向《あおむ》けになって、口に水を含み、宙に勢いよく吐き出して笑った。「ジョンおじはめったにしゃべらないが、いうことは理屈に合ってる。そうだよ！　ジョンおじのいうことはもっともだ。おれたちは今夜、出発するんだろう、お父？」

「そのほうがいいだろう。さっさと沙漠を越えちまおう」

「それじゃ、おれは藪《やぶ》んなかでひと眠りするよ」トムは立ちあがり、砂地の河岸へ渉《わた》っていった。濡《ぬ》れた体に服を着て、布地が熱くなっているのにたじろいだ。あとの男たちもついてきた。

川のなかでは、西から来た男とその息子が、ジョード家の一行が見えなくなるまで見送っていた。男の子がいった。「半年たって、またあのひとたちと会えるといいね。ほんとうに!」

男が、指先で目頭を拭《ぬぐ》った。「よくないことをしちまった」男がいった。「人間はついさかしらぶって、ひとさまにろくでもないことをいってしまう」

「でも、お父! あのひとたちがききたいたんだよ」

「それはわかってる。しかし、あのひとがいったように、どのみち行くんだ。おれがなにをいおうが、なにも変わらない。みじめな思いをするのが、早くなるだけだ」

トムは、柳の茂みを歩いて、穴ぐらみたいな形の日陰に這い込み、横になった。ノアがついてきた。

「ここで眠るぞ」トムはいった。

「トム!」

「なんだ?」

「トム、おれは行かない」

トムは身を起こした。「なんだって？」

「トム、おれはこの川を離れられない。この川を下ってく」

「気でもちがったか」トムはいった。

「釣り糸を一本手に入れる。魚を釣る。いい川のそばにいれば、飢えない」

トムはいった。「家族はどうする？　お母は？」

「おれにはどうにもならないんだ。この川を離れられない」間遠な目が、半眼になっていた。「わかるだろう、トム。みんながおれに親切なのが、わかるだろう。でも、ほんとうはおれのことなんか、どうでもいいんだ」

「気が変なんじゃないか」

「ちがう。自分がどんなふうか、おれは知ってる。みんな、かわいそうだと思ってるんだ。でも――いや、おれは行かない。お母にいってくれよ――トム」

「ちょっと待てよ」トムは切りだした。

「いったって無駄だよ。さっき、あの川にはいった。離れられなくなった。もう行くよ、トム――川を下る。魚やなんかを捕まえる。でも川から離れられない。離れられないんだ」柳の穴ぐらから這い戻った。「お母にいってくれ、トム」歩み去った。

トムは、河岸まで追っていった。「聞けよ、この馬鹿《ばか》――」

「無駄だよ」ノアがいった。「さみしいけど、おれにはどうにもならないんだ。行かなきゃならない」つと背を向けて、川沿いを下流に向けて歩いていった。トムは追おうとしたが、はっと足をとめた。川のきわを進むノアが、灌木《かんぼく》のなかに見えなくなり、また姿が見えた。見送るうちに、川のきわのノアの姿が小さくなり、とうとう柳の茂みのなかに消えた。トムは鳥打帽を脱いで、頭を掻《か》いた。柳の穴ぐらに戻り、横になって眠った。

テント代わりにひろげた防水布の下で、ばあちゃんがマットレスに横たわり、お母がそばに座っていた。息苦しいほど空気が熱く、帆布の日陰でハエがうなっていた。長い桃色のカーテンを、ばあちゃんは裸の体にかけていた。年老いた頭を落ち着きなく左右に動かし、ぶつぶつつぶやいては息を詰まらせた。お母はそばの地べたに座って、ボール紙の切れ端でハエを追い払い、煽《あお》いで、ひきつったばあちゃんの顔に、熱い空気を送っていた。シャロンの薔薇《ばら》が反対側に座り、お母を見守っていた。

ばあちゃんが、横柄《おうへい》に呼んだ。「ウィル！　ウィル！　こっち来い、ウィル！」目をあけて、すごい形相であたりを見た。「こっち来いって、いってやれ」ばあちゃんがいった。「とっ捕まえてやる。髪の毛ひっこ抜いてやる」目を閉じて、首をふると、はっきりしない声でつぶやいた。お母がボール紙で煽いだ。

シャロンの薔薇が、なすすべもなく、ばあちゃんを見た。低い声でいった。「だいぶぐあいが悪いね」

お母が、娘の顔に目を向けた。辛抱強いまなざしだったが、気が張っているせいで、額に皺《しわ》が寄っていた。お母は風を送りつづけ、ボール紙の切れ端でハエを追い払った。

「若いころにはね、ロザシャーン、どんなことが起きても、それはそれきりのことなのさ。独りぼっちのことなのさ。あたしにも憶《おぼ》えがあるよ、ロザシャーン」娘の名をいつくしむように口にした。「おまえは赤ちゃんを産む、ロザシャーン。それがおまえには独りぼっちの、遠いことに思える。それでおまえは痛みを味わう。独りぼっちで痛みを味わって、ここがこの世でいちばん淋しいところになる」死肉に卵を産みつけるハエが一匹、うなっていたのを追い払うために、お母は空気を強く叩《たた》いた。黒光りする大きなハエが、間に合わせのテントのなかを二度まわってからブーンと上昇し、まばゆい陽光のなかへ出ていった。そこでお母は言葉を継いだ。「そのうちにそれが変わる。そのときには、死ぬのはみんなが死ぬうちのひとかけらになり、耐えるのはみんなが耐えるうちのひとかけらになり、耐えるのも死ぬのも、おなじ大きなことのふたかけらになる。そうなれば、物事は独りぼっちじゃなくなる。痛みもそんなにひどくなくなる。独りぼっちの痛みじゃないからね、ロザシャーン。おまえにわかるように、いい聞かせたいんだけど、あたしじゃ無理だね」お母の声がとてもやさしく、愛情に満ちていたので、ロザシャーンの目に涙があふれ、こぼれて、なにも見えなくなった。

「ばあちゃんを煽いであげな」お母がいって、ボール紙を娘に渡した。「それが功徳《くどく》ってもんだよ。おまえにわかるように、いい聞かせられるといいんだけどね」

ばあちゃんが目を閉じたまま、眉《まゆ》をひそめて口走った。「ウィル！　汚ねえよ！　あんた、きれいにしてたためしがねえ」皺だらけの小さな手があがってきて、頬をひっかいた。アカアリが一匹、カーテンを走りあがり、ばあちゃんの頸のたるんだ皮の皺をよじ登った。お母がすばやく手をのばして、アリをつまみ取り、親指と人差し指でつぶして、服にその指をこすりつけた。

シャロンの薔薇が、ボール紙の扇で煽いだ。お母のほうを見あげた。「ばあちゃん――？」あとの言葉が、喉《のど》で干上がった。

「足を拭《ふ》きな、ウィル――汚ねえ豚野郎！」ばあちゃんが甲高く叫んだ。

お母がいった。「わからないよ。あまり暑くないところへ連れていけるかもしれないけど、わからない。心配するのはやめな、ロザシャーン。息を吸わなきゃならないときには吸って、吐かなきゃならないときには吐きな」

ぼろぼろの黒いワンピースを着た大柄な女が、防水布のなかを覗いた。視線の定まらない曇った目をして、下顎の皮がたるみ、小さなびらびらになっていた。口がゆるんで、上唇がカーテンみたいに歯の上にかかっていた。下唇は重みでめくれて、歯茎が見えている。「おはよう、奥さん」女がいった。「おはよう、勝ちとげし神を～、ほむべきかな～」

お母が、あたりを見まわした。「おはよう」

女が防水布の下にかがみ込んで、ばあちゃんを見おろした。「ここにイエスさまのみもとに召されることになってるひとがいるって聞いたよ、神を～、ほむべきかな～」

お母の顔がひきつり、目が鋭くなった。「へばってるだけだよ」お母がいった。「ばあちゃんは、旅と暑さでまいってるんだ。へばってるだけだよ。すこし休めばよくなるさ」

女がばあちゃんの顔の上に身を乗り出し、においを嗅《か》ぎそうになった。それから、お母のほうを向いて、さっとうなずき、唇が小刻みに動いて、顎の皮がふるえた。

「いとしいたましいがひとつ、イエスさまのみもとに召されようとしてる」

お母がどなった。「縁起でもない！」

女が、こんどはおもむろにうなずき、肥った手をのばして、ばあちゃんの額に置いた。お母が手をのばして、その手を払いのけようとしたが、すぐに我慢した。「いえ、召されるのよ、しまい《シスター》」女がいった。「あたしたちのテントにホーリネス系の信者が六人いるよ。呼んできて集会をやろう——お祈りとめぐみをね。みんなエホバ派だよ。あたしを入れて六人さ。呼んでくるよ」

お母が、身をこわばらせた。「だめ——お断りだ」お母がいった。「お断りだよ。ばあちゃんは疲れてる。集会なんか耐えられない」

女がいった。「めぐみも受けられないっていうのかい？　イエスさまのやさしいささやきも受けられないっていうの？　わけのわからないことをいうんじゃないよ、しまい《シスター》」

お母がいった。「お断りだよ。ここではやらせない。ばあちゃんはへばってるんだよ」

女が、とがめる目をお母に向けた。「あんた、信者じゃないのかい、奥さん？」

「あたしたちはずっとホーリネス系だよ」お母がいった。「でも、ばあちゃんはへばってるんだ。夜通し自動車に乗ってたからね。あんたたちに厄介はかけないよ」

「厄介なんかじゃない。それに、そういうことなら、神の子羊のみもとへ召天するのを手伝ってあげたいね」

お母が膝立ちになった。「ありがとうよ」冷たくいった。「このテントで集会はやらせない」

女が、長いあいだお母を見つめていた。「へえ、あたしたちゃ、しまいを賛美なしで逝《い》かせることなんかしないよ。あたしたちのテントで集会をやるさ、奥さん。あんたのかたくなな心を赦《ゆる》したげるよ」

お母が腰をおろし、ばあちゃんに顔を向けた。険しい表情は消えなかった。「ばあちゃんはくたびれてるんだ」お母がいった。「くたびれてるだけだ」ばあちゃんが首をまわしながら、聞き取れない声でつぶやいた。

女が、ぎくしゃくしたそぶりで、テントを出ていった。お母は、年老いた顔をなおも眺めていた。

シャロンの薔薇が、ボール紙で煽ぎ、熱い風を送った。「お母」

「なんだい？」

「どうして集会をやらせなかったの？」

「さあ」お母がいった。「エホバ派はいいひとたちだよ。わめいたり跳んだりする。

わからない。なにかふと感じたのさ。あたしが耐えられないって思ったんだ。バラバラになっちまうって」

すこし離れたところで集会がはじまるのが聞こえてきた。訓戒を歌うような抑揚でくりかえし唱えている。言葉は聞き取れなかったが、調子はわかった。声が高くなり、低くなり、そのたびに甲高くなっていった。間を応《こた》えが埋めて、訓戒が勝ち誇った調子とともに激しくなり、どよもす声に変わっていった。声がうねって、間があき、どよめきが応える。訓戒の一文がしだいに短く、鋭く、命令のようになって、応えが不平がましい訴えになった。律動が速まった。男と女の声がひとつにそろっていたのが、いまでは応えのなかでひとりの女の声が、どんどん高まり、荒々しく激しい叫喚と化していた。まるでけだものの叫びのようだった。やがて、べつの低い女の声が、それに寄り添って高まり、猟犬が獲物を追うときのようなうなりに変わった。男の声が、オオカミの吠《ほ》え声なみに激しくなった。訓戒が熄《や》み、野獣めいた咆哮《ほうこう》だけがそのテントから聞こえていた。それとともに、足踏みの地響きが伝わってきた。お母がガタガタふるえた。シャロンの薔薇の息が浅く、短くなった。咆哮の合唱が、肺が破裂するのではないかと思えるほど、長くつづいた。

お母がいった。「神経に障《さわ》る。どうかしちまいそうだ」

くだんの甲高い声が、いまでは病的な興奮に陥って、ハイエナがたてつづけに鳴いているみたいになり、地響きがけたたましくなった。声がかすれてとぎれ、合唱そのものが、めそめそした泣き声や低いうめき声にひそまって、肉がぶつかり、地べたが揺れていた。その泣き声がさらに、餌の皿に群がる子犬のような情けないヒイヒイという声に変わった。

シャロンの薔薇が、不安にかられてそっと泣いた。ばあちゃんがカーテンを蹴《け》りのけ、節だらけの灰色の枝みたいな脚が現われた。そして、ばあちゃんが、遠い泣き声といっしょに、ヒイヒイ泣きだした。お母がカーテンをひっぱってもとに戻した。やがてばあちゃんが深い溜息《ためいき》をついて、息が落ち着き、楽そうになり、閉じた瞼《まぶた》がひくひく動くのがとまった。昏々《こんこん》と眠って、半開きの口でいびきをかいた。遠い泣き声が低く、低くなり、やがてもうまったく聞こえなくなった。

シャロンの薔薇が、お母の顔を見た。お母の目はうつろで、涙が浮かんでいた。「よかったね」シャロンの薔薇がいった。「ばあちゃんによかった。眠ってるよ」

お母がうなだれ、やましい顔をした。「あのひとたちに、悪いことをしちまったかもしれない。ばあちゃんは眠ってる」

「罪を犯したかどうか、伝道師さんにきいてみたらどう」シャロンの薔薇がいった。

「そうするけど——あのひとは変わってるからね。あのひとたちにここに来るなってあたしがいったのは、伝道師さんのせいかもしれない。あの伝道師さんは、ひとがやることには、正しい希《ねがい》があるって思いはじめてる」お母が、自分の手を見てからいった。「ロザシャーン、あたしたちも眠らないといけない。今夜出かけるんなら、眠っとかないと」マットレスの横の地べたに横になった。

シャロンの薔薇がきいた。「ばあちゃんを煽ぐのは？」

「ばあちゃんは眠ってる。おまえも横になってお休み」

「コニーはどこへ行ったのかしら？」シャロンの薔薇が、不服そうにいった。「ずいぶん姿を見てないけど」

お母がたしなめた。「シッ！　休みなさい」

「お母、コニーは夜に勉強して、一人前になるって」

「ああ。それは聞いたよ。いいから休みなさい」

シャロンの薔薇が、ばあちゃんのマットレスの端に寝た。「コニーには、新しい計画があるの。いつも考えてるのよ。電気のことをすっかり憶えたら、自分のお店を持つの。そうしたら、なにを買うと思う？」

「なんだい？」

「氷——氷をほしいだけ買うの。冷蔵庫も買って。いっぱい入れるの。氷があれば、食べ物は傷《いた》まないから」

「コニーはいつも考えてばかりだね」お母が、くすくす笑った。「もう休んだほうがいいよ」

シャロンの薔薇が、目を閉じた。お母が仰向けになって、頭の下で手を組んだ。ばあちゃんの息遣いに耳を澄まし、シャロンの薔薇の息遣いに耳を澄ました。目もくらむような暑さのなかで、野営地は静まり返っていたが、熱した草のすれる音も——コオロギやハエの羽音も——静けさといっていいような音色だった。お母は深い溜息をついて、あくびをすると、目を閉じた。足音が近づくのは、うとうとしながら聞いていたが、男の声にはっとして目を醒ました。

「ここにいるのはだれだ？」

お母は、ぱっと起きあがった。顔が赤銅色《しゃくどういろ》に日焼けした男が、かがんで覗き込んでいた。編上靴《へんじょうか》をはき、ズボンと肩章《けんしょう》のあるシャツは土埃色《カーキ》だった。たすきがけ革帯《サムブラウン・ベルト》に拳銃嚢《けんじゅうのう》が吊《つ》るされ、大きな銀の星がシャツの左胸にピン留めしてあった。クラウンにゆとりをもたせた軍帽を、あみだにかぶっている。男が片手で防水布を叩き、ぴっちりと張った帆布が太鼓みたいに振動した。

「ここにいるのはだれだ？」男が、もう一度、語気荒くきいた。

お母はきき返した。「なんの用かね、旦那《だんな》さん」

「なんの用かわからんのか。だれかときいておるんだ」

「ああ、いまは三人しかいないよ。あたしとばあちゃんと娘だけだ」

「男たちはどこだ？」

「体を洗いにいったよ。夜通し自動車を走らせてたからね」

「どこから来た？」

「サリソーの近く。オクラホマ」

「いいか、ここにいてはいかん」

「今夜出かけて、沙漠を越えるよ」

「そうしろ。あすのこの時間にここにいたら、ぶち込むぞ。ここにいつくようなことは許さん」

お母の顔が、怒りで黒ずんだ。おもむろに立ちあがった。食器の箱のほうにかがみ込んで、鉄のフライパンを取った。「旦那さん」お母はいった。「あんたはブリキのバッジと銃を持ってる。あたしたちの故郷じゃ、そういうもんはもっと静かにしゃべる」フライパンを持って詰め寄った。男が拳銃嚢のなかの拳銃を抜きかけた。「やってみな」お母がいった。「女を脅すのかい。男衆がここにいなくてよかったよ。あんたを八つ裂きにしていたはずだからね。あたしの古里じゃ、口のききかたに気をつけるんだよ」

男が二歩あとずさった。「ふん、ここはおまえらの古里じゃない。カリフォルニアにいるんだ。おれたちは、おまえらオーキーにいついてほしくないんだよ」

お母の足がとまった。合点のいかない顔をした。「オーキー？」低声《こごえ》でいった。「オーキーだって？」

「ああ、オーキーだ！　あしたおれが来たときにここにいたら、おまえらをぶち込むからな」向きを変え、となりのテントへ行って、手で帆布をどんどん叩いた。「ここにいるのはだれだ？」男がいった。

お母は、のろのろと防水布の下に戻った。フライパンを箱に戻し、ゆっくりと座った。シャロンの薔薇がそれを盗み見ていた。そして、お母が圧口《べしくち》になりそうなのをこらえているのに気づくと、目を閉じて、眠っているふりをした。

夕方になり、陽が低くなったが、暑さが衰えるようすはなかった。トムは柳の下で目を醒まし、口がからからに渇いて、全身が汗にまみれていた。頭が休み足りないと文句をいっていた。よろよろと立ちあがり、川へ行った。服を剝ぎ取るように脱いで、流れのなかを歩いた。水に包まれたとたんに、渇きが消えた。浅瀬に仰向けになると、体が浮かんだ。肘《ひじ》を砂地について体が流されないようにして、水面から浮きあがっている爪先を眺めた。

色白のガリガリに瘦《や》せた男の子が、葦のあいだを獣みたいにこっそり抜けてきて、服を脱いだ。ニオイネズミみたいにもぞもぞと水にはいり、ニオイネズミみたいに目と鼻だけ水から出して、すいすいと進んでいった。やがて、不意にトムの頭を見つけて、見られているのに気づいた。遊びをやめて、体を起こした。

トムはいった。「やあ」

「やあ」

「ニオイネズミごっこをやってたな」

「うん、そうだよ」男の子はじりじりと河岸へ離れていった。何気ない動きだったが、急に駆けだして、両腕でぱっと服をかかえ、柳の茂みに見えなくなった。

トムは、低い笑い声をあげた。そのとき、甲高く名前を呼ばれるのを聞いた。「トム、ねえ、トムったら」水のなかで体を起こし、上下の歯のあいだから口笛を鳴らした。尻《しり》あがりに大きくなる、鋭い口笛だった。柳が揺れ、ルーシーが立って見おろし

った。

お母が柳の枯れ枝で火をおこして、鍋《なべ》の湯を沸かしていた。トムの顔を見て、ほっとした顔になった。

「どうしたんだ、お母？」トムはきいた。

「怖くなったんだよ」お母がいった。「おまわりが来た。ここにいちゃいけないっていうのさ。そいつがおまえと話をしたんじゃないかって、心配になったんだ。そいつがしゃべったときに、おまえが殴りゃしないかって」

トムはいった。「どうしておれがおまわりを殴るっていうんだ？」

お母がにやりと笑った。「それはね――そいつは口のききかたが悪いからだ――あ

た。

「お母が呼んでる」ルーシーがいった。「すぐに来てって」

「わかった」トムは立ちあがり、大股《おおまた》に岸へ歩いていった。ルーシーがトムの裸体を興味津々《しんしん》で目を丸くして眺めた。

ルーシーの目がどこに向いているかに気づいたトムがいった。「走れ！ハイッ！」

ルーシーが駆けだした。走りながら、興奮してウィンフィールドを呼ぶのが聞こえた。

濡れて冷えた体に、トムは熱い服を着て、柳のあいだをのろのろとテントへ歩いてい

たしも殴りそうになった」

トムは、お母の腕をつかんで、荒っぽくぐらぐらと揺すり、笑い声をあげた。笑いながら、地べたに座った。「いやはや、お母。昔のお母はやさしかったのに。どうしちまったんだ？」

お母が、真顔でトムを見た。「知らないよ、トム」

「最初はジャッキハンドルを持って、おれたちに喧嘩《けんか》を売った。こんどはおまわりを殴ろうとした」低い笑い声を漏らし、手をのばして、お母の素足をいとしげに叩いた。

「乱暴なばあさんだな」

「トム」

「なんだい？」

お母は、長いあいだいいにくそうにしていた。「トム、そのおまわりだけどね――あたしたちを――オーキーっていうんだ。〝おまえらオーキーにいついてほしくない〟って」

トムはお母の顔をしげしげと見た。手はまだお母の素足にそっと置いていた。「そんなことを教えてくれたやつがいた」トムはいった。「どういう意味で使われてるかを」ちょっと考えた。「お母、お母はおれが悪党だと思うか？　刑務所に入れといたほうがいい――っていうふうに？」

「いや」お母がいった。「おまえはもう裁かれたじゃないか――そうは思わないね。いったいなにがききたいんだ？」

「それが、よくわからない。おれはそのおまわりを殴ってただろうな」

お母が、おもしろがるように頬をゆるめた。「あたしのほうがきくべきかもしれない。フライパンでぶん殴りそうになったんだから」

「お母、どうしてここにいちゃいけないのか、そいつは理由をいったか？」

「オーキーのやつらにいついてほしくないって、いっただけだ。あしたもここにいたらぶち込むっていってた」

「だが、おれたちはおまわりなんかのいいなりにはならない」

「そういってやったよ」お母がいった。「おまえたちに古里はないって、そいつはいうんだ。おまえたちはカリフォルニアにいるんだから、おれたちはなんでもいいようにできるって」

トムは、落ち着かない声でいった。「お母、いわなきゃならないことがある。ノアが――川沿いを下ってった。行かないっていうんだ」

お母が呑《の》み込むまで、一瞬の間があった。「どうして？」低声できいた。

「わからない。そうするしかないっていうんだ。川のそばにいたいって。おれの口からいってくれって」

「どうやって食べてくのさ?」お母が鋭い声でいった。

「さあ。魚を捕まえるっていってた」

お母は、長いあいだ黙り込んでいた。「家族がバラバラになっちまう。どういうことなのかねえ。あたしゃ、もうなにも考えられないよ。なにも考えられない。あんまりなことばかりで」

トムは、力なくいった。「ノアはだいじょうぶだよ、お母。あいつは不思議なやつなんだ」

お母が、唖然《あぜん》として川の方角を見た。「もうなにも考えられない」

トムは、テントの列のほうを見た。ルーシーとウィンフィールドが、よそのテントの前に立ち、なかのだれかと礼儀正しく話をしていた。ルーシーは、両手でスカートをよじり、ウィンフィールドは爪先《つまさき》で地べたに穴を掘っていた。トムは呼んだ。「おい、ルーシー!」ルーシーが顔をあげて、トムを見ると、ウィンフィールドを従えて、小走りに近づいてきた。ルーシーがそばに来ると、トムはいった。「みんなを集めてくれ。柳の茂みで寝てる。呼んでこい。それから、ウィンフィールド。おまえはウィルソンさんたちに、できるだけ早く出発するっていってくれ」ルーシーとウィンフィールドが、くるりと向きを変えて、駆けだした。

トムはいった。「お母、ばあちゃんのぐあいはどうだ？」

「まあ、きょうは眠ってたからね。すこしはよくなっただろう。まだ眠ってるよ」

「それならいい。豚肉はあとどれくらいある？」

「あまり残ってない。四分の一匹くらい」

「それじゃ、もう一本の樽《たる》に水を汲《く》もう。水を持ってかなきゃならない」柳の下で寝ている男たちを呼ぶ、ルーシーの甲高い叫びが聞こえた。

お母が柳の枝を焚火《たきび》に押し込んで、炎が黒い鍋に届くようにした。「ちゃんと休めるよう、神さまにお祈りするよ。ちゃんとしたところで横になれるよう、イエスさまにお祈りするよ」

灼《や》かれて砕けた西の山々に向けて、陽が沈もうとしていた。火にかけた鍋の湯がぐらぐら煮え立った。お母が防水布をくぐって、エプロンいっぱいのジャガイモを持ってくると、沸騰《ふっとう》している湯に入れた。「着ているものをどうにか洗えるようになりたいね。こんなに汚くなったことはないよ。ジャガイモをゆでる前に洗うこともできないんだから。どうしてかね？　あたしたちは気魄《きはく》が失《う》せちまったのかね」

男たちが柳の茂みからぞろぞろとやってきた。眠たそうな目で、昼寝したせいで顔が赤く、腫《は》れていた。

お父がいった。「どうした？」

「出かけるよ」トムはいった。「おまわりに出てけっていわれた。いっそこれから越えたほうがいい。早く出かければ、抜けられるかもしれない。なにしろ三百マイルくらい行かなきゃならないんだ」

お父がいった。「すこし休めると思ったんだがなあ」

「そうはいかなくなった。出かけるしかないんだ、お父」トムはいった。「ノアは行かない。川沿いを下ってった」

「行かない？　あいつ、どうしちまったんだ？」そこでお父は自分を抑えた。「おれのせいだ」みじめな声でいった。「あの子のことは、みんなおれのせいだ」

「ちがうよ」

「もうその話はしたくない」お父がいった。「できない――おれのせいだ」

「でも、おれたちは行くしかない」トムはいった。

ウィルソンが、最後の訣《わか》れをいうためにやってきた。「おれたちは行けないよ、みなさん」ウィルソンがいった。「セイリーがすっかりまいってる。休まなきゃならない。沙漠《さばく》を越えたら死んじまう」

ウィルソンの言葉を聞いて、みんな黙り込み、やがてトムがいった。「あすもここにいたらぶち込むって、おまわりがいってる」

ウィルソンが、首をふった。不安のためにどんよりした目で、日焼けした顔が青ざめていた。「しかたがないんだ。セイリーは出かけられない。留置場に入れるっていうんなら、入れればいいさ。セイリーは休んで元気を取り戻さなきゃならない」

お父がいった。「おれたちが待ってて、いっしょに行ったらどうだ」

「いや」ウィルソンがいった。「あんたたちは、おれたちに親切にしてくれた。やさしくしてくれた。だが、ここにいちゃいけない。出かけてって、仕事を見つけて働くんだ。あんたたちを引き留めるつもりはない」

お父が、興奮していった。「だけど、あんたたちにはなにもないのに」

ウィルソンが、にっこりと笑った。「あんたたちに助けてもらったときだって、なにもなかった。余計な口出しはするな。さもないと、おれは猛《たけ》り狂うぞ。あんたたちが行かないと、ぶんむくれて猛り狂うぞ」

お母がお父を防水布の下に呼び寄せて、低声で話をした。

ウィルソンが、ケイシーにいった。「セイリーが会いたいといってる」

「いいとも」ケイシーがいった。ウィルソンの灰色の小さなテントへ歩いていって、垂れ布を脇《わき》にめくり、なかにはいった。なかは薄暗く、暑かった。地べたにマットレスが敷かれ、朝におろした持ち物が、そのまま散らばっていた。セイリーがマットレスに横になり、瞠《みは》った目は輝いていた。ケイシーが佇《たたず》んでセイリーを見おろし、大きな頭をうつむけた。頸に浮きあがる筋肉が左右でぴんと張った。ケイシーが帽子を脱いで、片手に持った。

セイリーがいった。「あたしたちは行かないと、良人《たく》が話しましたね？」

「そういっとったな」

セイリーの低く美しい声がつづけた。「あたしは行きたいんです。向こうへ着くまで生きていられないのはわかっているけど、良人は越えられるでしょう。でも、行こうとしないの。わかっていないんです。だいじょうぶだと思っているの。わかっていないのよ」

「行かないと、あんたの夫がいうんだ」

「あたしにはわかるんです」セイリーがいった。「頑固なひとだし。あなたに来てもらったのは、お祈りをしてもらうためなんです」

「わしは伝道師ではない」ケイシーが、そっといった。「わしの祈りなど役に立たん」

　セイリーが、唇を湿した。「あのおじいさんが死んだとき、あたしはそこにいましたよ。あなたはお祈りをなさった」

「祈りではなかった」

「お祈りでしたよ」セイリーがいった。

「伝道師の祈りではない」

「いいお祈りでした。あたしにもお祈りをしてください」

「なにをいえばいいのか、わからん」

　セイリーが、一分ほど目を閉じてから、またひらいた。「それでは、ご自分の心のなかでおっしゃって。言葉はいらない。それでじゅうぶんです」

「わしにはもう神がない」ケイシーがいった。

「神さまはありますよ。どんな姿かたちをしているか、知らなくても、おなじことです」ケイシーが首を垂れた。セイリーが、気づかうような目でずっと見ていた。そして、ケイシーが顔をあげたとき、セイリーがほっとしたように見えた。「それでいいんです」セイリーがいった。「そうしてもらいたかったんです。近しいひとに――お祈りを、やってもらえればいいと」

　ケイシーが、目を醒《さ》まそうとするみたいに、首をふった。「さっぱりわからんのだがね」

するとセイリーが答えた。「いいえ――わかってらっしゃるんでしょう？」

「わかっとる」ケイシーがいった。「わかっとるが、腑《ふ》に落ちない。あんたたちは何日か休んでから来たらどうかね」

セイリーが、ゆっくりとかぶりをふった。「あたしは痛みが衣をまとっているようなものなの。なんだかわかっているけど、良人にはいいません。悲しみに耐えられないでしょうから。だいいち、どうすればいいかもわからない。たぶん、夜、良人が寝ているあいだなら――起きたときに良人が気づくのであれば、すこしはましでしょうね」

「わしが残って、いっしょにいようか？」

「いいえ」セイリーがいった。「それはいけません。あたしがまだ幼いころ、よく歌を歌いました。オペラ歌手のジェニー・リンドみたいに上手だって、みんなにいわれました。みんなが来て、あたしが歌うのを聞いたものでした。それで――みんなが佇んで――あたしが歌うと、どういうわけか、あたしとみんなが、こんなことがあるのかっていうように、いっしょになれるんです。ありがたいことでしたよ。そんなふうに心が満ち足りて、近しくなれるひとは、そう多くはありませんからね。佇んで聞くひとたちと、あたしみたいに。舞台で歌おうかと思ったこともありましたが、一度もやりませんでした。それでよかった。あんなに心が通い合うことはなかったんですから。それに——だからあなたにお祈りしてほしかったのよ。あの近しさを、もう一度味わいたかったの。おなじだから。歌うのとお祈りをするのは、おなじことだから。あたしの歌をあなたに聞かせてあげたかった」

ケイシーが、セイリーの目を上から覗《のぞ》き込んだ。「さようなら」とケイシーがいった。

セイリーがゆっくりと首を縦にふり、口をきっと結んだ。ケイシーが薄暗いテントから目もくらむような陽射《ひざ》しのなかに出ていった。

男たちが、トラックに荷物を積んでいた。ジョンおじが荷台に立ち、あとのみんなが持ち物を渡していた。ジョンおじが、上が平らになるように、持ち物を念入りに積んでいた。お母が、四分の一残っていた塩漬け豚肉を樽から出して鍋に入れ、トムとアルが空いた小さな樽二本を受け取って、川で洗ってきた。ステップに樽をくくりつけ、バケツの水を注いだ。それから、樽の上に帆布をかぶせて、水がこぼれないようにした。あとは防水布とばあちゃんとマットレスを積めばいいだけだった。

トムはいった。「こんなに荷物を積んだら、このボロ車、煮えたぎってぶっ壊れるぜ。水がたっぷりいる」

お母がゆでたジャガイモを配り、半分に減ったジャガイモの袋を持ってきて、豚肉を詰めた鍋に入れた。一家は立ったままもぞもぞと足を動かし、熱いジャガイモが冷めるまで手から手へ移していた。

お母が、ウィルソン夫妻のテントへ行って、十分いてから、そっと出てきた。「出かけるよ」お母がいった。

男たちが、防水布をくぐった。ばあちゃんは口を大きくあけて、まだ眠っていた。男たちがマットレスごとそっと持ちあげて、みんなしてトラックに載せた。ばあちゃんが骨ばった脚を曲げ、眠ったまま顔をしかめたが、目は醒まさなかった。

ジョンおじとお父が、防水布を棟木にかけて、荷物の上に窮屈な狭いテントをこしらえた。その左右をあおりの横木にくくりつけた。それで出発の準備ができた。お父が財布を出して、くしゃくしゃの札を二枚取りだした。ウィルソンのほうへ行って、それを差し出した。「これを受け取ってもらいたいんだ。それと」――ジャガイモと豚肉の鍋を指差した――「あれも」

ウィルソンが顔を伏せ、鋭く首をふった。「受け取れない。あんたたちだって持ち合わせがとぼしいんだ」

「向こうに行けるだけのものはある」お父がいった。「ぜんぶ置いてくわけじゃない。すぐに仕事をやる」

「受け取れない」ウィルソンがいった。「無理強いしたら、猛り狂うぞ」

お母が、お父の手から札二枚を取った。きちんとたたんで、地べたに置き、豚肉の鍋を上に載せた。「ここに置いとくよ。あんたが取らなきゃ、だれかが取るさ」ウィルソンが、顔を伏せたまま、向きを変えてテントへ行った。なかにはいり、垂れ布がすとんと閉じた。

一行はしばし待っていたが、「もう行かないと」とトムがいった。「四時くらいになると思う」

一行はトラックによじ登った。お母がいちばん上で、ばあちゃんの横に乗った。トムとアルとお父が、座席を占めた。ウィンフィールドはお父の膝《ひざ》に座った。コニーとシャロンの薔薇は、寄り添って運転台にもたれた。ケイシー、ジョンおじ、ルーシーは、荷物の隙間《すきま》に潜り込んだ。

お父が大声でいった。「達者でな、ウィルソンさんご夫妻」テントから返事はなかった。トムはエンジンをかけ、トラックがガタゴトと離れていった。でこぼこ道を走って、ニードルズと国道を目指した。お母がふりかえった。ウィルソンがテントの前に立ち、帽子を手に持って、強いまなざしで見送っていた。陽射しをまともに顔で受けていた。お母が手をふったが、ウィルソンはそれに応えなかった。

ばねに無理がかからないように、トムはギアを二速に入れたままで、でこぼこ道を走らせた。ニードルズでトムは給油整備所《サーヴィス・ステーション》にトラックを入れ、すり減ったタイヤの空気と、うしろにくくりつけた予備タイヤを点検した。ガソリンをタンクいっぱいに入れ、五ガロン入りのガソリンを二缶、二ガロン入りのオイルを一缶買った。ラジエターの水を足し、地図をもらって、じっくりと見た。

白い制服を着たサーヴィス・ステーションの若者が、勘定を払うまで、不安げな顔だった。その若者がいった。「おじさんたち、ほんとうに度胸があるね」

トムは、地図から顔をあげた。「どういう意味だ？」

「だって、こんなポンコツで沙漠越えるなんて」

「通ったことがあるのか？」

「ああ、何度も。でも、こんなぼろっちい自動車じゃないよ」

トムはいった。「途中で壊れたら、だれか手を貸してくれるさ」

「かもね。だけど、夜に自動車をとめるのは、だれだって怖いからね。おいらだってそうだよ。そんな度胸はないなあ」

トムはにやりと笑った。「ほかにどうしようもないときは、なにをするにも度胸なんかいらないよ。まあ、ありがとうよ。よたよた進んでいくさ」トラックに乗り、そこを離れた。

白い制服の若者が、鉄の建物にはいった。手伝いの若者が、伝票の記帳に苦労していた。「なんとまあ、人相の悪い連中だな！」

「オーキーどもか？　あいつらはみんな人相が悪いよ」

「あんなポンコツで行くなんて、ぞっとするぜ」

「おいらもおまえも、まともな頭があるからな。オーキーどもには、頭も心もないんだ。人間じゃない。人間にあんな暮らしができるもんか。あんなに汚れてみじめな思いをするのに我慢できるわけがない。やつら、ゴリラとたいして変わらないじゃないか」

「それにしたって、ハドソン・スーパー・シックスなんかで沙漠を越えなくていいのは、ありがたいな。まるで脱穀機みたいな音たててたぜ」

若者が帳簿を見おろした。大きな汗の珠《たま》が指から桃色の伝票に転げ落ちた。「まあ、やつらには悩みなんかないのさ。馬鹿だから、どれだけ危ないのか、わかってないんだ。まったく、あきれるぜ。いまのことのほかは、なんにもわかってないんだからな。

どうして心配するんだよ？」

「心配なんかしてない。おいらだったら、嫌だなって思っただけだ」

「おまえはわかってるから、そう思うんだ。あいつらはわかってない」桃色の伝票に落ちた汗を、若者は袖《そで》で拭いた。

トラックが国道に出て、割れてぼろぼろになった岩山のあいだの長い登り坂を進んでいった。すぐにエンジンが過熱し、トムは速度を落として、おそるおそる走らせた。長い坂を登り、白と薄墨に灼かれた死の地《くに》を、くねくねと抜けていった。命あるものの気配は、まったくなかった。エンジンを冷やすためにトムが一度だけ小休止し、また旅をつづけた。陽がまだ沈まないうちに峠の頂上へと登り、沙漠を見おろした——遠くに消し炭みたいな黒い山々があり、薄墨の沙漠から黄色い陽光が照り返していた。枯れかけた灌木、セージブラッシュ、グリースウッド（訳注　数種の植物の総称で特定しづらいが、モハーヴェではメキシコハマビシが多く見られる）が、砂と岩のかけらの上に影をつくっている。ギラギラと燃える夕陽が、真正面にあった。手を目の前にかざさないと、トムにはなにも見えなかった。頂上を過ぎると、エンジンを冷やすために、クラッチを切って滑りおりた。沙漠の地面まで弓なりの長い道を滑りおりるあいだ、放熱羽根車《ファン》がせっせと回転して、ラジエターの水を冷ました。運転台のトム、アル、お父、お父の膝のウィンフィールドは、落ちてゆくまばゆい夕陽を見ていた。目には表情がなく、褐色に日焼けした顔の額は汗に濡《ぬ》れていた。灼けた地表と消し炭みたいに黒い山々が、単調な遠景を打ちひしぎ、落日の赤い光を浴びた凄愴《せいそう》な光景をかもし出していた。

アルがいった。「ちくしょう、なんてすごいところだ。歩いて渡るのはごめんだな」

「昔はそうしてたんだ」トムはいった。「おおぜいがやったことだし、そいつらにできるんなら、おれたちにもできる」

「死んだやつも、おおぜいいただろう」アルがいった。

「まあ、おれたちだって、何事もなしにここまで来られたわけじゃない」

アルがしばし黙り込み、赤らんだ沙漠の景色が流れていった。「ウィルソンさんたちにまた会えるかな？」アルがきいた。

トムは、油圧計をちらりと見た。「奥さんとは会えないだろうっていう気がする。ただふと思っただけだが」

ウィンフィールドがいった。「お父、おりたいよ」

トムは、ウィンフィールドのほうを見た。「みんな、今夜の長旅にそなえて、ちょっとおりたほうがいいかもしれない」トラックの速度を落とし、とめた。ウィンフィールドがあわてておりて、道ばたで小便をした。トムは身を乗り出した。「おりたいものはいるか？」

「上のもんは、みんながまんするよ」ジョンおじがいった。

お父がいった。「ウィンフィールド、おまえはうしろに乗れ。おまえを乗せてたら、膝がうごかなくなっちまう」ウィンフィールドが作業着のボタンをかけて、いわれたとおりに、後あおりによじ登り、よつんばいでばあちゃんのマットレスを越えて、前よりのルーシーのところへ行った。

トラックは日暮れに向けて走り、夕陽の端がでこぼこの地平線から覗いて、沙漠を赤く染めていた。

ルーシーがいった。「あっちに乗せてもらえなかったのね？」

「嫌だもん。こっちのほうがずっといいや。あっちじゃ寝られない」

「だったら、文句いったりしゃべったりして、あたいの邪魔しないで」ルーシーがいった。「あたい眠るんだから。起きたらもう着いてるよ！トムにいちゃんがそういったもん！きれいな地《くに》が見られるなんて不思議でしょうね」

陽が沈み、空には大きな円い残照があるばかりだった。防水布の下はいよいよ暗くなり、両端に光――三角形の鈍い光――が見える長い洞穴のようだった。

コニーとシャロンの薔薇《ばら》は、運転台に背中をあずけ、防水布のテントからこぼれ落ちてくる熱い風が、頭のうしろに当たっていた。しかも、防水布が頭の上ではためき、太鼓みたいに鳴っていた。ふたりはだれにも聞かれないように、帆布の連打音に合わせた低音でしゃべっていた。コニーがしゃべるときには、首をまわして、シャロンの薔薇の耳に声を吹き込んだ。シャロンの薔薇もおなじようにした。シャロンの薔薇がいった。「走ってばかりじゃないの。ほんとうにへとへと」

コニーが、シャロンの薔薇の耳に顔を向けた。「朝には着くさ。ふたりきりになって、どんな気分?」暗がりで手を動かして、シャロンの薔薇の尻をなでた。

シャロンの薔薇がいった。「やめて。のぼせて見境がつかなくなっちゃうから。そういうことしないで」返事を聞こうとして、首をまわした。

「いいだろう――みんな眠ったら」

「そうねえ」シャロンの薔薇がいった。「でも、眠るまで待ってよ。あんたのせいで、あたしがのぼせちゃったら、みんな眠れなくなる」

「我慢できないよ」コニーがいった。

「わかってる。あたしも。向こうに着いたときの話をしようよ。のぼせちゃう前にちょっと離れて」

コニーが、すこし体をずらした。「すぐに夜の勉強をはじめるよ」コニーがいった。シャロンの薔薇が、深い溜息をついた。「それが載ってる本を買って、すぐに優待券《クーポン》を切り取る」

「どれくらいかかると思う?」シャロンの薔薇がきいた。

「なにに?」

「お金をいっぱい稼いで、氷を買うまでよ」

「なんともいえない」コニーが、もったいぶっていった。「はっきりしたことは、なんともいえない。クリスマスまでには、かなり勉強が進んでるだろう」

「勉強が終わったらすぐに、氷なんかが買えるのね」

コニーが、くすくす笑った。「いまはこんなに暑いけど」コニーがいった。「クリスマスごろに、なんで氷がいるんだ?」

シャロンの薔薇が、恥ずかしそうに笑った。「そうね。でも、いつでも氷は好き。やめてったら。のぼせちゃうから!」

黄昏《たそがれ》が闇《やみ》へと過ぎていって、おだやかな空に沙漠の星が浮かんだ。芒《ぼう》も輻《や》もほとんどない、射抜くような鋭い星々で、空は別珍《べっちん》を張ったようだった。そして、暑さも変わっていた。陽が出ていたときは、叩《たた》きつけ、笞打《むちう》つような暑さだったが、いまでは下から、大地から熱があがってくる。濃密で息苦しい暑さだった。トラックのヘッドライトがつき、国道のすこし先と、道路の左右の沙漠の細長い切れ端を、ぼんやりと照らした。ときどきはるか前方で獣の目がライトを浴びて光ったが、姿を現わしはしなかった。防水布の下は、真っ暗闇だった。ジョンおじとケイシーは、荷台のなかごろで体を丸め、肘にもたれて、うしろの三角形を見つめていた。外の景色を背景に浮きあがっている黒い瘤《こぶ》ふたつは、お母とばあちゃんだった。お母がときどき動き、黒い腕の輪郭が動いているのが見えた。

ジョンおじが、ケイシーに話しかけた。「ケイシー、あんたならどうすればいいか、わかるよな」

「なにをだ?」

「わからん」ジョンおじがいった。

ケイシーがいった。「つかみどころのない話だな!」

「だって、あんたは伝道師だったんだろう」

「いいか、ジョン、わしがたまたま伝道師だったから、みんなは試しになんやかやいうが、伝道師だってふつうの人間だぞ」

「ああ、それはそうだが——伝道師っていうのは、その——ある種の人間でなけりゃ、伝道師にはならんだろう。ひとつききたいんだが——ある男が、みんなに禍《わざわい》をもたらすっていうことが、あるものかね？」

「わからん」ケイシーがいった。「わからん」

「その——つまり——おれは結婚してた——上品な、いい娘だった。それが、ある晩、腹が痛いといいだした。そして、〝お医者さんを呼んだほうがいい〟っていったんだ。おれは〝食い過ぎだろう〟っていった」ジョンおじが、片手をケイシーの膝に置いて、闇を透かし見た。「そのときのあれの目つき。夜どおしうめいて、つぎの日の昼過ぎに死んだ」ケイシーが、なにかをつぶやいた。「そうなんだ」ジョンおじが、話をつづけた。「おれがあれを殺した。そのあと、おれは罪滅ぼしをしようとした——たいがい、子供相手に。真人間になろうとしたが、だめだった。酔っぱらって、はめをはずした」

「みんなはめをはずす」ケイシーがいった。「わしもそうだった」

「そうか。だが、あんたはおれとはちがって、たましいに罪をかかえてない」

ケイシーが、やさしくいった。「いや、わしにも罪はある。だれにだって罪はある。罪っていうのは、そんなにはっきりしたもんじゃないんだ。なんでもはっきりわかってて、罪がないっていうやつらは——そんなくそ野郎どもがいたら、わしが神だったら、天国から蹴り出してやる！　そんなやつらには我慢できん！」

　ジョンおじがいった。「おれはみんなに悪運を持ってきてるような気がしてならないんだ。おれはどっか行っちまって、みんなをそっとしておいたほうがいいんじゃないかっていう気がする。こんなふうにしてると落ち着かないんだ」

　ケイシーが、急いでいった。「わしにわかるのは、こんなことだ――人間は、やらなきゃならないことを、やらなきゃならない。わしがあんたに教えることはできない。運がいいとか悪いとかじゃないと思う。わしがこの世で信じているたったひとつのことは、だれだろうと、ひとの人生をいじくりまわしちゃいけないっていうことだ。ひとはなんでも自分独りでやらなきゃならない。手助けはできるが、ああしろ、こうしろって、教えることはできない」

　ジョンおじが、がっかりしていった。「それじゃ、あんたにはわからないのか？」

「わからない」

「そんなふうに女房を死なせたのは、罪だと思うだろう？」

「それはだな」ケイシーがいった。「みんなが手落ちだと思うことでも、あんたが罪だと思えば――罪になる。罪の種を蒔《ま》いて育てるのは、ひとそれぞれがやることだ」

「とっくり考えなきゃならない」といって、ジョンおじが仰向《あおむ》けになり、膝を立てた。

トラックは、熱い大地の上を走りつづけ、何時間もが過ぎた。ルーシーとウィンフィールドは眠った。コニーが荷物をほどいて毛布を出し、シャロンの薔薇といっしょにくるまった。暑いなかでいっしょにもがき、息を殺した。やがてコニーが毛布をはぐると、流れてくる熱い風が、濡れた体にはひんやりと感じられた。

荷台の上ではお母が、ばあちゃんのマットレスのそばで横になり、目では見えなかったが、ばあちゃんの体と心臓が戦っているのが感じとれた。それに、ひいひいという息遣いも耳に届いた。そして、お母は何度となくささやいた。「だいじょうぶ。だいじょうぶよ」それから、かすれた声でいった。「家族はここを越えなきゃならないのよ。わかってるでしょう」

ジョンおじが大声できいた。「だいじょうぶか？」

ちょっと間を置いて、お母が答えた。「だいじょうぶ。あたし、ちょっとうとうとしたみたいだね」しばらくすると、ばあちゃんが動かなくなり、お母はそのそばで身をこわばらせた。

夜が更《ふ》けて、闇がトラックを押し包んだ。自動車がときどき追い抜いて、西のほうへ遠ざかった。西から大型トラックがやってきて、轟々《ごうごう》と東へ去っていくこともあった。星々がゆるやかな滝みたいに、西の地平線をこぼれ落ちた。午前零時前に、検疫《けんえき》所《じょ》のあるダゲットに近づいた。探照灯で道路が照らされ、照明付きの標識があった。〝右側通行・停車〟。係官数人が事務所でのらくらしていたが、トムがトラックを入れると、出てきて、屋根つきの長い検査場に立った。ひとりが登録番号を書き留め、ボンネットをあけた。

トムはきいた。「ここはなんですか？」

「農産物検疫所だ。荷物を調べなければならない。野菜や種はあるか？」

「ない」トムはいった。

「それでも調べなければならない。荷物をおろしてくれ」

そこへお母が、大儀そうにトラックからおりてきた。顔がむくみ、目が険しかった。「ねえ、お役人さん。ぐあいの悪いばあちゃんがいるんですよ。お医者に診てもらわないといけないんです。急がなきゃならないんです」ヒステリーをこらえているように見えた。「あたしたちを引き留めないでください」

「そうか？　でも、調べなきゃならないんだよ」

「なにもないって誓いますよ！」お母がわめいた。「誓いますよ。ばあちゃんが、ひどくぐあいが悪いんです」

「あんたも元気そうには見えないな」係官がいった。

お母が、かなり苦労して、トラックの荷台によじ登った。「見てくださいよ」しなびた老女の顔を、係官が懐中電灯でさっと照らした。「ああ、ほんとうだ」係官がいった。「種も果物も野菜もトウモロコシもオレンジもないって、誓うんだね？」

「なんにもありません。誓います」

「それじゃ、行きなさい。バーストウに医者がいる。たった八マイルだ。行きなさい」

トムは運転席に乗り、トラックを進ませた。

係官が、相棒のほうを向いた。「あれじゃ引き留められない」

「はったりだったんじゃないか」相棒がいった。

「とんでもない。おまえも、あのばあさんの顔を見ればよかった。はったりなものか」

トムは速度をあげて、バーストウを目指した。その小さな町で車をとめ、荷台に歩いていった。お母が身を乗り出した。「だいじょうぶだよ」お母がいった。「あそこでとめられたくなかったんだ。行き着けないんじゃないかと思って」

「そうか！　だけど、ばあちゃんは？」

「だいじょうぶだよ――だいじょうぶ。先へ行こう。沙漠を越えちまわないといけない」トムは首をふって、運転台に戻った。

「アル」トムはいった。「ガソリンを入れる。そうしたら、おまえがすこし運転してくれ」終夜営業の給油所にトラックを入れ、ガソリンとラジエターの水を足して、クランクケースにオイルを入れた。そして、アルが運転席につき、お父がまんなか、トムが右側に座った。闇のなかへ乗り出し、バーストウの近くの低い山地をあとにした。

トムはいった。「お母はいったいどうしたんだろう。耳にノミがはいった犬みたいに落ち着きがない。荷物を調べるのに、そんなに時間がかかるわけがないのにな。それに、ばあちゃんはぐあいが悪いっていってたのに、こんどはだいじょうぶだっていう。わけがわからない。なんかおかしい。長旅で脳味噌《のうみそ》が参っちまったのかな」

お父がいった。「娘のころのお母は、あんなふうだったよ。荒けなくて、なんにも怖がらないんだ。子供をいっぱいこしらえて、うんとこさ働いて、丸くなったかと思ったが、そうじゃなかったんだな。やれやれ！　ジャッキハンドルをお母が持ち出したときにゃ、あれを取りあげる役目だけはごめんだと思ったよ」

「お母がどうしちまったのか、さっぱりわからない」トムはいった。「へばってるのかもな」

アルがいった。「越えちまうまで、おれは泣き言も文句もいわないよ。この自動車に精魂こめる」

トムはいった。「うむ、おまえがこの自動車を選んだのは、大手柄だったな。まるきり故障しなかったんだからな」

熱い闇のなかを一行は夜どおし突き進み、ジャックウサギが光芒に跳び込んでは、ジグザグに長く跳んで逃げていった。モハーヴェの町明かりが前方に見えるころに、うしろで夜が明け初めた。そして、暁光《ぎょうこう》が西の高い山脈を浮きあがらせた。一行がモハーヴェでガソリンと水を足し、這《は》うように山へはいっていくころには、夜明けの光があたりを照らしていた。

トムはいった。「ようし、沙漠を越えた！　お父、アル、やったぞ！　沙漠を越えたんだ！」

「疲れすぎてて、どうでもいいや」アルがいった。

「運転を代わろうか？」

「いや、もうちょっとやる」

朝焼けのなかでテハチャピーを通り、うしろで陽が昇った。そして、やがて――にわかに広大な低地平原が眼下に見えた。アルが急ブレーキをかけて、道路のまんなかでとめ、「ちくしょう！　見ろよ！」といった。ぶどう畑、果樹園、青々として美しい、雄大な広野、一直線に植えられた樹木、そして農家。

そこでお父がいった。「こいつはたまげた！」遠くに街がいくつもあり、果樹園がひろがり、黄金色の朝陽が、山々のあいだの低地平原を照らしていた。うしろで自動車がクラクションを鳴らした。アルがトラックを道路脇に寄せてとめた。

「とっくりと見たい」穀物畑が、朝陽のなかで黄金に輝いていた。柳がならび、ユーカリノキの並木がある。

お父が溜息《ためいき》をついた。「こんなものがあるなんて、夢にも思わなかった」桃園、クルミ林、深緑のオレンジ園。木々のあいだには赤い屋根、納屋《なや》——豪農の納屋。アルがおりて、脚をのばした。

お母を呼んだ。「お母——見ろよ。着いたぜ」

ルーシーとウィンフィールドが、荷台からもぞもぞとおりて、雄大な広野を前に、驚きに打たれ、まごついて、黙って立っていた。濛気《もうき》が彼方《かなた》を薄れさせ、遠くなればなるほど地表はまろやかに見えていた。陽を浴びて風車がひらめき、遠くでまわる羽根が小さな回光通信機みたいだった。ルーシーとウィンフィールドは、それを眺めて、ルーシーがささやいた。「カリフォルニアなのね」

ウィンフィールドは、口を動かして、その言葉を声もなくつづった。「果物がある」と、声に出していった。

ケイシーとジョンおじ、コニーとシャロンの薔薇がおりた。いずれも無言で佇んだ。シャロンの薔薇は、髪をなでつけていたが、広野をちらりと見たとたんに、手をゆっくりと脇におろした。

トムはいった。「お母はどこだ？　お母に見せたい。おい、お母！　こっちへ来いよ」お母が、こわばった体でのろのろと、後あおりからおりてきた。トムはお母を見た。「どうしたんだ、お母。ぐあいが悪いのか？」お母の顔はこわばり、土気色で、目が落ちくぼんでいた。疲れのために目の縁が赤かった。地べたに足が届いたとき、お母はあおりをつかんで体を支えた。

声がかすれていた。「越えたんだね？」

トムは、雄大な低地平原を指差した。「見ろよ！」

お母が首をめぐらし、口をかすかにあけた。指が喉《のど》にのびて、皮膚をすこしつまんでつねった。「ああ、ありがたや！」お母がいった。「家族で来られたねえ」膝の力が抜け、ステップに腰かけた。

「ぐあいが悪いのか、お母？」

「いや、くたびれただけ」

「眠らなかったんだな？」

「ああ」

「ばあちゃんが寝なかったのか？」

疲れた恋人同士のようにからみ合って、膝にだらんと置いてあった手を、お母が見おろした。「もっとあとでいいたかったんだけどね。なんでもないって——いえれば、どんなによかっただろうに」

お父がいった。「それじゃ、ばあちゃんがだいぶ悪いのか」

お母が目をあげて、広野を見やった。「ばあちゃんは死んだ」

みんながお母に目を向け、お父がきいた。「いつ？」

「真夜中にとめられる前」

「それで荷物を調べさせなかったんだな」

「越えられないんじゃないかって心配だった」お母がいった。「ばあちゃんに、助けられないよっていい聞かせた。家族が越えなきゃならないからって。死にかけてるときに、何度もいい聞かせたのさ。沙漠で自動車をとめるわけにはいかないって。子供らもいる——ロザシャーンのおなかの子もいる。あたしはばあちゃんに、そういったんだよ」両手をあげ、つかのま顔を覆《おお》った。「ばあちゃんは緑の多いきれいなところに埋めよう」お母がそっといった。「木に囲まれたきれいなところに。カリフォルニアで休ませてあげたいからね」

一同は、お母の強さがすこし怖くなって、じっと見ていた。

トムはいった。「まいったな！　お母は夜どおしばあちゃんを看取《みと》っていたのか！」

「家族が越えなきゃならなかった」お母が、身も世もないというようにいった。

トムは近づいて、お母の肩に手を置いた。

「あたしに触らないで」お母がいった。「触られなきゃ、くじけずにいられる。触られたらこたえるんだよ」

お父がいった。「もう出かけよう。下っていかないと」

お母がいった。「あたしが――前に乗ってもいいかい？　もううしろに戻りたくない――くたびれた。精も根も尽き果てたよ」

一行は荷物の上によじ登り、掛け布団にすっかりくるまれている、こわばった長い体を避《よ》けた。頭もくるみ込んであった。それぞれの場所に落ち着くと、だれもがそれを見ないようにした――布団の出っ張りは鼻だろうし、その下の崖《がけ》みたいに落ち込んでいるところは顎先《あごさき》だろう。目をそらそうとしたが、できなかった。ルーシーとウィンフィールドは、亡骸《なきがら》からいちばん遠い前寄りの隅に固まって、くるまれた亡骸を見つめていた。

やがて、ルーシーがささやいた。「あれがばあちゃんよ。死んだのよ」

ウィンフィールドが、重々しくうなずいた。「ぜんぜん息してない。すごく死んでる」

シャロンの薔薇が、コニーに低声《こごえ》でいった。「ばあちゃんが死んだのは、あたしたちが――」

「そんなのわからないよ」コニーがなだめた。

お母が前に乗れるように、アルが荷物の上によじ登った。悲しんでいるせいで、強がっていた。ケイシーとジョンおじの横に勢いよく跳び込んだ。「まあ、齢《とし》だったからな。お迎えが来たわけだ」アルがいった。「みんないつかは死ぬのさ」ケイシーとジョンおじが、無表情な目で、ものをいう珍しい藪《やぶ》でも見るように、アルを眺めた。「ちがうか？」アルが、荒っぽくきいた。ふたりが目をそむけ、アルがふくれっ面《つら》でびくついていた。

ケイシーが、感に堪えないというようにつぶやいた。「ひと晩中か、それも独りぼっちで」さらにいった。「ジョン、こんなに大きな愛情がある女がいるんだな――空恐ろしい。わしは怖い。恥ずかしい」

ジョンおじがきいた。「罪だったんだろうか？　罪になるようなところは、すこしもないんだろうか？」

ケイシーが、びっくりしてジョンおじのほうを向いた。「罪？　いや、罪になるようなところは、これっぽっちもない」

「おれは罪にならないようなことは、なにもしてこなかった」といって、ジョンおじは包まれた長い亡骸を見た。

トム、お母、お父は、前の座席に乗った。トムは、トラックを下らせて、圧縮行程のときにエンジンをかけた。重いトラックが動き出し、鼻を鳴らし、ガクガク揺れ、パンというバックファイアの音をたてながら、坂を下っていった。朝陽がうしろにあり、黄金と緑の平地が前にあった。お母が、ゆっくりとかぶりをふった。「きれいだねえ」お母がいった。「ふたりに見せたかった」

「おれもそう思う」お父がいった。

トムは、握っていたハンドルを軽く叩いた。「ふたりともいい齢だった」トムはいった。「こんなものは目にはいりゃしない。じいちゃんは、若いころに見たインジャンと大平原が目に映るし、ばあちゃんは、はじめて住んだ家を思い出すだろうさ。それが年寄りってものだ。ほんとうにこれが見えるのは、ルーシーとウィンフィールドだけだよ」

お父がいった。「おいおい、トミーのやつ、ずいぶん分別くさいことをいうじゃないか。まるで伝道師だぞ」

すると、お母がわびしげにほほえんだ。「そうだね。トミーはずいぶん分別がついたよ――あたしのいうことなんか、聞きゃしないくらい、偉くなっちまったよ」

ガタピシ音をたてながら、トラックが山を下りはじめ、曲がりくねったり、折り返したりして、ときどき低地平原が見えなくなったが、やがてまた見えてきた。低地の熱い息が昇ってきて、それとともに熱い草いきれが届き、ヤニの多いセージブラッシュやタール草が香った。道路脇でコオロギが鳴いていた。ガラガラヘビが道路を横切り、トムはそれを轢《ひ》いて、まっぷたつになってのたくるヘビを置き去りにした。

トムはいった。「検死官がどこにいるかわからないが、出頭しないといけない。ばあちゃんは手厚く葬《ほうむ》ってやりたい。金はいくら残ってるんだ、お父？」

「四十ドルくらいだな」お父がいった。

トムは笑った。「やれやれ、一文無しからはじめるのか！　おれたちはほんとうに、すかんぴんだものなあ」くすりと笑ったが、すぐに表情を引き締めた。目深《まぶか》に鳥打帽のつばを引きおろした。そして、トラックは揺れながら山を下り、雄大な低地平原へと進んでいった。

19

カリフォルニアはかつてメキシコに属し、地面はメキシコ人のものだった。やがて、ぼろをまとった剽悍《ひょうかん》なアメリカ人の流民《るみん》が、なだれを打って押し寄せた。彼らの地所への執着は烈《はげ》しく、地所を奪った——スイス人入植者サターの開拓地や、ゲレロ大統領がかつて治めたメキシコの領土を盗み、国有地払い下げを受けて分割し、逆上した飢えたもの同士、いがみあい、争った。彼らは盗んだ地所を銃で護《まも》った。家や納屋《なや》を建て、土を犂返《すきかえ》し、穀物を植えた。はじめはそれらを占領していたのが、所有権へと変わっていった。

メキシコ人は力が弱く、満ち足りていた。抵抗できなかったのは、アメリカ人が地所をほしがるように烈しく求めるものが、この世になかったからだ。

やがて、歳月が流れるうちに、勝手に居座ったものたちは、不法占拠者ではなく地主になった。その子孫が育って、地所で子孫を増やした。そのうちに、野生の飢えは消えていった。地所、水と土と広い空、青々と勢いよく茂る草、盛りあがる根への、荒々しい飽くなき飢えはなくなった。そういったものが、あまりにも申し分なかったので、頭からすっかり消えていた。磨き込まれた犂で耕す肥沃《ひよく》な広い畑を、種蒔《ま》き、空で羽根をばたばたまわしている風車への、胃が張り裂けそうな渇望《かつぼう》は、もはや薄れていた。暗いうちに目が醒《さ》めても、ねむたげな早起き鳥のさえずりは耳にはいらない。夜明けとともに起きてだいじな畑を見にいくまで、家のまわりを吹く風に耳を澄ますこともない。こうした物事は見失われ、作物はお金の価値で考えられ、地所は元利で価値が決められた。作物は植えられる前から、先物で売買された。いまでは不作、旱《かん》魃《ばつ》、洪水は、一生に何度も訪れる小さな死ではなく、金銭的損失だった。彼らの愛情は金で薄められ、剽悍さは利益のなかにこぼれ落ちて、もはや農民ではなくなっていた。彼らは農作物屋の店主、製造する前に買い手を見つけなければならない小工場主だった。やがて、商売が下手な店主は、商売が上手《うま》い店主に、地所を明け渡すはめになった。いくら抜け目がなく、いくら土や作物を愛していても、商売が上手い店主でないと生き延びられなかった。そして、歳月が流れるにつれて、実業家が農場を持つようになり、農場は広くなるいっぽうで、数は減っていった。

いまや農業は産業になり、農場主はそれと気づかずにローマに倣《なら》った。奴隷《どれい》とは呼ばなかったが、奴隷を輸入したのだ。中国人、日本人、メキシコ人、フィリピン人。

彼らは米や豆を食べて生きている、と実業家はいった。手がかからない。賃銀をはずんでも、使い道がわからない。あの暮らしぶりを見ろよ。あの食い物をみろよ。それに、やつらが妙な気を起したら――国外追放すればいい。

その間ずっと、農場は広くなり、農場主はすくなくなった。土を耕す農民はもう、哀れをもよおすほどに減っていた。輸入された農奴が、殴られ、脅され、飢えさせられて、母国に帰るものもいれば、猛《たけ》って殺されたり、国外追放されたりしたものもいた。そしてまた農場は広くなり、農場主は減った。

作物も変わった。果樹園が穀物畑に取って代わった。世界に食べさせる野菜は、いちばん低い畑で作られた。レタス、カリフラワー、アーティチョーク、ジャガイモ――作付けも収穫も、かがんでやらなければならない作物だ。鎌《かま》、犂、三叉《みつまた》を使うときには立っていられるが、レタスの畝《うね》のあいだを虫みたいに這《は》わなければならない。綿の畝では、腰をかがめて、長い袋をひっぱっていかなければならない。カリフラワー畑では、悔悛者《かいしゅんしゃ》みたいに膝《ひざ》を突いて進まなければならない。

やがて、農場主はもう農場では働かないようになった。書類の上で農業をやり、土のことは忘れた。においも、さわり心地も忘れ、自分のものだということだけを憶《おぼ》えていた。損得勘定のことだけを憶えていた。なかにはとてつもなく大きくなってしまったために、ひとりでは頭がまわらないような農場もあった。利子、利益、損失を把握するのに、帳簿係がおおぜい必要になった。土壌を検査して改良する化学者や、身をかがめて畝のあいだを進む男たちが、肉体に耐えられるかぎりの速さで働くよう目を光らせる職長も、必要だった。やがてそういう農場主は、まさに商店主になり、店を経営するようになった。働き手に賃銀を払い、食べ物を売って、それを取り戻す。しばらくすると、賃銀は払わず、帳簿につけた。そういう農場は、食べ物を信用貸しで売った。働いて食べることはできたが、仕事にけりがつくと、働き手は会社に借金があることを知る。それに、この農場主は農場で働かないだけではなく、大多数が、所有している農場を見たこともなかった。

やがて、畑を奪われたものたちが、西へと吸い寄せられた――カンザス、オクラホマ、テキサス、ニューメキシコ、ネヴァダ、アーカンソーの家族、部族、砂塵嵐《さじんあらし》に逐《お》われ、トラクターに逐われたひとびと。自動車にぎゅう詰めになり、車列を組み、家がなく、飢えたひとびと。二万人、五万人、十万人、二十万人。腹を空《す》かし、落ち着きがなく、山を越えてきた――アリみたいに落ち着きがなく、ちょこまかと走りまわって、仕事を探した――運び、押し、引き、拾い、刈る――なんでもいい、どんな荷物でも担《かつ》ぐ。食い物のために。子供が腹を空かしている。暮らすところもない。仕事、食べ物、そしてなによりも地面を探して、アリみたいに、ちょこまかと動きまわる。おれたちは外国人じゃない。七代まで遡《さかのぼ》れるアメリカ人だ。その前は、アイルランド人、スコットランド人、イングランド人、ドイツ人。独立戦争のときも先祖がひといた。南北戦争でおおぜい死んだ——どちらの側でも。アメリカ人だ。

彼らは飢えていて、猛々しかった。それに、家を持ちたかったのに、憎しみに出迎えられた。オーキー——農園主たちが彼らを嫌悪《けんお》するのは、自分たちが柔弱で、オーキーが強いことがわかっていたからだ。自分たちはちゃんと食べているのに、オーキーは飢えている。それに、猛々しく、腹を空かし、武器を持っていれば、柔弱な人間から地所を奪うのはたやすいということを、農園主たちは、祖父たちから聞いていたかもしれない。農園主たちは、彼らを嫌悪した。町では、彼らが使う金を持っていなかったので、商店主たちが嫌悪した。商店主はなによりも金がない人間を蔑《さげす》むし、金がある人間しか敬わない。中小銀行の経営者のような町の人間は、オーキーが儲《もう》け口にならないので嫌悪した。やつらは無一物だ、と。また、肉体労働者もオーキーを嫌悪した。飢えた人間は働かなければならず、なんとしても仕事がほしい。雇い主は当然ながら、どうしても働きたいという人間の賃銀は下げるので、他の働き手もそれより多くもらえなくなるからだ。

やがて、家や畑を奪われ、仕事を求める渡りびとの群れが、カリフォルニアに流れ込んだ。それが、二十五万人から、三十万人という数になった。彼らの後背ではトラクターが土を耕し、小作人は無理やり逐われた。そして、あらたな波が押し寄せた。畑を奪われ、家をなくし、苦労で鍛えられた、一途《いちず》で危険なひとびとが来た。また、カリフォルニア人が、利殖、社会的成功、娯楽、贅沢《ぜいたく》、風変わりな金融商品など、多くの物事を望んでいるのに対し、新手の蛮夷《ばんい》は、ふたつのことしか望んでいなかった――地面と食べ物。彼らにとって、そのふたつはおなじものだった。そして、カリフォルニア人のほしいものが、漠然として明確ではなかったのに対し、オーキーのほしいものは道路脇《わき》にあって、目に見えるあこがれの的だった。ちょっと掘れば井戸ができる、すばらしい畑。青々とした野原、ためしに握るとやわらかく崩れる土、草いきれ。エンバクの茎を嚙《か》めば、つんとくる甘さが喉《のど》にこみあげる。そういう休耕地を見れば、自分が背中を曲げ、腕に力をこめて、キャベツを陽光のもとに出し、黄金色の食用トウモロコシ、カブ、ニンジンを穫《と》り入れるところを、だれしも思い、心に描く。

そして、妻がとなりに座り、痩《や》せた子供たちを後部座席に乗せて自動車を走らせてきた、寄る辺ない飢えた男は、食べ物を産み出すかもしれないが利益は産まない休耕地を見て、休耕地は罪であり、使っていない土地は痩せた子供たちに対する犯罪だと思うかもしれない。そういう男が、道路を自動車で走りながら、すべての休耕地に心を強く惹《ひ》かれて、そういう畑を乗っ取って作物をこしらえ、子供たちを健やかにして、妻にすこし楽をさせたいという欲望にかられる。その誘惑が、つねに目の前にある。休耕地が男を責めさいなみ、水がたっぷりと流れる会社の用水路がそそのかそうとする。

さらに南へ行くと、黄金色のオレンジが、木に生《な》っている。小さな黄金色のオレンジが、深緑の木に生り、散弾銃を持った見張りが、痩せた子供のために男がオレンジを摘むことがないように、見まわっている。値段が落ちたときには、オレンジは捨てられる。

男は古い自動車で町にはいる。働ける農園を探す。夜もいられるところはあるかね？

ああ、川端に掘立小屋村《フーヴァーヴィル》（訳注　アメリカ国民は大恐慌の元凶はフーヴァー大統領だと見なしていた）がある。オーキーがうんとこさいる。

男は自動車でフーヴァーヴィルへ行く。二度とたずねない。なぜなら、フーヴァーヴィルはどこの町はずれにもあるからだ。

ぼろを継ぎ合わせたような村は、水辺近くにある。テント、四方を囲んで草を葺《ふ》いた代物《しろもの》、紙の家、廃物の山が家だった。男は家族とともにそこへ行き、フーヴァーヴィルの住民になる――どこでもフーヴァーヴィルと呼ばれている。男はできるだけ水辺の近くにテントを張る。テントがなければ、町のゴミ捨て場へ行って、段ボール紙の家をこしらえる。雨が降ると、紙が溶け、家は流される。男はフーヴァーヴィルにいついて、田園で仕事を探す。とぼしい持ち金は、仕事探しのガソリン代に消える。夜には男たちが集まって、話をする。しゃがんで、自分たちが見てきた土地の話をする。

ここの西に、三万エーカーの地所がある。ほったらかしだ。ちくしょう、あれを使わせてもらえたらなあ。五エーカーでいい！　それで食っていける。

気がついたか？　農園には野菜もニワトリも豚もない。ひとつしか作らない――たとえば綿とか、桃とか、レタスとか。かと思えば、ニワトリだけだ。庭で飼えるもんを、店で買ってるんだ。

まったく、豚が二匹あればなあ！

ふん、おれたちの地面じゃねえし、おれたちのものにゃならねえよ。

おれたち、どうする？　これじゃ子供も育たない。

こうした野営地では、言葉はひそひそとささやかれた。シャフターに仕事があるそうだ。すると、夜のうちに自動車に荷物が積まれ、国道が混雑する——仕事探しのゴールドラッシュだ。シャフターにひとびとが押し寄せ、仕事の口の五倍が集まる。仕事探しのゴールドラッシュ。夜のあいだにこっそり出かけ、なんとかして仕事につこうとする。そして、道路沿いには心を強く惹くものがある。食べ物を産み出してくれるはずの畑がある。

持ち主がいるんだ。おれたちのじゃねえ。

まあ、ほんのちょっとでも地面が手にはいればなあ。ちょっとでいいんだ。あそこの——あの畑一枚。ダチュラ（訳注　シロバナチョウセンアサガオ）が生えてる。あのちっちゃな畑一枚で、家族を食わせられるだけのジャガイモが作れる。

おれたちのじゃねえ。ダチュラを生やしとくしかねえんだ。

ときどき、やってみる男がいた。地所に忍び込んで、雑草を抜き、泥棒みたいに地面からちょっとした富を盗もうとした。雑草に隠れた秘密の菜園。ニンジンの種ひと袋、カブ数本。ジャガイモの皮を植え、夜にこっそりと行って、盗んだ地面に鍬《くわ》を入れた。

まわりの雑草はそのままにしておけ——そうすれば、おれたちのやってることは見えない。まんなかの背の高い雑草は抜くな。

夜に秘密の菜園を耕し、水は錆《さ》びた空き缶で運ぶ。

やがて、ある日、保安官助手が来る。おい、おまえら、なにをやってる？

なにも悪いことはしてませんよ。

おまえらをずっと見張っていたんだ。ここはおまえらの地面じゃない。不法侵入だ。

使ってない地面だし、だめにしてるわけじゃない。

ろくでもない不法占拠者どもめ。じきに自分のものだと思うにきまってる。じきに痛い目を見るぞ。我が物顔しやがって。立ち去れ。

そして、ニンジンの小さな緑の葉が蹴散《けち》らかされ、カブの葉が踏みつぶされる。やがてまたダチュラがはびこる。だが、保安官助手がいうとおりなのだ。作物が育ったら――そこに所有権が生まれる。地面に犂が入れられ、ニンジンが食べられる――男は自分が食べ物を得た地面のために戦うかもしれない。早く追い払え！　自分のものだと思うだろう。ダチュラのあいだのちっぽけな畑のために、死ぬまで戦うかもしれない。

カブをおれたちが蹴飛ばしたときの、あいつの顔を見たか？　目が合っただけの相手でも殺しかねない。あいつらを鎮圧しないと、土地を乗っ取られる。この地《くに》を奪われる。

あいつらは戎狄《じゅうてき》、夷人《いじん》だ。

たしかにおなじ言葉をしゃべってるが、おなじじゃない。あの暮らしぶりを見ろ。おれたちにあんな暮らしができるか？　できるわけがない！

夜になると、しゃがんでしゃべっている。ひとりが興奮していう。二十人も集まれば、ちょっとばかり地面を奪える。おれたちには銃がある。奪ってからいうんだ。〝どかせるもんなら、どかしてみろ〟。やってみればいい。

やつらはおれたちをネズミみたいに撃ち殺すだろうよ。

おい、ここにいるのと死ぬのと、どっちがましだ？　麻袋でこしらえた家に住むか、それとも冷たい土に埋められるか？　子供らのために、どっちがいい？　いま死ぬか、それとも二年たって、やつらがいう栄養失調で死ぬか？　一週間ずっと、なにを食ってたか、知ってるだろう？　イラクサの煮たのと揚げパンだ！　パンの粉はどうしたかって？　貨車の床からすくったのさ。

野営地で話をしていると、肥《ふと》った腰に銃をぶらさげた、肥った尻《しり》の保安官助手が、威張りくさって野営地を歩きまわる。やつらが気後れするよう仕向けるんだ。よくしつけないと、なにをしでかすかわからん！　南部の黒人どもとおなじくらいぶっそうなやつらだ。仮に団結するようなことがあれば、もうとめられなくなる。

回覧：ローレンスヴィルで保安官助手が不法占拠者一名を立ち退《の》かせたところ、不法占拠者が抵抗し、保安官助手はやむなく武力に訴えた。不法占拠者の十一歳の息子が二二口径ライフル銃で保安官助手を撃ち殺した。

ガラガラヘビどもめ！　やつらに油断は禁物だ。文句をいったら、まず発砲しろ。子供が警官を殺すくらいだから、大人の男はなにするかわからない。要するに、やつらよりも強面《こわもて》になれ。手荒く扱え。脅しつけろ。

脅しがきかなかったらどうする？　やつらが立ちあがり、耐え、反撃してきたら？　あいつらは子供のころから銃をいじっている。銃が体の一部みたいなものになってる。やつらが怖がらなかったらどうする？　武装して大人数で地所を行進してきたらどうする？　ランゴバルド人のイタリア征服、ゲルマン人によるゴール侵入、トルコ人のビザンチン侵攻とおなじだ。やつらは領土がほしくてたまらない、武器もろくにない暴徒だったが、ローマ軍団には食い止められなかった。虐殺《ぎゃくさつ》と恐怖による支配も役に立たなかった。本人が胃がひきつりそうなくらい飢えてるだけじゃなくて、腹を下してる子供たちまで飢えてるやつが、怖がるわけがない。そういうやつを脅しつけるのは無理だ――なによりも恐ろしい飢えっていうやつを知ってるんだからな。フーヴァーヴィルで、男たちが話をしている。じいちゃんは、インジャンから地面を奪ったんだ。

おい、これじゃだめだ。おれたちはしゃべってばかりだ。盗むことばかりしゃべってる。おれは盗人《ぬすっと》じゃない。

そうかい？　おまえはベランダからおとといの晩、ミルクを一本盗んだじゃないか。銅線を盗んで、肉をすこしばかり買ったじゃないか。

ああ、ガキどもが腹を空かしてたからな。

でも、盗みにはちがいない。

フェアフィールドの牧場がどうやってできたか、知ってるか？　ぜんぶ国有地で、占有権が使えた。フェアフィールドのやつ、サンフランシスコの酒場へ行って、飲んだくれのごくつぶしを三百人集めた。そいつらが国有地を占有し、フェアフィールドは食い物とウィスキイで、そいつらを飼った。国有地供与が認められると、フェアフィールドはごくつぶしどもを追い払って、自分のものにした。一エーカーあたり一パイントの安酒で手に入れたと、フェアフィールドは自慢したもんさ。これも盗みだといえないか?

まあ、正しいことじゃないが、フェアフィールドは刑務所送りにならなかった。

そうだ。刑務所送りにはならなかった。それに、荷馬車に小舟を積んで、自分が最初に行ったときは、土地ぜんぶが水に浸《つ》かっていたから、小舟で行ったと申請したやつ（訳注　この詐欺行為によって数千エーカーを自分のものにしたヘンリー・ミラーという牧畜王のこと）も――刑務所送りにならなかった。それから、下院議員や議会に賄賂《わいろ》を使ったやつも、刑務所送りにならなかった（訳注　海軍保有の油田にからんで起こった、一九二一〜二四年にかけての「ティーポット・ドーム事件」のことと思われる）。

カリフォルニア中のフーヴァーヴィルで、こういうおしゃべりが行なわれていた。

やがて、手入れが行なわれる――武装した保安官助手の一団が、不法占拠者の野営地に踏み込む。出ていけ。保健省の命令だ。この野営地は衛生上有害だ。

どこへ行けばいいんだ?

おれたちの知ったことじゃない。ここから追い出せっていう命令を受けただけだ。三十分後に焼き払う。

チフスが流行《はや》りかけてる。あちこちにひろまっちまうぞ。

ここからおまえたちを追い出せって命じられた。出ていけ！　三十分後に野営地を焼き払う。

三十分後、紙の家や草葺き小屋の燃える煙が、空に立ち昇り、自動車に乗ったひとびとが国道に出て、べつのフーヴァーヴィルを探す。

そして、カンザス、アーカンソー、オクラホマ、テキサス、ニューメキシコで、トラクターがはいってきて、小作人を逐い出していた。

カリフォルニア州に三十万人がいて、さらにやってくる。カリフォルニアでは、アリみたいにちょこまかと動いて、ひっぱり、押し、運び、働こうと血眼《ちまなこ》になっているひとびとで、道路があふれかえっていた。ひとり分の運び仕事に、五人の腕が運ぼうとのばされ、ひとり分しかない食べ物に、五つの口があけられた。

激動があれば地所を失うにちがいない大農園主には、歴史を知るすべがあり、歴史を読みとる眼識があったから、土地財産がきわめて少数の人間のところに蓄積すれば奪い去られるものだという重大な事実を、予見できたはずだった。大多数のひとびとが飢え凍えているときには、そのひとびとは力で必要なものを奪う、という事実が、それに付きまとっている。もうひとつ、どんな歴史でも甲高く鳴り響いている小さな事実がある。それは、抑圧は、抑圧されるものの力と結束を強めるという事実だ。大農園主たちは、歴史上のこの三つの叫びをないがしろにした。地所はごく少数のものになり、家や畑を奪われたものの数は増え、大農園主のあらゆる活動が抑圧を目指していた。広大な所有地を護る武器や催涙ガスのために金が使われ、叛乱《はんらん》のささやきを聞きつけて踏みつぶすために、密偵《スパイ》が送り込まれた。経済が変わりつつあることも意に介さず、変革の計画には目もくれなかった。叛乱を打倒する手段のみが考えられ、叛乱の原因は捨て置かれた。

人間が仕事にあぶれるよう仕向けたトラクター、荷物を運ぶベルトコンベア、ものを製造する機械は、すべて増産された。国道を走りまわる家族は増えるいっぽうで、広大な所有地からのおこぼれを探し、道路脇の地面がほしくてたまらなかった。大農園主は防衛のための連合を組み、威《い》嚇《かく》し、殺し、催涙ガスを使う方法を話し合った。そして、彼らはつねに、ひとりの主役の登場を怖《おそ》れていた――三十万人の渡りびとが――指導者ひとりのもとで、彼らが動いたら、一巻の終わりだ。飢え、みじめな暮らしをしている三十万人が、ひとたび自分たちの力を知ったら、地所は彼らのものになり、世界中の催涙ガスとライフル銃を集めても、押しとどめることはできなくなる。だから、所有地の力で人間を越え、人間よりも劣っていた大農園主たちは、このひとびとを滅ぼすことに堕した。長い歳月をかけてでもひとびとを滅ぼすために、あらゆる手口を使った。些《さ》細《さい》な手口、暴力、フーヴァーヴィルの手入れ、みすぼらしい野営地を保安官助手が威張りくさって見まわることのひとつひとつが、その日のおとずれをすこしずつ遅らせるいっぽうで、その日がおとずれることを確実にした。険しい顔つきの男たちがしゃがんでいる。飢えて痩せ、飢えと戦うためにしぶとくなり、とがった目つきで、歯を食いしばっている。そして、肥沃な地面が彼らの四方にある。

四番目のテントの男の子のこと、聞いたか？

いや、来たばかりなんで。

その子は眠りながら泣いたり、転げまわったりしてたんだ。虫が湧《わ》いたのかと家族のもんが思った。それで、浣腸《かんちょう》したら死んだ。その子は黒舌病っていうのにかかってたんだ。食い物がろくに食えないとかかるそうだ。

かわいそうに。

ああ、だけどその一家はその子を埋葬できない。郡の墓苑《ぼえん》に頼むしかない。

なんてこった。

みんながポケットに手を入れて、小銭を出した。テントの前の銀貨の山が大きくなる。やがて子供の家族がそれを見つける。

わたしたちのひとびとは、よいひとびとです。親切なひとびとです。いつの日か、親切なひとびとがみんな貧しくはないように、神さまにお祈りします。子供がちゃんと食べられるように、お祈りします。

そして、地主たちの連合は、そのお祈りがいつか熄《や》むことを知っていた。

そして、最後がおとずれる。

本作品中には、今日の観点からみると差別的な表現がありますが、作品自体の文学性、芸術性に鑑み、原文どおりとしたところがあります。

(新潮文庫編集部)

大久保康雄訳

スタインベック短編集

自然との接触を見うしなった現代にあって、人間と自然とが端的に結びついた著者の世界は、その単純さゆえいっそう神秘的である。

スタインベック
大浦暁生訳

ハツカネズミと人間

カリフォルニアの農場を転々とする二人の渡り労働者の、たくましい生命力、友情、ささやかな夢を温かな眼差しで描く著者の出世作。

T・ウィリアムズ
小田島雄志訳

欲望という名の電車

ニューオーリアンズの妹夫婦に身を寄せたブランチ。美を求めて現実の前に敗北する女を、粗野で逞しい妹夫婦と対比させて描く名作。

T・ウィリアムズ
小田島雄志訳

ガラスの動物園

不況下のセント・ルイスに暮す家族のあいだに展開される、抒情に満ちた追憶の劇。斬新な手法によって、非常な好評を博した出世作。

J・オースティン
小山太一訳

自負と偏見

恋心か打算か。幸福な結婚とは何か。十八世紀イギリスを舞台に、永遠のテーマを突き詰めた、息をのむほど愉快な名作、待望の新訳。

G・グリーン
上岡伸雄訳

情事の終り

「私」は妬心を秘め、別れた人妻サラを探偵に監視させる。自らを翻弄した女の謎に近づくため――。究極の愛と神の存在を問う傑作。

カフカ
高橋義孝訳
変身

朝、目をさますと巨大な毒虫に変っている自分を発見した男――第一次大戦後のドイツの精神的危機、新しきものの待望を託した傑作。

カフカ
前田敬作訳
城

測量技師Kが赴いた“城”は、厖大かつ神秘的な官僚機構に包まれ、外来者に対して決して門を開かない……絶望と孤独の作家の大作。

カフカ
頭木弘樹編訳
絶望名人カフカの人生論

ネガティブな言葉ばかりですが、思わず笑ってしまったり、逆に勇気付けられたり。今までにはない巨人カフカの元気がでる名言集。

ゲーテ
高橋義孝訳
若きウェルテルの悩み

ゲーテ自身の絶望的な恋の体験を作品化した書簡体小説。許婚者のいる女性ロッテを恋したウェルテルの苦悩と煩悶を描く古典的名作。

ゲーテ
高橋義孝訳
ファウスト（一・二）

悪魔メフィストーフェレスと魂を賭けた契約をして、充たされた人生を体験しつくそうとするファウスト――文豪が生涯をかけた大作。

高橋健二編訳
ゲーテ格言集

偉大な文豪であり、人間的な魅力にもあふれるゲーテ。深い知性と愛情に裏付けられた言葉の宝庫から親しみやすい警句、格言を収集。

カポーティ
河野一郎訳
遠い声 遠い部屋

傷つきやすい豊かな感受性をもった少年が、自我を見い出すまでの精神的成長の途上でたどる、さまざまな心の葛藤を描いた処女長編。

カポーティ
大澤 薫訳
草の竪琴

幼な児のような老嬢ドリーの家出をめぐる、ファンタスティックでユーモラスな事件の渦中で成長してゆく少年コリンの内面を描く。

カポーティ
川本三郎訳
夜の樹

旅行中に不気味な夫婦と出会った女子大生。人間の孤独や不安を鮮かに捉えた表題作など、お洒落で哀しいショート・ストーリー9編。

カポーティ
佐々田雅子訳
冷 血

カンザスの片田舎で起きた一家四人惨殺事件。事件発生から犯人の処刑までを綿密に再現した衝撃のノンフィクション・ノヴェル！

カポーティ
川本三郎訳
叶えられた祈り

ハイソサエティの退廃的な生活にあこがれるニヒルな青年。セレブたちが激怒し、自ら最高傑作と称しながらも未完に終わった遺作。

カポーティ
村上春樹訳
ティファニーで朝食を

気まぐれで可憐なヒロイン、ホリーが再び世界を魅了する。カポーティ永遠の名作がみずみずしい新訳を得て新世紀に踏み出す。

サン＝テグジュペリ
堀口大學訳
夜間飛行
絶えざる死の危険に満ちた夜間の郵便飛行。全力を賭して業務遂行に努力する人々を通じて、生命の尊厳と勇敢な行動を描いた異色作。

サン＝テグジュペリ
堀口大學訳
人間の土地
不時着したサハラ砂漠の真只中で、三日間の渇きと疲労に打ち克って奇蹟的な生還を遂げたサン＝テグジュペリの勇気の源泉とは……。

サン＝テグジュペリ
河野万里子訳
星の王子さま
世界中の言葉に訳され、60年以上にわたって読みつがれてきた宝石のような物語。今までで最も愛らしい王子さまを甦らせた新訳。

サガン
朝吹登水子訳
ブラームスはお好き
美貌の夫と安楽な生活を捨て、人生に何かを求めようとした三十九歳のポール。孤独から逃れようとする男女の複雑な心模様を描く。

サガン
河野万里子訳
悲しみよ こんにちは
父とその愛人とのヴァカンス。新たな恋の予感。だが、17歳のセシルは悲劇への扉を開いてしまう――。少女小説の聖典、新訳成る。

中村能三訳
サキ短編集
ユーモアとウィットの味がする糖衣の内に不気味なブラックユーモアをたたえるサキの独創的な作品群。「開いた窓」など代表作21編。

スタンダール
大岡昇平訳
パルムの僧院（上・下）

〝幸福の追求〟に生命を賭ける情熱的な青年貴族ファブリスが、愛する人の死によって僧院に入るまでの波瀾万丈の半生を描いた傑作。

スタンダール
小林正訳
赤と黒（上・下）

美貌で、強い自尊心と鋭い感受性をもつジュリヤン・ソレルが、長年の夢であった地位をその手で摑もうとした時、無惨な破局が……。

スタンダール
大岡昇平訳
恋愛論

豊富な恋愛体験をもとにすべての恋愛を「情熱恋愛」「趣味恋愛」「肉体的恋愛」「虚栄恋愛」に分類し、各国各時代の恋愛について語る。

スウィフト
中野好夫訳
ガリヴァ旅行記

船員ガリヴァの漂流記に仮託して、当時のイギリス社会の事件や風俗を批判しながら、人間性一般への痛烈な諷刺を展開させた傑作。

ゾラ
古賀照一訳
居酒屋

若く清純な洗濯女ジェルヴェーズは、職人と結婚し、慎ましく幸せに暮していたが……。十九世紀パリの下層階級の悲惨な生態を描く。

ゾラ
川口篤
古賀照一訳
ナナ

美貌と肉体美を武器に、名士たちから巨額の金を巻きあげ破滅させる高級娼婦ナナ。第二帝政下の腐敗したフランス社会を描く傑作。

チェーホフ
神西 清訳
桜の園・三人姉妹
急変していく現実を理解できず、華やかな昔の夢に溺れたまま没落していく貴族の哀愁を描いた「桜の園」。名作「三人姉妹」を併録。

チェーホフ
神西 清訳
かもめ・ワーニャ伯父さん
恋と情事で錯綜した人間関係の織りなす日常のなかに、絶望から人を救うものは忍耐であるというテーマを展開させた「かもめ」等2編。

チェーホフ
小笠原豊樹訳
かわいい女・犬を連れた奥さん
男運に恵まれず何度も夫を変えるが、その度に夫の意見に合わせて生活してゆく女を描いた「かわいい女」など晩年の作品7編を収録。

チェーホフ
松下 裕訳
チェーホフ・ユモレスカ
―傑作短編集I―
哀愁を湛えた登場人物たちを待ち受ける、あっと驚く結末。ロシア最高の短編作家の、ユーモアあふれるショートショート、新訳65編。

ツルゲーネフ
神西 清訳
はつ恋
年上の令嬢ジナイーダに生れて初めての恋をした16歳のウラジミール――深い憂愁を漂わせて語られる、青春時代の甘美な恋の追憶。

ツルゲーネフ
工藤精一郎訳
父と子
古い道徳、習慣、信仰をすべて否定するニヒリストのバザーロフを主人公に、農奴解放で揺れるロシアの新旧思想の衝突を扱った名作。

ドストエフスキー
木村浩訳
白痴（上・下）
白痴と呼ばれる純真なムイシュキン公爵を襲う悲しい破局……作者の〝無条件に美しい人間〟を創造しようとした意図が結実した傑作。

ドストエフスキー
木村浩訳
貧しき人びと
世間から侮蔑の目で見られている小心で善良な小役人マカール・ジェーヴシキンと薄幸の乙女ワーレンカの不幸な恋を描いた処女作。

ドストエフスキー
千種堅訳
永遠の夫
妻は次々と愛人を替えていくのに、その妻にしがみついているしか能のない〝永遠の夫〟トルソーツキイの深層心理を鮮やかに照射する。

ドストエフスキー
原卓也訳
賭博者
賭博の魔力にとりつかれ身を滅ぼしていく青年を通して、ロシア人に特有の病的性格を浮彫りにする。著者の体験にもとづく異色作品。

ドストエフスキー
江川卓訳
地下室の手記
極端な自意識過剰から地下に閉じこもった男の独白を通して、理性による社会改造を否定し、人間の非合理的な本性を主張する異色作。

ドストエフスキー
原卓也訳
カラマーゾフの兄弟（上・中・下）
カラマーゾフの三人兄弟を中心に、十九世紀のロシア社会に生きる人間の愛憎うずまく地獄絵を描き、人間と神の問題を追究した大作。

Title : THE GRAPES OF WRATH (vol. I)
Author : John Steinbeck

怒《いか》りの葡《ぶ》萄《どう》(上)

新潮文庫　ス－4－4

Published 2015 in Japan
by Shinchosha Company

平成二十七年十月一日発行
令和七年三月十日四刷

訳者　伏《ふし》見《み》威《い》蕃《わん》
発行者　佐藤隆信
発行所　株式会社新潮社
郵便番号　一六二—八七一一
東京都新宿区矢来町七一
電話　編集部(〇三)三二六六—五四四〇
読者係(〇三)三二六六—五一一一
https://www.shinchosha.co.jp

価格はカバーに表示してあります。

乱丁・落丁本は、ご面倒ですが小社読者係宛ご送付ください。送料小社負担にてお取替えいたします。

印刷・株式会社光邦　製本・株式会社大進堂

ISBN978-4-10-210109-4 C0197